新时代文学批评丛书

吴义勤 主编

立场与方式

吴晓东　著

山东文艺出版社

图书在版编目（CIP）数据

立场与方式 / 吴晓东著. -- 济南 ：山东文艺出版
社，2024.10. --（新时代文学批评丛书 / 吴义勤主编）.
ISBN 978-7-5329-7251-7

Ⅰ．I206.7-53

中国国家版本馆 CIP 数据核字第 2024EL6393 号

立场与方式

LICHANG YU FANGSHI

吴晓东　著

主管单位　山东出版传媒股份有限公司
出版发行　山东文艺出版社
社　　址　山东省济南市英雄山路 189 号
邮　　编　250002
网　　址　www.sdwypress.com

读者服务　0531-82098776（总编室）
　　　　　　0531-82098775（市场营销部）
电子邮箱　sdwy@sdpress.com.cn

印　　刷　山东华立印务有限公司
开　　本　710 毫米 ×1000 毫米　1/16
印　　张　19.25
字　　数　235 千
版　　次　2024 年 10 月第 1 版
印　　次　2024 年 10 月第 1 次印刷
书　　号　ISBN 978-7-5329-7251-7
定　　价　78.00 元

开辟文学批评的新时代

——"新时代文学批评丛书"总序

吴义勤

党的十八大以来，中国特色社会主义进入新时代，中国文学也翻开了崭新的一页。置身新时代新征程，面对丰富的史诗性伟大实践，广大作家胸怀"国之大者"，牢记初心使命，深入生活，扎根人民，与时代共振，与人民共情，用心用情用功书写新时代的中国故事，展现中国人民昂扬的精神风貌，谱写了新时代文学的辉煌篇章。

文学批评与文学创作是文学发展的车之两轮、鸟之两翼，一个时代的文学发展既需要广大作家的笔耕不辍、创新创造，也需要批评家的积极呼应、理论引领。在新时代文学不断攀登高峰的历史进程中，新时代文学批评也发挥了至关重要的作用，取得了丰硕的发展成果，形成了独特的新时代文学批评景观。习近平总书记高度重视文学批评工作，近年来就繁荣新时代文学批评发表了一系列重要讲话，做出了一系列重要指示批示。我们策划这套"新时代文学批评丛书"，就是要全面学习贯彻落实总书记关于文学批评的讲话与指示批示精神，一方面旨在呈现新时代文学批评的基本样貌、发展成果，另一方面也希望从中获得推动文学批评发展的经验和启示，为推动新时代文学理论批评建设和新时代文学繁荣提供有益的镜鉴。

　　本丛书遴选的作者都是长期持续坚守在新时代文学批评现场并卓有成就的优秀批评家。从年龄结构上，他们涵盖了"60后""70后""80后"，这也是当下文学批评的主力军；从批评对象的文学门类上，覆盖了小说、诗歌、散文等多个当下最具影响力的艺术门类，可以说是对新时代文学的全面阐释和研究。通过这套批评丛书，读者一方面可以深入了解新时代文学批评的丰富实践，同时可以通过文学批评了解新时代文学发展的基本风貌和历史特征。

　　在内容上，本丛书侧重于遴选研究新时代文学的评论文章，以对新时代十年来具有代表性的作家作品、有广泛影响的新文学现象、引人关注的文学热点事件以及文学发展中存在的症候性问题为主要研究对象，是对围绕新时代文学展开的文学批评成果的一次全面梳理和集中展示。我们希望以出版批评丛书的方式，深入总结文学批评发展的历史经验，同时吸引更多研究力量来增强对新时代文学研究的力度和深度。

　　本丛书的出版要感谢山东出版传媒股份有限公司副总经理李运才、山东文艺出版社社长徐迪南，他们提供了非常多的支持和帮助，也提出了许多富有建设性的意见和建议。新世纪之初，我曾和山东文艺出版社共同策划出版了一套"e批评丛书"，在学术界产生了良好的反响。今年，又再次在山东文艺出版社出版这套"新时代文学批评丛书"，可谓是一种极为特殊也极为难得的缘分，也体现了山东文艺出版社多年来一直积极参与、支持中国当代文学批评事业发展的出版精神。在此，我代表丛书编委会向山东文艺出版社表示衷心的感谢并致以崇高的敬意。

　　两套丛书虽然出版时间不同，但在内容上又有着一种延续性和整体性。"e批评丛书"着力呈现的是二十世纪九十年代文学批评的发展成果，也是当时年轻的"60后"批评家的一次集体亮相。"新时代文学批评丛书"更侧重于展现新世纪尤其是新时代以来的文学批评成果，参与作者既包括了"e 批评丛书"中的部分作者，又吸纳了"70 后""80 后"等新生批评力量。两套丛书虽然侧重点不同，但形成了一种巧妙的呼应，构成了一种互补关系，具有了批评史意义上的"整体性"，某种意义上，它们就是一种特殊形态的近三十年来中国文学批评的发展史。

当然，对于新时代文学批评成果的总结展示并不意味着我们回避当下文学批评存在的问题。新时代以来，随着时代语境和文学生态的不断变化，文学批评面临着更为复杂严峻的形势和挑战，文学批评如何更好地发挥作用，真正成为助推文学发展的"磨刀石"和"利器"？这是所有文学批评者面临的共同课题和任务。出版这套丛书，我们一方面意在梳理总结这一时段文学批评发展的成果和经验，同时也希望能够从中析出当下文学批评发展存在的一些问题，以史为镜，为未来更好地推动中国文学批评发展，更好地发挥文学批评引导创作、推出精品、提高审美、引领风尚的作用提供启示和帮助。

新征程是充满光荣与梦想的远征，新时代文学正在我们面前浩浩荡荡地展开，作为文学发展的重要一翼，中国文学批评也正在砥砺前行，积极开辟一个文学批评的新时代。

是为序。

代序　再谈"文学性"：立场与方式

——《文本的内外：现代主体与审美形式》三人谈

洪子诚　黄子平　吴晓东　李浴洋（主持）

一、为什么"再谈"文学性

李浴洋（以下简称"李"）：三位老师好！今天邀请三位老师再谈"文学性"，契机自然是吴晓东老师的新著《文本的内外：现代主体与审美形式》（商务印书馆 2021 年版，以下简称《文本的内外》）的问世。在我看来，时代激变是二十世纪中国与世界的主轴。置身其中的"文学"，或因应，或抵抗，形成了独特而丰富的"二十世纪诗学"。面对历史变局，一代又一代中国作家选择以文学的方式参与和见证。同时，文学也在这一时期成为一种整体性的思考与表达方式，不为作家所独享。文学性的立场，是我们进入历史、介入当下以及展开关于未来的多元思辨的一条通道。吴老师这本带有学术论文精选集性质的新作即循此写就。其中著录了"二十世纪的诗心"，也蕴含着文学的新的可能性。

　　无论是在吴老师个人的学术生涯中，还是在晚近的中国现代文学研究史上，《文本的内外》都是一部很有分量，甚至颇具代表性的著作。这主要还不是因为吴老师在书中出色地完成了对若干现代诗学个案的研究，而是由于他以一种自觉而深入的方式，推进了对"文学性"这一根本命题的思考与辩证。他的这种努力，既是理论上的，也是历史性的，本身还具有高度文学性。这就为我们继续讨论"文学性"的问题提供了一个不容忽略的文本，同时也是一个新的起点。

所谓"再谈"，其实是基于作为全书绪论的《文学性：经典与阐释》而发的。这篇原为《关于文学性与文学批评的对话》的对谈，完成于2013年初。其中，洪子诚老师与吴晓东老师对"文学性""文学经典""批评、阅读和阐释"等话题的精彩论述，不仅是对两人学术立场与方法的回顾与总结，也是对学界诸种质疑"文学性"的声音的有力回应与有效反思。而在过去的近十年间，关注与关怀"文学性"构成了二位老师学术表达的一条主线。

在我看来，除了洪老师与吴老师以外，黄子平老师也是对此问题极有发言权的学者。三位老师尽管不常齐聚一堂，但其实不乏互动，而话题往往与"文学性"相关。仅以我的个人经历为例。2019年，在围绕黄子平老师其时即将出版的文集《文本及其不满》（译林出版社2020年版）举行的"同时代人的文学与批评"论坛上，吴晓东老师出席，细读了黄老师的《鲁迅·萨义德·批评的位置与方法》一文，提出"在当代批评家这里，可能没有谁比黄子平更关注于文本与形式问题"[①]。2020年，黄老师的名著《"灰阑"中的叙述》增订本出版以后，洪老师与黄老师曾经有过一场对话，主题是"形式与历史"。洪老师认为"一百多年来，革命、进步、发展、转折的急迫，挤压了文学的自主性，削弱了内部的评价机能"，而黄老师此书可谓经受住了"对批评家知识、语言敏感、感触时代文学，还有想象力的综合检验"[②]。这两场活动，我都忝为主持人。在对黄老师的表彰中，我想也贯穿了洪、吴二位老师对"批评的位置"的理解，以及对"文学性"的某种坚持。

三位老师在"文学性"问题上的"态度的同一性"，是我一直想促成这场三人谈的一大动因。究竟应当如何看待"文学性"，已经成为如今从事文学研究时无法回避的课题。和洪、吴二位老师对谈《文学性：经典与

---

① 吴晓东：《游动与越界——黄子平的批评理念与实践》，《文艺争鸣》2020年第3期。

② 洪子诚、黄子平等：《形式与历史——关于〈"灰阑"中的叙述〉（增订本）的对话》，《文艺争鸣》2020年第3期。

阐释》时相比，当下关于"文学性"的讨论依旧聚讼纷纭，"不信任的声音"不仅继续存在，甚至更加尖锐。当年，老师们便是在反思"文学性"的话语洪流中展开对话的。这样的挑战今天仍然存在。不过与此同时，也有若干学人始终坚持"文学性"的立场，致力于不断开掘以"文学"介入、研究与打开历史的新的方法。特别是疫情之后，对人文学术提出了空前挑战，但对文学阅读与文学生活的期待值却又悄然提高。凡此，都构成了"再谈'文学性'"的新的背景与语境。在这种意义上，三位老师的"再谈"或许不仅是一种"求其友声"式的学术合作，更是对"文学性"的当代命运的一次探寻，是对"文学"何以成为"文学"的执着追问。

我们的话题不妨就从《文学性：经典与阐释》开始。这篇对话显然已是关于"文学性"问题的经典文献，也是"再谈"的重要基础。

黄子平（以下简称"黄"）：首先祝贺晓东的这本特别厚重的新书出版，我接到这本书时特别惊喜和高兴。因为如浴洋所说，晓东把这些年所有重头的文章都已经收到这里头去了，而且我特别高兴的是，他把跟洪老师关于"文学性"的非常重要的对话作为序放在了前面，这其实也是促成这次对谈的一个很重要的契机。我还特别感动的是，洪老师对学生著作的认真、深入的阅读，在这个基础上，他能够提出一些非常深刻的问题。所以我自己出书的时候，也是特别想把洪老师的文章作为代序放在前面。能与洪老师对话，是我们这些后辈的幸运。

晓东这本书出版已经一年了，我们拿在手里，可以有比较充分的时间来"把玩"。所谓"把玩"，就是做文本细读，剃人头者人亦剃其头，做文本细读的人的文本，也要经得起细读。所以我就对洪老师与吴晓东的对话做了非常详细的细读，从中获益良多。读的时候一个强烈的感觉是洪老师特别厉害，他高抛发球，大力扣杀，以低调的姿态劈头提出了一些很犀利的问题。洪老师把晓东派定在一个坚守"文学性"的位置上，在"文学性"已经分崩离析的年代，还坚守在那个位置上，英勇而绝望。洪老师还用了一些比如"保守的""精英主义的"这样挺有威胁性的词来形容这个位置。当然晓东的反手扣球也很厉害，他表示自己这种坚守是从洪老师那里学来的。来回扣杀，就把那个位置凸显出来了，这个位置有时只是策略性的，但更多的时候确实是战略性的、根本性的。

洪子诚（以下简称"洪"）：感谢晓东将对话作为代序收进他的书里。对话发生在十多年前，主要是讨论文学经典、"文学性"问题，是我们当年对这些问题的思考。这些天重读，感觉这些问题也没有成为过去，我先对当时写作的情景做一些回顾。

"对话"其实不大符合事实，其实就是我对晓东的访谈。2010年底到2011年初，因为晓东在中外文学文本解读、分析上的出色表现，也因为那段时间在关于"文学性"的讨论中我的困惑，我便在几个月的时间里集中读了他的部分著作。本来想写一篇评论，但感觉没有能力处理一些复杂问题，而且我对他的一些主张在认可的同时也存在疑惑，因此，在征得他的同意后，由我提出一些问题他来回答。我大概写了8000字的访谈提纲。这些年来，学术界的访谈，大体上都只是让被访问者讲他们的情况和观点，提问者很少有质疑或展开讨论的意识。我当时想，我比他年长将近三十岁，又当过他的老师，凭借身份的"优势"（俗话说的"倚老卖老"），或许可以稍稍将问题提得尖锐一些，既显示出他的贡献，也"揭发"出他的论述中某些或明或隐的矛盾。定稿的时候我用了"访谈"字样，但晓东坚决不同意。我们都知道，他在长幼有序、尊老爱幼方面是十分固执的，不仅将标题改为"对话"，还将这种"伦理秩序""内化"于文本中。他在回答我的提问时，多次并非必要地提到我的论著；在看法不同的时候措辞委婉，或有意回避；细心地控制回答和提问的篇幅的平衡……我本来希望能出现一些辩驳、一些思想的碰撞，但还是没有真正实现。

吴晓东（以下简称"吴"）：当年收到洪老师长达8000字的书面问题，真是非常感动。今天才知道，当初让洪老师花费了几个月的宝贵时间。洪老师对我的那些其实并不成熟的文字如此认真地阅读与批评，让我感受到的是奖掖后学的呵护之心。而提出的问题中表现出的关于文学及其批评的洞见，其实远远超过我的研究的承受度，彰显的是一种真正的文学批评的良知和尺度。

北大中文系一个研究古代文学的老师，看完我们的对话之后就给我发信息说："洪老师问得老辣犀利，你答得真诚谦虚。"真诚也许谈不上，但是不得不谦虚，因为我的确没太有底气，而洪老师的很多追问也真的是切中要害。

洪老师提出的老辣犀利的问题，逼着我思考了一些可能原本没有怎么思考过或者不自觉的问题。而洪老师追问的很多问题才是真正的问题，也为"文学性"问题带来反思性的视野。

二、"文学性"问题的讨论脉络

李：洪老师刚才谈到，您当年"访谈"吴老师是有一个具体的讨论"文学性"问题的背景的，这一背景和您对"文学性"问题的思考具有怎样的关系？

洪："文学"和"文学性"的问题在 20 世纪 80 年代就是热点。最近的讨论是由李陀的文章《漫说"纯文学"》引起的。李陀的看法是，90年代以来文学呈现疲惫状态，出现危机，表现在读者流失，创作和批评"普遍地"出现疏离甚至逃避现实的趋势。李陀认为，边缘化和出现困境的很大原因在于，80 年代"纯文学""文学自主性"等具有"革命能量"的思潮，在历史情境发生变化时未能及时调整，越来越明显地表现出其负面影响。这篇文章刊登在 2001 年的《上海文学》上，其实也是访谈。它影响很大，引起了文学界（主要是批评、文艺学、现当代文学研究领域）的热议，讨论持续了多年，涉及什么是文学，如何定义文学性，作家、诗人的社会承担，文学的社会、政治功能等问题——这些在 20 世纪的中国文学界都不是新鲜话题，但 90 年代以来政治、社会环境的变化，赋予了它们新的因素，也让问题变得更加复杂，更难取得共识。

因为从事当代文学教学、研究工作，我当然关心这个讨论。为了弄清问题的来龙去脉，我读了不少讨论文章，如钱理群的《重新认识纯文学》，蔡翔的《何谓文学本身》，南帆的《不竭的挑战》，陈晓明的《文学的消失或幽灵化？》，罗岗的《"文学"：实践与反思》，还有吴晓东、薛毅的《文学性的命运》，王晓明、蔡翔的对话《美和诗意如何产生？》；也参加了《天涯》、《读书》、华东师大中文系、北大中文系组织的讨论会。李陀是一位敏锐的文学现状的勘探师，提出了许多极有深度的问题。不过，我不太同意他的一些看法，或者说对其存在疑问。

疑问有这样几点。第一，我不大信服其对 20 世纪 90 年代文学出现"危机"的描述。当代有关某一时期文学"危机"（或相反的"辉煌""前所未有"）的描述，后来往往证明并不属实。现在许多人把 80 年代称为诗的"黄金时代"，可是那时诗歌界的话题之一却是"诗歌危机"。在 1980 年 4 月南宁的当代诗歌讨论会上，因身体原因未能赴会的臧克家在信中提出，要大家讨论诗歌不景气、受到冷落的原因。诗人公刘的发言题目也是《从"诗歌危机"谈起》。第二，我不大相信"纯文学"思潮有那么大的能量，能成为一个时期文学困境出现的主要原因。如果承认"纯文学"等主张在 80 年代具有革命能量，那么这种能量在 90 年代仍有效，甚至并未充分发挥作用，在 21 世纪仍有它的积极的现实针对性。回顾 20 世纪，建立与政治、市场等保持相对独立的"文学自主"，仍是一个难以企及的目标。第三，文学回应现实、介入现实生活，自然是个很好、很崇高的诉求，是作家、批评家社会承担精神的体现，但回应的方式、路径多种多样，并不都体现在题材的选取和直接的观念表达上。况且，是否回应现实并不能决定作品的优劣，甚至也不能决定它的社会影响。事实上，就马克思主义文学批评的脉络而言，"介入"只是到了列宁、托洛茨基、卢森堡那里，才成为"论述艺术的话语的主题"；这和革命运动及政治权力的战略、战术有关。从阅读经验上，也并非总是那些"介入"的作品能让我们思考"现实问题"。

李：洪老师提到的李陀的《漫说"纯文学"》发表之后的十年，是学界热烈讨论"文学性"问题的一个时期。我注意到，吴老师的几部代表性的著作，都完成于这一时期。譬如，《漫读经典》《文学的诗性之灯》《二十世纪的诗心：中国新诗论集》与《文学性的命运》。其中，"经典""诗性之灯""诗心""文学性的命运"等书名清晰地揭示了吴老师的关怀所系与立场所在。这些著作的写作与出版，可谓是吴老师对关于"文学性"问题的讨论的一种回应。《二十世纪的诗心：中国新诗论集》还是收录在洪老师主编的"新诗研究丛书"中的。

洪：我向他约的书稿。当时读到他的这样一段话，印象很深。这段话是这样的："坚守文学性的立场是文学研究者言说世界，直面生存困境的基本方式，也是无法代替的方式"；"中国诗歌中的心灵和情感力量……始终慰藉着整个 20 世纪，也将会慰藉未来的中国读者。在充满艰辛和苦难的 20 世纪，如果没有这些诗歌，将会加重人们心灵的贫瘠与干涸"。我为这些坚定、不容置疑的表述所触动。说实话，我也有过他这样的念头，但年轻时期的"文学社会性"的唯物主义训练，让我对这些念头充满警惕。在这个问题上，我是个含糊的人，正像一位朋友说的，既相信作家是一个"承办者"，为读者生产最好的、有艺术性的产品，同时也真心相信，社会和道德问题是人生和艺术的"中心要事"。我觉得吴晓东在任何情况下都没打算放弃他的文学信仰。这种坚决是建立在怎样的理论和经验的基础上的？这是我特别想知道的问题。

李：吴老师如何看待当年的这些论述？

吴：我主张的"文学性"，现在反省起来，其实有点类似于一种姿态。当初说坚守"文学性"是文学研究者言说世界、直面困境的基本方式和立场，现在想来是有些轻率的，应该先有踏实的研究，然后再对文学性进行发言。所以洪老师当初对话时就认为，我关于文学的信心会被许多人认为是"痴人说梦"。所以他就追问，这种表述的动力和依据来自哪里？是对历史的概括，还是基于个人的生活体验？我觉得洪老师特别犀利地洞察到了我那有些高蹈的姿态，其实，我并没有在具体研究中真正为"文学性"赋型。

李：可是，从《二十世纪的诗心：中国新诗论集》到我们今天讨论的《文本的内外》，可以说都是您在具体研究中为"文学性"赋型所做的努力。当然，"文学性"问题的讨论难度也是显而易见的。因为在很多时候，"文学性"尽管屡屡成为言说的"靶子"，但真正想要把握它时，却发现它是"万状而无状，万形而无形"的。那么，我们不妨看看一些具体问题。

三、"文学性"：隐喻与方法

黄：从刚刚洪老师列举的那一系列文章中我们也可以看出，对于"文学性"的讨论是有历史渊源的，有一条很粗的脉络。过了这么多年，我们还在谈论"文学性"，它时刻环绕着我们。那么，今天我想从两个层面再谈"文学性"：一是作为信仰（或信念）的"文学性"；二是作为方法的"文学性"。

先讨论作为信仰的"文学性"，其实洪老师对晓东提的第一个问题里就已经包括这个层面了。洪老师问晓东对"文学性"的坚持是不是与他个人的生活经验等有关系，而且他用了一个成语叫作"痴人说梦"，按照更具学术性的说法叫作"幻觉"，或者叫作"乌托邦"，文学的幻觉，文学的乌托邦，总之都是些不能获得理性确证的东西。晓东在回答的时候用了一个词语，叫作"慰藉"："中国诗歌中的心灵和情感力量……始终慰藉着整个20世纪，也将会慰藉未来的中国读者。在充满艰辛和苦难的20世纪，如果没有这些诗歌，将会加重人们心灵的贫瘠与干涸。"正好我昨天在微信上看到一篇对王德威教授的采访稿，对他的追问是，文学还有必要存在吗？这个问题的依据是西蒙娜·薇依的一篇文章，她站在危机的论点上认为，现实已经充满虚构，文学又是对虚构的虚构，所以它本身就是不道德的，她以此来质疑文学本身的存在。这跟我们今天讨论的问题其实也是密切相关的，当然西蒙娜是从神学的角度提出这个问题的。尽管西蒙娜·薇依的神学思考很多都是自相矛盾的，没有一以贯之的想法，但她的笔记非常深刻，她提出的问题值得我们思考。她认为在最根本的层面，在那些不可靠的虚构之上，应该还有一个"大写的善"，而要去寻求或者确认这种"大写的善"，途径只有两条，一条是"等待"，黎明时分的守候；另一条就是"专注"，专心致志，不要被外在的东西搞得心烦意乱。我觉得这两条途径都是和文学相通的。

王德威在跟采访者讨论时引进了一个相关的论题，就是阿多诺说的"奥斯威辛之后写诗已不可能"，浩劫之后的残酷世界，文学失语。吟罢低眉无写处，只剩下一声叹息，只剩下一个感叹词。正如鲁迅所说："我于是只有'而已'而已。"据说阿多诺后来读到策兰的诗时，改变了自己的观点。王德威说文学的能量并没有耗尽，"文学这个东西毕竟说出了那个苦难的难以想象的维度，说出了苦难的无从再言说的深渊，而在这个'说'的辩证过程中，你意识到你自己所占的位置本身的局限，从而开始另一轮的反思与言说"。

作为慰藉的文学，是叹息，是感情，是精神，是灵魂。很多人在把文学性消解之后提出要求。当然他们的表述比较前卫，说"文学未能回应时代的要求"，但是真要去回应的话，文学也会面临问题。大家去翻翻鲁迅的那篇著名的文章《答有恒先生》就知道了。

回到作为信仰的"文学性"，我们可以发现，在这个"祛魅"的时代，"文学性"始终占据一个位置，它是一直在场的，问题是我们怎样去对待它。而作为信仰或者信念的"文学性"背后，其实有一种冲动，有一种要求。我们始终需要它，作为安慰也好，作为叹息也好，这是我想说的第一点。

然后就是作为方法的"文学性"。我们会发现，从理论上去定义"文学性"是很难的，它是同义反复、循环论证，"文学性就是使得文学成为文学的那些东西"。同义反复是一个很苍白的定义，但又是一种很坚决的姿态。曾经有人从语言学的角度定义"文学性"，比如，俄国形式主义评论家提出来的"陌生化"，如果语言能制造出一种陌生化体验的话，那么它就是文学了：或者是从语言功能的角度去定位，就是说语言有各种功能，如沟通的功能、表述的功能等，还有一个叫作"诗性"的功能，可以以此来界定"文学性"。但是这些都不是理论能解决的，是实践问题，就是我们在读或听或写的时候，使它成为文学。文学是实践出来的。

这个时候我就要讲一个笑话，有一次吃饭，诗人痖弦说诗是朗诵出来的，然后他就拿起桌上的菜单朗诵。伦理亲情，饮食文化，全都经由声调和表情得到某种诗性的表达。还有一次我去一个古镇，里面是那些大家都知道的和其他古镇差不多的店。但是有一个卖麦芽糖的铺子，它用高音喇叭做广告，广告非常精彩，是用朗诵腔播出来的："麦芽糖——是中国——最古老的糖！"我一下子被吸引住了，觉得这个糖太棒了，这种仪式性的腔调、悠久的历史感、民族文化的自豪感，把本来没有文学性的东西变成文学了。这是一种实践。其实，我们传统的文学教学训练是掌握了这种方法的，所谓"熟读唐诗三百首，不会吟诗也会吟"，就是从朗诵开始训练一种文学感觉的。

作为信仰的"文学性"，作为方法的"文学性"，与此相关，我想强调一下"教育"的维度。信仰可以"传"，方法必须"授"。陈平原最近出版了《文学如何教育》一书。我们知道在20世纪初，蔡元培、鲁迅提出"以美育代宗教"，这是一个很宏大的构想。虽然从20世纪的实践来看，这个构想失败了，但这个目标仍然存在。这也是晓东在文章里面提出的很重要的观点，就是我们的文学教育有责任去培养一种审美感受力。为什么我说蔡元培他们提出的"美育"在今天看来是失败了呢，我觉得我们的审美感受力在全面衰退。

所以我们应该思考，如何在一个"文学性"已经消解的年代"教文学"，如何在这一代学子这里把文学能力或者美学的感受力培养起来。正好我刚看到一篇纪念人民文学出版社英年早逝的编辑高贤均的文章，文中说他读到小说来稿中的一些描写时会很兴奋，中午在人文社的食堂吃饭，会在饭桌上说个不停。他说阿城的《树王》中写风吹过来的时候，那棵大树不是整棵树一起动的，而是树叶和树枝从这边慢慢动到那边的。自己以前没注意，后来真的跑去看那些大树，风吹过来的时候，确实是那样动的。另外一个例子是，《白鹿原》里面有一个人叫黑娃，他从来没见过糖，觉得糖果好像就跟小石子没什么两样，有一天有人给了他一块冰糖，一吃是甜的，黑娃就大哭，而且浑身颤抖，把大人吓坏了，以为他噎着了，其实就是黑娃尝到糖的滋味太激动了。他说这写得特别好。我觉得这种对文学作品的感受力，更是一种更为广泛的审美感受力，其实也构成了文学存在的理由。就像晓东一直提到的，文学能够触及我们的生命经验里那些最幽微的、最不可能触及的地方。

把信仰和方法这两方面综合起来，我想到一个诗性的比喻，就是"旗"。我记得洪老师和奚密在编诗集的时候也选了这个意象。在20世纪40年代的诗歌里面，出现了大量"旗"的意象。旗帜当然可以代表一种信念或信仰，而作为方法，我认为它是冯至十四行诗意义上的旗，它在风中飘动，去把住一些把不住的东西，把握一些不能把握的事物。

四、"文学性"：开放与坚守

洪：黄子平从信仰和方法两个层面来谈"文学性"问题，我很受启发。其实，许多从事文学工作的人，不只是将文学单纯看成一种职业，对它多少有信仰的成分。谢冕老师经常说的一句话就是"文学是一种信仰"，这也是他的一篇重要文章的题目。但黄子平提醒我们，"文学性"既是理论、信仰问题，也是方法、实践问题。痖弦能把菜单读成诗，就是在实践中，依靠某种方法赋予这份一般人认为毫无诗意的菜单以"文学性"。

其实，吴晓东也很重视"文学性"的方法和实践层面。他在《文本的内外》这本书里提出，用"境遇"的概念来界定"文学性"是个更好的方式。"境"就是指特定的语境，包括大的社会历史背景，也包括阅读者、接受者所处的具体环境。我的理解是，"境遇"在这里指的是，在怎样的语境下（谁）与文本怎样相遇的问题。我的这个解释不一定符合晓东的原意。

但这里就提出了"文学性"的另一个问题。记得 2005 年在华东师大中文系举办的关于现代文学学科合法性的研讨会上，李欧梵的发言之后便是吴晓东的发言。他们都批评了现代文学学科的现状，批评对"文学性"做本质主义的理解，强调"文学性"是历史的、建构性的概念，是悖论式的范畴，既有它的确定性，也有漂移性。不过他们不满的方向有所不同。李欧梵认为应该破除传统"文学性"观念的束缚，开放那些被认为是"非文学"的领域，重视它的漂移性。吴晓东则更强调文学标准的确定性，强调艺术的"自律"。他认为，如果谈到现代文学学科的合法性，主要问题不在开放边界，而是我们信奉的"现代性"一元的统摄、整合的方法，排斥、删除了文本中异质、偶然、可疑的片段。他指出，文学处理的是人的无法被理性框架归纳的具体性经验。从阅读、批评的层面，就是要释放文本中蕴含的这些具体性经验，将异质性和差异性上升到文学史的前景层面，打开难以整合的审美领域，将我们的注意力放在"回归文学本体"和"充分张扬文学性"上来。从这样的理解出发，毫不怀疑理论的重要性的吴晓东，这些年一直从事对文本的阐释和有效的发掘工作，寻找不同文本的密码，在阅读者体验、想象力的激发下释放内在的能量。在文学教育上，提出应该警惕知识论、制度化的偏向，警惕建构众多理论体系导致文本中的感性、个性、想象力、道德感被放逐乃至消失的现象。

吴：这些年来就我有限的观察，虽然"文学性"也是学界关注的话题，但是很难真正推进，因为如果从本质上进行探究，如刚才黄老师所言，"文学性"就是同义反复。所谓的"文学性"，就是使文学成为文学的东西，这当然是一种同义反复。所以关于"文学性"的思考就需要带入其他维度。

与洪老师对话之后，让我稍加自觉的一个意识是，把"文学性"理解为一个开放的范畴，不能在自身内部进行孤立的处理，而是要把"文学性"理解成与周边进行对话的一个历史范畴，不断处理文学和他者的边界。或者说所谓的"文学性"，是尽量包容他者的文本实践，而不是一个自身纯粹化的过程。所以我也力图在具体的历史研究中落实关于"文学性"的思考，或者说是把"文学性"问题具体化、历史化和形式化。但这带来的一个问题就是，我们依然很难找到关于"文学性"的科学的、确切的、成体系的定义和建构。而这种定义和建构，也许恰恰是作为历史化的"文学性"的概念所排斥的。

在上次对话中，洪老师引用了别尔嘉耶夫的一句话："在西欧，特别是在法国，所有的问题都不是按其本质去研究。例如，当提出孤独的问题时，那么，他们谈的是彼特拉克、卢梭或者尼采如何谈孤独，而不是谈孤独本身。"这句话就特别精彩。而大家读洪老师的书也能感受到，洪老师在阅读他人的文字时总是独具慧眼，他的著作也最善于引用，所引用的话大都是隐藏在原著中的，一经洪老师的引用就会熠熠生辉。别尔嘉耶夫的这句话也一样，它启发我思考的是，"文学性"问题可能也无法从"文学性"本身去探究，因为没有一个本质性的"文学性"，所有的"文学性"的话题可能都得到历史中去寻求解答，这就是"文学性"的历史性。也就是说"文学性"如果像别尔嘉耶夫说的那样，不能"按其本质去研究"，那么不妨采取迂回的策略，回到那些我们认为有丰沛的文学性的经典文本中去寻求答案。因此，把"文学性"研究历史化，其中一个重要的维度就是，我们不是从某种自治的本体论和纯粹的自主性的意义上讨论"文学性"，而是在讨论历史中的文学、历史中的"文学性"，或者说我们是借助历史中的范本来讨论"文学性"问题。讨论"文学性"，从某种意义上说必须历史化。

李：其实在组织这次"再谈'文学性'"的对话时，洪老师就曾经提议以"文学和历史的关系"作为中心。而文学与历史的关系，也呼应了"文本"的"内"与"外"。当我们讨论"文学性"的开放与坚守的辩证关系时，这同样是题中应有之义。

五、"文学性"：文学与历史

吴：洪老师建议思考文学和历史的关系，可以说触及的是"文学性"的核心内涵。其实，洪老师和黄老师这些年来具有典范性的研究，都蕴含了对文学和历史关系的思考。比如，在前段时间洪老师的新书《当代文学中的世界文学》的讨论会上，大家都赞赏洪老师从历史主义的立场来处理当代文学的内部问题。历史化绝不是个外部话题，这是洪老师的新书带给我的最大的启示。以往一提历史化，我们总觉得是在处理文学的外部关系，总觉得文学的内部结构和外部的历史是对峙的，或者说是二元的。但实际上，历史化恰恰是文学的内部问题，而由此加以引申，历史也是"文学性"的内部问题。

而黄子平老师的文学批评在兼具批判性、介入性、当下性的同时，也在生成具有理论意义的历史与形式的统一性的视野。洪老师的《我的阅读史》这本书中，最精彩的篇目之一是《"边缘"阅读和写作——"我的阅读史"之黄子平》，其中有一节小标题是"回到历史深处"。洪老师说：

> 这部著作给人印象深刻之处，一是处理研究对象的"历史主义"的态度，另一是对形式因素的敏感、重视，以及这种"外部"与"内部"、历史与形式的内在关联的缜密处理。[1]

---

[1] 洪子诚：《我的阅读史》，北京大学出版社 2011 年版，第 106 页。

也许在我的老师辈中，洪老师和黄老师是最善于处理历史和形式的，他们的研究最有共通性的就是历史的形式化和形式的历史化。因而他们处理的历史是内化于文本之中的，是历史的文本化。

洪老师所谓的"回到历史深处"，也可以理解为"回到文本深处"。因此，我很赞赏洪老师的一句深刻的判断：

> "历史深处"不仅是实存的"历史"自身，也不仅指叙述历史的文本形态，而是它们之间的互动关系。[①]

既不是实存的历史，也不是文本，而是历史与文本的互动关系，我觉得这触及了"文学性"的某种核心。

暑假中一直在读《当代文学中的世界文学》及柄谷行人的书。《定本柄谷行人文学论集》中有一句关于"美"的讨论："美并不是外在的，它只存在于对象与精神之间紧张的动态关系之中。美不是理论性问题，而是实践性问题。"[②] 从某种意义上说，"文学性"可能也不是理论性问题，而是实践性问题，所以必须在历史实践中加以把握。柄谷行人的另一句话与洪老师的说法不谋而合："历史既不是事实的记忆，也不是事实的记录，而是通过书写本身被形塑。"[③] 历史是通过文学书写被形塑的。所以，洪老师和柄谷行人都启示我们，历史是被"文学性"结构化的，历史是呈现在"文学性"结构中的，因此也没有外在于"文学性"的历史。而洪老师主张的历史与文本的互动，也正是在文本结构中看历史，在历史中看文本结构。历史一旦进入结构，就呈现为一种结构中的历史，借助的恰恰是文学形式这一中介。也正因如此，形式也必然是意识形态的。

---

① 洪子诚：《我的阅读史》，北京大学出版社2011年版，第108页。

② 〔日〕柄谷行人：《定本柄谷行人文学论集》，陈言译，中央编译出版社2021年版，第209页。

③ 〔日〕柄谷行人：《定本柄谷行人文学论集》，陈言译，中央编译出版社2021年版，第250页。

　　柄谷行人在《跨越性批判》中引用康德的话："将美学命名为批判是正确的。因为美学并不给我们带来充分规定判断的先天性规则。"① 那么，在某种意义上，"文学性"也应理解为批判，因为它也不具有规定判断的先天性规则。所以我们可以建构一个批判性的"文学性"视野。按照我的理解，洪老师这些年来的著述，就是从个人及历史的双重视角重返"文学性"现场，从而把"文学性"问题真正历史化。而一旦历史化，"文学性"问题就具有了批判和反思的维度，包括对历史的反思和对文学实践的反思。

　　而在黄子平老师那里，反思性也是一种解构的思维，启发我尝试从结构和解构的辩证关系的角度来理解"文学性"。在李国华对我的一次访谈中，国华也激发了我，使我思考结构和解构的关系。解构主义试图解构掉一切，但我觉得结构主义的合理性不能被抹杀，结构和解构的互动的视野可能更为全面和完整。因为所谓的"结构"是建构某种东西，但是建构了之后未免自我封闭，一个封闭的范式经过若干历史阶段后，它的生命力肯定要耗尽和枯竭。20 世纪 80 年代的"纯文学"就是这样一个概念，这时就需要解构来打破，但是也不能把所有的结构都打成一盘散沙。所以，我个人是在结构和解构互动的格局中来理解文学性的。结构的视野意味着我们会坚守一些东西，比如形式、审美、感性、心灵世界、人类生活的境遇和细节，这些就是文学最基本的范畴，尤其是形式和审美。文学最后坚守的是形式和审美，因为如果没有形式，没有形式背后的审美，那么文学就无法与其他领域建立区隔，这是我们必须坚守的东西。但通过解构，我们又会在文学中带入更有历史感、更有思想深度的新的观照视野，从而真正把历史、社会的面向带进来，其后果不是冲垮了文学，而恰恰是丰富了"文学性"。

　　这也许有助于我们直面和反思 20 世纪 90 年代以来，文化研究转向、历史转向及社会学转向给"文学性"带来的挑战。我近两年思考的一个问题是，如何把历史转向及社会史视野与"文学性"视野融合。我更想强调的是，"内化于文本中的社会和历史"，因为文本中的社会和历史，是与

①〔日〕柄谷行人：《跨越性批判》，赵京华译，中央编译出版社 2018 年版，第 9 页。

文学形式为一体的，是要透过形式的滤镜进行折射的，是进入了某种"文学性"的结构的。社会史视野下的文学研究，也正是试图把社会史带入文学。但在我的理解中，我们带入的东西不是外在于文学的，我们想看到的是内化于文本世界中，真正决定了文本形式的，同时也是被文本具体生成的历史。这种内化的图景对我们来说可能才是真正有意义的。否则，我们的文学研究可能仍然会成为历史学、社会学的附庸。

只有透过"文学性"的滤镜，形式中积淀的情感结构和内含的审美意识形态，乃至生活世界才能真正作用于读者，进而作用于社会和历史。所以，文学性和审美性是加强、加深及丰富了我们对历史与社会的理解，而不是相反。

李：吴老师以上所言，既谈到了他最近十年关于"文学性"的一些新的思考，也通过带入洪老师与黄老师的论述，特别是对二位老师的问题意识的分析，在"文学与历史的关系"问题上给了我们一些可资借鉴的启示。而如是认识，在某种程度上又是对最近十年学界在相关领域中的一些成功或者失败的探索的反思。其实，学界从未停止关于"文学性"的讨论，甚至可以说时刻都在"再谈'文学性'"。

今天，三位老师从洪老师与吴老师的经典对话切入，分别从"隐喻与方法""开放与坚守"及"文学与历史"的角度展开讨论，为理解"文学性"打开了许多新的视野。概而言之，"作为立场的'文学性'"与"作为方式的'文学性'"，或许是三位老师此次"再谈"的共同主题。而这一主题不仅是学术的，更是关乎激变时代中的现实人生的。

当然，限于时间，有不少问题我们来不及充分展开。比如，同样是关于文学与历史的关系，黄老师有个提法，叫"无情的文本与有情的历史"。这大概可以带来新的阐释空间。再比如，洪老师也曾经指出，应当对20世纪"文学性"在中国的历史命运做出清理，从而为更有质量的讨论构筑一个坚实的思想基础。这些工作只能有待来日了。

最后，感谢吴老师的新著《文本的内外》为我们提供了这样一个"再谈'文学性'"的契机。也期待三位老师及更多的学界同仁，未来可以一起"三谈""四谈"……

立 场 与 方 式

目 录

左翼革命文学传统及其在当代的回响

一、左翼革命文学的历程

左翼革命文学的出现在中国现代史上具有划时代的历史意义，其既是中国革命的助产士，也是这一历史实践的结果。在 20 世纪中国文学史上出现的各种思潮和现象中，左翼革命文学也更有效地因应了大时代及中国革命所担负的历史使命，为新中国的诞生起到了重要的推动作用。

从历史进程和历史逻辑来看，左翼革命文学运动是马克思主义在华夏大地传播的结果，其发生可以追溯到后"五四"时期。1923 年前后，共产党人邓中夏、恽代英等就提出过无产阶级文学的主张，1925 年五卅运动以后，沈雁冰等人开始运用马克思主义阶级论来解释社会和文学现象，"五四"文学革命开始向革命文学转变。到了 1928 年，由左翼作家主导的声势浩大的无产阶级革命文学运动正式登上历史舞台。

1928 年 1 月 15 日，《文化批判》创刊号出版，成仿吾在《祝词》中为即将展开的革命文学运动宣示了批判的立场、方针和姿态：

> 《文化批判》当在这一方面负起它的历史的任务。它将从事资本主义社会的合理的批判，它将描绘出近代帝国主义的行乐图，它将解答我们"干什么"的问题，指导我们从哪里干起。
> 政治、经济、社会、哲学、科学、文艺及其余个个的分野皆将从《文化批判》明了自己的意义，获得自己的方略。《文化批判》将贡献全部的革命的理论，将给与革命的全战线以朗朗的光火。

这是一种伟大的启蒙。[①]

成仿吾的宣言，也预示了"文化批判"作为一场具有无产阶级性质的启蒙运动，其"主题、概念、话语方式发生了根本性的变化。《文化批判》鲜明地反映了创造社青年的思想，他们一心要举出'文化批判'的旗帜，清算和结束五四文学革命，并且要在中国掀起一场崭新的马克思主义的宣传运动"[②]。1928年2月，成仿吾又在《创造月刊》上发表了《从文学革命到革命文学》的文章，进一步宣告革命文学的时代已经到来。

如果说成仿吾担负起了宣告革命文学时代已经来临的重任，那么李初梨则在革命文学的旗帜之下，赋予"文学"以新的历史使命。在《怎样地建设革命文学》一文中，李初梨认为重新定义"文学"，"不惟是可能，而且是必要"：

一切的文学，都是宣传。普遍地，而且不可避免地是宣传……

文学，是生活意志的表现。
文学，有它的社会根据——阶级的背景。
文学，有它的组织机能——一个阶级的武器。[③]

文学自此担负起了新的时代使命，带有前所未有的"意识形态"的特征与属性，也从此规约了中国现代文学的历史进程。李初梨进而指出："无产阶级文学是：为完成他主体阶级的历史的使命，不是以观照的——表现的态度，而以无产阶级的阶级意识，产生出来的一种斗争的文学。"[④]在李初梨的阐释框架中，文学成为无产阶级进行阶级斗争的艺术的武器，也成为一种无产阶级先锋政党组织的革命活动、实现社会变革的有力的思想

① 成仿吾：《祝词》，《文化批判》1928年1月创刊号。
② 旷新年：《1928：革命文学》，山东教育出版社1998年版，第61页。
③ 李初梨：《怎样地建设革命文学》，《文化批判》1928年2月第2号。
④ 李初梨：《怎样地建设革命文学》，《文化批判》1928年2月第2号。

武器。

必须充分评估 1928 年革命文学运动的历史意义。正如有研究者所指出的那样："1928 年无产阶级文学运动的倡导与论争，不仅在思想上促成了文坛上的转向，而且为'左联'的成立作了组织上的准备。它成为了 30 年代左翼文学运动的序幕。"[①] 由此，中国现代文学史上一个重要的历史时刻来临：中国左翼作家联盟在上海成立。"'左联'的成立使中国文学进入了前所未有的新时代。党开始了对于文学的直接领导，文学和政治紧密地结合在一起，成为了无产阶级阶级斗争的一翼。"[②]

1930 年 3 月 10 日，《拓荒者》杂志第 1 卷第 3 期发表了题为《中国左翼作家联盟的成立》的详细报道，同时详尽地发布了"左联"通过的纲领：

> 我们并不抽象地理解历史的进行和社会发展的真相。我们知道帝国主义的资本主义制度已经变成人类进化的桎梏，而其"掘墓人"的无产阶级负起其历史的使命，在这"必然的王国"中作人类最后的同胞战争——阶级斗争，以求人类彻底的解放。
>
> 那么，我们不能不站在无产阶级的解放斗争的战线上，攻破一切反动的保守的要素，而发展被压迫的进步的要素，这是当然的结论。
>
> 因此，我们的艺术是反封建阶级的，反资产阶级的，又反对"稳固社会地位"……的小资产阶级的倾向。我们不能不援助而且从事无产阶级艺术的产生。
>
> 我们的理论要指出运动之正确的方向，并使之发展。常常提出中心的问题而加以解决，加紧具体的作品批评，同时不要忘记学术的研究，加强对过去艺术的批判工作，介绍国际无产阶级艺

---

① 旷新年：《1928：革命文学》，山东教育出版社 1998 年版，第 72 页。
② 旷新年：《1928：革命文学》，山东教育出版社 1998 年版，第 72 页。

术的成果，而建设艺术理论。

　　我们对现实社会的态度不能不支持世界无产阶级的解放运动，向国际反无产阶级的反动势力斗争。①

　　"左联"成立大会的历史意义在于，与会者所确立的纲领，一方面从政治和思想的高度确立了"左联"发展的历史大方向，另一方面也相对具体地确立了主要的工作方针——"（一）吸收国外新兴文学的经验及扩大我们的运动，要建立种种研究的组织。（二）帮助新作家之文学的训练及提拔工农作家。（三）确立马克思主义的艺术理论及批评理论。（四）出版机关杂志及丛书小丛书等。（五）从事产生新兴阶级文学作品。"②

　　"左联"的成立，标志着中国现代文学真正进入了左翼文学时代。"左联"从政治组织的意义上领导了左翼文学运动，既规约了左翼文化的发展方向，也推动了左翼文学创作的实际开展。20世纪30年代的左翼作家也由此开创了文学创作的新局面，作家们的创作触角触及中国社会的方方面面，前所未有地呈现了生活世界的全方位图景，也开创了无产阶级的新美学和文学政治学。

　　左翼作家大多坚守激进的革命立场，试图反映在都市生活和现代文明的挤压之下世道人心的大变动，从中寻找革命的星星火种，在创作中展现的也是中国社会生活的各种面相，塑造了更加丰富的各个阶层的文学形象。如丁玲的《莎菲女士的日记》状写了现代都市知识女性的苦闷，蒋光慈的《短裤党》着力于揭示工人阶级的革命觉悟，茅盾的《春蚕》《林家铺子》深入的是商品经济和社会危机波及之下的江南水乡，张天翼的《包氏父子》戳破的是小市民阶层的都市梦，沙汀的《在其香居茶馆里》《在祠堂里》描绘的是川西北的阴郁、凝重又不乏诙谐的社会风俗画，艾芜的

---

　　①《拓荒者》月刊社编辑部：《中国左翼作家联盟的成立》，《拓荒者》1930年第3期。

　　②《拓荒者》月刊社编辑部：《中国左翼作家联盟的成立》，《拓荒者》1930年第3期。

《南行记》与《漂泊杂记》把读者带入了富有浪漫传奇色彩的西南边地……左翼作家由此触及了中国社会方方面面的生活，塑造了具有全景性的文学景观。

左翼作家激进的革命态度也催生了激烈的美学风格。在艺术探索方面，左翼作家力图寻找和创造新的因应时代的手法、形式与文体，比如速写体的运用，对生活横截面的处理，对电影蒙太奇手法的借鉴等，把片段化、场景化的社会生活快节奏地组接在一起，造成时空场景的迅速切换和文学的细节容量的极大扩充。在作品的组织结构方面，倾向于创造具有强烈的反差对比，以及充满尖锐戏剧性冲突的方式。在文学语言方面，则力图捕捉充满张力和动感的快节奏的形式，用来承载浓烈而躁动的革命情绪。这种躁动的美学风格，不仅在蒋光慈及茅盾的以《子夜》为代表的都市文学中得到充分体现，也反映在左翼作家的乡土文学创作中，比如叶紫的《丰收》、吴组缃的《一千八百担》、丁玲的《水》等，都蕴含一种富有张力的粗犷的美感。

而 1933 年茅盾的《子夜》的问世，标志着左翼阵营终于迎来了能够代表左翼文学创作实绩的、具有史诗性的大作品。朱自清评价说："近几年我们的长篇小说渐渐多起来了，但真能代表时代的只有茅盾的《蚀》和《子夜》。"[1] 瞿秋白则把《子夜》视为"中国第一部写实主义的成功的长篇小说"[2]。《子夜》的出现，也标志着 20 世纪 30 年代中国左翼革命文学达到第一个高峰。"左联"时期，左翼文学不仅贡献了一系列堪称经典的文学作品，展现了 20 世纪 30 年代文学的重要实绩，而且在"五四"启蒙主义和文学革命的基础上奠定了新的文学传统，进而深远地影响了20 世纪中国文学乃至中国革命。

左翼革命文学奠定的传统，在延安时期进一步发扬光大。一大批左翼革命作家、向往革命的知识分子，以及支持革命、追求真理和进步的小资产阶级群体，在抗战全面爆发之后纷纷走向解放区延安，并在"无产阶级文学"的旗帜下进行集结。有文学史家把解放区的无产阶级革命文学传统

① 朱自清：《〈子夜〉》，《文学季刊》1934 年第 2 期。
② 瞿秋白、鲁迅：《〈子夜〉和国货年》，《申报·自由谈》1933 年 4 月。

细分为两种想象与实践。一种是认为"只有无产阶级自身掌握了文化,有了觉醒,发出自己的声音,才会有真正的无产阶级文学",基于这一理念,解放区展开的具体实践是"对工人、农民出身的作家的着意培养"。另一种是认为"只要革命知识分子接受了马克思主义,党的意识形态与工农实践相结合,就能创造无产阶级文学",由此强调"用无产阶级意识的自觉形态——党的意识与意志来改造知识分子,创造为工、农、兵服务,为党领导的革命与建设服务的党的文学"。①

如果说在前一种想象与实践中生成了所谓的"赵树理方向",那么在后一种文学想象与实践中,丁玲的《太阳照在桑干河上》及周立波的《暴风骤雨》等革命文学经典,最能体现解放区文学的艺术成就。两者的彼此参照映衬,彰显的是解放区新的左翼革命文学传统。

赵树理在左翼革命文学史上的意义首先在于,他真正实现了文学创作的大众化和通俗化,自觉地以文化程度有限甚至目不识丁的农民为拟设的阅读主体进行创作。有研究者认为,赵树理开启了一种新的文学传统,"既不同于'五四'以来占压倒优势的纯文学作品,也不同于我国旧时代那种说唱性的章回体通俗小说。这是一种全新的文学。它们既是纯文学,又是十分通俗的,它们是真正的、鲁迅和瞿秋白等人所说的'大众文艺'。……从赵树理开始,我国的文学是一直沿着纯文学与通俗文学合一的道路、沿着文学的通俗化的道路向前发展的"②。同时,这种通俗化的大众文艺又是与赵树理对农民主体的发现紧密联系在一起的。赵树理是把农民主体自我启蒙的历史使命真正落实到具体文学实践中的作家,他认为"通俗化"并不是"通俗文艺",而是"新启蒙运动"的一个组成部分:"它应该是'文化'和'大众'中间的桥梁,是'文化大众化'的主要道路;从而也可以说是'新启蒙运动'一个组成部分——新启蒙运动,一方面应该首先从事拆除文学对大众的障碍;另一方面是改造群众的旧的意识,使他

---

① 参见钱理群:《构建无产阶级文学的两种想象与实践》,《兰州大学学报》(社会科学版)2005 年第 6 期。

② 董大中:《赵树理论》,载《赵树理研究文集》(中卷),中国文联出版公司1996 年版,第 9 页。

们能够接受新的世界观。"①

更重要的是，赵树理是真正熟悉农村和农民的生活，并在思想方式和感情结构方面与农民阶层最为贴合的作家，也真正创造出了从形式到内容均为农民所喜闻乐见的作品。赵树理在创作实践中，真正遵循了文艺为工农兵服务的总体方针，实现了文艺与人民大众的结合，这是一种水乳交融的关系和情感的双重联系。也正因为这种维系，赵树理才真正塑造了有血有肉的鲜活的农民形象，也真正塑造了大写的农民主体。这种农民主体形象的出现，构成了中国革命和中国社会的历史性变革的重要表征。1946年周扬在《论赵树理的创作》一文中指出："这是现阶段中国社会最大的最深刻的变化，一种由旧中国到新中国的变化。""这个农村中的伟大的变革过程，要求在艺术作品上取得反映。赵树理同志的作品就在一定的程度上满足了这个要求。"②1947 年晋冀鲁豫边区召开了文艺座谈会，认为赵树理的创作是对毛泽东《在延安文艺座谈会上的讲话》所确立的文艺思想的发扬光大。陈荒煤发表的《向赵树理方向迈进》一文，则正式把"赵树理方向"带入了文学史叙述。③1948 年 10 月《人民日报》连载的赵树理的小说《邪不压正》，进一步奠定了赵树理作为解放区文艺的一面旗帜的历史地位。在 1949 年 7 月 2 日召开的首届全国文代会上，周扬在代表解放区的文艺工作者所作的报告《新的人民的文艺》中，将赵树理的《李有才板话》定义为"解放区文艺的代表之作"。

如果说赵树理代表的是解放区革命文学的本土化实践，那么周立波的《暴风骤雨》和丁玲的《太阳照在桑干河上》则可以看作是，革命知识分子在接受了马克思主义和党的意识形态之后所能创造的无产阶级文学的代表作，标志着以工农兵革命斗争为题材的优秀作品的出现。"其划时代的意义就在于"，"劳动人民不仅在经济政治上成为国家社会的主人公，

---

① 赵树理：《通俗化"引论"》，载董大中主编：《赵树理全集》（第 4 卷），北岳文艺出版社 2019 年版，第 168 页。

② 周扬：《论赵树理的创作》，载黄修己编：《赵树理研究资料》，北岳文艺出版社 1985 年版。

③ 参见陈荒煤：《向赵树理方向迈进》，《人民日报》1947 年 8 月 10 日。

而且也成为文艺作品和戏剧舞台上的主人公，从而使我国的文艺出现新面貌，发展到一个新阶段"。[①] 而在马克思主义文艺理论家冯雪峰那里，《太阳照在桑干河上》也代表了"我们社会主义现实主义的最初的比较显著的一个胜利"[②]，它与《暴风骤雨》等小说，在描写了"农民怎样在斗争中克服自己思想中的弱点而发展和成长起来"[③] 的同时，也为新中国塑造了新型的历史主体，标志着左翼革命文学所建构的传统中的革命主体登上了历史舞台。

二、关于革命文学的大叙述

在 21 世纪的今天，回溯近百年前诞生的左翼文学和革命文学传统，借助于长时段的视野重新对革命文学的历史进行检视，也许可以带出一种关于革命文学的新的总体观照和宏观叙述，即把从 20 世纪 30 年代的革命文学一直到 70 年代的社会主义文学，重新视为一个整体性图景进行历史探讨，或许可以从中发掘出新的关于中国革命的历史连续性的问题。从 20 世纪 20 年代后期开始的左翼文学及革命文学的实践，使得 20 世纪中国的革命历史进程有可能获得全局性的整体观照，从而有助于重建关于革命文学的大叙述，进而重建关于"二十世纪中国"的大叙述。

中国现代文学史上的"革命文学"，可以从狭义和广义两个方面进行讨论。狭义的"革命文学"，特指五四运动之后从文学革命到 20 世纪 20 年代后期的革命文学的主张和文学运动，而 1930 年"左联"的出现是其带来的直接历史后果。而广义的"革命文学"，则泛指以马克思主义为指导、以左翼文学运动为先导、以无产阶级先锋队为主体的贯穿整个中国现

---

① 林兰：《战士与作家》，载李华盛等编：《周立波研究资料》，湖南人民出版社 1983 年版，第 213 页。

② 冯雪峰：《〈太阳照在桑干河上〉在我们文学发展上的意义》，载袁良骏编：《丁玲研究资料》，天津人民出版社 1982 年版，第 340 页。

③ 冯雪峰：《〈太阳照在桑干河上〉在我们文学发展上的意义》，载袁良骏编：《丁玲研究资料》，天津人民出版社 1982 年版，第 332 页。

代史的文学运动，在某种意义上也可以称为"无产阶级革命文学"。这一文学运动在延安时期达到高峰，并在毛泽东《在延安文艺座谈会上的讲话》的指导下，在社会主义现实主义的创作旗帜的引领下，创造出了前所未有的无产阶级文学图景，进而延伸到新中国成立之后的经典社会主义时期。因此，这也为我们从整个 20 世纪的长时段的意义上进行宏观叙述，提供了历史可能性。

从 20 世纪社会主义历史实践的角度进行观照，始于 20 世纪 20 年代的革命文学的重要性就进一步得到凸显，它与现代中国革命及社会主义制度和文化的建设密切相关，对 20 世纪中国社会形态、民众生活形态乃至思想观念形态的变革都产生了深远的影响。考察 20 世纪中国革命文学的历史轨迹，有助于整体考察 20 世纪中国所遗留下来的革命传统，而这一具有时代意义的革命传统，既是中国人的历史遗产，也是 20 世纪中国为整个世界提供的相当独特的经验。中国革命的影响，从时间范围上看，可以说一直延续到了 21 世纪的今天；而从空间范围上看，则是使中国革命成为 20 世纪全球性的宏大历史叙事的重要组成部分，与世界性的左翼阵营、革命运动及社会主义浪潮有连带感。因此，对左翼与革命文化的探讨和检视，也事关对整个世界的未来走向的认知。

而从 20 世纪中国文学自身的历史进程的角度考察，革命对文学的影响也具有某种整体性和结构性。或许可以说，没有哪种历史因素，比革命对 20 世纪中国文学的影响更为巨大和深远了。革命与文学的互动，呈现的都是现当代中国文学的大的格局与宏观图景。左翼革命文学也提供了一系列的观念和视野，制约和规训了中国人 20 世纪的情感方式、语言习惯和审美机制，诸如革命、阶级、民族、政党、底层、救亡、翻身、解放、改造等。一系列话语承载着新的观念，最终影响的是中国人的情感结构、精神结构和价值结构……因此，从左翼革命文学的视野切入 20 世纪中国文学史，深入考察革命文学所建构的复杂的革命话语，可以进一步丰富 20 世纪乃至 21 世纪的文学图景，不仅在文学个体形态的意义上显示出巨大的生命力，同时也在文学模式、文体、思维、美学等层面塑造出具有总体性的文学面貌。

在 21 世纪的今天回望革命文学，也涉及怎样看待左翼文学、延安传统，以及社会主义文学这一系列重大叙事。而直面这些重大叙事，恰恰是直面延续了大半个世纪之久的中国革命历史，有助于重获一种跨世纪的总体视野，为从左翼革命文学到社会主义文学的发展锚定其内在的具有统一性的取向和特征。这里面还可以进一步生发出一系列宏大历史命题，比如怎样看待延安文学及社会主义文学与革命文学及左翼文学的关系？与20世纪前半叶相较，在1949年之后的文学历程中是否生成了完全不同质的文学形态，还是从左翼文学直至延安文学那里可以找到一以贯之的线索？这些关系到我们如何重构和叙述始于20世纪20年代的革命文学延续了半个多世纪的文学史叙事线索。

　　而这些历史叙事，都始于20世纪20年代后期的左翼文学和革命文学的历史实践。左翼文学和革命文学登上历史舞台，使文学家的想象与中国革命的宏伟蓝图结合起来，从而也使其参与了中国革命的历史进程。在这个过程中，左翼文学与革命文学在塑造新的文学形式、规范和语言的同时，也在塑造着无产阶级这一历史主体乃至制度性的主体实践。从这个意义上看，左翼文学和革命文学的发展历程，注定是生产宏大叙事的过程。

　　左翼文学兴起后的一个重要表征是，文学叙述中的集团性的"大我"对"五四"时期个体性的"自我"的取代，即作品中"我们"对"我"的取代，也即复数人称对单数人称的取代，是群体对个体的取代。其对社会阶级的关注超过了"五四"启蒙文学对个人命运的关注，占据前台的是人的社会性、集团性、阶级性。马克思的经典论断——"人是社会关系的总和"——得到了左翼作家的普遍认同。现实主义的典型塑造的艺术原则也得到强化，作家们试图通过个人表现集团、阶级，通过个性表现共性，通过典型性表现普遍性。从文学思潮和审美风格意义上说，"我们"对"我"的超越也反映在叙事形态的变化上，冷静客观的叙述风格代替了"五四"时期的主观性与抒情性，冷峻的写实主义美学更得到作家们的追捧。

　　20世纪30年代"我们"对"我"的取代还形成了另一种文学后果，即要求小说反映重大历史事件、展现时代全貌，提出了表现历史本质的史诗性的要求，一方面强调环境、时代对人的支配作用，另一方面为了追求本质、理想而同时又表现出某种浪漫主义的倾向。应该充分重视以茅盾为代表的左翼作家所创造的这些文学范式，其在以后的文学史上逐渐发展为革命现实主义与革命浪漫主义相结合的创作模式，对 20 世纪中国文学的总体影响在某种意义上超过了被称为"旗帜"的鲁迅传统。可以说，左翼文学奠定了中国现代文学乃至新中国成立后的文学的一些基本观念，尤其是在长篇小说中，更表现为一种"《子夜》"模式，规定了此后的长篇小说观念。

《子夜》的意义也正需要在左翼革命文学的大叙述的脉络中进行重估和审视。《子夜》的宏大叙事，也彰显出左翼革命文学对宏大叙事的关注，尤其是对时代生活的即时性、全景性、史诗性的把握。早在《子夜》问世伊始，吴组缃即有这样的评价："茅盾之所以被人重视，最大缘故是他能抓住巨大的题目来反映当时的时代与社会。"[1]普实克也曾经指出：

> 茅盾的创作总是与最近发生的事件紧紧地联系在一起，好像他要把他的国家刚刚经历的暴风骤雨当场记录下来。……在现实还没有成为历史前就迅速而且准确地抓住它，这是茅盾创作艺术的基本原则。[2]

这种即时把握历史进程进而进行全景性表达的艺术探索，在经典的左翼革命文学那里，是与马克思主义唯物史观及社会科学理论密切结合的，从而表现出驾驭与生成宏大历史叙事的能力。正如茅盾在《子夜》的"后记"中所说："我有了大规模地描写中国社会现象的企图。""我的原定计画比现在写成的还要大许多。例如农村的经济情形，小市镇居民的意识形态（这决不像某一班人所想象那样单纯），以及一九三〇年的'新儒林外史'，——我本来都打算连锁到现在这本书的总结构之内。"[3]《子夜》从而广泛而全面地描写了中国社会，编织的是波澜壮阔的巨幅社会历史画卷。这与《子夜》注重题材和主题的时代性与重大性，自觉追求思想的深

---

①吴组缃：《评茅盾〈子夜〉》，《文艺月刊》1933 年创刊号。

②〔捷克〕雅罗斯拉夫·普实克：《论茅盾》，载《茅盾研究》（第 2 辑），顾忠清译，文化艺术出版社 1984 年版，第 289—290 页。

③茅盾：《子夜》（后记），开明书店 1933 年版。

度与广阔的历史内容，追求反映时代全貌的宏大叙事密不可分。

有研究者进一步指出："茅盾的小说将社会政治和经济作为主要的内容，并且因此形成小说的主题和结构，充分体现了茅盾观察和思考社会历史的方式。……马克思主义社会科学充分地渗透到茅盾的文学思考之中，并且因此与巴金从人物性格、社会思潮，老舍从文化、风俗角度出发对于社会历史的描写和叙述形成了不同的视角与思考。茅盾的创作思维深刻地影响了吴组缃、沙汀等 30 年代现实主义作家，并且形成了'社会剖析派'。"[①] 按照严家炎的概括，"《子夜》的成功，开辟了用科学世界观剖析社会现实的新的创作道路，对一个新的小说流派——以茅盾、吴组缃、沙汀和稍后的艾芜为代表的社会剖析派的形成，起着重要的推动作用"[②]。这也是一种以阶级分析为政治观念背景的小说模式，它在 20 世纪 50 年代至 60 年代的《红旗谱》《创业史》《青春之歌》等一大批长篇小说中成为核心的构架，直到新时期伊始，在改革小说如蒋子龙的《乔厂长上任记》、柯云路的《新星》中，仍有不同程度的体现。这代表了 20 世纪中国文学史中长篇小说的主导模式，在 21 世纪随着左翼文化的重新兴起，又再次获得重要的历史评价。

如果说左翼作家在长篇小说模式中尝试借鉴了马克思列宁主义，追求对社会历史的剖析，那么革命文学则从政党政治和中国革命远景的高度进行了理论探索。在革命文学历史脉络中，更具有影响力的是毛泽东的《新民主主义论》及《在延安文艺座谈会上的讲话》所建构的文艺理论和系统思想。1940 年初，毛泽东发表了《新民主主义论》，在此前后还发表了《中国革命和中国共产党》等论著，对中国社会现状做了系统的分析。有文学史家认为："《新民主主义论》的论述，对中国左翼文化界产生了巨大影响，文学史研究也不例外。毛泽东在这里提出了观察文化问题的方法论，确立了讨论问题的基本前提。这就是，在物质与精神，存在与意识，政治、经济革命与文化革命之间的关系上，强调前者对于后者的'决定'作

---

① 旷新年：《1928：革命文学》，山东教育出版社 1998 年版，第 330 页。
② 严家炎：《中国现代小说流派史》，长江文艺出版社 2009 年版，第 174 页。

用。"① 正如毛泽东指出的那样："一定形态的政治和经济是首先决定那一形态的文化的；然后，那一定形态的文化又才给予影响和作用于一定形态的政治和经济。"②"这为左翼文学界开展的文学运动以及与这一运动紧密相连的对文学的历史叙述（文学史研究），确立了应予遵循的原则。"③ 这一原则在毛泽东的《在延安文艺座谈会上的讲话》中得以进一步系统化和理论化，从而奠定了政党政治与文学艺术领域宏大叙事之间的关联性，开启了延安文学通往当代文学的历史道路，也因此被看作是"继'五四'之后的第二次更伟大、更深刻的文学革命"④，"规定了新中国的文艺的方向"⑤。

也正是在这个意义上，有研究者强调 1942 年的重要性。毛泽东思想的历史意义一方面在于使马克思列宁主义中国化，开辟出自己的历史叙事图景，另一方面在于，其出现也是顺应世界范围内的全球性的现代化历史趋势的必然结果。双重的历史取向都为左翼革命文学的历史叙事提供了理论保证。

也正因如此，有研究者把从新中国成立到 1976 年 9 月 9 日这一段历史时期称为"毛泽东时代"，试图建构另一种整体性的叙事。钱理群认为，20 世纪 40 年代至 70 年代的中国文学是"毛泽东时代的文学"："毛泽东所领导的中国新民主主义革命与其所创建的中华人民共和国，对这一时期的文学的发展是起到了决定性的作用的。""在毛泽东时代，特别是中华人民共和国成立以后，已经形成了一个完整的文化形态，我曾给它以不同的命名：'共和国文化'或'中国式的社会主义文化'。它与中国传统文化和五四新文化自然有着深刻的联系，也显然受到外来文化（首先是马克思列宁主义）的深刻影响。但应该承认与正视，它是一种有别于传统文化、五四新文化与外来文化的独立的文化形态，它在近半个世纪的发展中已经

---

① 洪子诚：《当代文学概说》，广西教育出版社 2000 年版，第 6 页。

② 转引自洪子诚：《当代文学概说》，广西教育出版社 2000 年版，第 6 页。

③ 洪子诚：《当代文学概说》，广西教育出版社 2000 年版，第 6 页。

④ 周扬：《坚决贯彻毛泽东文艺路线》，《文艺报》1951 年第 5 期。

⑤ 转引自洪子诚：《当代文学概说》，广西教育出版社 2000 年版，第 9 页。

形成了与特定的政治、经济体制相适应的自己的观念、哲学，自己的思维方式，心理结构，情感方式，伦理道德，行为准则，甚至有自己的文体，话语方式，并且经过半个世纪的体制化的灌输……成为集体无意识，形成了新的国民性。这是一个'世纪遗产'，并且深刻地影响着中国的现实。"[1]

而从当代文学的发生的角度看，左翼革命文学就更加呈现出其历史重要性，构成了新中国成立以后当代文学的前史。从这个角度考察中国的左翼革命文学，可以看出从"左联"时期到新中国成立之后，文学机制与形态的某种整体连续性，也有助于从革命文学的角度理解复杂而漫长的20世纪。在20世纪80年代建构的某种具有主流意义的文学史观念中，1949年开启的是政治和文化权力介入文学的历程，此后的社会主义时期的文学与此前的现代文学之间构成的是一种历史性的断裂。而在把共和国文学的发生、发展视为一种过程性和动态性的文学史家那里，20世纪40年代和50年代的文学发展过程则被描述为，从左翼文学那里就已经开始的具有连续性的内在生成的历史进程。因此，从共和国文学的发展和演变的内在机制的角度着眼，左翼文学与革命文学就成为不可或缺的重要资源。

此外，左翼文学所内含的反思性和批判性传统的丧失，也在一定意义上构成了20世纪40年代以后的当代文学的一种结构性的匮缺。正如洪子诚所描述的那样：文学的一体化构成的是从延安时期到新中国成立后文学发展历史轨迹中占据主导性的方面。因此，检讨左翼文学传统的内在视野，是为这种一体化追根溯源，从而也构成了从当代文学的角度反观现代文学尤其是左翼文学传统内在的缺失的一种回溯性的视野，有助于为左翼文学重构兼具革命性和反思性的双重视野，也有助于在21世纪创造性地继承和发展左翼文学和革命文学的传统。

三、"去政治化"与左翼革命文学

从意识形态的层面看，20世纪80年代的中国思想界和文学界经历了

---

① 赵园、钱理群、洪子诚等：《20世纪40至70年代文学研究：问题与方法》，《中国现代文学研究丛刊》2004年第2期。

一个所谓的"去政治化"的政治时代。在这个时代，左翼革命文学遭遇的是前所未有的低潮期。从某种意义上说，这个时期的到来有一定的历史必然性。

作为一种时代思潮的"去政治化"，首先是国人试图反思一个"泛政治"的历史时代的结果。诚如李泽厚在《中国现代思想史论》中分析的那样：

> 中国近现代历史一直以政治为轴心在旋转，政治局势影响着甚至支配、主宰着社会生活的各个方面，从经济到文化，从生活到心理。除了二十年代初略有间歇外，自十九世纪末起，中国一代接一代的青年知识分子总是慷慨悲歌，以身许国，这当然也表现在文艺领域。二十年代"为艺术而艺术"的创造社，很快就一百八十度地转弯，呼喊着无产阶级文艺，到三十年代的自由主义的新月派，等等，也完全抵挡不住左翼文艺的凌厉攻击。"为人生而艺术"既有着"文以载道"的古典传统观念的意识和下意识层的支持，又获得了革命政治要求的现实肯定，左翼文艺便日益顺利地在青年知识分子的"思想情感方式"上取得了统治地位，而所有这一切都是与日趋紧张的救亡局势和政治斗争分不开的。①

李泽厚由此创造了一个"启蒙—救亡"相互颉颃的阐释范式，用来描述中国现代史的发展历程。在 20 世纪 80 年代的新启蒙主义背景下，这种"启蒙—救亡"的二元论式的描述获得了普遍认同，这有助于把"五四"奠定的启蒙主义传统重新作为新时期中国文化的重要组成部分。而站在今天的历史高度重新观照启蒙与革命彼此参照和互动的历史格局，我们对启蒙和革命的关系有可能获得新的阐释和理解的空间。从某种意义上说，革命也是一种启蒙，尤其对感召和唤起广大民众的革命性的能动力量，把人民大众组织进 20 世纪的革命历史进程中，进而使其获得一种政治主体

---

① 李泽厚：《二十世纪中国（大陆）文艺一瞥》，载马群林选编：《李泽厚散文集》，世界图书出版公司 2018 年版，第 355—356 页。

性而言，革命与无产阶级意识形态的启蒙是一体两面的。而在这个过程中，小资产阶级知识分子也同样面临获得革命主体性的再度启蒙。如果说"五四"阶段是个体本位及理性主义的启蒙，那么在革命历史进程中，知识分子也同样需要获得革命政治的启蒙。从这个意义上说，从鲁迅所代表的左翼文学到延安及解放区文学，都必然要经历一场前所未有的政治与革命的启蒙过程。即使是革命家鲁迅，也在 20 世纪 20 年代后期到 30 年代初期自觉地吸纳了关于无产阶级和马克思主义的理论资源，从而完成了瞿秋白所谓"从绅士阶级的逆子贰臣进到无产阶级和劳动群众的真正的友人，以至于战士"[1]的转变过程。而在延安时期，通过对"人是在艰苦中成长"[2]的自觉及对主体精神的历练，丁玲获得了坚定的革命主体性，最后创作出《太阳照在桑干河上》这样蕴含了作家本人的革命主体性的作品，使中国革命的历史主体性和远景蕴含在文学作品的内部图景之中。

当然，如丁玲、何其芳这样的出身于小资产阶级的知识分子作家，在获得革命的主体性的过程中，也必然要经历李泽厚所说的那种"'思想情感方式'起了极为剧烈的动荡"的过程："这就是知识者迈向这条道路上的忠诚的痛苦。一面是真实而急切地去追寻人民、追寻革命，那是火一般炽热的情感和信念；另一面却是必须放弃自我个性中的那种种纤细、复杂和高级文化所培育出来的敏感、脆弱，否则就会格格不入。这带来了真正深沉、痛苦的心灵激荡。"[3]

李泽厚在描述了左翼文艺日益取得统治地位的历史必然性，以及揭示出"知识者迈向这条道路上的忠诚的痛苦"的同时，也在一定程度上解释了左翼革命文学在 20 世纪 80 年代被压抑的内在历史原因。1949 年之后，文艺为社会主义服务、为工农兵服务是制定文艺政策和方针的前提及先决条件。

20 世纪 80 年代的文学史试图重建历史评价体系。譬如黄子平、陈

---

① 何凝（瞿秋白）编录并序：《鲁迅杂感选集》（序言），青光书局 1933 年版。

② 丁玲：《母亲·在医院中》，复旦大学出版社 2006 年版。

③ 李泽厚：《二十世纪中国（大陆）文艺一瞥》，载马群林选编：《李泽厚散文集》，世界图书出版公司 2018 年版，第 358 页。

平原、钱理群在其合撰的《论"二十世纪中国文学"》一文中提到，左翼文学的历史地位变得越来越边缘化，这在某种意义上意味着80年代的现代文学研究，对左翼文学及相关的共产主义运动的历史背景所持有的一种具有代表性的，也是整体性的态度。据钱理群回顾，文学史家王瑶对《论"二十世纪中国文学"》提出的一个质疑是："你们讲20世纪为什么不讲殖民帝国的瓦解，第三世界的兴起，不讲（或少讲，或只从消极方面讲）马克思主义，共产主义运动，俄国与俄国文学的影响？"[①] 这也多少体现出两代文学史研究者在历史认知方面的代际差异。

更具有代表性的文学研究思潮是"重写文学史"，在新一轮的现当代作家座次的排定过程中，郭沫若、茅盾、赵树理等作家的历史地位急遽下降，其他一些左翼作家的文学史评价也受到了影响。"重写文学史"在使1949年之后被压抑的沈从文、张爱玲、钱锺书等作家重新浮出历史地表的同时，也使左翼作家受到了明显的贬抑。其中具有代表性的文章有蓝棣之的《一份高级形式的社会文件——重评〈子夜〉》，王雪瑛的《论丁玲的小说创作》，戴光中的《关于"赵树理方向"的再认识》，李振声的《历史与自我——深隐在〈女神〉诗境中的一种困难》等。这些文章"企图打破过去以政治作评审标准而建立出来的文学史经典，例如他们批评了丁玲、茅盾、赵树理、郭沫若、柳青及郭小川等代表了'光辉的革命传统'的重要左翼作家和作品，甚至暴露了革命文学运动中的宗派思想和活动……"[②] 再比如，有研究者把丁玲在延安时期创作的作品视为被政治意识形态制约的产物："可惜延安整风后，她的这种个体声音和女性声音越来越微弱，到了1948年发表《太阳照在桑干河上》则完全丧失。这部小说在1951年获得斯大林文学二等奖。小说被誉为'艺术地再现了中国农村从未有过的巨大变革'，可是，不管是'正面人物'还是'反面人物'，都不过是政治的符号。其中黑妮这个女性形象，虽还残存一点人性，但终于被视为一种异质声音而消亡。从莎菲到贞贞到黑妮，说明丁玲的个性最

---

① 钱理群：《矛盾与困惑中的写作》，《文艺理论研究》1999年第3期。

② 王宏志：《张爱玲与中国大陆的现代文学史书写》，载刘绍铭、梁秉钧、许子东编：《再读张爱玲》，山东画报出版社2004年版，第272页。

后完全被政治意识形态所替代。"[1]

上述对现代文学史的所谓"重写"，其实也在一定意义上揭示出左翼革命文学传统在历史发展过程中所遭遇的问题。有研究者认为，如果用一种创作上的倾向来形容左翼文学，那么左翼文学传统应该是这样一种传统：

> 它以骨肉相亲的姿态关注底层人民和他们的悲欢，它以批判的精神气质来观察这个社会的现实和不平等，它以鲜明的阶级立场呼唤关于社会公平和正义的理想。代表一种思想或政治倾向的"左翼文学"传统……它经历了从"异端"到"主流"，又从"主流"复归"边缘"的过程。上世纪80年代以来，"左翼文学"一直处于被压抑、被冷落的状态，这其中有各种复杂的社会因素，也和"左翼文学"自身的僵化和丧失活力有关。[2]

这种僵化和丧失活力在某种意义上与政治密切相关，也与1949年以来对反思性和"五四"的人文主义理性的摒弃密切相关。

而进入20世纪90年代之后，在思想文化界生成的作为某种历史潜流的"告别革命"，也在一定程度上影响了对左翼革命文学的评价。如果说"去政治化"思潮中依旧内含着某种政治性的自反向度，在内在逻辑上依旧残存着政治余绪，那么具有国际性的意识形态影响力的"告别革命"思潮，则与20世纪90年代中国社会所兴起的商品化、世俗化浪潮彼此呼应，对左翼革命文学的历史传统更具有杀伤力。而在"书写欲望"的名目下应运而生的都市文学，则进一步高举告别大叙事、开启市民化的琐碎历史的大旗，革命文学传统开始走向真正的边缘化。

而以"再解读"为代表的海外汉学研究者，则在后革命和后殖民的视野下，寻求对中国左翼文学及社会主义现实主义经典作品的重新阐释和解

---

① 刘再复：《张爱玲的小说与夏志清的〈中国现代小说史〉》，载刘绍铭、梁秉钧、许子东编：《再读张爱玲》，第44—45页。

② 季亚娅：《"左翼文学"传统的复苏和它的力量——评曹征路的小说〈那儿〉》，《文艺理论与批评》2005年第1期。

读，进而从学院政治的意义上使左翼文学和革命文学重回研究界的视野。"'再解读'作为一种批评策略，希望通过对社会主义现实主义经典作品的解读，来使我们更好地进入对当代日益发达，并开始无微不至地渗透进我们的文化、精神生活的资本主义现实主义进行批判，并由此而'着手新的开放型文化的建设工作'。"正如文学史家洪子诚所评价的那样："本书的论述，对重新理解 20 世纪中国左翼文学与文化，对推动中国现当代文学的研究，已产生广泛、积极的影响。"但"再解读"也同样植根于20 世纪 90 年代之后告别革命的国际化历史语境之中，它在奠定、讨论社会主义现实主义红色经典的新的阐释视野甚至范式的同时，也症候性地揭示了这个时代终将远去的必然性。

正是在这个意义上，黄子平的著作《革命·历史·小说》（大陆版更名为《"灰阑"中的叙述》）可以看作是"再解读"批评范式的一个例子。在《"灰阑"中的叙述》的"前言"中，黄子平指出：

> "革命历史小说"是我对中国大陆 1950 至 1970 年代生产的一大批作品的"文学史"命名。这些作品在既定意识形态的规限内讲述既定的历史题材，以达成既定的意识形态目的：它们承担了将刚刚过去的"革命历史"经典化的功能，讲述革命的起源神话、英雄传奇和终极承诺，以此维系当代国人的大希望与大恐惧，证明当代现实的合理性，通过全国范围内的讲述与阅读实践，建构国人在这革命所建立的新秩序中的主体意识。①

虽然对"革命历史小说"的命名及"再解读"式的批评，是黄子平为把对红色经典的研究历史化所做的努力，但背后依然潜藏着研究者的现实关切和反思向度："此类作品本身也仍然包含着无法消泯的异质性，使得'经典化'也成为永远需要继续'进行到底'的无尽过程。持续不断的清洗、修改、增饰，恰恰反证了讲述和阅读'革命历史'的另类可能性的（潜）

---

① 黄子平：《"灰阑"中的叙述》（前言），上海文艺出版社 2001 年版，第 2 页。

存在。""解读意味着不再把这些文本视为单纯信奉的'经典',而是回到历史深处去揭示它们的生产机制和意义架构,去暴露现存文本中被遗忘、被遮掩、被涂饰的历史多元复杂性。如果历史不仅仅意味着已经消逝的'过去',也意味着经由讲述而呈现眼前、仍然刺痛人心的'现在',解读便具有释放我们对当前的关切、对未来的焦虑的功能。"① 黄子平的"再解读"因此隐含着对革命和红色经典的一种更为复杂的态度。

纵观 20 世纪 80 年代"去政治化"思潮与左翼革命文学的评价问题,我们需要重建具有涵容性的历史评价尺度和观照视野,去"检讨 80 年代那种简单的拒斥态度,并对那种态度背后蕴涵的意识形态内涵、文学观念或评判文学的标准做出一定的反省"②,进而把左翼革命文学纳入更开阔的世纪视野。只有这样,才有可能真正直面左翼革命文学带给国人的世纪传统。

四、21 世纪左翼革命文学的回潮

20 世纪 90 年代中后期文坛兴起了所谓的"新左翼文学",并延伸到 21 世纪的当下,意味着左翼文学和革命文学传统在 21 世纪的回潮,意味着左翼重新成为当代中国社会和思想资源的结构性组成部分,也意味着社会主义历史资源和价值在所谓的"后社会主义"时代依然有所延续。

2004 年,曹征路的小说《那儿》在《当代》杂志上发表,被认为是那一年度"最具震撼力的小说",在中国文学界和读者群中引起了广泛的反响,这在一定意义上标志着左翼文学传统在中国当代的复苏。与此同时,一系列有相似追求和倾向性的作品也相继问世,如曹征路的《问苍茫》,刘庆邦的《卧底》《神木》,陈应松的《松鸦为什么鸣叫》《马嘶岭血案》,罗伟章的《大嫂谣》,韩少功的《暗示》,余华的《兄弟》等。这些作品都是左翼革命文学传统在当下的回响,也为当代文学带来严峻的现实感和

---

① 黄子平:《"灰阑"中的叙述》(前言),上海文艺出版社 2001 年版,第 2—3 页。
② 赵园、钱理群、洪子诚等:《20 世纪 40 至 70 年代文学研究:问题与方法》,《中国现代文学研究丛刊》2024 年第 2 期。

厚重的美学风格。刘继明指出："当前的这种社会状况，显然是'左翼文学'产生的重要现实基础，也是左翼思潮在沉寂二十多年之后重新崛起的一个历史诱因。"①刘继明进而把戏剧《切·格瓦拉》视为"左翼文学真正复苏的信号"："《切·格瓦拉》的意义就在于它修复或重新激活了失传多年的革命文学记忆，将无产阶级美学传统以一种理想主义的姿态和先锋的面目并置到中产阶级文化正方兴未艾的 21 世纪之初。"②

在评论家看来，这种"新左翼文学"的出现，与 20 世纪 90 年代以后中国社会和思想界的急剧转型所引发的现实矛盾密切相关：

> 这种矛盾在知识界导致的一个直接成果就是"新左派"的崛起。现在看来，新左的出现在中国思想文化界堪称一个划时代的事件，因为在这之前，整个知识界和文学界弥漫着新自由主义和现代派、后现代派的思潮，中国人的思想几乎完全被一种狂热的发展主义理念所主宰和控制了，新左头一次对此发出了怀疑的声音。人们开始思考究竟选择一条什么样的发展道路更适合自己的国情和人民的意愿，以及怎样认识当下中国的真实处境，包括社会公正、平等的价值观，等等，再次成为了评估社会进步的重要指标。从这个背景下考察，"左翼文学"的出现，似乎就成为了某种历史的必然。③

从这个意义上讨论，当代文坛的"新左翼文学"是在向现代史上的左翼革命文学传统致敬，但更重要的是其中蕴含着当代作家直面当下中国的真实处境的问题意识，以及回应当代社会问题的现实感。"新左翼文学"

---

① 刘继明、旷新年：《"新左翼文学"与当前思想境况》，《黄河文学》2007 年第 3 期。

② 刘继明、旷新年：《"新左翼文学"与当前思想境况》，《黄河文学》2007 年第 3 期。

③ 刘继明、旷新年：《"新左翼文学"与当前思想境况》，《黄河文学》2007 年第 3 期。

带动的"底层叙述",反映了当代作家介入真实的现实的努力,而不是在假想与虚构的现实中,同时也赋予了所谓的"底层叙述"更深切的关怀和更复杂的美学与历史向度。进入 21 世纪,对底层的发现既延续了现代文学史上的左翼文学传统,也为当代文学逼近社会现实提供了新的主题。但"底层叙述"也一度存在自身的问题,正如邵燕君在《"底层"如何文学?》中所说:"有的作家在表现苦难时脱离了具体的语境,将之抽象化、概念化、寓言化,同时也推向极端化。于是,'底层叙述'变成了不断刺激读者神经、比狠比惨的'残酷叙述';有的作家以简单的'城乡对立''肉食者鄙'等线性逻辑理解复杂的'底层问题',以苦大仇深作为推动故事的情绪动力,于是'底层叙述'变成了隐含的'仇恨叙述';还有的作家既无底层经验,又少底层关怀,只因题材热门、'政治正确',也来分一杯羹,寻求'入场'的捷径,这样的'底层叙述'已经是一种'功利叙述',变'为底层说话'为'拿底层说事儿',令人对整个'底层叙述'的可靠性产生怀疑。"① 这种"底层叙述",也映射出中国社会结构性的分层甚至分裂,在揭示出一部分历史真实的同时,也"折射出当前中国社会的复杂形态和思想境遇"②。

陈晓明在《"憎恨学派"或"后左翼"的新生》一文中谈道:

> 左翼文学唤起的不只是一种立场和态度,更重要的是它建立起的艺术法则,它确立的情感和审美趣味,他给定文学的价值和功用,这些都是中国当代文学共同体所熟悉的,它们经常被划归在笼统而冠冕堂皇的现实主义名下。而且大的理论批评语境,在大学流行的话语体系都与左翼传统并行不悖,这都使"后左翼"文学的生命花样翻新而源远流长。③

这种观点也试图为当下的左翼革命文学的回潮,进一步勾勒创作书写

---

① 邵燕君:《"底层"如何文学?》,乌有之乡网 2006 年 2 月 15 日。
② 刘继明:《我们怎样叙述底层?》,《天涯》2005 年第 5 期。
③ 陈晓明:《"憎恨学派"或"后左翼"的新生》,《当代文坛》2006 年第 1 期。

及批评阐释的观念视野和典范性的美学原则，进而把价值论、艺术观、情感结构、艺术法则、审美趣味和批评语境统合为一个有机整体，这有助于重建"当代文学共同体"。

21世纪左翼革命文学的回潮，一方面意味着我们重新捡拾起20世纪本土革命浪潮中的思想、文化、制度性资源，另一方面也是对21世纪自身的现实问题的积极回应，是文学重新介入现实和历史的一种方式。这种方式，毋宁说是左翼思想中蕴含的社会激情和历史活力的重新释放。但正如洪子诚所提醒的那样："以过去形成的观念，是否能有效解释、处理被我们所称的'左翼'文化与'社会主义经验'？是否有必要探索、形成新的思想基点？如何挣脱既定的概念与既定的理论框架的束缚，而揭发、展开这个时期'左翼'文化、文学探索的难题与悖论？"而探索寻求一个新的思想基点，不仅意味着对世纪遗产的重新阐释和吸纳，使之在当下文化语境中复活，还意味着我们的出发点是直面当下的现实问题，进而开辟未来的文明远景。而现实的复杂性要求我们，"既需要总结其历史上的经验与教训，同时需要以开放的姿态吸纳异质的思想资源，不断丰富和完善自我，对底层的关怀与'大众化'不应该影响它的知识深度；对阶级性与实践性的强调不应该忽略审美性，其创作方法也应该不仅限于现实主义，而应不断汲取新的资源，在民族形式的追求中也应该对异域文化采取'拿来主义'。如何在新的历史条件下，解决以上的种种矛盾，是继承'左翼文学'传统所必须面对的问题"[1]。

21世纪左翼革命文学的回潮，给中国文学界和思想界提供了一个系统性和总体性回溯20世纪中国革命与文学传统的历史契机。关于20世纪中国革命的传统，我们其实还需要在更长时段的视野中进行更为全面和更有深度的理解，这也必将有助于我们重新理解20世纪本身，甚至有助于理解同样复杂的21世纪。

对左翼文学和革命文学传统的理解，还涉及对人类近现代以降各种各

---

① 李云雷：《底层写作的误区与新"左翼文艺"的可能性——以〈那儿〉为中心的思考》，《海南师范学院学报》（社会科学版）2006年第1期。

样的文明模式和制度的重新检视和探讨。进入新时期以后，对现代化的憧憬及对西方的现代性构成的统摄性的文明想象，促使中国思想界在告别革命的声浪中与左翼和社会主义遗产匆匆作别。

关于"短 20 世纪"的相关论述，已经构成中国学界理解 20 世纪中国历史的重要范式和解释模式，具有一定的解释力。同时，"短 20 世纪"的范畴也生成了对话性。也有学者概括出一种"长 20 世纪"的理解方式，认为所谓的"短 20 世纪"可以说是一种革命范式，而"长 20 世纪"则是一种现代化范式。但无论是"短 20 世纪"还是"长 20 世纪"，其实都不仅仅是纯粹的历史与学术问题，更是现实问题，甚至是现实政治问题。这种短长之争或者说短长之辩的存在，本身就意味着 20 世纪并没有过去。而当我们从革命的角度审视 20 世纪的时候，这个世纪带给我们的感觉或许同样是长远的，这就是从中国革命的视角所理解的漫长的 20 世纪。这种短与长当然不是用物理时间来衡量的，所谓的"长 20 世纪"，"长"指的是历史内涵而不是时间刻度。进一步说，"长 20 世纪"是一种心理结构、一种文化密度、一种文明感受。一旦把革命的维度重新带入 20 世纪，再与所谓的"现代性范式"相叠加，20 世纪的丰富性、复杂性和涵容性就会凸显出来，从而使得 20 世纪显得更加漫长。

20 世纪之所以是漫长的，是因为 20 世纪既有阳光也有阴影，是阳光与阴影并存的世纪。而且历史的复杂性在于，我们无法把阳光与阴影彻底剥离开来，就像搅碎的鸡蛋，很难再分出蛋清和蛋黄。有学者在讨论新中国成立后社会主义初期的文学时用了"难题性"的范畴[1]，也是因为这种蛋清和蛋黄混淆在一起的状态。而"难题性"的存在，意味着我们今天对中国革命和中国特色社会主义道路的理解和探讨，不再是简单地再造各种各样的合法性和合理性，而是需要重新评估中国革命史中的悖论性及社会主义道路的复杂性，从而为民族复兴及人类文明的前景提供一些新的选择的可能性。

---

[1] 参见朱羽：《社会主义与"自然"：1950—1960 年代中国美学论争与文艺实践研究》，北京大学出版社 2018 年版。

因此，借助这种百年的长时段视野，左翼革命文学的回潮堪称是现象级的历史事件。这种回潮不仅事关对革命文学及中国革命的重新阐释和理解，而且事关对 20 世纪中国的理解，甚至有助于重新理解人类历史上非常独特的 20 世纪本身。

经典化与流行化：重估"张爱玲神话"

一、张爱玲的意义

在关于张爱玲的意义及文学史地位的评估与总结过程中，有相当一部分文学史家和研究者认为，张爱玲是一个"异数"[1]，或者说是一个"例外"[2]。所谓的"异数"和"例外"，既表现在张爱玲文学创作风格的独特性和无法替代性上，也体现在张爱玲的经典化和流行化的历史过程中。

张爱玲首先以其创作本身特有的文学性价值，奠定了其经典作家的历史地位，同时也以她的独异的文学史形象因应时代风云，进而在后来的历史进程中，凸显出某种文化症候性。尤其是进入20世纪90年代以后，张爱玲的经典化更与中国都市化的兴起、商业化的勃兴，以及告别革命和告别历史大叙述的文化气候、历史氛围密切相关。张爱玲一举成为小资文化的"祖师奶奶"[3]，最终历史的合力塑造出一个"张爱玲神话"。

而衡量张爱玲的历史意义，首先要直面张爱玲的这种独异性。张爱玲既是在20世纪中国文学史中占据重要甚至特殊地位的文学家，也在20世纪临近尾声之际完成了经典化的过程，同时成为流行文化的象征性符号。

---

[1] 如陈思和在《张爱玲现象与现代都市文学》一文中说，"张爱玲是新文学史上的一个'异数'"。（参见子通、亦清主编：《张爱玲评说六十年》，中国华侨出版社2001年版，第492页。）

[2] 冰心主编：《彩色插图中国文学史》，中国和平出版社1995年版，第216页。

[3] 王德威：《张爱玲成了祖师奶奶》，载《小说中国：晚清到当代的中文小说》，台北麦田出版社1993年版，第337页。

因此，需要把张爱玲的文学史意义上的经典地位的确立，以及其在流行文化中的符号意义的形塑过程，同时纳入考察视野，只有在历史与现实的双向坐标中，才能更准确地把握张爱玲的历史定位。

关于张爱玲的文学史意义上的经典地位，有两种具有权威性的文学史评价。一是在钱理群、温儒敏、吴福辉合著的《中国现代文学三十年》（修订本）这部文学史中，张爱玲获得了学院派文学史家给予的评价："张爱玲四十年代的小说成就，有她本人的天才成分和独特的生活积累条件，也是中国二十世纪文学发展到这个时期的一个飞跃。她的小说，使得现代小说有了贴近新市民的文本，既是通俗的，又是先锋的；既是中国的，又是现代的，是中国文化调教出来足以面对世界的，因而也绝不是孤立的现象。"① 这个判断一方面强调的是张爱玲自身的天赋与阅历的独特性，另一方面则在新文学史的框架中，凸显了张爱玲的创作与新市民文化的密切关系，同时整合了通俗与先锋、本土与现代、中国与世界的多重衡量尺度，是一种具有权威性的文学史评价。二是范伯群在《中国现代通俗文学史》（插图本）中立足于通俗文学历史脉络做出的评价："张爱玲的小说的特色是她善于将古、今、中、外、雅、俗有机地成功地融会贯通在她的作品中，形成她的小说的独一无二的韵味，在中国现代文学中独树一帜。她可以跻身于中国现代文学作家群的'第一集团'，成为最冒尖者之一，毕竟有她的道理在，这是谁也无法否定得了的。"② 这一判断同样强调了其"融会贯通"的创作特色，从而"在中国现代文学中独树一帜"。正是张爱玲的这种调和性与兼容性，使她在文学史中脱颖而出。而张爱玲创作中体现出的具有原型性特征的女性心灵状态、风格卓异的荒凉美学，以及对她所属的那个时代的嵌入、呼应和呈现，构成了张爱玲的经典地位的基础。

有研究者指出，张爱玲"身上深深地濡染着中国士大夫的乐感文化的历史遗留，同时又生存于贵族文化的没落时期而携上了浓重的末世情调，

---

① 钱理群等：《中国现代文学三十年》（修订本），北京大学出版社1998年版，第516页。

② 范伯群：《中国现代通俗文学史》（插图本），北京大学出版社2007年版，第544页。

这种末世情调，又与战争年代个体生存的危机意识以及对人类文明行将毁灭的强烈预感交织在一起"①。这使张爱玲在沦陷时代所塑造的"私语体"的文本语境笼罩着一种荒凉感，进而呈现为一种苍凉的美感格调。"私语体"这一范畴来自张爱玲的散文集《流言》中的名篇《私语》，而张爱玲在 20 世纪 40 年代的创作中的整体话语情境，也正可以用"私语体"来进行命名。张爱玲以其"凄凄切切"的私语，营造了战争年代一个孤绝女性的个人话语空间和美感空间。

散文集《流言》在文本层面吸引读者的，是一种张爱玲特有的女性的感性氛围，以及一种近乎神经质的艺术禀赋和气质。这使得张爱玲在散文中书写的凡俗而日常的都市生活本身也呈现出一种审美化的倾向，其中渗透着生于乱世的女性作家的深沉的孤独感。譬如《流言》中关于音乐和绘画的两篇散文：

> 我最怕的是凡哑林，水一般地流着，将人生紧紧把握贴恋着的一切东西都流了去了。胡琴就好得多，虽然也苍凉，到临了总像着北方人的"话又说回来了"，远兜远转，依然回到人间。
>
> 凡哑林上拉出的永远是"绝调"，回肠九转，太显明地赚人眼泪，是乐器中的悲旦。（《谈音乐》）

> 风景画里我最喜欢那张《破屋》，是中午的太阳下的一座白房子，有一只独眼样的黑洞洞的窗；从屋顶上往下裂开一条大缝，房子像在那里笑，一震一震，笑得要倒了。通到屋子的小路，已经看不大见了，四下里生着高高下下的草，在日光中极淡极淡，一片模糊。那哽噎的日色，使人想起"长安古道音尘绝，音尘绝——西风残照，汉家陵阙"。可是这里并没有巍峨的过去，有的只是中产阶级的荒凉，更空虚的空虚。（《谈画》）

---

① 余凌：《张爱玲的感性世界》，《读书》1991 年第 7 期。

这些文字在给人一种超凡的艺术感受的背后，渗透着一个女性独特的人生感悟和心理体验，呈现了张爱玲孤独的内心世界。审美对象与观照主体在这里互为诠释，凡哑林拉出的"绝调"，"破屋"的荒凉与空虚，是张爱玲内心的孤独与荒凉的主观投射。这种具有艺术气质的荒凉感，最能打动和感染读者。

"荒凉"可以看作是张爱玲对时代特征的总体领悟，也是对艰难岁月的深刻感受。正如张爱玲在其小说集《传奇》再版"序"中所说："时代是仓促的，已经在破坏中，还有更大的破坏要来。有一天我们的文明，不论是升华还是浮华，都要成为过去。如果我最常用的字是'荒凉'，那是因为思想背景里有这惘惘的威胁。"20世纪40年代，张爱玲在沦陷区以其特有的艺术风格和美感情调，表达了乱世中一个孤独女性的生命处境和荒凉的心理境遇，既应和了乱世情境，也为她所处的时代找到了一种整体性的概括和表达。因此，张爱玲的美学体验具有某种现代主义的深刻性，也由于这种深刻性，使她与一般的通俗文学作家拉开了距离。正如李今所说："在中国现代文学史上，不能说张爱玲是伟大的，却可以说张爱玲是深刻的。即使不说张爱玲是最重要的小说家，却可以说她是最具有西方现代精神特征的小说家。"[1] 刘再复也指出："在本世纪中，张爱玲是一个逼近哲学、具有形上思索能力的很罕见的作家。浸透于她的作品中的是很浓的对于世界和人生的悲观哲学氛围。张爱玲具有作家的第二视力。当人们的第一视力看到'文明'时，她却看到'荒原'；当人们看到情感的可能时，她却看到不可能；而当人们看到不可能时，她却看到可能。……张爱玲这种对人生的怀疑和对存在意义的叩问，使得她的作品挺进到很深的深度。中国现代文学，普遍关注社会，批判社会的不合理，但缺乏对人类存在意义的叩问这一维度。而张爱玲的小说却在这一维度上写出精彩的人生悲剧。"[2]

---

① 李今：《张爱玲的文化品格》，载子通、亦清主编：《张爱玲评说六十年》，第498页。

② 刘再复：《张爱玲的小说与夏志清的〈中国现代小说史〉》，载刘绍铭等编：《再读张爱玲》，山东画报出版社2004年版，第35—36页。

张爱玲身上体现出的这种"西方现代精神特征",尤其是其对"荒凉"的体悟,近似于 T.S. 艾略特在《荒原》中抵达的形而上的高度,同时又具有本土韵致。"荒凉"也构成了张爱玲小说的总体氛围,如《金锁记》写的就是女主人公曹七巧孤独而荒凉的一生。早年的曹七巧因冷漠的大家庭与没有爱情的婚姻而性格扭曲,支撑其生命的只剩下对金钱的欲望,张爱玲形容早年的七巧是"玻璃匣子里蝴蝶的标本,鲜艳而凄怆"。这种被压抑的生命,在中年以后生成了邪恶的暴力,又去压抑她的女儿长安。晚年的曹七巧充满鬼气:

> 门口背着光立着一个小身材的老太太,脸看不清楚……门外日色昏黄,楼梯上铺着湖绿花格子漆布地衣,一级一级上去,通入没有光的所在。

这俨然一个阁楼上的疯女人。这就是张爱玲小说的典型氛围,凄清、阴冷、诡异,给人一种彻骨的荒凉感。

张爱玲所酷爱的这种荒凉感,也被她演绎为更具有美学意味的苍凉:"我不喜欢壮烈。我是喜欢悲壮,更喜欢苍凉。……苍凉之所以有更深长的回味,就因为它像葱绿配桃红,是一种参差的对照。"

苍凉也因此被张爱玲看作是一种启示,我们由此可以理解张爱玲讲故事的方式。她喜欢营造一种悠长的时空跨度与距离、回溯性的故事空间和叙事框架。如《倾城之恋》的结尾:"胡琴咿咿呀呀拉着,在万盏灯的夜晚,拉过来又拉过去,说不尽的苍凉的故事——不问也罢!"《倾城之恋》中的故事,只是说不尽的苍凉的故事中的一个而已,拉过来拉过去的胡琴就有了盲艺人讲述久远故事的感觉。《金锁记》也从"三十年前的上海,一个有月亮的晚上"讲起。张爱玲写道:"然而隔着三十年的辛苦路望回看,再好的月色也不免带点凄凉。"而小说的结尾则这样呼应道:"三十年前的月亮早已沉下去,三十年前的人也死了,然而三十年前的故事还没完——完不了。"如此悠长的时空跨度与距离,赋予了张爱玲的故事以传奇意味。

战乱年代的张爱玲,体验到的是个体被放逐到充满杀机与威胁的都市，却在现代都市文明中无法找到新的依托的放逐感。"人是生活于一个时代里的，可是这时代却在影子似地沉没下去，人觉得自己是被抛弃了。"① 张爱玲进而生发出的是对整个人类文明的幻灭感。沦陷时期，海派文化在她的眼里是"新旧文化种种畸形产物的交流"，而世界范围的战争更使她感到，人类"去掉了一切的浮文，剩下的仿佛只有饮食男女这两项。人类的文明努力要想跳出单纯的兽性生活的圈子，几千年来的努力竟是枉费精神么？"② 张爱玲因此试图还原战争情境下都市中人的固有本性，展示了芸芸众生真实的人生形态，写出了人的平庸与渺小、自欺与欺人，揭示了战争环境中都市大众的生存处境。而张爱玲在反思了人性的自私与本能的同时，也在笔下的人物身上灌注了悲悯和宽容。张爱玲也由此真正写出了历史的原生态、凡人的原生态。张爱玲认为，琐碎的历史景象中的凡人，比英雄更能代表时代的总量。而张爱玲还原得最好的部分，正是凡俗而真切的女性心理世界和生活形态，她从女性体验出发对战乱年代人性的揭示和剖析，具有同时期的其他作家很难达到的深度。因此，与当时的浪漫主义、英雄主义的主流话语不同，也与理性正史不同，张爱玲贡献的是一种边缘性话语，游走于男性中心话语之外，自处于一种女性私语的边缘。

与这种边缘性相呼应的，是张爱玲在创作中所做的融汇雅与俗、调和传统与现代、沟通精英文学和大众文学、兼容古典文学和西方文学的努力。早在 1983 年，赵园就在《开向沪、港"洋场社会"的窗口——读张爱玲小说集〈传奇〉》一文中称，张爱玲小说中有一种"旧小说情调与现代趣味的统一"。此后研究者们评价张爱玲的文学史意义，就多借助这种融会贯通的论点。譬如有研究者这样评价张爱玲的"文化逻辑"："她让英雄、超人沦为凡人俗人，在男人与女人之间找到了共同点，从精神与物质的对立中寻找到统一，把大时代的潮流与不相干的事看得同等重要，使通俗文学与高雅文学合而为一。""但张爱玲的倾向世俗化，并不是说她媚俗，迎合大众，她既还原人性的世俗形态，同时又对世俗的人性保持着'哀矜'

---

① 张爱玲：《自己的文章》，载《流言》，北京十月文艺出版社 2012 年版，第 93 页。
② 张爱玲：《烬余录》，载《流言》，北京十月文艺出版社 2012 年版，第 58 页。

的距离，这就是张爱玲在现代文化日益分化的两极：现代主义所代表的高雅文学和享乐主义的大众文化、通俗文学之间所处的位置。"①

张爱玲的这种杂糅和兼容的风格被王德威概括为"张腔"："小说界也有张腔，肇始者不是别人，正是张爱玲。""纯就文字形式而言，张爱玲糅合了古典白话小说（如《金瓶梅》《红楼梦》）与二十世纪初西方言情说部的特色，创造了一种紧俏世故、新旧并陈的叙述方式。张是正宗的写实主义者，对物质世界的细节点滴，有着永不餍足的好奇及述说的欲望。即使她拿手的心理描写，也多半藉着与物质世界的平行类比而凸显出来。""但张爱玲小说的魅力，不只出于她修辞造境上的特色，也来自于她写作的姿态，以及烘托或打压这一姿态的历史文化情境。她所谓参差对照的美学，其实也代表了她观察世路人情的结论。在宣传文学狂飙的年代里，张爱玲反其道而行。她摒弃了忠奸立判的道德主义，专事'张望'周遭'不彻底'的善恶风景。她从浮华颓靡的情爱游戏里，看到人间男女素朴原始的挣扎与渴望；她从庸懦猥琐的市井人生中，找寻闪烁不定的道德启悟契机。"②这些论断都精辟地总结了张爱玲的文学史意义。

而进一步确立张爱玲在文学史中的意义，不仅需要她的文学创作，更要将其放在被经典化、流行化的历史过程中加以考察。

二、张爱玲的经典化历程

考察张爱玲经典化的历程，可以提取出几个重要的时间节点。

张爱玲在上海甫一出道就赢得了文坛的赞誉，谭正璧、傅雷（迅雨）等评论家即时发表了评论文章。傅雷在《论张爱玲的小说》中称《金锁记》是"我们文坛最美的收获之一"。当时与张爱玲齐名的作家苏青在关于张爱玲小说集《传奇》的座谈会上，甚至称张爱玲为"仙才"。而 1949 年

---

① 李今：《张爱玲的文化品格》，载子通、亦清主编：《张爱玲评说六十年》，第 510—511 页。

② 王德威：《张爱玲成了祖师奶奶》，载《小说中国：晚清到当代的中文小说》，台北麦田出版社 1993 年版，第 337—338 页。

之后直到 20 世纪 80 年代初期，中国大陆几部重要的文学史，如王瑶的《中国新文学史稿》、唐弢主编的《中国现代文学史》（三卷本）等，都未提及张爱玲的创作。

张爱玲的经典化应该始于美国学者夏志清的研究和大力推动。早在 1957 年发表的文章《张爱玲的短篇小说》中，夏志清就指出"张爱玲该是今日中国最优秀最重要的作家"，而《金锁记》"是中国从古以来最伟大的中篇小说"。文学史家郑树森认为，夏志清的这篇文章对中国文学界产生的是"最重要和深远的影响"："这篇文章的重要性主要有两点：第一是对张爱玲的评鉴定位；第二是分析方法；这两方面都左右了'张学'以后的发展。"[1] 夏志清的这些判断，都在他后来的《中国现代小说史》中有所延续。

夏志清于 1961 年出版的《中国现代小说史》专门用一章的篇幅书写张爱玲，从此奠定了张爱玲在现代文学史上的重要作家的历史地位，也因此有研究者称夏志清为张爱玲经典化的"最大的功臣"。在这部小说史中，夏志清关于张爱玲《金锁记》的评价，则延续了《张爱玲的短篇小说》一文中的判断："这是中国从古以来最伟大的中篇小说。这篇小说的叙事方法和文章风格很明显地受了中国旧小说的影响。但是中国旧小说可能任意道来，随随便便，不够谨严。《金锁记》的道德意义和心理描写，却极尽深刻之能事。从这点看来，作者还是受西洋小说的影响为多。"[2] 也正因为夏志清的重视和评价，张爱玲在 20 世纪 60 年代的香港和台湾获得了学界和读者的重新关注。

而在中国大陆（内地），张爱玲重新浮出历史水面则是在 20 世纪 80 年代初。1981 年 11 月，《文汇月刊》发表了一篇题为《张爱玲传奇》的文章。1982 年 2 月，《文教资料简报》发表了《张爱玲著作目录》及《张爱玲研究资料》。而当时非常重要的新文学研究刊物《新文学史料》，在

---

[1] 郑树森：《夏公与"张学"》，载刘绍铭、梁秉钧、许子东编：《再读张爱玲》，山东画报出版社 2004 年版，第 3 页。

[2] 夏志清：《中国现代小说史》，刘绍铭等译，复旦大学出版社 2005 年版，第 261 页。

1982 年发表了一篇未署名的文章《中国现代女作家小传》，其中介绍了张爱玲，而其被列入"中国现代女作家"，则"暗示着她已初步得到'官方'的承认"。[①]

大陆（内地）文学界关于张爱玲的研究也开始出现。赵园于 1983 年在《中国现代文学研究丛刊》上发表的《开向沪、港"洋场社会"的窗口——读张爱玲小说集〈传奇〉》，是较早的讨论张爱玲的学术文章，后来广为征引。1985 年，作家柯灵在《读书》上发表了《遥寄张爱玲》，进一步把张爱玲带入读者的视线。此后各家出版社竞相出版张爱玲的作品，天津的百花文艺出版社在 1986 年出版了由丁尔纲编选的《私语》，同年 12 月，又出版了《倾城之恋》。人民文学出版社于 1986 年出版了"中国现代文学作品原本选印"系列之《传奇》，上海书店于 1987 年影印了张爱玲的散文集《流言》。作为中国现代文学作品参考资料，张爱玲当年最重要的两部作品集重新问世。

而黄修己出版于 1984 年的《中国现代文学简史》，用将近一页的篇幅介绍张爱玲，"这是大陆出版的现代文学史著中最早有关张爱玲的描述"[②]。书中分析了《金锁记》和《等》两篇小说，在这部学院派文学史中，黄修己对张爱玲有如下描绘："她写城市生活用的是传统手法，很善于在平常生活中细腻地描画人物心理。……这里反映了一群在敌伪统治下苟活者百无聊赖的精神状态，可以说是张爱玲小说的基本色调。"[③]这部文学史的问世，意味着学院派开始为张爱玲正名，张爱玲从此正式进入学院派的研究视线。

与此同时，学术研究领域对张爱玲的研究也开始深入。"此外，更值得注意的，是一批有学术深度的论文的出现。如金宏达的《论〈十八春〉》，潘学清的《张爱玲家园意识文化内涵解析》、赵宏顺的《论张爱玲小说的

① 参见王宏志：《张爱玲与中国大陆的现代文学史书写》，载刘绍铭、梁秉钧、许子东编：《再读张爱玲》，山东画报出版社 2004 年版，第 252 页。

② 王宏志：《张爱玲与中国大陆的现代文学史书写》，载刘绍铭、梁秉钧、许子东编：《再读张爱玲》，山东画报出版社 2004 年版，第 253 页。

③ 黄修己：《中国现代文学简史》，中国青年出版社 1984 年版，第 354 页。

错位意识》、杨义的《论海派小说》以及吴福辉的《老中国土地上的新兴神话——海派小说都市主题研究》等。"①也正是这些研究，推动了张爱玲研究热的出现。"大约在1993年至1995年左右，有众多年轻学子（包括本科生与研究生）一窝蜂都挤着要做关于张爱玲的论文。诸如关于张的小说中意象和结构分析、心理描写、文化模式，乃至女性主义的评论，恐怕每一个大学中文系都有学生选题在做。"②

也正是基于上述研究，学院研究者力图在文学史书写中为张爱玲重新寻求历史地位。其中，《彩色插图中国文学史》中的"新世纪的文学"部分，给予了张爱玲较高的文学史地位和评价："四十年代的中国文坛，在收获了大量的战争浪漫主义理性之光照耀下的悲壮的战争文学的同时，又拥有了这一个'苍凉的手势'。""最初人们几乎一致地把张爱玲看作是海派通俗作家，但认真阅读她的作品，才真正认识到，这位中国晚清士大夫文化走向式微之后的最后一个传人，这位上海滩上的才女，骨子里的古典笔墨趣味、感受方式与表达上的深刻的现代性。"③有研究者这样评价钱理群"重写文学史"的努力："在《彩色插图中国文学史》的'新世纪的文学'部分里，除鲁迅享有独特的位置，占去两页的篇幅外，给予了'更高的评价和更为重要的文学史地位'的还有六位作家：老舍、沈从文、曹禺、张爱玲、冯至、穆旦。当中张爱玲以'一个苍凉的手势'为专节的标题，占去近一页的篇幅……""它基本上能够概括地展示了张爱玲在二十世纪中国文学史里的位置。""当我们猛然发觉中国大陆的一部文学史把张爱玲的位置放在郭沫若、茅盾、田汉、丁玲、巴金、郁达夫、赵树理、夏衍等之上的时候，便可以感到其中的震撼力量。"④

---

① 温儒敏：《近二十年来张爱玲在大陆的"接受史"》，载刘绍铭、梁秉钧、许子东编：《再读张爱玲》，山东画报出版社2004年版，第23页。

② 温儒敏：《近二十年来张爱玲在大陆的"接受史"》，载刘绍铭、梁秉钧、许子东编：《再读张爱玲》，山东画报出版社2004年版，第23—24页。

③ 冰心主编：《彩色插图中国文学史》，中国和平出版社1995年版，第216页。

④ 王宏志：《张爱玲与中国大陆的现代文学史书写》，载刘绍铭、梁秉钧、许子东编：《再读张爱玲》，山东画报出版社2004年版，第282—283页。

　　而学院内的张爱玲研究热也有逸出大学围墙，进而与大众传媒和大众文化合流的态势。一个标志性事件出现在1994年，"有海外归来的新锐学者声称要'以纯文学的标准重新审视百年风云，洞察历史真相，力排众议，重论大师'，为小说重排座次。结果金庸、张爱玲上榜，茅盾落选，一石激起文坛千层浪。这一事件后又披露于发行量达近百万份的《中国青年报》，并被多家媒体转载。张爱玲在座次评定中以'冷月情魔'的称谓位居第八，且不论此称号是否恰当，但'张爱玲'的名字更广为传播却是一不争的事实"[①]。所谓"排座次"当然不无吸引眼球的考虑，但是这一举动演变成媒体所热衷的一个文化事件，也标志着学院派与传媒领域、大众合力塑造"张爱玲神话"的时代已然来临。

　　其实进入20世纪90年代，张爱玲就已经逐渐成为出版界、读书界和学术界的热点，进而成为大众文化领域的"英雄"。正如倪文尖描述的那样："从1985年柯灵老的名篇《遥寄张爱玲》公开发表算起，张爱玲在上海、在大陆的'失而复得'不过10年，迄今盛况已经如此：张爱玲的书被制成各种版式在大书店、小书摊或整齐或零乱地出售，张爱玲的文在被大学教授、僻地民工或高级或低档地接受，张爱玲这人在被各个层次不同群落的'张迷'体认、议论。"[②]

　　而进入90年代之后，随着中国商业化时代的来临，随着小资文化的兴起，张爱玲获得了越来越多的大众读者，成为"粉丝文化"的宠儿，完成了与学院派的汇流。正如温儒敏所指出的那样："进入90年代中期以后，有关张爱玲的研究显然已经完成了对张爱玲'经典性'的论证，张爱玲越来越成为一种文化符号，并和商业操作日益结合，成为90年代特别显眼的一种文化现象。"[③]其中一个重要的标志是，关于张爱玲的传记纷纷出现。

　　① 温儒敏：《近二十年来张爱玲在大陆的"接受史"》，载刘绍铭、梁秉钧、许子东编：《再读张爱玲》，山东画报出版社2004年版，第25页。

　　② 倪文尖：《不能失去张爱玲》，载陈子善编：《作别张爱玲》，文汇出版社1996年版，第245页。

　　③ 温儒敏：《近二十年来张爱玲在大陆的"接受史"》，载刘绍铭、梁秉钧、许子东编：《再读张爱玲》，山东画报出版社2004年版，第24—25页。

"人们的兴趣转向张爱玲传奇的一生。1992 年下半年到 1995 年初这两年多时间里，竟有四部张爱玲传出版。这四部传记是王一心的《惊世才女张爱玲》、于青《天才奇女张爱玲》、阿川的《乱世才女张爱玲》和余斌的《张爱玲传》。"①一个作家的经典化和普及化，有赖于充分的传记研究，在张爱玲经典化的过程中，传记写作起到了重要的作用，这些传记或通俗，或学术，满足了不同读者的口味和需求，也进一步寻求到了把学院派的典律意识与大众趣味相结合的具体途径。

1995 年 9 月，张爱玲在海外仙逝。大众和媒体对张爱玲的关注达到高峰。"国内影响较大的几家报纸均做出了重点报道，《文学报》《中华读书报》《南方周末》《北京青年报》不吝版面，发行量上百万的《南方周末》甚至还专门做了半版的'寻访张爱玲'。""由文学研究界开始的'张爱玲热'，此时扩大到了公众领域，印证了詹明信有关消费社会中精英文化与大众文化相融合的观点。"②张爱玲的流行过程也印证了研究者的观察："张爱玲的简单化、片面化基本上是由'市场''大众'这些无形的手操纵完成的。"③而随着张爱玲的离世，多家出版社纷纷推出张爱玲的各种作品集及悼念文集，前一类如花城出版社出版的《张爱玲作品集》、哈尔滨出版社出版的《张爱玲典藏集》等，后一类如中国友谊出版公司出版的于青的《寻找张爱玲》、文汇出版社出版的陈子善编的《作别张爱玲》、学林出版社出版的季季和关鸿编的《永远的张爱玲》、海南国际新闻出版中心出版的孔庆茂的《魂归何处——张爱玲传》、上海文艺出版社出版的司马新的《张爱玲在美国——婚姻与晚年》、学林出版社出版的张爱玲的弟弟张子静的《我的姊姊——张爱玲》、中国华侨出版社出版的《张爱玲

① 温儒敏：《近二十年来张爱玲在大陆的"接受史"》，载刘绍铭、梁秉钧、许子东编：《再读张爱玲》，山东画报出版社 2004 年版，第 24 页。

② 温儒敏：《近二十年来张爱玲在大陆的"接受史"》，载刘绍铭、梁秉钧、许子东编：《再读张爱玲》，山东画报出版社 2004 年版，第 25 页。

③ 倪文尖：《不能失去张爱玲》，载陈子善编：《作别张爱玲》，文汇出版社 1996 年版，第 247 页。

评说六十年》等。①而花城出版社出版的今冶编著的《张迷世界》，也使"张迷"这个说法成为张爱玲经典化过程中的重要范畴。

千禧年即将到来之际，《亚洲周刊》评选出了20世纪华语小说的百部经典，张爱玲的小说集《传奇》处于鲁迅的《呐喊》、沈从文的《边城》及老舍的《骆驼祥子》之后，位列第四。张爱玲也正式与鲁迅等少数作家并列，成为20世纪最重要的作家。而有的评论者甚至把张爱玲和鲁迅并称为20世纪文学贡献最大的两个作家。较早把鲁迅和张爱玲相提并论的，是海外学者王德威："'五四'以来，作家以数量有限的作品，而能赢得读者持续的支持者，除鲁迅外，唯张爱玲而已。"②此后有更多的学者和作家把鲁迅和张爱玲并称，于是有了黄子平的观察和总结："我想到一个同样很有意思的现象，就是我们谈张爱玲的时候，尤其是在大陆，一定要讲到鲁迅。"③

当然，以张爱玲反衬鲁迅伟大的言论也不在少数。如王安忆所说：

> 张爱玲的人生观是走在了两个极端之上，一头是现时现刻中的具体可感，另一头则是人生奈何的虚无。在此之间，其实还有着漫长的过程，就是现实的理想与争取。……当她略一眺望到人生的虚无，便回缩到俗世之中，而终于放过了人生的更宽阔和深

----

① 温儒敏在《近二十年来张爱玲在大陆的"接受史"》一文的"附录：大陆近二十年来有关张爱玲的著作出版简况"中列出了五十余种出版物，其中比较重要或者具有代表性的有《张爱玲传奇》《张爱玲情语》《张爱玲散文全编》《张爱玲作品欣赏》《张爱玲文集》《私语张爱玲》《最后的贵族张爱玲》《贵族才女张爱玲》《奇才逸女张爱玲》《浮世的悲哀》《传奇文学与流言人生——张爱玲的文学》《重放的玫瑰——张爱玲相册》《张爱玲代表作》等。（参见刘绍铭、梁秉钧、许子东编：《再读张爱玲》，山东画报出版社2004年版，第28—30页。）

② 王德威：《张爱玲成了祖师奶奶》，载《小说中国：晚清到当代的中文小说》，台北麦田出版社1993年版，第337页。

③ 黄子平：《讲评》，载刘绍铭、梁秉钧、许子东编：《再读张爱玲》，山东画报出版社2004年版，第67页。

厚的蕴含。从俗世的细致描绘，直接跳入一个苍茫的结论，到底是简单了。……所以，我更加尊敬现实主义的鲁迅，因他是从现实的步骤上，结结实实地走来，所以，他就有了走向虚无的立足点，也有了勇敢。[1]

再如刘再复的说法："20世纪中国文学史上真正有绝望感的作家只有两个人，一是鲁迅，一是张爱玲。鲁迅虽然绝望，但他反抗绝望，因此，总的风格表现为愤慨；而张爱玲感到绝望却陷入绝望，因此风格上表现为苍凉。鲁迅看透人生，但又直面人生，努力与人生肉搏，因此形成男性的悲壮；张爱玲看透人生，却没有力量面对人生，结果总是逃避到世俗的细节里，从而形成特殊的女性语言。两者虽有区别，但都是描写中国生存状态与精神状态的高手。不过，鲁迅的精神内涵显然比张爱玲的精神内涵更为深广，而且深广得很多很多。"[2] 这种类比虽然最终凸显的是鲁迅的伟大，但也在对比参照中客观地提升了张爱玲的重要性。[3]

张爱玲旅居美国时期所创作的作品，如小说《同学少年都不贱》《小团圆》《雷峰塔》和《易经》、散文《异乡记》等在大陆出版界的问世，再度把张爱玲热推向新高度。《小团圆》的发行及媒体对《小团圆》的各种言说，使得张爱玲热在21世纪又达到了一个高潮，从某种意义上说这再度构成文学界甚至文化界的事件，在"张迷"中也形成了关注"晚期张爱玲"的热潮。于是有学者借鉴萨义德"晚期风格"的理念，探讨张爱玲赴美后的文本风格、书写策略，以及晚期的生命意识、美学体验等。

类似于"红学"，张爱玲的经典化已经完成的另一个标志是"张学"

---

① 王安忆：《世俗的张爱玲》，载刘绍铭、梁秉钧、许子东编：《再读张爱玲》，山东画报出版社2004年版，第310页。

② 刘再复：《张爱玲的小说与夏志清的〈中国现代小说史〉》，载刘绍铭、梁秉钧、许子东编：《再读张爱玲》，山东画报出版社2004年版，第40页。

③ 网络领域也呈现出鲁迅与张爱玲双峰对峙的态势。2001年人民文学出版社出版了《网络鲁迅》和《网络张爱玲》两本书，收录了流行于网络中的鲁迅与张爱玲的言论，而关于两者的比较也成为张爱玲经典化过程中的重要研究视野。

概念的出现。陈建华在《张爱玲"晚期风格"初探》一文中指出，从"张学"层面上说，至今还是"说不尽的张爱玲"。张爱玲的经典化是多重因素共同塑造的结果。学院派的鼎力研究，"粉丝文化"的推波助澜，都市商业文学空间的生成，上海怀旧热的兴起，等等，构成了催生这一神话的历史合力。

其中，都市商业文学空间的建构及上海怀旧热的兴起，提供了时代、文化和历史的大气候。

三、张爱玲与都市商业文学空间的建构

在张爱玲崭露头角半个世纪之后的当下语境中，她所创造的文学图景已经构成大上海的都市商业空间的某种表征。张爱玲的意义也正是在历史情境和当下现实语境交互对接的过程中得到进一步彰显。一方面，她在创作中建构了一种与都市商业文化互动的文学空间，另一方面，20世纪末到21世纪初，中国都市化的再度勃兴及商业文化大潮的来临，也强化了当下现实与张爱玲所塑造的都市商业文学空间的互动性。

20世纪90年代以后，以上海为代表的中国都市文化的崛起，为读者进一步发现张爱玲笔下的都市商业文学空间提供了现实依据。法国思想家福柯断言：我们的时代是一个空间占主导位置的时代，我们的时代"是一个空间的纪元"，"我们处在同时性的时代中，处在一个并置的年代"。"我们时代的焦虑与空间有着根本的关系，比之与时间的关系更甚"。张爱玲的读者突然发现，她在20世纪40年代的文学创作中所塑造的，正是一种都市空间文化。其中空间意象琳琅满目，比如商场、橱窗、招牌、霓虹灯、广告栏，甚至是人体广告形象，等等。它们与外滩建筑、百货大楼、咖啡馆、舞厅、公园、跑马场、电影院等一起构成了都市商业文学空间，既构成了张爱玲生存其中的都市空间，同时也构成了文学创作中商业和消费的符码。

李欧梵借助对空间和物象的描绘，进一步呈现了上海的商业消费景观：

　　上海现代生活的物质消费指南可以在无处不在的广告上找

到，这些广告有的被霓虹灯照着，有的贴在临街的店铺上，还有的是五花八门地印在报纸杂志上。由此，它们也产生了一门物质文化的"符号学"。

而娱乐场所同样值得我们注意，尤其是电影院、咖啡馆、戏院、舞厅、公园和跑马场。虽然西式饭店和中国人的生活很有距离，电影院、咖啡馆和舞厅却完全是另一回事。某种程度上，它们向中国居民提供了除传统之外的休闲和娱乐方式。[①]

而对消费型文学读者来说，其中最核心的文学意象是商品形象，呈现出的文学景观也是典型的消费主义图景，直接刺激都市人的消费主义欲望。而张爱玲在创作中表现出她与这种都市公共空间及商业氛围没有丝毫的违和感。正如李欧梵所描述的那样："无论是在小说还是现实生活里，张爱玲对摩登生活的恋慕一样可以从上海物质文化的方方面面里追溯出来。她的主人公从弄堂的家和半公共空间里出来，进入公共舞台，他们足迹常至的地方是中式或西式餐馆，以及咖啡馆。"[②] 当然，更不用说徜徉于五光十色的大马路和四马路——上海最繁华的商业街区。张爱玲曾经在散文《道路以目》中化用成语典故来描绘都市消费空间，用"道路以目"形容逛街时上海琳琅满目的商品使消费者的眼睛看不过来。她这样评论商业街两侧的橱窗："橱窗的作用不外是刺激人们的购买欲。现代都市居民的通病据说是购买欲的过度膨胀。想买各种不必要的东西，便想非分的钱，不惜为非作歹。"张爱玲据此总结说"橱窗是不合理的社会制度的不合理的附属品"，乍看上去张爱玲是在批判商品化与消费主义。不过接下来张爱玲就露出了"本相"："可是撇开一切理论不讲，这一类的街头艺术，再贵族化些，到底参观者用不着花钱。不花钱而得赏心悦目，无论如何是

---

① 李欧梵：《上海摩登——一种新都市文化在中国（1930—1945）》，毛尖译，北京大学出版社 2001 年版，第 21—23 页。

② 李欧梵：《上海摩登——一种新都市文化在中国（1930—1945）》，毛尖译，北京大学出版社 2001 年版，第 291—292 页。

一件德政。"① 在张爱玲眼里，"德政"的标准就是消费者"不花钱而得赏心悦目"，都市的商业景观背后就事关美学与政治。

　　费孝通在著作《乡土中国》中说："从基层上看去，中国社会是乡土性的。"② 这不仅仅指中国是一个具有广袤的乡土面积的国度，也不仅仅指中国的农业人口占据国民总人口的绝大多数，更意指乡土生活形态的广延性和覆盖性。可以说，乡土性对中国社会及中国人的生存方式的影响是基本的乃至全局性的，乡土形态不仅仅局限于农村地区，甚至也波及都市。在观念领域，中国作家往往把都市尤其是以上海为代表的大都市看成是欲望之源。周作人就曾说过："上海滩本来是一片洋人的殖民地；那里的（姑且说）文化是买办流氓与妓女的文化，压根儿没有一点理性与风致。这个上海精神便成为一种上海气，流布到各处去，造出许多可厌的上海气的东西。"③ 虽然 20 世纪 30 年代以穆时英、刘呐鸥为代表的中国新感觉派小说家，既由上海洋场塑造，也创造了从内容到形式都有大都市气息的文学图景，但新感觉派在提供了都市的丰富的感性直观体验，传达出现代都市生活所展示的人类心理体验和感性存在的同时，更多的是沉溺于都市的感官刺激，震惊于商业空间的光怪陆离，缺乏反思的视野，尚未获得深刻的生命体验和哲学升华的底蕴，从而显现出一种文化"贫血症"。

　　也正是在 20 世纪 30 年代新感觉派小说的参照之下，张爱玲笔下的上海都市图景的独异性得以凸显。张爱玲在文学作品中，塑造了一种现代海派文化特有的都市商业文学空间。吴福辉在《老中国土地上的新兴神话——海派小说都市主题研究》中认为，张爱玲的小说叙事所呈现的都市图景已"升华到现代都市哲理的层面"④。正是这种"都市哲理"，构成了张爱玲创作视景的重要组成部分，也使张爱玲笔下的消费主义景观有了

---

① 张爱玲：《道路以目》，载《流言》，北京十月文艺出版社 2019 年版，第 31 页。
② 费孝通：《乡土中国》，生活·读书·新知三联书店 1985 年版，第 1 页。
③ 周作人：《上海气》，载钟叔河编订：《周作人散文全集》（第 5 卷），广西师范大学出版社 2009 年版，第 3 页。
④ 吴福辉：《老中国土地上的新兴神话——海派小说都市主题研究》，载王晓明主编：《二十世纪中国文学史论》（第二卷），东方出版中心 1997 年版，第 348 页。

一种历史的纵深感和文化的厚重感。她写的是都市消费主义意识形态背后的心理形态，是都市人生存境遇的真实再现。

在传达了"都市哲理"的同时，张爱玲也使笔下的都市文学空间成为个性化、心理化、审美化的空间，具有独特的文化和美学深度，甚至也建构了作为都市人的张爱玲的深层审美心理。譬如，她在《公寓生活记趣》中这样写道：

> 我喜欢听市声。比我较有诗意的人在枕上听松涛，听海啸，我是非得听见电车响才睡得着觉的。在香港山上，只有冬季里，北风彻夜吹着常青树，还有一点电车的韵味。长年住在闹市里的人大约非得出了城之后才知道他离不了一些什么。城里人的思想，背景是条纹布的幔子，淡淡的白条子便是行驰着的电车——平行的，匀净的，声响的河流，汩汩流入下意识里去。

在张爱玲的审美感受中，"电车"的"声响的河流"恰是都市的诗意的表征，是城里人思想的背景，最终化为一种审美无意识。因此，张爱玲致力于书写的都市空间，也堪称是一种渗透了审美无意识的心理空间。

这种都市化的审美与张爱玲及其笔下都市人物心理的孤独感互为表里，体现出一种既融入都市空间又与之疏离的心理姿态。而张爱玲笔下的都市空间的独异性也正体现在这种若即若离的态度上。张爱玲最擅长写的是自己及笔下人物渗透在潜意识里的孤独之美。比如，《谈音乐》里的这段文字：

> 丝绒败了色的边缘被灯光喷上了灰扑扑的淡金色，帘子在大风里蓬飘。街上急急驶过一辆奇异的车，不知是不是捉强盗，"哗！哗！"锐叫，像轮船的汽笛，凄长地，"哗！哗！……哗！哗！"大海就在窗外，海船上的别离，命运性的决裂，冷到人心里去。

作者的心理流程及下意识的流动，呈现的正是一种都市下意识。而整个语境中渗透着的那种深入骨髓的孤独，不仅透露了张爱玲的感性和心理世界的纤细与丰盈，更标志着张爱玲以一种艺术的方式把孤独体验审美化、情绪化了，而背后则沉积着都市人在沦陷时期的内在的虚无感甚至荒凉感。

这种都市人所体验到的虚无感甚至荒凉感，是张爱玲传达得最为精彩的主题及情绪。又如小说《沉香屑　第一炉香》中写女主人公葛薇龙逛新村市场时的感受："她在人堆里挤着，有一种奇异的感觉。头上是紫魆魆的蓝天，天尽头是紫魆魆的冬天的海，但是海湾里有这么一个地方，有的是密密层层的人，密密层层的灯，密密层层的耀眼的货品……然而在这灯与人与货之外，有那凄清的天与海——无边的荒凉，无边的恐怖。"这里的"荒凉"和"恐怖"，与其说是主人公的心理感受，不如说是作者张爱玲的主观投射，是审美体验外化的结果。又如散文《烬余录》中写香港的电车："从人头上看出去，是明净的浅蓝的天。一辆空电车停在街心，电车外面，淡淡的太阳，电车里面，也是太阳——单只这电车便有一种原始的荒凉。"这种"原始的荒凉"，把都市体验与历史时空连接起来，有一种《倾城之恋》中所说的地老天荒之感。也恰如《沉香屑　第二炉香》里主人公罗杰体验到的一种神话中才有的混沌状态："后来他关上了灯，黑暗，从小屋里暗起，一直暗到宇宙的尽头，太古的洪荒——人的幻想，神的影子也没有留过踪迹的地方，浩浩荡荡的和平与寂灭。"这种感受的背后，也是对末世都市文明荒芜的一种感受，类似艾略特的"荒原"所反映的西方一代人的文明幻灭感。正如美国理论家丹尼尔·贝尔在《资本主义文化矛盾》中所指出的："荒原"反映的已不是西方文明的衰落，而是一切文明的终结，是一种末日和末世的体验。

张爱玲特有的与"荒原"酷似的都市意象是"旷野"，"旷野"是张爱玲描述都市时空的一个独特的喻体，传达着张爱玲在特定历史时空下的都市体验。小说《桂花蒸　阿小悲秋》中有两处运用了"旷野"的意象：

　　　丁阿小手牵着儿子百顺，一层一层楼爬上来。高楼的后阳台上望出去，城市成了旷野……

阿小把衣服绞干了，拿到前面阳台上去晒，百顺放学回来，不敢揿铃，在后门口大喊："姆妈！姆妈！"拍着木栅栏久久叫唤，高楼外，正午的太阳下，苍淡的大城市更其像旷野了。

类似的体验在张爱玲的小说《等》中也有所体现："里间壁上的挂钟滴答滴答，一分一秒，心细如发，将文明人的时间划成小方格；远远却又听到正午的鸡啼，微微的一两声，仿佛有几千里地没有人烟。"把都市空间想象为"几千里地没有人烟"的"旷野"，实际上反映的是张爱玲对都市的一种"荒原"般的体认。而张爱玲的特殊之处正在于把这种荒原感带入都市，从而为商业消费空间赋予了一种文化、心理和美学的景深。

《桂花蒸 阿小悲秋》在张爱玲的作品中有着某种特殊性，这篇小说带入了都市底层人的生活，反映了张爱玲笔下都市图景的杂糅性和多层次感。而当下流行文化对张爱玲作品中的都市性的理解，与张爱玲描绘的真实图景之间就显现出一定的历史错位。张爱玲与上海的互动其实有一种复杂性，但在 20 世纪 90 年代以来的上海怀旧热中，过度强调上海摩登的一面，在关注城市的消费空间、声光化电的都市"现代性"及光怪陆离的都市消费景观的同时，这种混杂性却在一定程度上被忽略了。

从空间形态上看，张爱玲小说中写到的主体空间无法完全用消费主义的商业空间进行概括，张爱玲笔下的摩登上海的都市商业文化只是上海图景的一部分。张爱玲的小说至少在反映都市消费主义的空间之外，还有传统的室内空间、家居场景。"家"在张爱玲的小说中同样是人物活动的核心场合，和都市娱乐、消费空间一起呈现出上海的驳杂性。而今天的上海都市消费空间的研究者，如果只突出旧上海的消费景观，那么都市空间的可分割性则有可能被忽视或者无视。所谓的"可分割性"，意味着都市空间不是铁板一块，而是有进一步分割的可能性的。上海既有外滩的高楼大厦，也有底层人生活的弄堂。但是 20 世纪 90 年代以来，有些上海怀旧主义者只看到外滩，没有看到弄堂。这种迹象也表现在张爱玲研究中。张爱玲被认为是上海怀旧的鼻祖，成了摩登都市感性的象征，而人们却忽略了张爱玲对底层社会的观照。譬如《桂花蒸 阿小悲秋》中就书写了一个底层人眼中的上海：

　　　丁阿小手牵着儿子百顺，一层一层楼爬上来。高楼的后阳台
上望出去，城市成了旷野，苍苍的无数的红的灰的屋脊，都是些
后院子，后窗，后衔堂，连天也背过脸去了，无面目的阴阴的一
片，过了八月节了还这么热，也不知它是什么心思。下面浮起许
多声音，各样的车，拍拍打地毯，学校喤喤摇铃，工匠捶着锯着，
马达嗡嗡响，但都恍惚得很，似乎都不在上帝心上，只是耳旁风。

　　张爱玲借助保姆阿小的视角，呈现了上海的另一面，传达了张爱玲别
样的都市体验。这是一个异质性的都市，是从公寓后阳台看到的上海，这
是一个"后"的世界，与光鲜璀璨的商业化上海构成了根本性的区隔。
　　可以说，张爱玲笔下的上海景观从来都不是单一的，而是混杂的。张
爱玲在《桂花蒸　阿小悲秋》中，一方面状写了来自乡下的保姆阿小的命
运，另一方面则是把她的生存状态与高等公寓中的"洋主子"进行对照，
在彼此参照中写出了上海都市图景的驳杂性。《小团圆》则通过九莉的旅
程，在乡土的背景中提供了观察都市甚至是观察中国的新视野，从而串联
起更多的复杂图景。张爱玲笔下的都市商业空间，也因此比大多数海派作
者笔下的多了一些繁复的向度。她既善于把旧的家族制度和家族传统拖进
现代都市历史时空。正如吴福辉所说，张爱玲"最擅长表现旧的家族世家
在大都会的遭际和命运"[1]，也更擅长描绘贵族向普通市民的转变："到
了张爱玲，海派逐渐由一部分的市民向全体市民——新老市民，大厦写字
间的市民和石库门厢房亭子间的市民——扩展。都市生活不仅仅是舞厅酒
吧夜生活的浮光掠影，它是每日每时发生在琐细平凡、有质有感的家庭这
个都市细胞的内面，是日常人生，是浮世的悲欢。"[2]
　　陈思和则从走向民间的角度界定张爱玲："而且在新文学的启蒙传统
遭到空前抑止、一些坚持知识分子广场立场的精英们只能韬光养晦的时

----

①吴福辉：《春润集》，复旦大学出版社 2012 年版，第 114 页。
②吴福辉：《老中国土地上的新兴神话——海派小说都市主题研究》，载王晓明
主编：《二十世纪中国文学史论》（第二卷），东方出版中心 1997 年版，第 347 页。

候，她却独独开辟出一条通向都市民间的道路。"① "张爱玲对现代都市文学的贡献是她把虚拟的都市民间场景——衰败的旧家族、没落的贵族女人、小奸小坏的小市民日常生活——与新文学传统中作家对人性的深切关注和对时代变动中道德精神的准确把握，成功地结合起来，再现出都市民间文化精神。因此她的作品在精神内涵和审美情趣上都是旧派小说不可望其肩项的。" "确实，是张爱玲使散失在都市里的民间文化碎片凝聚起来，再生出真正的'现代性'的都市生命。……由此而生的当代都市文学创作，几十年来沉而复起，却始终被笼罩在张爱玲小说的阴影之下，无论 1960 年代的港台还是 1980 年代的大陆。"②

四、张爱玲与当代上海怀旧热

20 世纪 90 年代，上海怀旧热愈演愈烈，张爱玲热也融入这一怀旧热潮中，既因应了上海怀旧热，也为其推波助澜。这与张爱玲被视为海派文化传统的传人甚至代言人是密切相关的。

严家炎在《张爱玲与新感觉派小说》一文中，就将张爱玲纳入了海派文学传统。学者王德威在文章《海派作家又见传人》中，也对张爱玲在海派文化史上的地位做了判断。从此张爱玲的文学史地位就与海派文化建立了紧密的关联，张爱玲的文学气质也需要置于海派文化的大背景中予以表现；同时，张爱玲也不可避免地成为海派文化的一个标志性乃至代表性人物。

20 世纪 20 年代后期，以上海为中心的沿海地区高度繁荣。从这些年来的影视和文学作品中就可以看出。关于老上海的影视作品就有电视剧《像雾像雨又像风》《上海滩》，电影《摇啊摇，摇到外婆桥》《天堂口》《上海恋香》《海上旧梦》《上海往事》《长恨歌》等，而根据张爱玲的

---

① 陈思和：《张爱玲现象与现代都市文学》，载《陈思和文集：新文学整体观》，广东人民出版社 2018 年版，第 316 页。

② 陈思和：《张爱玲现象与现代都市文学》，载《陈思和文集：新文学整体观》，广东人民出版社 2018 年版，第 319—320 页。

小说改编而成的影视作品有《红玫瑰与白玫瑰》《色戒》《倾城之恋》等，这些影视作品都在一定程度上再现了民国时期大上海的繁华与浮华。[1]

在文学领域，以张爱玲代表的海派文学也在当代创作中产生了影响，这也表征了一个经典作家的影响力。王德威在《张爱玲成了祖师奶奶》一文中，曾经梳理出了一个受到张爱玲影响的作家谱系，其中"私淑张腔"的作家，女作家如施叔青、朱天文、朱天心、钟晓阳、苏伟贞、袁琼琼、三毛等，男作家如白先勇、郭强生、林俊颖、林裕翼等，都与其有值得追溯的因缘关系。而在文章《落地的麦子不死——张爱玲的文学影响力与"张派"作家的超越之路》中，王德威又将苏童、叶兆言、王安忆、须兰等视为传达了"张味"的作家，尽管他略有分寸地指出："影响研究其实是极虚构化的论证方式。从依样画葫芦到脱胎换骨，无不可谓影响。"[2]而在《张爱玲再生缘——重复、回旋与衍生的叙事学》中，王德威进一步勾勒了大陆的"张派"传统："80年代以来，张爱玲重新在大陆受到重视。而早期最能伟其精神的，竟是两位男性作者，苏童与叶兆言。""但论到与张爱玲有意识对话的作家，则属王安忆与须兰。……一部《长恨歌》托出了她对上海花花世界的深厚情怀，以及对庶民物质生活的好奇与观照——这正是张爱玲创作的本命。""须兰近年的系列散文，也看得出学步前贤的路数，谓之当代作家最'像'张爱玲者，应非过誉。"[3]

在上海怀旧热中，与张爱玲密切相关的一个最值得做文化分析的案例是王安忆的长篇小说《长恨歌》。在一些研究者看来，《长恨歌》更像是一部对张爱玲致敬的作品，尤其是文学细节的铺排更有张爱玲的神韵。如王安忆在《长恨歌》中这样写人物：

---

[1] 在文学领域，则有陈丹燕的《上海的风花雪月》《上海的红颜遗事》《上海的金枝玉叶》，程乃珊的《上海味道》等，这些也构成了上海怀旧热中的重要的文学现象。

[2] 王德威：《落地的麦子不死——张爱玲的文学影响力与"张派"作家的超越之路》，载《想象中国的方法：历史·小说·叙事》，百花文艺出版社2016年版，第252页。

[3] 王德威：《张爱玲再生缘——重复、回旋与衍生的叙事学》，载刘绍铭、梁秉钧、许子东编：《再读张爱玲》，山东画报出版社2004年版，第16—17页。

可他们去过外滩呀，摆渡到江心再蓦然回首，便看见那屏障般的乔治式建筑，还有哥特式的尖顶钟塔，窗洞里全是森严的注视，全是穿越时间隧道的。他们还爬上过楼顶平台，在那里放鸽子或者放风筝，展目便是屋顶的海洋，有几幢耸起的，是像帆一样，也是越过时间的激流。再有那山墙上的爬墙虎，隔壁洋房里的钢琴声，都是怀旧的养料。

其中最丰盈的"怀旧的养料"，也许是张爱玲的"上海书写"。但王安忆却很是拒斥与张爱玲做类比："当初张爱玲的去世引发了张爱玲热，许多人把我和她往一块儿比，可能因为我们写的都是上海故事，对上海的怀旧时尚客观上推动了读者关注写上海故事的小说。其实我在写作时根本没有什么怀旧感，因为我无'旧'可怀。"[1]

这里面或许存在着一定的"影响的焦虑"的因素，不过即使是关于老上海的书写，王安忆也表现出有别于怀旧时尚的独特眼光。有研究者把王安忆的"上海书写"概括为"精英叙事"，试图强调"精英叙事与老上海怀旧时尚的区别"："如果说怀旧时尚关注的是无始无终的、没有时间性的繁华市景，那么，精英叙事强调的则是城市空间变化更迭的历史沧桑感。"[2] 王安忆的"上海叙事"难能可贵的正是这种历史感，从而也赋予了《长恨歌》这类创作历史观照的总体性目光："以《长恨歌》为代表的精英叙事试图在否认消费主义的城市历史的姿态下，想象一种整体的现代性的都市文化体验，来区别于完全认同消费主义的怀旧时尚，并以此作为拒绝现实中的文化消费主义的历史资源。"[3] 在张爱玲的笔下，"上海既

---

[1] 王安忆、徐春萍：《我眼中的历史是日常的——与王安忆谈〈长恨歌〉》，《文学报》2000 年 10 月 26 日。

[2] 包亚明、王宏图、朱生坚等：《上海酒吧——空间、消费与想象》，江苏人民出版社 2001 年版，第 147 页。

[3] 包亚明、王宏图、朱生坚等：《上海酒吧——空间、消费与想象》，江苏人民出版社 2001 年版，第 148 页。

是连接时间的缝隙和空白的桥梁，又是这些缝隙和空白本身。这个历史想象的叙述整体把一个怀旧的内在空间转化为历史经验，但这一想象的经验只能通过它在现实中的又一次实实在在的毁灭出现。更准确地说，它只能通过它在当代生活中的分崩离析而被作为故事结构出来。在《长恨歌》里，怀旧为上海制造出一种灵韵（aura）；而怀旧产生的社会条件宣告了这种灵韵在消费大众和商品的海洋里的无可挽回的消散"①。

或许可以说，张爱玲的影响是以一种自省的方式进入王安忆的文学都市世界的。王安忆的创作活力不在所谓的"怀旧"中产生，她建构的是一种真正的反思性力量，可谓是进一步赋予上海怀旧以灵魂。这恰是王安忆与一般消费主义意义上的上海怀旧的不同之处。

但王安忆"无'旧'可怀"的警醒，也提示我们思考上海怀旧热中无法规避的问题。作为时尚的上海怀旧可能将上海历史简单化了，而王安忆对上海的历史与现实的持续关注，正是试图揭示关于上海记忆的历史性和复杂性。因此，正像有观察者所提出的那样："在革命话语不再主导日常生活的上海，究竟应该以怎样的他者来回应当代上海的文化现实，构成了老上海怀旧政治的核心问题。"②

当上海怀旧往往指向的是 1949 年前的上海的时候，这一热潮就不可避免地被纳入 20 世纪 90 年代之后的所谓"去政治化"的历史进程之中。"去政治化"的集中表现是，把 20 世纪 90 年代以后中国的历史和社会进程直接与 1949 年之前接轨。作为"东方的巴黎"和"冒险家的乐园"，上海在怀旧者眼中代表着中国都市曾经的辉煌，似乎 20 世纪 30 年代是上海的"黄金时代"。更有甚者，甚至要怀张爱玲在 20 世纪 40 年代沦陷时期的"旧"，这恐怕就欠缺一种历史感及政治敏感了，也使上海怀旧热生

---

① 张旭东：《上海怀旧——王安忆与现代性的寓言》，载《批评的踪迹：文化理论与文化批评 1985—2002》，生活·读书·新知三联书店出版社 2003 年版，第 330 页。

② 包亚明、王宏图、朱生坚等：《上海酒吧——空间、消费与想象》，江苏人民出版社 2001 年版，第 153 页。

出了几分与历史的暧昧。因此，正视老上海的"浮华'环境"①，以及张爱玲笔下的都市图景中浮华的一面，揭示出张爱玲所处的沦陷时期的浮华都市的本相，有助于还原历史语境，增强上海怀旧热中的历史感。

因此对张爱玲在沦陷时期的"上海书写"，有必要建立一种整体性的观照视野。在一段时间里，张爱玲研究有一种试图把她从沦陷区的暗夜中打捞出来的迹象，致力于撇清她与日伪及胡兰成的关系，以至于走向极端。这其实也是一种非历史化的研究态度。而还原张爱玲笔下真正的都市书写脉络，还原作家所处的历史时代，以及历史语境对张爱玲的都市认知和历史认知的制约，是文学研究者应有的职业操守。

---

① 解志熙：《乱世才女和她的乱世男女传奇》，载《考文叙事录》，中华书局2009 年版，第 389 页。

在"社会史视野"下释放文学研究的活力

20世纪90年代以来，中国学界的史学研究与文学研究越来越南辕北辙，而不是殊途同归。在文学研究界的"史学转向"的过程中，文学有日渐沦为史学的婢女的迹象，而历史叙述和文学叙述的关系，却鲜有研究者从理论的层面或者说从元叙述的角度进行清理。

文学与历史的关系其实是互为镜像的关系。文学这面可以携带上路的镜子，自然会映射出历史的镜像，但镜像本身显然并非历史的本原，而是历史的形式化、历史的纵深化，乃至历史的审美化。历史中的主体进入文学世界的过程也是在文本中赋型的过程，主体因此具现于文本形式之中。这个文本中的主体与历史有着错综复杂的关系，历史是主体得以生成的最基本的依据，但是历史却很难意识到自身的无意识，而这种无意识却凝聚在文本中的主体身上，积淀在作家的文学形式中。从这个意义上说，文学形式构成的是历史的某种症候性特征。

尽管历史中的主体与文本中的主体在历史和逻辑的双重层面上均有一种同构关系，但是文学文本在积淀历史的表象的过程中，显然还生成了自身的逻辑，这就是审美之维与形式之维。形式之维使思想得以具形，审美之维则使主体获得感性的一面。

这些年的文学研究追求回到历史现场，也的确呈现了丰富的历史原初景观，取得了一些可喜的实绩。但与此同时，文学研究本身的合法性、文学性，文学文本的位置及文学和历史的关系问题，尚存在进一步探讨的巨大空间。首先必须承认"文学作品是以历史为对象的，历史是作为作品存在的条件"的，但我们习惯处理的所谓"历史"往往是外在于文学文本的，通常是想从外部引入一个附加在作品之上的历史解释。而通过文学作品，却可以捕捉内化于文本中的历史无意识。

近年来不少学者提出的"社会史视野下的中国现当代文学研究"的构想，则进一步展示出：真正优秀的文学文本，还呈现了关于社会历史的某种整体性和过程性的本质。而在社会史视野下重新检视中国现当代文学，同时也提供了探索文学与历史的关系及文学文本的位置等问题的有效界面。

20世纪80年代，"重写文学史"所秉持的纯文学理念和审美意识形态，导致了对"文学性"的理解的固化，这才有了重新把文学研究历史化和语境化的努力，"社会史视野"也正可纳入这一思潮之中。但"社会史视野"的理念诉求与一般意义上的历史化不是一回事，因为"社会史视野下的中国现当代文学研究"在向历史化致敬的同时，依旧在关注文学性问题，无论相关研究者是否出于主观和理论自觉。因此，"社会史视野下的中国现当代文学研究"在重新检视了一系列如中国革命、社会现实、文学与政治、文学与历史、文学文本的位置等重大议题的同时，也在客观上充分释放了文学性自身的潜能，给文学研究带来了久违的活力。而激活上述这些话题及文学性的内在潜能，也构成了"社会史视野"的有效性之根源。从《文学评论》2015年第6期发表的关于"社会史视野下的中国现当代文学研究"的四篇笔谈[①]中，即可看出这种内在的活力。而四篇笔谈所触及的问题视野，仍值得学界进一步体认、思考和拓展。

虽然四篇笔谈话题各有侧重，观念亦有差异，但作者们分享了一个共同的研究理念，即在中国的现当代文学尤其是其中的革命叙事图景的研究中，引入社会史的观察视野，进而对现当代作品中的广阔的社会历史图景，尤其是革命、政治、主体、现实、社会等一系列关键词，以及凝聚在这些关键词背后的诸多重大问题重新加以整体性探讨和把握。四位研究者的一个基本共识是：所谓的"社会史视野"不是外在于文学的，其研究的基本指向是，力图从文学作品中重新发现社会史，继而对文学本身进行重新检

---

① 四篇笔谈分别为：程凯的《"社会史视野下的中国现当代文学研究"的针对性》、何浩的《历史如何进入文学？——以作为〈保卫延安〉前史的〈战争日记〉为例》、刘卓的《现当代文学研究中的"历史化"》、萨支山的《"社会史视野"："当代文学"研究的一个切入点》。

视，把中国的社会变革、革命历史、政治实践、主体历程、情感结构等论域重新带入文学研究的视野中，从而在更加广阔的社会历史中激发文学的活力。

"保马"公众号在推送这篇笔谈的"编者按"中说："近年来有不少学者提出'社会史视野下的中国现当代文学研究'的构想，力图在'理论'与'文学'之间增加'历史'这个变量与中介，从而在一种更加历史化的视野中把握中国现当代文学的特质，尤其是找到一套重新诠释'人民文艺'的思路与话语。"但我认为，与其说增加了"历史"这个变量，不如说增加的是"社会"这个中介，这就使得不能仅仅从一般意义上的"史学转向"中理解社会史视野，更要看清其独特的诉求，尤其是把文学性视为结构性张力的重要变量，这样才有可能提供对文学的重新理解，恢复文学"与现实对话的活力"①。如果说文学研究的历史化潮流加剧了文学性的窘态，继而使文学研究乃至文学本身的合法性也遭到质疑甚至陷入某种危机，那么社会史视野或许正在探索一条重拾文学性的研究的新路。

正如程凯在《"社会史视野下的中国现当代文学研究"的针对性》中所指出的："怎样突破深入社会历史现实时的笼统与抽象，摸索现代历史进程的内在肌理是引入社会史视角的初衷。"对"现代历史进程的内在肌理"的摸索是在文学作品中进行的，因此，我所理解的社会史视野，是从文学文本出发，最终仍要回归于文学作品的，而不是诉诸社会学或者历史学文本。因此，文学性问题及如何看待文学形式的问题，就成为社会史视野中先在的或者在逻辑层面要求自洽的固有议题。如何在文学与政治、文学与社会、历史与形式的关系格局中重新看待文学，进而重新审视以往的二元论判断，也成为社会史视野令人瞩目的突破。已有的相关研究成果，有助于在文学创作中重新梳理20世纪中国的历史进程，深入文学的肌理去洞见以往被忽略的社会整体性，重建关于历史的文学叙事，也有助于重新确认革命文学的合法性。

在我看来，既有的社会史视野下的一些相关论述，在以下几个方面值得深入总结和进一步拓展：

---

① 刘卓：《现当代文学研究中的"历史化"》，《文学评论》2015年第6期。

其一，重建革命史观察的整体性。

社会史视野一个可贵的初衷，即追求文学研究重构历史和现实的整体性。这种整体性不是单纯地对社会史材料条分缕析地加以整合，更不是自发生成的，而是在文学作品中，借助对历史肌理的梳理及文学家和研究者的本质直观所重新发现的更具真实性的图景。它一方面诉诸历史的整体性，另一方面也诉诸把握文学史的一种宏观的整体感。正像程凯所说，社会史视野的"出发点是对重新理解中国现当代历史进程的整体性考虑，以及对与之相配合的现当代文学研究所应具备视野的一种建设性思考"。在这个意义上，历史的整体性与文学史叙述的整体性是同构的。也只有通过重建革命史叙述的整体性，才能改变近些年来历史叙述见木不见林的琐细化趋向，扭转那种效仿年鉴学派却画虎不成反类犬的庸俗微观史学。

刘卓在《现当代文学研究中的"历史化"》一文中也有类似的反思：

> 就现当代的文学研究来说，可以发现另外一个现象，文学史的研究越来越注重具体、局部的经验，文本的分析更为侧重民族的、地方的、女性的或者族群的身份，以获得其真实性。这并不是文学研究中所独有，社会史研究中也同样出现了这样一种趋势，即强调未加反思的特殊性和地方性经验。
>
> "历史化"所讨论的是文学研究的方法。但究其根本，对历史现象或文学文本的阐释，不是文学方法论问题，其着眼点不在于现当代文学之为文学的特殊性，而在于中国现代历史进程的整体理解。①

而革命历史和革命文学的双重合法性，使得只有建立于这种"整体理解"的基础上的观照，才能生出有说服力的历史叙述。

其二，对僵化的文学／政治二元结构的突破。

早在 20 世纪 80 年代中期，在洪子诚先生的当代文学的课堂上，我第一次遭遇"十七年"文学研究中的所谓"柳青难题"。记得洪子诚老师带

---

① 刘卓：《现当代文学研究中的"历史化"》，《文学评论》2015 年第 6 期。

着几分迟疑讲述了柳青的《创业史》中的历史困境：当文学作品所表现的那一段历史被后来的历史纠错之后，我们如何反过来评价与历史捆绑在一起的文学？这一难题中蕴含着文学与历史、政治的关系的某种难解的困局，后来也一直困扰着我。如果柳青坚持认为他在《创业史》中所反映的合作化运动中的乡村社会图景是历史的真实样态，就文学图景而言自然也是真实的，那么我们从今天的历史视角观察，是否会对《创业史》的评价采取更加审慎的态度？

在一定意义上，柳青、浩然他们所亲历的政治生活本身就是历史真实，也是作家们的心理真实，更是他们试图再现的文学真实。因此，无法从是否真实的意义上苛责《创业史》一类的作品。但是衡量一个文学家的尺度或许也包括他在认定生活真实乃至历史真实的时候，是否也能洞见政治生活与社会生活乃至个体生活之间所存在的裂隙。这种裂隙当然是梁生宝他们不能弥合的，甚至是无法体认的，却是作家本人多多少少应该有所察觉的。这是那些既源于生活又超越生活的优秀作品所应该具有的洞察力，至少这些作品应该无意识地反映规约了政治生活的主流意识形态背后的某种历史褶皱，这就是文学文本中可能蕴含的历史无意识、政治无意识或者社会无意识。严家炎先生当年之所以认为《创业史》中的梁三老汉被塑造得更为成功，也是因为在这一人物身上，恰恰体现出历史进程中某些无法化约的政治复杂性和社会褶皱性。真正的社会史视野不是去除这种文学中的政治无意识，而是恰恰还原了无意识的结构功能。

也正是在这个意义上，萨支山在文章中进一步提供了思考政治无意识的文学性方法，提供了对文学与政治关系的认知："当政治意识形态落实到具体的实践层面，并以文学的方式展开的时候，对文学的解读，就不能仅止于指出它们之间的矛盾和裂隙，更要将它们还原到具体的社会实践中进行考察，作为重新理解那个时期历史和文学的一个切入点。"[1] "文学的方式"由此提供了一个新的理解视野。

与萨支山的思考类似，何浩在《历史如何进入文学？——以作为〈保

---

[1] 萨支山：《"社会史视野"："当代文学"研究的一个切入点》，《文学评论》2015年第6期。

卫延安〉前史的〈战争日记〉为例〉》中，也有效地突破了文学/政治的
僵化的二元结构。正如"保马"公众号在推送这篇笔谈的"编者按"中所
说："何浩老师认为，杜鹏程《战争日记》的写作很好地说明了文学不是
政治的附属品，作为政治理念与社会现实的中介，文学书写一方面把握社
会结构的变动，另一方面又通过对社会各层次活力的激发实现政治理念。
文学/政治二元框架的错误在于将文学简化为政治理念附庸，从而过滤掉
了革命实践发生的社会空间。在这个意义上，社会史的视野有助于我们把
握文学和政治的复杂关系，进而想象一种迥异于'文学中心论'的读解'革
命文艺'的方法。"

在摒弃既往的同样僵化了的"文学中心论"的同时，社会史视野下的
文学研究恰恰激发了文学方式本身的政治潜能，使"政治"成为探讨革命
文学和社会主义文艺的有效和有力的维度。

其三，对情感结构和经验图景的注重和阐释。

"情感结构"是四篇笔谈中的一个高频词汇，也意味着社会史视野对
文学文本所蕴含的情感政治和情感结构表现出格外的关切。与固化在社会
史材料中的细节不同，文学通过其情感容量、作家的主体性介入、对人物
的活生生的心灵世界的动态还原，展现出丰富的经验图景。

如果说历史叙述通常要彰显一种历史理性及历史叙述者求真的权威意
识，那么文学叙述则更致力于人类内在的情感、心理与审美世界。历史叙
述通常会有一种塑造权威历史和大写的主体的优越感，一种建立在揭示历
史真相的本体论基础上的不容置疑的优越感。而文学叙述则呈现了另一种
建立于文学现实之上的历史本体论及整体性，不仅弥补了理性正史之不
足，而且提供的恰恰是历史叙述力所不逮的感性和经验图景。正如萨支山
所说："而文学写作，恰是因由作家是以这种感知经验为最重要的方式来
回应现实问题，故而我们在阅读他们的作品时，能寻找到一些在历史档案
材料中并不容易发现的鲜活的感知经验和精神状态。"

问题是，为什么要在社会史视野中重视所谓的"情感结构"？这是因
为一场轰轰烈烈的社会政治变革，如果没有深入人们的情感、心理、心灵
和意识，就很难说是成熟的，更不能说是成功的。正是在这类研究中对微
观化、心灵化的阐释，揭示了情感结构本身就是社会总体的重要组成部分。

从某种意义上说，恰恰是心理结构、情感政治的介入，才使得某些革命和社会进程是可理解的，也是深入人心的。而无论是讨论政治情感化还是情感政治化，都有赖于对文学机制的深入探讨。

其四，对"现实"范畴的重新体认。

社会史视野的核心诉求之一是有效阐释现实甚至介入现实。正如程凯所说：

> 换句话说，那个不断挑战着革命的"现实"和革命所介入的"现实"究竟应该如何把握？以此为基础，那个必须与现实一同摆动的"政治"才不是空洞的。……因此，把握"现实"中的革命，就需不依赖革命的现实描述，而需进入现实的状态、结构中，进而理解革命的现实作用和它与现实的关系，把革命还原到现实结构和脉络中把握。正是在此意义上，引入社会史视角成为一种有益的参照。[①]

"把革命还原到现实结构和脉络中把握"无疑是有效的方式。而问题的关键是："现实结构和脉络"如何获得？任何一个时代的现实都可以说是多维度的，有多元并生性。无论是既往的中国革命史，还是研究者所意图介入的当下现实，都有一种固有的复杂性甚或不透明性。有些现实维度是无法看见的，有些现实则是被表象遮蔽的，尤其是当今时代，现实变得越来越多维，有些维度彼此之间是永远碰不了面的。对有些人来说，某些现实维度是隐形的，而且越来越成为无法触摸的存在，不同阶层、不同境遇、不同历史阶段的人所面对的现实可能都不尽相同，没有通约性。即使文学家宣称把握住了现实，也很可能是深陷于自我认知的局限性之中的现实。

也正是在这个意义上，社会史视野对文学性持有更高的期许。真正优秀的作品，是能够反映现实的，也是真正把握了这个时代的总体性的艺术

---

① 程凯：《"社会史视野下的中国现当代文学研究"的针对性》，《文学评论》2015 年第 6 期。

的，具有在不同的现实维度中穿越的能力和揭示出总体现实的能力，能把表象背后的真实逻辑揭示出来，进而抵达现实背后的深层逻辑。

其五，重新激发文学及文学性范畴的活力。

社会史视野重新激活了文学与政治、历史、社会的关系，也把文学性真正还原为一个历史化的范畴，进而在一种张力形态中理解文学性，为文学研究拓展了阐释空间，重新释放了文学性的活力，而不是把文学视为附庸于社会史的材料。这不仅仅因为社会史视野下的现当代文学研究的基本对象是文学作品、作家主体及文学活动，更在于把文学性放在了一个整体化的结构中进行考察。这也就有可能把 20 世纪 90 年代以后被污名化了的审美意识形态打捞回来，重建审美和文学性研究。

也正是在这个意义上，社会史视野可能要进一步关注文学性和形式的潜能，关注文学所呈现的单纯的社会史材料无法呈现的内涵，如文学中的主体性、抒情性、社会无意识、政治的审美化等。而社会史视野中固有的社会范畴，也在文学性的视野中获得了新的理解空间。比如，有无一种无法被社会史研究规约的社会无意识结构？类似于集体无意识及政治无意识，这种社会无意识如何加以捕捉进而结构化？是否可以在文学性这面镜子中显形？

文化史学者达恩顿曾经指出："我们再也犯不着牵强附会探究文献如何'反映'其社会环境，因为那些文献全都嵌在既是社会的，同时也是文化的象征世界中。"[1] 但是文学作品本身就是建构"文化的象征世界"的有意味的复杂形式，这是文学区别于一般社会史材料的独特属性。有研究者在反思达恩顿的代表作《屠猫狂欢：法国文化史钩沉》中的方法论时认为："达恩顿面临的问题，某种程度上也是文学研究者面临的问题。文学研究者面临的重要的争议是，如果要达到一个实证性的历史结论，为什么不是数据、不是核心史料，而一定要利用文学文本？而如果是文学内部的问题的话，又如何能够带出更为广阔的意义？""我们该如何找到自己的总体地图？本雅明在选择波德莱尔的时候应该会有人来向他询问：为什么

---

① 〔美〕罗伯特·达恩顿：《屠猫狂欢：法国文化史钩沉》，吕健忠译，商务印书馆 2014 年版，第 323 页。

一定是这块'鹅卵石'能反映出 19 世纪巴黎的文化底层。这反过来都提示着我们不能将文学研究简单处理为文化史。它们诚然精巧，但可能也因此而忽略了更为广阔的历史结构。它们可能反映部分的现实，但却很难说是有鲜明理念支撑的'真实'。"①社会史视野正是试图为文学文本"带出更为广阔的意义"，找到"总体地图"，在反映"现实"的同时也希冀抵达"有鲜明理念支撑的'真实'"，进而通往"更为广阔的历史结构"。而一个重要的前提是，研究者们途经的，是文学文本所铺设的充满曲折的道路。

①刘东：《〈屠猫狂欢〉：小事件如何通往大历史？》，《写作》2020 年第 3 期。

《读书》与一代人的情感结构

　　邂逅季红真的文章，对我的读书生涯有难以估量的意义，使我从此爱上了《读书》杂志。我带着二十年所累积下的全部情感饥渴，开始了阅读《读书》的历程。几年后，我读到了王佐良当年评价穆旦的一篇文章，其中描写了联大诗人学子对艾略特与奥登的着迷："也许西方会吃惊地感到它对于文化东方的无知，以及这无知的可耻，当我们告诉它，如何地带着怎样的狂热，以怎样梦寐的眼睛，有人在遥远的中国读着这二个诗人。"我想我当时读《读书》的热情，恐怕当得上以"带着怎样的狂热，以怎样梦寐的眼睛"来形容吧？

　　在 20 世纪 80 年代和 90 年代的雄伟壮观的社会革命、思想启蒙的风景中，《读书》堪称是一面绚丽夺目的精神旗帜。这一判断不需要我来重复，我只想表达感激之情。《读书》可以说与我读书生涯的情感历程相伴始终，每次读到经典的美妙文字，我都会产生情感的震颤和心灵的触动。如果从今天的后见之明的意义上界定，我们那一代学子可能在《读书》中见证了中国社会激烈变革的历史进程，同时也见证了新的情感和心理结构缓慢演变的历程。我把这种对时代情感结构的形塑，看作是《读书》更大的历史功勋。

　　举个具体的阅读案例吧。就我个人的《读书》阅读史而言，我的个体情感的发育，是与《读书》上署名"默默"的文章有着密切关联的。初次遇到"默默"，是读他的《我们这一代人的怕和爱——重温〈金蔷薇〉》：

　　我们这一代人曾疯狂地吞噬着《钢铁是怎样炼成的》和《牛虻》中的激情，吞噬着语录的教诲，谁也没有想到，这一切竟然

> 会被《金蔷薇》这本薄薄的小册子给取代了！我们的心灵不再为
> 保尔的遭遇而流泪，而是为维罗纳晚祷的钟声而流泪。这是两种
> 截然不同的理想，可以说，理想主义的土壤已然重新耕耘，我们
> 已经开始倾近怕和爱的生活。

在我个人的阅读生涯中，有许多被震撼的时刻，而读到这段话时的震撼体验，直到几十年后的此刻，依旧刻骨铭心。我或许夸大了当年的阅读感受？恐怕并非如此。默默在文章中说，《金蔷薇》竟然会成为他那一代人的"灵魂再生之源"，还有什么样的表述更能凸显《金蔷薇》在他那一代人的精神结构中起到的作用呢？同样不夸张地说，默默对《金蔷薇》的解读也重塑了更年轻一代学子的情感体认，进而把新的文明质素注入一代人的情感结构中。默默也由此把《金蔷薇》带入 20 世纪 80 年代至 90 年代的中国社会历史进程中，使大部分国人感到陌生的怕和爱构成了新时代的结构性因素。

当然，我当初之所以感到震惊，是因为在默默所引领的怕和爱的情感走向之中，分明蕴含着异质性的文化因子。这种异质性，在我随后开始阅读的帕乌斯托夫斯基的《金蔷薇》中得到了进一步的印证：

> 我不大理解勃洛克对俄罗斯和人类将会遇到的考验所怀有的
> 那种先知式的、神秘的恐惧；至于他那种宿命的孤独感、毫无出
> 路的怀疑、灾难性的沉沦以及他对革命的过于复杂化的理解，更
> 是我无法理解的。

既然连帕乌斯托夫斯基都无法理解勃洛克式的复杂性，当时还是文学青年的我自然更加困惑。勃洛克式的吊诡的思想，在 20 世纪 80 年代生机勃勃、色彩单纯的中国文化气候中显得很陌生，也很另类。倒是默默继续在《读书》上发表的那些充满哲思的文章，为我的阅读提供了更加广阔的视野。

到了 20 世纪 90 年代，勃洛克式的困惑卷土重来，我又读到了默默在《读书》上发表的文章——《记恋冬妮娅》：

> 我很不安，因为我意识到自己爱上了冬妮娅缭绕着蔚蓝色雾
> 霭的贵族式气质，爱上了她构筑在古典小说呵护的惺惺相惜的温
> 存情愫之上的个体生活理想，爱上了她在纯属自己的爱欲中尽管
> 脆弱但无可掂量的奉献。

作者的"不安"也深深地感染和影响了我们这一代人，我们在汲取保尔的革命理想、光辉信仰及献身精神的过程中长大成人，作者的"不安"化为我们这一代人的"不安"。因为冬妮娅那种"由歌谣、祈祷、诗篇和小说营造的贵族气"，的确慢慢地覆盖了保尔身上的"粗鲁"的革命性，最终融入我们对布尔乔亚乃至贵族式生活的可能性远景的憧憬之中。

我不想说默默的文章介入了 20 世纪 80 年代和 90 年代中国告别革命的意识形态历史进程之中，这种说法对默默多少有些轻慢，毕竟默默当年真正勉力而为的，是把爱的文化质素带入"后文革"时代的情感结构之中，用以充填"主义的幻灭"所带来的信仰真空。

随后，在 20 世纪 90 年代的情感语境中，我又读了帕斯捷尔纳克的《日瓦戈医生》，深感《日瓦戈医生》同样在引领我继续体认俄罗斯精神传统的复杂性：

> 在俄罗斯全部气质中，我现在最喜爱普希金和契诃夫的稚气，
> 他们那种腼腆的天真；喜欢他们不为人类最终目的和自己的心灵
> 得救这类高调而忧心忡忡。这一切他们本人是很明白的，可他们
> 哪里会如此不谦虚地说出来呢？他们既顾不上这个，这也不是他
> 们该干的事。果戈理、托尔斯泰、陀思妥耶夫斯基对死作过准备，
> 心里有过不安，曾经探索过深义并总结过这种探索的结果。而前
> 面谈到的两位作家，却终生把自己美好的才赋用于现实的细事上，
> 在现实细事的交替中不知不觉度完了一生。他们的一生也是与任
> 何人无关的个人的一生。

对把果戈理和托尔斯泰尊奉为现实主义与人道主义经典大师的我们这

一代读者来说，日瓦戈医生的俄罗斯气质分类学也让我们感到困扰。中国读书人中有相当一部分无疑被日瓦戈医生吸引，继续把从普希金到契诃夫，再到帕斯捷尔纳克身上所体现出来的那种"腼腆的天真"，那种既执迷于探寻人生的意义，又不流于空谈和玄想，也远离布道者的真理在握的谦和本性，以及那种从一个谦卑的生命个体的意义上去承担历史的坚忍不拔的精神和气质，融入一代人的情感结构之中。这也应该是默默从 20 世纪 80 年代后期开始就试图重新体认和激活的精神传统。

在这个意义上，《日瓦戈医生》连同默默所激赏的契诃夫、《金蔷薇》，为我们提供了透视俄罗斯历史的另一种更繁复的精神视野。而《日瓦戈医生》所代表的复杂化的俄罗斯精神传统也内化于中国的历史进程中。20 世纪 90 年代以后的中国思想界，之所以会更倾向从普希金到契诃夫，再到帕斯捷尔纳克身上所体现出来的气质，其原因自然需要到告别革命的文化思潮中去寻找。在这样一个精神受到创伤的时代，知识者往往趋向于回归内心。柄谷行人在《日本现代文学的起源》中指出："当被引向政治小说及自由民权运动的性之冲动失掉其对象而内向化了的时候，'内面''风景'便出现了。"就像日瓦戈医生选择在瓦雷金诺沉思、默想一样。但是对内心的归附，并不总是意味着可以同时获得对历史的反思性视野。个体价值在成为一种历史资源的同时，也有可能会使人们忽略另一种精神流脉。当帕斯捷尔纳克把源于普希金、契诃夫的传统与果戈理、托尔斯泰和陀思妥耶夫斯基的气质相对峙的时候，问题可能就暗含其中了。普希金和契诃夫的气质是否真的与托尔斯泰等人的精神传统相异质？学者薛毅就曾质疑过帕斯捷尔纳克的二分法：

> 托尔斯泰有更加伟大的人格和灵魂，这个灵魂和人格保障了托尔斯泰的文学是为人类的幸福而服务。俄罗斯作家布洛克说托尔斯泰的伟大一方面是勇猛的反抗，拒绝屈膝，另一方面，和人格力量同时增长的是对自己周围的责任感，感到自己是与周围紧密连在一起的。

罗曼·罗兰也曾经说过："托尔斯泰的现实主义体现在他的每一个人

物身上，以他们的眼光来看待他们，在最邪恶之人的身上，他也能找到爱他们的理由，并使我们感到团结我们在一起的兄弟之爱。"如果说帕斯捷尔纳克"从一个独立的、自由的，但又对时代充满关注的知识分子的角度来写历史"，具有值得珍视的历史价值的话，那么托尔斯泰这种融入人类共同体的感同身受的体验，也是当今时代不可缺失的。这启发我思考：个体的沉思与孤独的内心求索的限度在哪里？在对历史的承担过程中，历史性又在哪里？历史是不是一个可以抽象地加以体认的范畴？如果把历史抽象化处理，历史会不会恰恰成为一种非历史的存在？历史的具体性在于，它与行进中的社会现实之间有着深刻的纠缠和扭结。20世纪90年代之后的中国社会表现出的其实是一种"去历史化"的倾向，在告别革命的思潮中，在回归内心的趋向中，在商业化的大浪中，历史成为被解构甚至是已经缺席的"在场"。当历史以回归内心的方式去反思的时候，历史可能也同样难以避免被抽象化地呈现的命运。

在这个意义上，"读书文丛"所收录的陆建德的《麻雀啁啾》一书中的同题文章，或许为文坛注入了一针清醒剂。文章指出，《日瓦戈医生》这部常被西方评论者理解为敬重生命个体的小说，却没有对出身贫寒家庭的马林娜和她的女儿们表现出丝毫的尊重。他认为帕斯捷尔纳克同情的对象是中上阶层而不是社会的底层："要求作者对笔下的人物一视同仁是荒谬幼稚的，但是作者的阶级意识会不会影响到他对重大社会问题的处理？"陆建德先生洞察到的是隐藏在帕斯捷尔纳克意识深处的阶级区隔，这对小说力图展现的所谓守护生命个体的意识形态内景就构成了某种反讽。

该如何在告别革命和告别阶级话语的90年代的历史语境中体认陆建德提出的问题呢？如果说从默默对《金蔷薇》的守望，再到陆建德对《日瓦戈医生》的透视，其间已然形成了一个具有连贯性的问题线索，那么如何从这一问题线索中进一步获得启迪，则是今天的读书人应该直面的一个课题。我在洪子诚先生的文字中欣喜地看到了关于这个问题的回应：

（《麻雀啁啾》中）这个问题的提出，在《日瓦戈医生》的中国评价史上既是新的，也是旧的。说是"旧的"，因为对这部小说最大的争议，就来自建立在不同阶级、政治立场基点上的评价。说是"新的"，则是自八十年代以来，"阶级"观念在中国文学批评中逐渐退出视野，准确说是已经边缘化。因此，《麻雀啁啾》重提这一问题，至少在我这里，当时就有了"新鲜感"。这应该也是九十年代后期反思"告别革命"，重新评价革命"遗产"这个思潮的折射。但《麻雀啁啾》没有采取那种翻转的方式和逻辑，没有重新强调阶级是唯一正确的视点。它是在对《日瓦戈医生》理解的基础上的有限度的质疑和修正，表现了历史阐释的复杂态度，耐心了解问题中重叠的各个层面，不简单将它们处理为对立的关系。

也许对复杂历史的阐释，首先就建立在"耐心了解问题中重叠的各个层面"这一前提之上。这也许同样是一个时代的复杂化的情感结构所内含的一个维度。对于生命个体而言，敢爱敢恨，笃定执着，不失为一种好的情感品质，而对于一代人、一个时代的总体情感结构而言，洪子诚先生所谓的一种"历史阐释的复杂态度"、一种多维度的结构图景，就显得弥足珍贵了。这种复杂化，会使群体的盲目冲动和有目的性的历史激情的天平获得某种平衡，而不至于向某一端过于倾斜。《读书》一向青睐的那些倾心于阐释的复杂性文本，或许也是这样参与到中国社会情感结构和文化范式的历史建构过程之中的。

《蜻蜓眼》中的世界面向

    曹文轩先生在学术研究和文学创作中，从一开始就自觉在处理"世界视野"问题。他的写作堪称是面向世界的写作。而曹文轩的创作标尺也不仅仅是安徒生，还有托尔斯泰、契诃夫、普鲁斯特和卡尔维诺。这与曹文轩的北京大学文学教授的身份意识有关。在当年为北大百年校庆写的纪念文章《背景写在北京大学建校百年之际》中，曹文轩开宗明义："我的背景是北大。""我常去揣摩我与北大的关系：如果没有这个背景，我将如何？此时，我清清楚楚地看到了这个背景参与了我的身份的确定。"这个参与了曹文轩的"身份的确定"的北大背景，确定了很多东西，其中就包括文学理想的世界性高度，这也决定了他的文学视野是"胸怀北大，放眼世界"。曹文轩这些年在北大讲授文学课，课堂上的文学楷模基本上是由世界性的经典构成。我最早在课堂上获得的文学观念的世界性和经典性，就来自本科二年级曹文轩老师的课堂。也是在他的文学课上，我认识到曹文轩老师倾心的几个文学关键词都具有世界性。其中一个是"忧郁"。早在 20 世纪 80 年代的北大课堂上，曹文轩老师就预告要写一本《忧郁论》。我对这本书已经期待了近四十年，虽然目前还没有问世，但不妨碍曹文轩老师是中国当代作家中最具有忧郁气质的作家之一。记得当年女同学们就把曹老师称为"忧郁王子"，这个称号让课堂上的学生们联想到哈姆雷特，这种忧郁气质其实是很少能在中国作家身上看到的，这是属于哈姆雷特和歌德笔下的少年维特的。曹文轩老师倾心的另一个关键词是"微妙"，这是更属于普鲁斯特或者亨利·詹姆斯的具有世界性的文学审美特质。如果说"忧郁"可能属于一个作家的文学气质层面，那么"微妙"就是小说写作的最高级的境界之一。在中国当代作家中，可以说曹文轩对"微妙"的文学魅力最有体会。

但我更想说的是,真正的世界面向是把世界纳入自己的小说结构之中,使之可以成为小说叙事的一种结构性的"内景",而不仅仅是创作的背景。这就是我读曹文轩的小说《蜻蜓眼》时感到激动的原因。在《蜻蜓眼》中,"世界面向"真正成为小说中具有结构性的内在视景。这不仅仅是说《蜻蜓眼》塑造了法国奶奶奥莎妮的形象,更在于这位法国女性构成的是一种内在的、世界性的价值参照和审美尺度。曹文轩赋予奥莎妮形象具有世界性意义的文学符码,涵盖了"美""爱""异国情调",或者说"法国情结",还有人性的尺度、追忆的生命主题,等等。《蜻蜓眼》通篇笼罩着一种追忆的氛围,既有奥莎妮对自己的少女时代的生命记忆,也有对人类的价值远景的乡恋式的审美追怀。

这使曹文轩的写作带有他所自觉追求的古典主义特质。曹文轩在回答徐妍的采访时曾说:"古典主义写作所追忆的世界不仅指过去的世界,而且指向未来的世界。"这个未来的世界意味着人类的人性远景及文明的未来愿景。法国奶奶奥莎妮身上体现出的审美之光和人性之光,代表着人类真正应该具有的未来性。当然这种审美之光及人性之光,首先照亮的是古典主义的启蒙理性,同时也具有了人类的未来性。小说开头写阿梅"这个小女孩仿佛是从天上飘落到地上的",而在我的阅读感受中,法国女性奥莎妮也仿佛是从天而降的代表美的异域天使,在中国较为动荡的年代,保留了审美和人性的救赎的可能性,奥莎妮的灵魂像她临死前写在手心里的"我要回家"四个字那样,重新回到了心灵的故乡。因此,《蜻蜓眼》不仅呈现了作者曹文轩一以贯之的古典美学,还呈现了对中国文化和价值远景而言真正重要的古典理性。在我的阅读体验中,最具有震撼力的小说是狄更斯的《双城记》,同时也可以说《双城记》是"毁三观"的作品,颠覆了我在中学时学到的法国革命史,以及已经被塑造成形的关于历史的观念和价值形态。而曹文轩也给我们贡献了一部属于他自己的"双城记",展现的是马赛和上海的双城世界,并在这种双城世界视野中,真正思考和具体落实了自己所看重的世界文学中的几个基本维度:"道义、审美、悲悯情怀"。

但《蜻蜓眼》写的又是曹文轩所追求的典型的中国故事,而且非常微妙地把法国奶奶奥莎妮身上所表征的世界性与上海所表征的中国性结合在了一起。就像小说中写奥莎妮打扮孙女阿梅，"既有点儿法国风，又有点儿中国风，她会让这两种不同的味道巧妙而自然地体现在阿梅身上"。小说中写得最迷人的部分正是不同味道的微妙的结合。我最喜欢的部分，是对红色油纸伞、毛衣、钢琴、杏树、旗袍、香水、糖纸人这类具有微观物质文化史特征的物质的描摹，而且建构的是真正具有文学性的微观审美文化。而其中的审美诗意既是中国的，又是世界的；既是古典的，又是现代的。这些由红色油纸伞、钢琴、杏树、旗袍、香水、糖纸人等组接的桥段，还有一种超历史和超时间性的意味，是小说中穿透了历史性和时间性，进而生成了永恒的审美韵味的部分，也是对人性经验的审美性的动人书写。

而《蜻蜓眼》这部小说中对苦难历史的直接书写，使我的感受则多多少少有理念化或者说概念化的成分。当然，这些情节对书写中国真实的历史来说是非常重要的，也是小说中不可或缺的部分。所以这部小说给我的最后的印象是，在超历史性及历史性之间获得一种微妙的平衡。这种对平衡的微妙的处理，标志着曹文轩的小说技艺已经渐臻化境，也是《蜻蜓眼》中的"世界面向"在创作技巧层面的集中体现。

"总体性诗学"与否定性史诗

——读欧阳江河的《移山》

在欧阳江河迄今的诗歌写作中，或许没有比长诗《移山》更能体现他的诗艺理想，以及史诗探索的多重性和总体性了。如果用"总体性诗学"的范畴来概括《移山》，或许是恰如其分的。

从长诗《凤凰》开始，欧阳江河就表现出对史诗性、总体性的迷恋。从《凤凰》到《移山》，诗人或许并未打算在匮乏史诗的当今时代构建经典意义上的史诗，而是借助对"史诗性"和"总体性"的追求，承载诗人的世纪狂想。欧阳江河也的确建构了一种独异的"诗学"，以囊括他的繁复、多维、混杂、内爆的诗性想象。或许只有"总体性诗学"，才能满足诗人所力图整合的全景式的历史图像。而《移山》也进一步表现出这种诗学的总体性。

所谓的"诗学的总体性"，可以从两个层面加以阐发：其一，尽管近些年欧阳江河的诸多鸿篇巨制均试图表达关于历史与现实的总体论哲理思想，但显然与史学家、思想家、理论家的方式有所不同，诗人的思想是以诗学的方式体现的，而诗歌中的总体性也是被诗性浸润和穿透的，归根结底依然是诗人的总体性；其二，在东西方都走到一个历史转折点，人类文明远景越来越难以聚焦的时代，或许只有诗性畅想和诗学建构，才能够借助感性和直觉触摸到总体性的边缘和棱角，换句话说，在当今时代，总体性或许只有在具有史诗情结的诗人这里，才能获得某种传达的可能性。

但在当今时代，诗学的总体性也就先天地内含了类似本雅明意义上的

"寓言性"，也只有本雅明式的寓言诗学，能够为欧阳江河的"总体性诗学"提供阐释的可能性。本雅明式的"整体"是矛盾的，同时又是流动的，因其矛盾而流动，也就拒斥了自我同一性，不那么容易用对立统一的辩证法进行概括。本雅明式的含混的整体即使存在，在流动的过程中，也很难找到通常用辩证法就能解决的二元式的对立统一逻辑。它的矛盾也是多元的，而表达这种"矛盾而流动的整体"的方式，也只能是本雅明的寓言式文体。而读者的领悟也须诉诸"寓意式感知力"，进而感受本雅明的"更具悖论性的思考方式"，这一切都为"诗学的总体性"提供了阐释的范例。

因此，《移山》的"诗学总体性"，并非卢卡契意义上的那种带有绝对理念印迹的同一性，而是更多地容括了繁复、杂语、多声甚至悖论的混杂的总体性。这种混杂的总体性，首先表现在《移山》中设置了多条并行的主题线索。或许读者会轻易联想到巴赫金的"复调"理论，而在精通西方古典音乐的欧阳江河那里，即使有意识地借鉴"复调"，恐怕也是巴赫的复调及赋格曲。但倘若仔细分辨，就会觉得《移山》中的主题变奏远比赋格曲复杂，即使是较为复杂的三重赋格曲，也仅仅处理了三重对位。而《移山》的主题线索则更为庞杂、繁复，能够被明确辨识出来的至少有以下几个并行的主题：

"山"与"移山"：从《山海经》中的五篇"山经"到孔子的"仁者乐山"，从《移山》中集中书写的愚公的太行山到遍布隐士的终南山，从"小天下"的泰山到曾子弹奏《梁父吟》的峄山，从曹操"歌以言志"的昆仑山到李白"相看两不厌"的敬亭山……"山"在欧阳江河这里，被处理成了传统文化中屈指可数的宏大母题，是承载沉重意义之山，也是象征性的符码之山，甚而衍生了一系列与"山"字相关的构词法。如《移山》就在古典语词的遗产中，推衍出诸多与"山水"相关的对举：悠悠山水、山高水远、山水之间、重山复水、立锥山水……"山水"并举在古典语境中常常是一种互文的形态，也是表达的习惯。在某种意义上，古人谈山即是论水。因此，对于谙熟"词与物"理论的欧阳江河来说，选择以"山"为主题，也利于以语词和意义的衍生方式铺展神话和史诗情境。

不过，"山"的主题毕竟宏阔辽远，甚至至大无边，所以诗人把自己的诗题收束为"移山",是充满智慧的举措。"移山"主题,既妙手偶得,又浑然天成,在透露诗人史诗旨趣的同时,也找到了一个得以窥见传统、民族与文明基因的视角,既深藏着上古神话的原初意蕴,承载着中华民族的集体无意识,又在 21 世纪被赋予了"万物互联的时空观"。从而在诗歌文本"山高水远"的极致处,生成了指向未来的文化语义,关切的是文明远景何在的大主题,这也是《移山》内含的大关怀。而一句"远景,竟如此近巫",又把所谓的"远景"推到巫风巫术所特有的气氛中,给人以缥缈之感,其中渗透的可能是诗人在貌似高蹈、豁达和戏谑的姿态中的一丝历史隐忧。而《移山》中的神话畅想,也就把过去的维度引入现在,进而具有了未来式。

"心"与"心学":第一节中的"心之狂喜达及天设"及"寸心在手心攥出了铁"等诗句,同时也构成了《移山》中"心"的维度及"心"的主题线索,进而关乎"魂"、精神、抽象、理念与超验等主题领域。

从精神和理念的角度说,欧阳江河也把"移山"处理为一个观念化的历程,即所谓"劳作,是心灵的事"。又如:

> 一个每天挖山不止的人,
> 不把移山当心学,
> 也听不见孔子说"知止"。

"不把移山当心学",是对心理化、理念化的拒斥,而直面"土石"之山原初的物质性。但从列子的《汤问》到毛泽东的《愚公移山》,"移山"主题经历的正是一个"心学化"的过程。欧阳江河的"移山",更倾向于洞察"移山"神话在积淀为传统文化基因的过程中所聚积的观念化地质层叠:

> 纯属观念的山
> 被挖山的土堆在一起,
> 其中一座山是老封建。

被挖掉的土石却堆积成了"观念的山",而被移走的有形的山,则幻化为无形的山:"移山之后,依旧是一座空山。"这座无形之空山,即山的幻形、幻象、幻境,是人类心造的幻影,最终则衍变为文明的幻设。"一座怎么挖都不是山的孤山,堆在头脑里,构成空之重力。"这里的"空"不是无物,而是占据的心的空间,被想象和理念(头脑)赋予了"空之重力"。而"剩山"也在"人的暗忖"中"溶入抽象"。至于"随登山一起升高的顿悟",也"终是触手不及的非山"。在"此山非山"的悖谬过程中,潜藏着人类始终移不出的观念尺度中的二元论模式。

"文"或"修辞":在《移山》中,除了"太初有神""太初有光",还有"太初有文""太初有辞"。《移山》中的一大内在面向是反思文明的构建历程,而一部文明史,也是书写、修辞与文饰的历史。因此,《移山》中一条鲜明的主线是文和修辞。"文"在古典语境中含义丰沛,这在《移山》中也得到了体现。譬如"咬文嚼字""斯文旧命""行文断句""文脉与地脉相通",都显示了"文"与"山"相仿的构词力。此外,各种修辞手法也被诗人频频涉及,如"青绿的悠悠山水",也须在"暗喻一瞥"中得以领略精髓。而"杂语""叠句""辞格"等诗学术语的频繁出现,表明《移山》也可以被理解为一次修辞之旅。如下:

> 句法痛入神经,
> 咬文嚼字,积浮土而成措辞。
> 小意识分解大感,
> 文章之变,提举器物之变。

文章千古事,句法关联着文化神经,"咬文嚼字"也关乎化腐朽为神奇的艺与道,而上古历史中如果存有最大体量的"浮土",则非愚公家族挖出的山之"土石"莫属。而与"山"相关的文化遗存中,确乎累积了大量的审美化修辞。《移山》中也似乎隐现着一个有修辞偏好的创造者,在轻而易举地把大山移位的同时,也致力于在修辞中显示自己的全能。这让人想起刘慈欣的科幻小说《诗云》,神级的外星人为了写出超越李白的诗歌,竟然穷尽了汉字可能出现的排列组合。

　　《移山》最终在修辞层面凸显了一种诗学的总体性，而其主导性的修辞，可以说是悖谬式并置，《移山》把欧阳江河所擅长的悖谬式诗意呈现技巧发展到了极致。诗中大量地再现了关于并置、对举、组装与拼接的诡谲怪奇的技巧，相当多的意象组合都让人难以捕捉其明确的表层和深层语义，似乎读者感受到的只能是充满悖论和歧义的诗歌思维本身的冲击力。

　　在《移山》中，"总体性诗学"以反思性和歧义性的形态得以表达。诗中至少有两处集中指涉了这种"总体性"：

> 昆仑使者，听命于矗立与坍缩，
> 眼见山的影子，
> 自总体性游离出来。
> 变之所是，非其所变。

　　"矗立与坍缩"，实则为"山"的嬗替，而并非《列子·汤问》中愚公所谓的"山不加增"；"变之所是，非其所变"，则描述了悖论式的"变"之演化主轴；"眼见山的影子，自总体性游离出来"，则意味着诗人自我指涉的总体性是一种游离的总体性，既"如其所是"，又"非其所变"，由此彰显了"总体性的难题"。这种歧义性在后面的诗中也同样有所指涉："总括力则茫然失措，老愚公，听命于总的歧义。""总括力"其实是以"总的歧义"的方式体现的；而另一句"太行山从未成为格式塔"，也拒斥了"格式塔"式的总体性把握。因此，诗人集中表达的正是"总体性"的悖论，或者说是"总体性"的不可能性。换句话说，《移山》呈现的更多的是悖论的总体性。

　　《移山》的繁复性、兼容性和含混性，与诗歌并置了丰富的悖论图景有关：轻与重、星座与辞格、地理与天理、创世与末日、残山与剩水、山与非山、菜市场与便利店、花儿与核弹、文脉与地脉、真如与无言……从诗中截取的上述图景只限于一些貌似二元对立的范畴。但是仔细辨认会发现，这些二元式对举中有相当一部分很难形诸康德意义上的经典悖论关系，并置和对峙的双方常常构不成真正的二律背反式的逻辑，从而使诗歌的观念图景得以超越二元论的格局。或许可以说，《移山》在对经典的二元性悖论构成反讽的同时，也试图跳出国人习惯的"二元思维模式"，跳出二元对立的历史结构，跳出"山的定式"，进而跳出诗艺的范式。这也使《移山》更自觉地蕴含了对历史、文明、时代、诗学的多重反思，这种反思可以说是在"悖论"及"反讽"式的诗学格局中实现的。

比起欧阳江河此前的创作，《移山》强化了反讽性和反思性。这或许是诗人在《移山》中更多地采用了否定句与设问句的原因：

> 愚公眼里的山中人，
> 就不会只是绿林草莽，
> 而多出些隐者和诗人。
> 别处也没有山月同高
> 且掬水在手的古趣。
>
> 从鹰眼往盲鸟的眼瞳深觑，
> 并无群象起伏的山峦。
>
> 但是，神能从双螺旋体的纠缠，
> 分离出失败的高贵吗？
>
> 山登得多高，天也低不下人头。
> 雪，不为压低这颗头
> 而降下：纯洁，不传达刻骨。
> 通灵者，含沙卷耳，
> 往流量注力，而不发力。

否定句与设问句如此繁多，其传递的语义或许不仅限于从句法和修辞层面进行阐释，还须从"诗学总体性"的角度进行考量。这至少意味着"愚公移山"的上古神话是以一种否定的方式被后世传承的，而诗人也以疑问的方式省思传统遗存与文化基因，历史也以非确定的犹疑形态在《移山》

中得以呈现，最终凸显的是总体性的悖论。而当"地理高出天理"之时，或许也就是神性之维的解构和消亡之日。《移山》的繁复也表现在建构和解构的此消彼长上，与斩钉截铁的造物感同时并行的，则是一系列文化之讽喻、否定之判断，最终呈现的是悖论式总体性格局。从这个意义上说，《移山》或许称得上是一部集悖论式景观之大成的否定式史诗。

有形而持久的传统

1998 年，恰逢北京大学建校百年，由北大中文系两位教授费振刚和温儒敏先生联名主编的《百年学术：北京大学中文系名家文存（1898—1998）》出版。在这部书的"前言"中，两位先生这样追溯中文系的学术传统：

> 北大中文系学术最鼎盛的时期是二、三十年代，以及院系调整，清华、燕京等校中文系合并到北大后的那一段时期……所谓北大中文系的学科特色，也主要在这些时期所形成。北大中文系在其发展的每一个阶段，都涌现过一些著名的学者，有的是属于大师级的人物，他们学术的理路和风格可能彼此不同，甚至互相砥砺，但都对学术抱有严肃诚挚的态度，共同形成了严谨和创新的学风。这是北大中文系极为宝贵的精神财富，是值得彰扬和承继的优良传统。北大中文系在本学科的形成和发展中始终是站在前沿的，其经验得失可以影现一门学术史的脉络。我们编这部文集，首先也是看重学术史的意义，试图以此概览北大中文系的学术变迁，同时也可以从一侧面探究中文学科近百年的历史足迹。[1]

这部文集选取了北京大学中文系历史上最有成就和学术影响的五十四人，始于林纾先生，终于朱德熙先生，"都是已经逝去的先贤"。而这部

---

[1] 费振刚、温儒敏主编：《百年学术：北京大学中文系名家文存（1898—1998）》（前言），北京大学出版社、江西教育出版社 1998 年版，第 1—2 页。

文集也由此，为北大中文系借助"先贤"的代表作来触摸自身的学术传统，提供了一个理想的途径。

两位教授在"前言"中同时强调："近百年来，中国语言文学的教学与研究始终往现代化的方向转换，北大中文系不断突破旧有格局，形成新的学术规范，并逐步协调西方学术方法与中国传统固有的学术方法的关系。""始终往现代化的方向转换"，以及"并逐步协调西方学术方法与中国传统固有的学术方法的关系"，也侧面反映了北大中文系乃至整个学界中文学科各相关领域，在近一个世纪以来所形成的重要学术轨迹。这与王瑶先生主编的《中国文学研究现代化进程》一书中提出的框架和理念，是一脉相承的。陈平原教授在为该书写的"小引"中提到，在 1986 年中国社会科学院编印的《学术动态》第 279 期上，载有王瑶在全国哲学社会科学"七五"规划会议上的发言——《王瑶教授谈发展学术的两个问题》：

> 从中国文学研究的状况说，近代学者由于引进和吸收了外国的学术思想、文学观念、治学方法，大大推动了研究工作的现代化进程。……从王国维、梁启超，直至胡适、陈寅恪、鲁迅以至钱锺书先生，近代在研究工作方面有创新和开辟局面的大学者，都是从不同方面、不同程度地引进和汲取了外国的文学观念和治学方法的。他们的根本经验就是既有十分坚实的古典文学的根底和修养，又用新的眼光、新的时代精神、新的学术思想和治学方法照亮了他们所从事的具体研究对象。……近代学者的研究成果至少使文学的范围比较确定和谨严了，文学观念有了现代化的特点，叙述和论证都比较条理化和逻辑化，这些都可以说明，即使是研究中国古代的东西，也必须广泛地从外国的学术文化中汲取营养。文学研究要发展，必须不断更新研究的观念和方法，而这就不能不吸收和利用外来学术文化的优秀成果。

陈平原教授据此在"小引"中做了进一步阐发："一方面新理论新方法的引进开拓了学者的眼界；另一方面新理论新方法往往是根据西方学术发展总结出来的，与'中国文学'这一研究对象之间不免有隔阂。食古不化的固然没出息，一味照抄西方理论也只能昙花一现。如何走出这种两难困境，没有完美的答案，但有可以作为借鉴的先贤的足迹。本书的任务就是帮助读者辨认这些足迹。"

在这个意义上，《中国文学研究现代化进程》与《百年学术：北京大学中文系名家文存（1898—1998）》具有相似的功能，分别以代表性论文汇编和个案分析的方式，彰显了学术思潮乃至传统的历史演进和嬗变，也以各自的方式勾勒出近百年中国学术史的一些面向。而陈平原教授所概括的"把中国文学研究现代化作为中国学术转型的一个侧面来理解和把握"，尤其有助于触摸"近百年的中国文学研究的发展脉络"。

而《百年学术：北京大学中文系名家文存（1898—1998）》中提到的，后十几位以吴组缃、季镇淮、王瑶、朱德熙等为代表的那一辈学者，则在新中国成立之后的中文学术传统的发展历程中起到了承上启下的历史作用。以王瑶先生为例，后辈学人在对其学术道路的梳理和总结中，注重的正是其弥足珍贵的治学风范与学术精神，在继承前辈学者学术传统的同时，也因应时代语境，进一步发展出新的学统和风气。比如樊骏对王瑶治学的"历史感"和"现实感"的双重概括，对王瑶历史研究中"知人论世"原则的注重；又如夏中义所阐释的陈平原对王瑶的两点"接着说"，一是"学在人生"，一是"政学分途"；再如钱理群强调王瑶身上的鲁迅传统，强调学者与战士的统一性；还有陈平原更倾向于用"学者的人间情怀"，来整理王瑶论著中的学术与社会、历史、政治的关系……这些归纳和总结构成了北大中文系学子力图从前辈学者那里濡染和承继的精神传统。先辈学者奠定和沿承的既丰富又多元的学统有春风化雨之功，为后辈学人提供了多重选择的可能性。

或许正是为了展示今天的北大中文系学子对学术传统的继承和创新，这部为中文系 110 周年系庆编纂而成的学术著作——《斯文在兹：北京大学中文系建系 110 周年纪念论文集·现代思想与文学卷》——把全体在职与离退休教师的自选代表作汇集在一起，集中展示了具有延续性和总体性的中文系科研面貌。每位教师选择一篇学术生涯中的代表作，这部论文集堪称是北大中文系全体教师的代表作大展。其中尤为珍贵的是对诸位老一辈学者代表作的编入。老先生们虽然已经离退休，但他们既有的学术成果，仍然在对后辈学人产生持续而深入的影响。只要有这一辈老先生，北大中文系的传统就是有形的和持久的。譬如，洪子诚先生在本卷中提交的文章《纪念他们的步履——致敬北京大学中文系五位先生》，就是对老一辈学者的人格风范及其奠定的学术传统的具体而生动的总结：

> 我的"心灵原野"也有众多行人步履留下的小路：经典作家、长辈、同辈和学生……可以列出长长的清单。
> 要感谢的先生便是下面几位——乐黛云（1931）、谢冕（1932）、严家炎（1933）、孙玉石（1935）、钱理群（1939）。五位先生虽然经历、性格各异，但也有共通之处。他们的生命，基本上镶嵌在 1949 年成立的共和国历史之中，都曾有青少年时期热切追求革命，向往"新世界"的理想主义生命底色，也遭遇理想挫折和寻找生命更生的过程。他们在各自领域（比较文学、中国现当代文学和中国新诗研究）都是具有奠基性或开拓性贡献的学者。另外，学术与人生在他们那里难以分离，就如严家炎说的，"不但学问的终极目标应该为了人生——有益于人生，而且治学态度也是人生态度的一种表现"。也就是说，他们的学术研究，不仅基于知识性、职业性的兴趣，更是来自对历史和自身的问题的关切。因此，我曾经在写乐黛云的一篇文章里，用了"有生命热度的学术"这样的题目。

洪子诚先生揭示出了老一辈中文学者身上学问与人生的紧密关联，而一句"有生命热度的学术"也正完美地概括出了他所隶属的那一代北大中文学者的治学品格。而老一辈学者在论文中的具体研究所展示出的学术思想和问题视野，也足为后辈学人之楷模。比如乐黛云先生思考的是学科中最重大的问题之一，即比较文学和世界文学的关系问题（《对比较文学和世界文学的一些思考》）；严家炎先生则把鲁迅研究纳入 20 世纪西方诗学的视野，获得的是新的学术范式（《复调小说：鲁迅的突出贡献》）；孙玉石先生的"晚唐诗热"研究，也是将西方现代主义思潮与中国传统诗学融会贯通的结果（《新诗：现代与传统的对话——兼释 20 世纪 30 代的

"晚唐诗热"》）；谢冕先生在文章中则对新诗历程进行了以百年为跨度的整体观照，从而体现出宏大的眼光和气魄［《前进的和建设的——中国新诗一百年（1916—2016）》］；段宝林先生则在"世界一体化"的视野下，对中华文化的"协和万邦"的特性进行了总结（《〈中华民俗大典〉的构想与设计》）。而在文艺学领域，几位老先生也显示出把西方的马克思主义文论及现代文论加以本土化的卓绝的努力。

而在职的中生代学者的研究，则昭示着在老一辈学者的培植之下，新的学术转型已趋完成。他们提交的代表作大都显示出对核心的、重大的前沿性问题的探讨，以期显示中国当代学术规范和发展方向。类似的研究思路在"80后"和"90后"青年学者那里也同样得到体现，而青年学者们也以出色的研究成果，彰显出某种学科视野的未来性远景。套用洪子诚先生的话，这部系庆学术成果集展示的是，中文系关于20世纪以降的中国文学研究的"学术原野"。无论是改革开放以来在学术荒野上辛勤开拓的奠基型教授，还是默默耕耘、一丝不苟的学者，无论是勇于担当学界柱石的知名中年学者，还是崭露头角的后起之秀，都从整体上融入了北京大学中文系的学术传统。

如同前引三位系主任费振刚、温儒敏和陈平原先生所总结的那样，这部系庆学术成果集，也呈现出一以贯之的把中国本土学术传统与国际性的现代学术范式加以整合的学术思路，尤其是青年学者的成果，更体现出中文学科因应人类新的历史发展条件，试图整合人类既有思想和文化资源的学术雄心。而21世纪的新的历史发展趋势，要求人文学科一方面要有海纳百川的胸襟，进一步吸取外国思想和理论资源，另一方面需要创造性地转化中国古代及20世纪的思想和文化传统。只有这样，才能在一个更宏阔的背景下构建具有前瞻性的现代中文学科发展战略。如果说20世纪90年代中国文学研究的各个学科都经历了研究理念和范式的转型，那么21世纪的今天人文学科可能进入了一个新的历史转型期。这种新的突破和转型的重要标志，可能正是打破人文学科界限的一体化趋势。这种整合不意味着削弱既有的学科规范和坚实的基础，而是力图进一步共享学科理念，在此基础上激发新的问题意识和研究视野，从而为中文学科的创新型内涵式发展助力。

　　这部系庆学术成果集，在强调现代中文学科与古典传统并行不悖、相得益彰的同时，也力图强化当代学术的现代性传统。奠基于五四运动的现代思想传统，以及自京师大学堂创建以来由一代代北大中文系学者奠定的现代学术传统和规范，都深刻地影响着当今的中国文学学科，这也在这部系庆学术成果集中得到了充分的显现。而从现代思想与文学研究的角度进行展望，这些文章也显示出某种整体性和综合性特征。

　　在《百年学术》的"前言"的结尾，两位老系主任说得好：

　　　　温习光荣的历史也使我们产生一种紧迫感：在新的形势下，北大历来作为"新学之冠"的地位面临挑战，北大中文系的优势地位也不可能总是无可争议的，我们没有理由不兢兢业业，适应新的时代，发扬优良的学统，把前人所建树的学术事业继续向前推进。

　　从某种意义上说，这部学术成果集是对《百年学术》的接续，把两者并置在一起进行观照，或许可以大致触摸到北大中文人传承百年的学脉，同时也可以借助《百年学术》中那些奠定了北大中文学统的先贤的审视的目光，激发我们这些后辈的急迫感和使命感。

寻求者与守望者

一

孙玉石先生是中国现代文学研究界鲁迅研究的大家之一，在鲁迅研究这块热土上辛勤耕耘了近半个世纪，收获了丰硕的学术果实。

作为中国现代文学研究学科的奠基者王瑶先生的学生，孙玉石先生最早选择的研究领域正是鲁迅研究。其在研究生阶段提交给导师的第一份读书报告为《鲁迅对于中国新诗运动的贡献》，这也是孙玉石先生正式发表的第一篇学术论文。而鲁迅与新诗，也成为孙玉石此后的学术生涯中两个主要研究领域。1964年孙先生在王瑶先生的指导下撰写了研究生毕业论文——《鲁迅改造国民性思想问题的考察》，同年7月进行了毕业论文答辩，答辩委员除了王瑶，还有唐弢、川岛等著名学者。这篇论文也是现代文学研究领域讨论鲁迅改造国民性思想的较早的有系统性的研究成果，对学界进一步思考与探索"改造国民性"对整个中国现代文学主题的演变，乃至对塑造现代中国的文化精神的重大意义，都起到了继往开来的作用，尤其对20世纪60年代的鲁迅研究界相关领域而言，具有学术拓荒的历史意义。孙先生也由此开始了将近半个世纪的鲁迅研究历程。

1976年12月孙玉石先生被调入北京大学中文系现代文学教研室，与王瑶先生等参加了1981年版《鲁迅全集·坟》的注释工作。其间陆续发现了鲁迅的若干佚文，在学术界和新闻界引起了轰动。1978年1月孙先生在《每周评论》杂志上发掘出《美术杂志第一期》、《随感录》三则等四篇鲁迅佚文，并写文章进行了考证，四篇佚文连同考证文章一起发表于《北京大学学报》，新华社以新闻通稿的形式向全国广播，发现鲁迅佚文的消息也随即发布于全国各大报纸，日本《朝日新闻》也刊登了题为《鲁迅：五四运动时期作品的新发现》的报道。1978 年 5 月孙先生与方锡德一起考证介绍了新发现的鲁迅佚文《自言自语》《寸铁》，并相继撰写文章《锋锐的〈寸铁〉光辉永在——读新发现的鲁迅四篇佚文》《介绍新发现的鲁迅十一篇佚文》，发表在《北京大学学报》《鲁迅研究》等杂志上，唐弢先生还在《人民日报》上撰文《花团锦簇》予以介绍。

20 世纪 70 年代末至 80 年代初，孙玉石先生开始关注鲁迅的《野草》与西方的象征主义散文诗艺术之间的关系，写作了题为《〈野草〉的艺术探源》的文章，后来成为《〈野草〉研究》一书中的第一篇论文。此后，孙先生开始系统性地重新诠释《野草》，对《野草》的象征主义创作方法进行了全面的探索。1981 年初夏，在纪念鲁迅诞辰 100 周年的预备会议上，孙先生做了关于《野草》与象征主义之关系的发言，引起了很大的反响。而专著《〈野草〉研究》也在 1982 年出版，是《野草》研究乃至鲁迅研究领域具有突破性和冲击性的学术成果。

1983 年 4 月，孙玉石先生应聘前往东京大学文学部担任教师，在文学部和教养学部为博士、硕士和本科生讲授了"鲁迅《野草》演习"等课程。此后一年半的时间，孙先生曾多次应邀在东京大学等日本高校做学术报告和专题演讲，关于鲁迅的研究成为其中一个核心的报告议题。孙先生也由此与日本鲁迅研究界的一些重要研究者如伊藤虎丸、木山英雄、丸山升、丸尾常喜等建立了深厚的情谊，此后曾为伊藤虎丸的著作《鲁迅、创造社与日本文学：中日近现代比较文学初探》的中译本写过题为《思考历史：日本一代有良知学者的灵魂》的长篇序言，也为丸山升的著作《鲁迅·革命·历史》写过长篇评论文章《现实情怀、历史视点与学术意识》。孙玉石先生与日本鲁迅研究者的交往及这些评论文章，都难能可贵地见证了中日两国知识分子跨越国界的友谊。正如孙先生在为《君子之交：萧乾、文洁若与丸山升往来书简》一书写的序中所总结的那样：

> 读者接触和阅读这些文字之后，可能会走近一个充满沧桑也充满友情的世界。他们将会深深认识到：这部《往来书简》，是 20 世纪中国和日本两个民族的三位相知相识而又非常杰出的作

家、学者，在人生经历上，在学术认知上，在历史沉思上，在关于当今和未来人类命运的思考上，所进行的心与心的交流，灵魂与灵魂的对话。这些隔海飞鸿文字里，蕴含着一份难得的真诚和特殊的意义。

在过往的那个令人难忘的一个世纪里，他们同是历史变革的参与者。他们同是历史真实的寻求者。他们又同是历史真理的守望者。

在某种意义上，这种"历史真实的寻求者"及"历史真理的守望者"的形象，也可以看作是孙玉石先生作为一个鲁迅研究者的自我期许，也为后来者探究孙玉石先生的心灵轨迹提供了一个完美的自画像。

二

孙玉石先生最有影响力的关于鲁迅研究的著作是关于《野草》研究的两部，是他在鲁迅研究史上具有突出贡献的标志性成果。一部是《〈野草〉研究》，另一部是《现实的与哲学的——鲁迅〈野草〉重释》。

孙玉石先生在 1979 年就开始了对鲁迅《野草》的研究工作，《〈野草〉研究》一书于 1982 年出版，引起了学界普遍的关注和热烈的反响，可以说是中国学术界关于《野草》的最早的专门性研究。孙先生在书中对《野草》进行了全方位的探索，也使得这部《〈野草〉研究》具有总结性和开拓性的学术特质，取得了突破性的成就。

首先，孙先生深刻地反思了多年以来在《野草》研究乃至整个鲁迅研究中所延续的"庸俗社会学方法"，反思了"把鲁迅视为洞察一切的幻想中的神"和"怀着一种对'超人'顶礼膜拜的心情和思想来研究鲁迅"的历史倾向，力图让《野草》回归到当时的历史背景之中，并通过对《野草》的重新阐释，把鲁迅还原为"脚踏在大地上现实中的人"。[1] 这在七八十

---

① 孙玉石：《〈野草〉研究三十年》，载《求是学刊》编辑部编辑：《鲁迅诞辰百周年纪念文集 1881—1981》，黑龙江大学印刷厂 1981 年版，第 119 页。

年代之交的中国文坛和学界，对于突破鲁迅研究的"禁区"，冲破"左"的历史思潮的束缚，具有振聋发聩的启示意义。这种还原鲁迅、还原历史的意向开启了《野草》研究的一个崭新的起点，在此基础上，孙先生一方面进一步深入探索作为战士的鲁迅对中国社会的洞察与批判，另一方面则通过对史料的钩沉及文本细读对《野草》深层意蕴进行探究，对其中困扰了研究者半个世纪的复杂文本，如《颓败线的颤动》《墓碣文》《影的告别》等名篇，都做出了富有历史创见的新的诠解，对人们从人生哲学和心灵启示录的视角深入理解鲁迅复杂的精神内涵，有极大的启迪作用。

其次，《〈野草〉研究》的突破性还表现在对鲁迅艺术思维和特质的综合研究，尤其是发现了《野草》对象征主义艺术手法的独特运用，揭示了《野草》艺术中居于核心地位的"象征"艺术的来源。这不仅超越了以往人们理解《野草》的单一的写实主义视野，同时还打破了与西方现代主义的关系的研究禁区，反映了孙先生眼光和识见的前沿性和前瞻性，对当时的文学研究界开拓新的视域具有借鉴价值。象征主义艺术和方法的揭示，对研究者们探索鲁迅小说的艺术及鲁迅总体的艺术观，也显示出了一定的启示意义。

再次，《〈野草〉研究》注重对《野草》的艺术渊源的探索。以实证为基础，孙先生勾勒了《野草》与西方文学传统的深刻联系，《野草》对以波特莱尔为代表的"世纪末的果汁"的汲取，对屠格涅夫散文诗艺术的借鉴，都向人们展示出西方文学的深远背景，并显示出鲁迅所奠定的中国现代散文诗传统与西方文学之间的借鉴性与连续性。借助对《野草》的艺术渊源的勾勒，孙先生梳理了现代散文诗作为一种独特的文学体裁的历史线索，总结了散文诗艺术的基本特征，有助于学界从诗学意义上加深对这种体式的认知；同时通过这种诗学的探索，孙先生初步形成了独具特色的理论视域和方法论模式，并在此后的研究中获得了进一步的发展和深化。

最后，《〈野草〉研究》的一个不容忽略的学术意义是，较早地探讨了《野草》中所反映的鲁迅哲学思想。孙先生从鲁迅"洞察社会和解剖自己所获取的全部人生哲学"的角度来理解《野草》，试图把握鲁迅"深沉而复杂的精神世界"。在《〈野草〉研究》的"后记"中，孙先生说：

鲁迅是很喜爱他的《野草》的，我认为这话是可信的。因为在这本诗文集里，不仅仅倾注了鲁迅艺术创作的心血，也包含了他洞察社会和解剖自己所获取的全部人生哲学。

探索这种精神世界的光辉，研讨这部散文诗集艺术美的特质，从中总结出一点点有益于我们民族文学发展繁荣的经验来，是鲁迅研究工作面临的一个颇为有益的课题。

《现实的与哲学的——鲁迅〈野草〉重释》，则是孙玉石先生以1994年至1995年间在日本神户大学的"鲁迅《野草》研究"课堂讲义为基础而创作的专著，曾连载于《鲁迅研究月刊》，这是作者继20世纪80年代《〈野草〉研究》之后的另一《野草》研究著作。孙先生有感于80年代以降的《野草》研究史上一些过分哲学化的阐释，从而尝试把现实观照与哲学探索有机统一起来。孙先生在该书"后记"里谈到鲁迅研究的一些新作所存在的问题，认为"本来是容易明白的问题却被研究者说得深奥而难懂了。鲁迅的《野草》已非鲁迅的《野草》的本来面目。历史性的学术研究绝对的客观是没有的。但是学人努力的目的在于如何使自己的研究尽量接近于客观历史的实际，而不是对历史作任意的塑造和扭曲"。所以孙玉石要重新研究《野草》，走进《野草》的真实世界。由此，对《野草》加以重释采取的是辩证的双重视角："鲁迅的生命或人生哲学的体验，离不开他对于他所生存的社会现实的关注和经历；鲁迅的现实生活感受，到他象征性的艺术创造中又努力去挖掘哲学思考的深层内涵。现实的与哲学的，在《野草》中是很难分开的。"[1] 现实与哲学的双重观照构成了孙玉石阐释《野草》的新的学术视野。这部《野草》重释，也进一步实践了孙先生在建构中国现代解诗学过程中所坚持的，把"文本开放的解读与有限的文本阐释"[2] 相结合的诗学准则。

---

[1] 孙玉石：《现实的与哲学的——鲁迅〈野草〉重释》，上海书店出版社2001年版，第3页。

[2] 孙玉石：《学术问路自述》，载冯济平等编：《第二代中国现代文学学者自述》，文化艺术出版社2011年版，第356页。

三

《野草》研究之外，孙玉石先生也以鲁迅与五四新文化的关系为中心写作了大量文章，并以《走近真实的鲁迅——鲁迅思想与五四文化论集》[①]为题结集出版。除了对鲁迅与新诗关系的研究，以及对鲁迅的改造国民性思想的关注，孙先生还考证了鲁迅与《新青年》杂志的关系、鲁迅诗人气质的形成与中外文化资源、鲁迅留学时期的文化选择意识、鲁迅与北京大学的关系、鲁迅与魏建功关于爱罗先珂的笔墨官司、关于鲁迅的佚文考证和相关研究等。孙先生的这一部分鲁迅研究，充分表现出他对学术研究的历史主义方法的重视，即按照它们原来"产生的历史环境和作者的意图，来对它们进行一些富于创造性的阐释"。孙先生追求的是"让历史发言，不是借历史作现实需要的传声筒，而是在历史中寻找出它所蕴藏的属于现在或永远的东西来"[②]。这是一种尊重历史语境的学术态度，具有方法论的意义。为了呈现历史原貌，重现历史的原生态图景，孙先生在搜集、整理和钩沉历史史料方面下了非常大的功夫，他的鲁迅研究由此体现出厚重的历史丰富性，以及具有科学主义精神的历史客观性。

在鲁迅研究中，孙玉石先生还追求一种具有一定的稳定性的学术思路与品格，即他多次表述并努力实践的"历史的、审美的、文化的"三者的结合。"历史的"，就是要依据历史提供的资源、史料、文学现象，尽可能地回到历史现场，遵循学术研究的历史性原则，对所研究的对象做出尽量接近客观实际的描述与说明；"审美的"，就是在作家思想、作品意义、文人心态、文学现实的阐释中，更重视文本的审美意蕴和价值的挖掘，用自己有限的理解与作家创造的无限世界进行审美的沟通与对话，通过自己的体悟、发现和诠释，将这种美再传达给更多的读者；"文化的"，就是

---

① 孙玉石：《走近真实的鲁迅——鲁迅思想与五四文化论集》，北京大学出版社2009年版。

② 孙玉石：《中国现代主义诗潮史论》（前言），北京大学出版社1999年版，第15页。

将文学作品和作家创造放置于他所依赖，或他所独有的文化背景中进行思考、讨论，依据其作品所拥有的文化场，融入他的"背景"之中，如此才能真正进入每个作家所创造的独特的世界。在这种"三位一体"的追求中，核心是历史与审美的结合。孙先生始终强调，"历史性原则"是一切治历史者的学术生命。而对于现代文学史尤其是现代诗歌史的研究者来说，"审美的"原则堪称是学术生命的灵魂。

从《〈野草〉研究》开始，孙先生就自觉地关注西方文学传统民族化，以及中国古典文学传统现代化的过程，并致力于东西方传统的融合这一重大课题的探讨。这一思路在他的鲁迅研究历程中也贯穿始终。这也是一个贯穿整个 20 世纪中国文学的核心课题，一方面是如何以现代眼光对民族自身文学传统有选择性地摄取和再造，另一方面则是如何实现外来文学和文化影响在中国本土的创造性转化。孙玉石先生认为在这个问题上，鲁迅《野草》的历史实践为我们提供了一条可能的道路，而对这条道路的探索和阐释，也构成了孙先生一直以来思考的一个重心。他认为，对民族自身文学传统有选择性地摄取和再造，以及如何实现外来影响在中国本土的创造性转化，这两个问题并不是彼此孤立的，对外来影响的吸收必须纳入民族传统的自身依据之中，否则前者会成为无根之萍；而外来影响则会为我们提供一种观照传统的全新视野，从而使后者激发出悠长的历史生命力。东西方的文学传统在 20 世纪中国文坛的历史时空中碰撞与激荡，寻找着某种互相融汇的亲和力。

孙玉石先生还认为：鲁迅是一个反传统的猛士，但鲁迅对传统文化知识的掌握与对世界先进文学潮流的了解是并重的。双向吸收形成了鲁迅全方位的知识结构。所以孙玉石先生非常重视鲁迅的论文《文化偏至论》，认为其中提出了一个民族文化发展的方程式："外之既不后于世界之思潮，内之仍弗失固有之血脉，取今复古，别立新宗，人生意义，致之深邃。"孙先生表达了对中国青年学生在知识结构方面的焦虑，担心青年人"敏于对外来新潮的吸收，薄于对自己民族文化传统的关注。他们对传统文学和文化抱着狭隘的偏见。在东西文化的对比中，只看传统文化落后的一面。没有一个科学眼光的审视就采取一种全然淡漠的态度。心理的偏枯导致了文化吸收的倾斜。得到了一个异域的天地却失去了一个丰富的文化空间"，这样的发展最终会导致一种"文化残废意识"。[①]孙玉石先生对鲁迅的知识结构进行考察的背后，关注的是如何面对自己的传统文化及世界文化，蕴含着"寻求者"及"守望者"的历史使命感与文化责任感，在 21 世纪的今天，这尤其具有弥足珍贵的启示意义。

---

① 孙玉石：《知识结构与传统文化素养》，载季羡林等著，齐宝惠、陈建龙编：《学者论大学生的知识结构和智能》，北京大学出版社 1992 年版，第 18 页。

从"生命史学"到"大文学史观"

钱理群先生是中国现代文学研究领域的大家，是第三代学人中的代表性和标志性学者，也是学界的常青树，多年来笔耕不辍。在《我的现代文学史研究与学人研究——在"钱理群学术思想暨中国现代文学研究"学术研讨会上的讲话》一文中，钱理群把自己的学术研究分为三个时期：

第一时期（1981—2002）：学院任教21年，从事文学领域专业化研究，主要是鲁迅、周作人、曹禺研究，以及现代文学史研究。

第二时期（2002—2022）：退休20年，从事人文学研究，主要有三个方面。一是知识分子精神史研究；二是民间思想史研究；三是当代政治思想史研究。

第三时期（2012—　）：回归生命本源的思考与研究。主要有三大块。一是回归故土，著有《安顺城记》，仿《史记》体例，写地方史。二是回归大自然，回归童年，著有《我与童年的对谈》等。三是回归日常生活，回归家庭，回归内心，回归宗教精神，著有《养老学研究笔记》等。

截止到2023年出版的《中国现代文学新讲：以作家作品为中心》，钱理群共出版了100本书，近3000万字。[①]

作为一个思想型学者，钱理群先生的学术研究非常广泛，在相当一部分领域，都有发凡起例之功。本文集中讨论的是，钱理群对中国现代文学史研究领域的贡献，试图总结和提炼钱理群在文学史书写的观念和范式方面的探索、开拓、引领和创新。

---

① 参见钱理群：《我的现代文学史研究与学人研究——在"钱理群学术思想暨中国现代文学研究"学术研讨会上的讲话》，《中国现代文学研究丛刊》2023年第12期。

钱理群先生关于文学史观念和研究方法已经有了一系列完整和自觉的叙述，其中专著就有两部：《返观与重构——文学史的研究与写作》①及《中国现代文学史论》②。而近 6 万字的长篇论文《我的文学史研究情结、理论与方法》③，则更具系统性和理论性，是对自己文学史研究的理论、方法的全方位的总结。这些著述均显示出钱理群一直在有意识地探索文学史观念和方法论，也形成了自己独特的理论视野。

钱理群最看重的也正是自己文学史家的身份。如《八十自述》一文中所说："我给自己的学术定位是'文学史家'，要求在中国现代文学史写作上形成独立的文学史观、方法论，独特的结构方式、叙述方式。"④ 在这篇文章中，钱理群还指出，自己的"另一个学术重心是'二十世纪中国历史经验教训'的探讨与总结，进行现当代思想史、精神史的四个方面的研究。其一，"现当代知识分子精神史研究"。除前期完成的'鲁迅研究'三部曲（《心灵的探寻》《与鲁迅相遇》《鲁迅远行以后》）、'周作人研究'三部曲（《周作人传》《周作人论》《读周作人》），以及曹禺研究（《大小舞台之间——曹禺戏剧新论》）、世界知识分子精神史研究（《丰富的痛苦——堂吉诃德与哈姆雷特的东移》）外，还写有'当代知识分子精神史'三部曲（《1948：天地玄黄》《1949—1976：岁月沧桑》《1977—2005：绝地守望》）"⑤。钱理群的"现当代知识分子精神史研究"一方面基于自己中国现代文学史家的身份和资源优势，其中也体现了文学史研究者的自觉意识，另一方面周氏兄弟及曹禺研究本身也内在于现代文学史研究。因此，本文涉及的话题领域，也兼及钱理群的周氏兄弟研究、曹禺研究，以及《1948：天地玄黄》等与现代文学史研究相关联的部分著述。

钱理群先生四十多年来的文学史研究实践展现出丰富和广博的面向，

① 钱理群：《返观与重构——文学史的研究与写作》，上海教育出版社 2000 年版。

② 钱理群：《中国现代文学史论》，广西师范大学出版社 2011 年版。

③ 钱理群：《我的文学史研究情结、理论与方法》，《中国现代文学研究丛刊》2013 年第 10 期。

④ 钱理群：《八十自述》，《名作欣赏》2020 年第 3 期。

⑤ 钱理群：《八十自述》，《名作欣赏》2020 年第 3 期。

本文尝试简明扼要地勾勒钱理群文学史观的核心轨迹，试图描述出简明的总体性观照视野。这个极简的观念轨迹可以概括为：从"生命史学"到"大文学史观"，而居中环节或者说中间项则是"作为审美机制的文学形式"。本文试图以"三位一体"式的图景展现钱理群在文学史研究方面的宏伟追求与独特贡献。

一、作为文学史书写灵魂的"生命史学"

"生命史学"是钱理群先生多年来努力追寻的文学史观念视景，也对他的文学史研究有一种整体性的概括力。但在我看来，"生命史学"仍是一个有生长性也处在建构过程中的未完成的范畴。简单地说，钱理群试图借助"生命史学"的理论范畴，强调文学史是活生生的、有着浓郁的生命气息（包括时代生命、个体生命、文学生命）的叙述图景。从某种意义上说，生命史构成的是文学史的深厚底蕴。而钱理群尤其关注其中的"个体生命史"，试图在呈现历史大叙述的同时，也讲出带有个人生命体温的一个个独特的文学史故事；既状写出人与人之间生命的丰富互动，也呈现出个体生命与历史境遇之间的复杂关联。

早在 20 世纪 80 年代和 90 年代之交钱理群写作《大小舞台之间——曹禺戏剧新论》的时候，这种"生命史学"的理念就已经开始形成，"新论"中拟设的研究目标是，要写出"曹禺作品生命的流动，作家精神生命的流动，中国话剧生命的流动，中国现代社会思潮与文学思潮的流动；这将是一部作品史，作家精神史，话剧发展史，现代社会思潮、文学思潮发展史，每一部'史'的对象都是一个'生命'，'史'的描述的任务仅在于'生命的复活'"①。从某种意义上说，状写这种"生命的流动性"，成为文学史家历史书写的本源和终极目标，钱理群文学史观中的"生命本体论"已然呼之欲出。此外，意欲把作品史、作家精神史、话剧发展史、现代社会思潮和文学思潮发展史等打成一片，也蕴含了向"大文学史观"的演进，

---

① 钱理群：《大小舞台之间——曹禺戏剧新论》（后记），浙江文艺出版社 1994年版，第 487 页。

同时预示着"生命史学"依然构成"大文学史观"的灵魂。

对历史中活生生的生命个体现象的关注，意味着"细节诗学"之于"生命史学"的重要性，意味着历史细节是搭建"生命史学"大厦的地基乃至一砖一瓦。因此，钱理群尤其强调历史细节和文学细节对文学史书写的基础性意义。对具体的历史细节及文学细节的捕捉，对细节的象征性意蕴的升华，也构成了钱理群文学史叙事的重心。其中既体现着文学史书写的具体性、形象性和情境性，也通过对具有典型性的细节和"单位意象"的阐释，重建文学历史境遇。钱理群尤其善于从历史细节中凝练出一个时代的总体精神，而一个时代内在的总体性特征，也往往在历史细节中得以"瞬间显现"。正如钱理群所总结的那样：

> 我至今也还记得我的一段阅读经验：在旅途中随便翻阅一本抗战时期一位美国医生写的见闻录，其中提到他目睹的一个细节：在战火纷飞之中，一个农人依旧执犁耕田；战火平息后，周围的一切全被毁灭，只有这执犁的农人依旧存在。我立刻意识到，这正是我要努力寻找的，能够照亮一个时代的"历史细节"：在这"瞬间永恒"里蕴含着极其丰富的历史内容（多义的象征性），同时又具有极其鲜明、生动的历史具体性。[①]

这里蕴含的是一个文学史家的文学性颖悟力。钱理群对历史细节的捕捉，一方面具有"极其鲜明、生动的历史具体性"，另一方面又去除了某些不入流的"微观史学"事无巨细的细节耽溺，避免了历史书写中的"细节肥大症"。这种能够照亮一个时代的"瞬间永恒"的历史细节，也被钱理群从具有方法论意义的"单位意象"的角度详加阐述。[②] 因此，正像"一花一世界，一叶一菩提"所昭示的那样，这些具有典型性的历史细节，最

---

① 钱理群：《我这十年研究——〈精神的炼狱〉序》，《中国现代文学研究丛刊》1993 年第 3 期。

② 参见钱理群：《我这十年研究——〈精神的炼狱〉序》，《中国现代文学研究丛刊》1993 年第 3 期。

终通达的恰是历史的总体。

此外，这些丰富的历史细节彼此之间又不是孤立的，而是呈现出一种"生命的流动性"。正如钱理群所自述的那样："文学史所要把握的，是一个历史时代生命、文学生命之流的整体涌动，而不仅仅是对每一个历史生命细流的精细考察，或者说，对具体细节的发现、描述是文学史研究、写作的起点，最终所要达到的是整体的把握。因此，对于一个成熟的文学史家，不仅要有捕捉细节的敏感，而且还要有一种整体感，对时代生命与文学的总体氛围、对象的混沌感觉，直观把握，超越性的感悟与思考。缺少这一点，达不到这样的境界，文学史家的思维就会淹没在具体的历史细节之中，笔下的文学史图景就不免流于琐碎，失去了历史生命本身所具有的活力与气魄。"① 钱理群的文学史书写，恰是在具体的历史细节中把握生命之流的整体涌动，他的文学史叙述也因此兼具微观史学和宏大叙事之优长，达致一种历史书写的均衡感。

钱理群的"生命史学"观，尚有值得进一步发掘的理论面向，譬如对人的存在维度的叩问，以及对历史中"人的生存困境和分裂"的揭示。这些向度在钱理群的鲁迅研究中得到更加深刻的体现：

> 鲁迅所关注的始终是人的精神现象，一切思想的探讨和困惑，在他那里都会转化为个体生命的生存与精神困境的体验，"正是生命哲学构成了鲁迅区别于同时代的其他中国思想家的独特之处的一个重要方面"，而"文学化的形象、意象、语言，赋予鲁迅哲学所关注的人类精神现象、心灵世界以整体性、模糊性与多义性，还原了其本来面目的复杂性与丰富性，这样，鲁迅所要探讨的精神本体的特质与外在文学符号之间，就达到了一种和谐与统一"。②

---

① 钱理群：《我的文学史研究情结、理论与方法——〈中国现代文学编年史——以文学广告为中心〉书后》，《中国现代文学研究丛刊》2013 年第 10 期。

② 参见钱理群、王乾坤：《作为思想家的鲁迅》，载《走进当代的鲁迅》，北京大学出版社 1999 年版，第 64—70 页。

　　鲁迅所遭遇的通常是各种两难的命题，如自由与统一、历史与价值、伦理和美学……而两难的境遇之所以是困局，就是因为仅仅在原理的意义上是无法获得答案的，这是一种历史进程中的真正的困境。鲁迅后期创作的《故事新编》之所以难解，就是因为其中处处体现着历史与价值的两难。鲁迅的两难恰恰印证了黑格尔的名言：真正的悲剧不是出于善恶之间，而是出于两难之间。而钱理群在研究中一以贯之的态度就是，试图理解鲁迅的两难，以及揭示困境中的思想本身。

　　如果要从鲁迅那里挖掘"生命史学"的精神资源，则需要文学史家直面历史中的生命所遭遇的两难、困境和缺憾，从而也须"把困境看成是历史中的人的某种本体"[①]。钱理群由此把对困境的揭示，看成文学史书写亟须面对和亟待处理的部分。在钱理群这里，文学史不仅仅止于对历史的客观描述，同时也是一种精神价值的洞见和生命哲学的呈现，背后也隐现着一种知识分子的担当意识，文学史书写也就同时构成了对历史的价值承担。由此，钱理群生发出了"有缺憾的价值"这一思想命题，进而融入他的"生命史学"观之中，并渗透到钱理群几乎所有的文学史研究之中。"有缺憾的价值"意味着人类思想和历史价值的非本质化，意味着人类在创造思想价值和历史遗产的同时，也在直面具有本体性的欠缺与残缺、缺失与缺憾。钱理群的文学史研究，因此越来越自觉地探索历史在缺憾中所内含的未完成性，以及历史如何在缺憾中为人类确立一种价值依据。"有缺憾的价值"也因此成为人类无法规避的宿命，成为文学史研究者必须正视乃至承担的生命之本源。

　　与对历史细节的关注密切相连的，是"生命史学"中的"史料观"。钱理群的文学史书写订正了人们"通常把史料看作是一个'死'的东西，把史料的发掘和整理看作是多少有些枯燥乏味的技术性的工作"的刻板印象。在钱理群看来，"史料本身是一个个活的生命存在在历史上留下的印迹，因此，所谓'辑佚'，就是对遗失的生命（文字的生命及文字的创造者人的生命）的一种寻找与激活，使其和今人相遇与对话；而文献学所要

---

　　① 吴晓东：《钱理群的文学史观》，《文艺争鸣》1999 年第 3 期。

处理的版本、目录、校勘等整理工作的对象，实际上是历史上的人的一种书写活动与生命存在方式，以及一个时代的文化（文学）生产与流通的体制与运作方式"，"无不包含着极其丰富的文化内涵与生命内容"，"而对史料的认识、处理，更是关涉到研究者的历史观、文学史观"。[1] 这或许可以称得上是一种"新的史料观"，也构成了"'生命史学'观的重要方面"。[2]

之所以称"生命史学"构成的是钱理群文学史理念的灵魂，还因为"生命史学"作为某种具有覆盖性的观念形态，灌注在他关于文学史书写的总体设计和具体操作环节之中。在其担任总主编的具有集大成性质的三卷本《中国现代文学编年史——以文学广告为中心》中，钱理群强调"注意开掘与描述各时期文学创造动力的多样性，以及文学（作家与作品创造，文学发表、出版、流通，读者接受）故事与细节的丰富性"，同时也强调这部具有大文学史特征的编年史"是用'生命史学'观照的，有着浓郁的生命（时代生命，个体生命，文学生命）气息的，本身就具有文学性的，活生生的文学史，而与知识化与技术化的文学史区别开来"。[3]

对"文学性"的强调，也构成了"生命史学"的重要观念视野，钱理群的"生命史学"因此既关注历史中活生生的"生命的流动"，同时也彰显了文学史书写中"文学性"的本体地位，堪称钱理群文学史观中的精髓。

二、走向一种"大文学史观"

"生命史学"中也蕴含着建构一种"大文学史观"的必然性。钱理群

---

[1] 钱理群：《重视史料的"独立准备"》，《中国现代文学研究丛刊》2004年第 3 期。

[2] 参见钱理群：《我的文学史研究情结、理论与方法——〈中国现代文学编年史——以文学广告为中心〉书后》，《中国现代文学研究丛刊》2013 年第 10 期。

[3] 参见钱理群 2011 年 6 月写给《中国现代文学编年史——以文学广告为中心》各卷主编及编委的信，载姚丹等编：《钱理群研究资料》，云南人民出版社 2022 年版，第 116 页。

先生称，在思考"生命史学"的同时，还应关注到历史中的个体所汇成的"合力"：

> 正是不同个体的参加，最后形成合力而影响历史的发展，并在这发展中打上不同个体的烙印。在历史叙述的层面，就表现为讲述许多带有个人生命体温的故事、细节，具体的写作与舆论环境的生动展现，其中有丰富的人与人的生命互动和复杂关系，以及在这背后的文学与政治、社会、教育、出版、思想、文化、学术的有机联系，由此而产生了在创作上的不同追求，不同实验，从而形成文学本体的丰富面貌。①

这种"丰富面貌"中就蕴含了通往"大文学史观"的必由之路。钱理群的"生命史学"，也在强调讲出带有个人生命体温的文学史故事的同时，沟通了文学与外部社会、历史诸种因素的关系，从而水到渠成地从"生命史学"走向一种"大文学史观"。

20世纪80年代与90年代之交，钱理群曾经试图从"总体史"的意义上研究20世纪40年代文学，逐渐形成了关于现代文学与现代教育、出版、学术、政治的关系的"新思考，新认识"，草拟了《四十年代文学史（多卷本）总体设计》：

> 首先确定的是对四十年代时代特征的总体把握："二十世纪三大事件：战争与文学与人，共产主义运动与文学与人，民族解放运动与文学与人。本时期是这三大问题的交叉"，由此确定了"本书的写作目的，是要探索这一时期中国民族（尤其是他们中间的知识分子，更进一步说，是作为知识分子中最敏锐、最富感性的一部分作家）的精神历程与由此形成的精神特征，使中国人更好

---

① 参见钱理群2011年6月写给《中国现代文学编年史——以文学广告为中心》各卷主编及编委的信。（载姚丹等编：《钱理群研究资料》，云南人民出版社2022年版，第116页。）

地认识自己，也使世界更好地认识中国人。以特定历史时期、战争情境中的'人'为中心：文学中的人，创作、接受文学的人"……"第二卷，文学思潮、文化背景：影响文学发展的社会、历史、哲学、文化思潮，社会心理，思维方式的变化"，"第三卷，作家生活与精神研究，即所谓'文人身心录'"，"第四卷，文学本体发展研究"，"第五卷，代表作家列传，代表作品点评"。①

这一多卷本的写作计划，尽管处理的疑似 20 世纪 40 年代的"断代史"，但已经呈现出"总体史"的基本特征。除了作为生命个体的"人"依旧居于文学史观的核心位置之外，钱理群已经开始强调"不仅要注意文本的研究，而且要注意其生产、传播与接受过程的研究"，进而提出"要写出'文化、思想、学术史背景下的文学史'。这是一个'大文学史'的概念"。

有研究者探讨过钱理群从 20 世纪 40 年代文学研究中所生成的"大文学史"观，认为：

> 对于 40 年代文学而言，"大文学史"的观念之所以重要，是由于它在视野和方法上高度贴合于它的对象。相比于现代文学史中的其他"十年"，它更像是从 40 年代的历史情境与文化状况中生长出来的一种认识论。这种认识历史与文学的方式注重社会、政治、文化的流动性、变动性与互动性，对各种各样的政治设计与文学方案抱有高度的开放性，试图还原的是一个复杂多元、纵横交错的历史结构与文学生态。②

尽管多卷本计划未能完成，但留下了一部《1948：天地玄黄》，仍然可以从中看出这一"大计划的蛛丝马迹，其基本的观念与方法，还是得到

---

① 钱理群：《我的文学史研究情结、理论与方法——〈中国现代文学编年史——以文学广告为中心〉书后》，《中国现代文学研究丛刊》2013 年第 10 期。

② 路杨：《玄黄时代的"大文学史"视野——钱理群 20 世纪 40 年代文学研究的方法与启示》，《汉语言文学研究》2019 年第 1 期。

了部分的实现，而且也贯穿在以后的研究中"。其后真正贯彻"大文学史观"的，首推三卷本《中国现代文学编年史——以文学广告为中心》。在我看来，这套文学编年史称得上钱理群所代表的第三代学人文学史书写的巅峰，也奠定了值得后人揣摩和探究的"大文学史"范式。

这套编年史最突出的特色是，"文学广告"构成了文学史的核心探究对象。钱理群在为《中国现代文学编年史——以文学广告为中心》这套书撰写的"总序"中说：

> 我们所说的"文学广告"，包括具有文学史价值与影响的重要的文学作品广告，翻译作品广告，文学评论、研究著作广告，文学期刊广告，文学社团广告，戏剧、电影演出广告，文学活动广告及其他。同时，我们所说的"文学广告"，又包括具有广告性质的发刊词、宣言、编后记、文坛消息、公开发表的通信……文学广告本身就是历史的原始资料，它的汇集具有史料长编的意义……也为这些年我们设想的"接近文学原生形态的文学史结构方式"提供了一种可能性。①

尽管所谓的"文学原生形态"只能是一种拟想性或理想型的文学史研究图景，但把文学广告设计为文学史书写的核心对象，却有助于趋近这种文学史的原生形态。文学广告也的确汇集了文学生产和流通过程中的各种维度，是"大文学史"书写再理想不过的聚焦点。

钱理群在"总序"中还集中阐述了"文学广告"之于"大文学史观"的四个方面的意义：

> 一是显示作者、译者或者出版者的写作、翻译、出版过程与意图，进而显示一定的文学发展趋向。二是显示最初的接受，不

---

① 钱理群总主编：《中国现代文学编年史——以文学广告为中心（1915—1927）》（总序），北京大学出版社 2013 年版，第 2—3 页。

仅表现了作者，特别是出版者对读者接受的一种预期与引导，而且在一定意义上，文学广告又是简短的书评，可以一定程度上反映读者的最初接受和市场状况。三是有的广告还提供了文坛活动、文学创作、作家个人的许多信息，可以引出文学背后的故事，揭示一些文学事件。四是文学广告也是一种文体，还会涉及装帧、印制诸多侧面，本身就具有文体史、文化史上的意义。以文学广告为中心，更能体现"文学生产与流通一体化"的文学史观念。

以文学广告为中心，既体现了"大文学史"的眼光，即书写一种思想史、文化史、学术史、出版史、翻译史、教育史视野下的文学史；也构成"大文学史观"的一次堪称典范的学术实践，与学界同仁对"大文学史"的倡导互为应和，同气相求，也推动了 21 世纪现代文学研究的学术转型。

本人也参与了这套编年史的写作，感受最深的是这种"大文学史观"的转换，不仅确立了新的文学史书写范式，也为文学史研究切实地带来了新视野和新材料。我深切地体会到，一种新的文学史观、一种新颖的思路和别致的问题设计究竟会怎样激发研究者的创造力，也体会到自己已经讲授二十多年的现代文学史其实还大有可为，同时也在一定程度上纠正了我的文学审美趣味的偏狭。从大学时代开始，我就比较偏爱那些精致、优美、深刻的作品，而对豪放、粗犷、悲壮的文学有一种美学上的排斥，这种趣味的偏狭对于一个文学爱好者来说无可厚非，但对文学史研究者来说却是致命的。而在参与编年史写作的过程中，我的阅读视域极大地扩展，我也开始感到驳杂的文学史现象自有魅力。这种驳杂中的魅力，或许只有借助"大文学史观"，才能真正被研究者体会和领悟。

我的另一个感受是，文学史本身永远会以一种让你感到新鲜的面目出现在眼前，除非你视而不见；而其中最重要的是，能否找到一个重新照亮历史语境的新的观照角度，进而钩沉和发掘以往不会去留意的材料。其实现代文学史的原始材料比比皆是，只有借助"大文学史观"的聚光灯，才能获得重新打量历史原初语境和原始材料的眼光。

三、兼具中介和本体意义的"审美机制和文学形式"

《中国现代文学编年史——以文学广告为中心》的编写，同时也生成了文学史叙述形式方面的意义。正如钱理群先生所提及的那样："不难看出，这样的'以文学广告为中心''编年史的体例''书话体的叙述文体'，是我终于找到的，和我的文学史观念相适应的文学史结构与叙述方式：多年的追求最终落实了。"①

钱理群在现代文学史研究领域的贡献，除了表现在对文学史的理论、观念、方法的自觉探索外，也表现在每部著述都在尽力追求一种研究模式、文学史叙述结构与叙述方式的突破。例如，《大小舞台之间——曹禺戏剧新论》创造了一种把中国现代戏剧史上的剧场和广场艺术相互参照的阐释模式；《1948：天地玄黄》则有意识地探索文学史的叙述体例和叙述形式，正如钱理群自称的那样，《1948：天地玄黄》的"写作冲动恰恰是来自一种文学史写作形式（结构与叙述方式）的试验欲求，在人们往往忽略文学史写作形式的时候，这也许是不无意义的吧"②。

这是《1948：天地玄黄》一书的开头：

> ……正是午夜时分，历史刚刚进入 1948 年。北京大学教授、诗人冯至突然从梦中醒来，在万籁俱寂中，听到邻近有人在咳嗽，咳嗽的声音时而激烈，时而缓和，直到天色朦胧发亮了，才渐渐平息下去。冯至却怎么也睡不着了，他想：这声音在冬夜里也许到处都是吧。只是人们都在睡眠，注意不到罢了。但是，人们不正是可以从这声音里"感到一个生存者是怎样孤寂地在贫寒的冬

---

① 参见钱理群 2011 年 6 月写给《中国现代文学编年史——以文学广告为中心》各卷主编及编委的信。（载姚丹等编：《钱理群研究资料》，云南人民出版社 2022 年版，第 113—114 页。）

② 钱理群：《我怎样想与写这本书——代后记》，载《1948：天地玄黄》，山东教育出版社 1998 年版，第 324 页。

夜里挣扎"吗？——诗人想了很多，很久。

钱理群在本书的《我怎样想与写这本书——代后记》中写道："事实上对于一个文学史家，每一次文学史写作实践，不仅要考虑描述内容，也要探寻与其内容相适应的形式——文学史结构与叙述方式（包括叙述视角、叙述语调等等），这一点与作家的创作并无实质的区别。"《1948：天地玄黄》的开头的确表现出在文学史叙述形式方面的创新性。正如小说叙事，这一开头也呈现出第三人称的历史叙述者的声音，"他是全知全能的，因此可以通过语气，角度，语言（时代习惯用语、句式的选择，等等），表达方式（叙述、描写、议论）的不断变换，自由地'出入'于'过去'与'以后'及'现在'之间，同时又将一种'未来'（'远方'）视点'隐蔽'其后"①。可以说，研究者在这里化身为第三人称的历史叙述者，而历史叙述者形象的凸显，也使研究者的倾向性得以含而不露，进而凸显的是"叙述"在文学史研究中的独特的文学性价值。

而在探讨文学史叙述的过程中，对审美和形式的关注，使钱理群的文学史观呈现出浓郁的文学性意味和鲜明的形式感。即在"生命史学"中强调对个体生命史的聚焦，也恰恰是"文学性"研究的优势之所在，在某种意义上有本体论的依据。正像钱理群自述的那样："不管我走向哪个领域，都是坚持文学本位的，用文学的方式研究思想史、政治史和现实，和那些领域本身的研究方式是不一样的，就是因为我一直坚持一个文学的眼光，我的这些研究都可以概括为一个'大时代下的个体生命史'。"如果说对"大时代"的强调，使个体生命史汇入了"大文学史"的总体叙述之中，那么对个体生命史的书写，则更依赖于"文学的方式"，而其中的审美机制和形式探寻，构成了钱理群文学史研究的突出特征。

早在1993年，钱理群在《现代人的生存困境及审美形态——我这十年研究》一文中，就曾经对他的文学史研究理念和方法做过一次总结，进而与他的一位学生就"如何把人类生存境遇的历史关怀与文学作品的审美

---

① 钱理群：《我怎样想与写这本书——代后记》，载《1948：天地玄黄》，山东教育出版社1998年版，第330页。

机制联系起来"的问题展开了讨论。这位学生提醒说："老师当然也重视文本生成层面，但这种生成虽然与作家的心理结构、文本内容相统一，却无法说明作品为什么在美学意义上是好的作品，否则就会导致文学作品只是说明人类境遇与历史细节的材料这一局面。我觉得这就需要引入另外一种机制，一种文学机制和文学史写作机制，或者说是美学的机制，因为从根本上说，美学是联结哲学和文学之间的桥梁。"① 钱理群认为，这一提醒其实揭示了文学研究与文学教育的一个危机，"对文学形式与审美研究的忽略，有可能导致文学本体的丧失"，"越来越远离文学"；同时学生的提醒也推动了钱理群此后对"审美机制和文学形式"的持续思考，并使其逐渐形成对"审美与形式"的相对成熟的理解模式。在钱理群这里，"审美与形式"表现出一种双重性：既作为文学史研究的中介，又兼具本体性的特征。而背后则事关"文学审美思维"的根本性特点：

> 我曾经这样描述真正具有艺术魅力的小说给人的审美快感，也是我自己的阅读体验："它逼得你要全身心地投入，而且是充分感性的投入，不容思索，不容分析，甚至不容停顿、喘息，它给你的是莫名的感觉，情绪的激发，心灵的感应、震荡；读完小说，具体情节都可能模糊了，连许多人物的名字都记不清楚，留下的仅是朦胧的，混沌的，却又非常深广的感觉、意境，这都是铭刻在心的，人也因此进入一个新的精神境界，获得一种说不清、道不明的快感。这样的阅读、审美快感，就其本质而言，是理性强制中释放出来的个体心灵的自由活动，是对人潜在的创造力与想象力的激活。②

钱理群进而强调，"理想的文学、文学史研究，在最初的感悟基础上，

---

① 钱理群：《现代人的生存困境及审美形态——我这十年研究》（附记），载《返观与重构——文学史的研究与写作》，上海教育出版社2000年版，第169页。

② 钱理群：《我的文学史研究情结、理论与方法——〈中国现代文学编年史——以文学广告为中心〉书后》，《中国现代文学研究丛刊》2013年第10期。

做出理性分析以后，还要在更高的层面上还原为模糊、混沌的整体把握"。这对当今学院体、学报体、博士论文体等诸种体式的大行其道，实在具有切中肯綮的针砭作用。大量的文学史研究论文貌似学术性渐增，却在摒弃了文学感性之后给人以千人一面之感，往往既缺乏对文学作品的"最初的感悟"，也在理性分析之后无法还原为模糊、混沌的整体把握，而这种整体把握，正是一种美学意义上的观照。

据此，钱理群对文学形式的研究，侧重思考了如下几个方面的问题：

> 其一，强调"有意味的形式"这一概念，以克服所谓"纯文学形式"的弊端。其二，特别突出了"文学经典"的研究，这背后显然有一个文学史观："文学史的大厦，主要是靠作家，特别是大作家支撑的；而作家的主要价值体现，就是他的作品文本。离开了作家和作品这两个基本要素，特别是离开了大作家和经典作品，就谈不上文学史。"……其三，突出文学形式的研究，特别是文学语言的研究。这不仅是一个文学观念的问题，更是出于对中国现代文学的历史使命与历史特性的认识的深化。①

现有的文学史教材尤其缺少专门分析文本的有特色的体例，这也是这些年大量涌现的中国现代文学史千篇一律的原因之一。而在钱理群四十余年的文学史研究和写作历程中，一直萦绕不去的念头恰是写一本"以作家作品为中心"的现代文学史。这个"探索个人化的文学史写作模式"的夙愿，终于在 2023 年实现了。

在这部具有个人性的文学史《中国现代文学新讲：以作家作品为中心》中，钱理群首先追问的是："如何进入这些现代作家作品？"

> 这就需要对中国现代文学创造的两大基本目标与主要价值，有一个初步的了解与把握。其一，是关注处于传统向现代转型期

---

① 钱理群：《我的文学史研究情结、理论与方法——〈中国现代文学编年史——以文学广告为中心〉书后》，《中国现代文学研究丛刊》2013 年第 10 期。

的，中国人个体生命的具体的感性的存在，展现人的现实生命存在本身的生存困境、精神困境，以及心灵世界的丰富性与复杂性，相应的审美经验的丰富性、复杂性。整个现代文学史就是一部现代中国人的心灵史，是现代作家作为现代中国人、现代中国知识分子，对中国社会变革与转向作出内心反应和审美反应的历史。其二，就是对现代汉语文学语言的创造，和中国现代文学形式的创造的高度自觉，并在创造过程中形成中国现代文学的自身标准。正是这样的创造欲求，吸引了一代又一代中国最有文学创造力与想象力的作家，并形成了中国现代文学最具魅力的独特价值与经验。

基于中国现代文学的这两大基本追求，我们建议，读者朋友在阅读、学习中国现代作家作品时，要紧紧抓住最能体现现代文学本质的三大要素："心灵""语言（形式）"，以及相应的"审美"感悟与经验。[①]

在一如既往地强调"心灵"的意义的同时，这部"以作家作品为中心"的现代文学史格外强化了"语言形式"及"审美"感悟的重要性，堪称是把新的文学史写作"三要素"真正落到实处的可贵的探索。

---

① 钱理群：《中国现代文学新讲：以作家作品为中心》（前言），九州出版社2023年版，第3—4页。

直面无以归类的鲁迅

一、"现在进行时的存在"

无论是对于现代中国历史与现代中华民族，还是对于现代中国思想与现代中国文学，鲁迅都具有无可替代的意义，这也使得鲁迅对于当代中国同样具有非凡的意义。而且鲁迅在今天的意义也似乎与其他中国古人有些不同，换句话说，鲁迅并没有真正作古，相当一部分当代知识者和青年人是通过鲁迅的作品进入现代历史的，同时也是通过鲁迅的眼睛观照和认知现实的。尽管在有些国人眼中，鲁迅仍被看作是一个难以容忍的"异类"。正像张承志在《鲁迅路口》一文中所说：

> 渐渐地我们终于明白了，这个民族不会容忍异类。哪怕再等上三十年五十年，对鲁迅的大毁大谤势必到来。鲁迅自己是预感到了这前景的，为了规避，他早就明言宁愿速朽。但是，毕竟在小时代也发生了尖锐的对峙，人们都被迫迎对众多问题。当人们四顾先哲，发现他们大都暧昧时，就纷纷转回鲁迅寻求解释。①

钱理群先生的新著《鲁迅与当代中国》，则在"转回鲁迅寻求解释"的同时，进一步提出了一个关于鲁迅的"当代性"的命题：

---

① 张承志：《鲁迅路口》，载《张承志散文》，人民文学出版社 2005 年版，第237 页。

这些年，我提出鲁迅研究不仅要"讲鲁迅"，还要"接着往下讲"，甚至"接着往下做"，就是为了给长期困惑我们的"学术研究的当代性"问题，提供一个新的思路。选择鲁迅研究作为一个突破口，是因为在我看来，鲁迅就是一个"现在进行时的存在"，它的文学的深刻性、超越性，都是通向当代中国的。(《〈野草〉的文学启示》)

钱理群先生的这部新著正是把鲁迅视为"现在进行时的存在"，作者不仅仅在寻求解决"学术研究的当代性"问题，而且同时建构了鲁迅与当代中国的深刻的关联性。这是一种堪称是双向互动的关联图景，一方面是作者在鲁迅那里寻求对中国社会和历史的解释，试图透过鲁迅洞察社会和历史的眼光，为我们观照当今中国的现实问题提供思想支持；另一方面，也是更重要的一面，则是使当下中国社会的文化思想现状不断在鲁迅那里获得印证，与鲁迅形成新的共振，把作为思想资源的鲁迅带入当代中国现实，让鲁迅进入当下语境，由此赋予鲁迅以当下性、可能性及超越性。这就是《鲁迅与当代中国》所呈现出的更重要的思想图景。

而从这种当下性、可能性及超越性的意义上进行比附，钱理群呈现的鲁迅令人联想到作家卡夫卡。可以说，中外研究者格外看重的正是卡夫卡作品中蕴含的可能性和超越性。卡夫卡作品中丰富的预言性和阐释的可能性，也同样为卡夫卡的文学图景提供了某种超越性和未来性。这不是说卡夫卡是在为未来写作，而是说恰恰因为卡夫卡深刻地植根于他所处的历史时代，才有可能为人类提供丰富的预言维度，提供关于人类生存境遇的可能性和超越性的想象。正像钱理群称鲁迅"文学的深刻性、超越性，都是通向当代中国的"一样。

钱理群的鲁迅研究既表现为一种当代性，也表现为一种超越性。其当代性不仅表现在立足于当代现实与鲁迅进行对话，更表现在让鲁迅与当代对话。也正因如此，钱理群的鲁迅研究承担的是联结鲁迅与当代中国的中介作用；而所谓的"超越性"，则集中表现在钱理群在书中对鲁迅的思想与文学的"独立自主性"和"无以归类性"的挖掘。

二、无以归类的文学性

　　读钱理群先生的《鲁迅与当代中国》，印象深刻的是作者对鲁迅的思想与文学的无以归类的独特性的还原。这种"回到鲁迅那里去"，对鲁迅的"独立价值"的还原，早在钱理群最初的鲁迅研究中就成为一个核心的方法论视景。钱理群在《心灵的探寻》中曾这样谈及自己所设想的研究方法："首先是'回到鲁迅那里去'。这就必须承认，'鲁迅'是一个独立的世界：它有着自己独特的思想及思维方式，独特的心理素质及内在矛盾，独特的情感及情感表达方式，独特的艺术追求、艺术思维及艺术表现方式；研究的任务是从鲁迅自我'这一个'特殊个体出发，既挖掘个体中所蕴含、积淀的普遍的社会、历史、民族……的内容，又充分注意个体特殊的，为普遍、一般、共性所不能包容的丰富性。如果把鲁迅独特的思想、艺术纳入某一现成理论框架，研究的任务变成用鲁迅的材料来阐发、论证某一现成理论的正确性，那就实际上否定了鲁迅的独立价值，也否定了鲁迅研究自身的独立价值。"[1] 从第一本鲁迅研究专著算起，钱理群在至今三十余年的鲁迅研究中，都在贯彻这种"回到鲁迅那里去"的思想方法，而在《鲁迅与当代中国》之中，则为读者进一步呈现出一个更为复杂的无以归类的鲁迅形象。

　　在新著收入的《我们为什么需要鲁迅》一文中，作者追问的是"鲁迅思想的特别在哪里？"作者从"鲁迅不是什么"的思路切入——鲁迅不是"主将"，不是"方向"，不是"导师"——由此凸显出鲁迅"在整个现代中国思想文化体系、话语结构中，始终处于边缘地位，始终是少数和异数"的"另类"特征：

　　　　这就说到了鲁迅的另一个特别之处：他的思想与文学是无以归类的。

---

[1] 钱理群：《心灵的探寻》，生活·读书·新知三联书店 2014 年版，第 31—32 页。

　　这就是鲁迅对我们的意义。他是另一种存在，另一种声音，另一种思维，因而也就是另一种可能性。

当大多数现代思想史及主流意识形态叙述倾向于把鲁迅塑造为"主将""方向"和"旗帜"时，钱理群强调的却是鲁迅的"另一种可能性"及"无以归类性"，并由此出发重塑作为当代思想资源的鲁迅：

　　我们今天所面临的，是一个矛盾重重、问题重重、空前复杂的中国与世界。我自己就多次发出感慨：我们已经失去了认识和把握外在世界的能力，而当下中国思想文化界又依然坚持处处要求"站队"的传统，这就使我这样的知识分子陷入了难以言说的困境，同时也就产生了要从根本上跳出二元对立模式的内在要求。我以为，正是在这样的思想文化背景下，鲁迅的既"在"又"不在"，既"是"又"不是"的毫无立场的立场，对一切问题都采取更为复杂的缠绕的分析态度，就具有了一种特殊的意义。而鲁迅思想与文学的独立自主性、无以归类性，由此决定的他的思想与文学的超时代性，也就使得我们今天面对我们自己时代的问题，并试图寻求新的解决时，鲁迅的思想与文学或许是一个特别值得注意和重视的精神资源。

在钱理群看来，鲁迅的这种"毫无立场的立场"，"对一切问题都采取更为复杂的缠绕的分析态度"，具有一种超越国人惯有的二元思维模式的特殊的意义。由此决定了鲁迅的思想与文学的"独立自主性"和"无以归类性"，也决定了鲁迅的"思想与文学的超时代性"，"也就使得我们今天面对我们自己时代的问题，并试图寻求新的解决时，鲁迅的思想与文学或许是一个特别值得注意和重视的精神资源"。鲁迅之所以是"现在进行时的存在"，之所以可以穿透历史进入未来，之所以成为当代中国的"精神资源"，在某种意义上是与鲁迅文学的"独立自主性"和"无以归类性"，以及由此生成的某种"深刻性、超越性"紧密相关的。钱理群的这部新著的相当一部分新意，也正表现为对鲁迅的无以归类的文学性的阐发，或者说表现为对鲁迅文学思维的独异性的理解。

在钱理群看来，鲁迅的文学性正体现在鲁迅思维方式的复杂性，以及鲁迅的思想及其表达所具有的"丰饶的含混"的特点上。这就是鲁迅独有的言说世界的方式。由此，在关于认知文学性的问题上，鲁迅也正在成为当代无与伦比的资源。而钱理群带给我们的正是一种从文学性的意义上重新理解鲁迅的视野，真正理解鲁迅身上所体现出来的思想家与文学家的统一，即鲁迅作为一个思想家，是以文学家的形态具现出来的。钱理群尤其重视丸山升的一个判断："丸山先生提醒我们注意：在21世纪初，人类面临没有经验的空前复杂的众多问题时，'鲁迅的经历和思想，尤其是他的不依靠现成概念的思考方法中'，保留着'我们还没有充分受容而非常宝贵的很多成分'。"这种"不依靠现成概念的思考方法"，或许就是鲁迅特有的文学的方法。在本书中，钱理群对鲁迅的这种"不依靠现成概念的思考方法"进行了更为深入的阐释：

> 我们不能忽视的是，在鲁迅身上所体现的思想家与文学家的统一。也就是说，"鲁迅是一个不用逻辑范畴表达思想的思想家，多数的情况下，他的思想不是诉诸概念系统，而是现之于非理性的文学符号和杂文体的喜笑怒骂"。

也是在这个意义上，钱理群格外看重鲁迅的杂文的意义："杂文是鲁迅和他的时代保持密切联系的主要手段，忽略了杂文，就会遮蔽鲁迅世界里的许多重要方面。我要强调的是，鲁迅杂文不仅和他的时代息息相通，更有其超越性的一面，因而也和我们的时代息息相通。鲁迅杂文还有至今我们也没有说清楚的文学性。"鲁迅的杂文所具有的特殊的文学性，突出表现在对概念系统的拒斥，而"现之于非理性的文学符号和杂文体的喜笑怒骂"。在这个意义上，鲁迅的杂文或许是最具文学性的，而真正的文学性，恰是以感性的文学意象、符号所创造的非概念化的思想图景，由此才能蕴含丰富的阐释空间，进而具有一种穿透时代的超越性。

三、"人"的本体论

钱理群在新著中对鲁迅"文学性"的理解，更重要的面向是与人的精神现象联系在一起，其中甚至蕴含着生成一种生命哲学的可能性：

> 鲁迅所关注的始终是人的精神现象，一切思想的探讨和困惑，在他那里都会转化为个体生命的生存与精神困境的体验，"正是生命哲学构成了鲁迅区别于同时代的其他中国思想家的独特之处的一个重要方面"，而"文学化的形象、意象、语言，赋予鲁迅哲学所关注的人类精神现象、心灵世界以整体性、模糊性与多义性，还原了其本来面目的复杂性与丰富性，这样，鲁迅所要探讨的精神本体的特质与外在文学符号之间，就达到了一种和谐与统一"。很多人都注意到鲁迅思想及其表达的"丰饶的含混"性的特点，却将其视为鲁迅的局限，这依然是一个可悲的隔膜。①

钱理群在把鲁迅思想及其表达的"丰饶的含混"性视为一种"文学化的思维"的同时，更注重挖掘鲁迅所关注的"人的精神现象，一切思想的探讨和困惑"，探讨在鲁迅那里作为"个体生命的生存与精神困境的体验"。于是我们感受到了钱理群著作中一以贯之的对"人"的生命本体的关怀，其中甚至蕴含一种"人"的本体论的思想意味，以至于钱理群在一次医学工作者论坛上的讲话中，也顺理成章地把医学定义为"人学"：

> 该如何为医学的学科性质定位？长期以来，我们都习惯于将医学视为自然学科。现在，医学内在的人文因素逐渐显露，在医学生理学、病理学、临床医学等传统学科之外，又出现了医学心理学、医学伦理学、医学哲学等新概念和新学科。这就出现了一个学科定位的问题。在我看来，医学的人文性是由其对象是"人"

---

① 钱理群：《鲁迅与中国现代文化》，《中国现代文学论丛》2006 年第 1 期。

这一基本的特质决定的。因此，我今天斗胆提出，我们是否也可以把"医学"定位为"人学"——一种具有自己特点的人学。这样，既可以揭示医学与其他以人为对象的学科，例如文学、哲学、伦理学和法学等的内在联系，同时也可以更深入地揭示医学区别于文学、哲学的独特的人学内涵。在现实的医学实践里，则能够引导所有的医务工作者把关注的中心集中在对"人"的关怀上，以诚信与爱心对待病人，以促进每一个病人和我们自己"健康、快乐、有意义的活着"。（《医学也是"人学"——漫谈"鲁迅与医学"》）

作为"人学"的医学，因此更易于从职业伦理与生命学科的意义上真正以"人"为关注重心，从而有助于"促进每一个病人和我们自己'健康、快乐、有意义的活着'"，而不是把病人甚至把"人"本身仅仅理解为解剖学意义上的生命现象。而既然连医学都称得上是"人学"，更遑论无时无刻都"离不开人"的文学与艺术。

在钱理群这里，这种对"人"的关切既是一种生命情怀，也渗透在其文学史观之中。钱理群近些年所坚持的文学史观的一个核心思想，正是试图通过文学性抵达历史中的人的存在的维度。在钱理群为其担任总主编的四卷本《中国现代文学编年史——以文学广告为中心》所写的"总序"中，有这样一段文学宣言：

文学史的核心是参与文学创造和文学活动的"人"，而且是人的"个体生命"。因此，"个人文学生命史"应该是文学史的主体，某种程度上文学史就是由一个个具体的个人文学生命的故事连缀而成的。文学史就是讲故事，而且是带有个人生命体温的故事。所谓"个人生命体温"是指在文学场域里人的思想情感、生命感受与体验，具有个体生命的特殊性、偶然性甚至神秘性，而且是体现在许多具体可触可感的细节中的。而所谓文学场域，也是生命场域，是作者、译者和读者、编辑、出版者、批评家……之间生命的互动，正是这些参与者个体生命的互动，构成了文学生命以至时代生命的流动。这里强调的几个要素——生命场域、细节、个体性，都是文学性的根本；这就意味着，我们要用文学的方式去书写文学史，写有着浓郁的生命气息、活生生的文学故事，而与当下盛行的知识化与技术化、理论先行的文学史区别开来。①

　　钱理群文学史观念的核心部分，由此可以概括为"揭示人的生存困境和分裂"，把困境看成是历史中的人的某种本体，因此对困境的揭示也构成了文学史叙述中的固有成分。这就是钱理群从鲁迅那里继承和发扬的文学史观。而"文学"因为其特有的带着"个人生命体温"的文学性，在人与人的心灵世界的沟通方面，就具有不可替代的功能和作用。钱理群因此格外重视鲁迅"用文艺来沟通"的思想："而这样的不能感受他人的痛苦的隔膜，不仅存在于本民族内部，而且也存在于不同国家与民族之间。这就是鲁迅在《〈呐喊〉捷克译本序言》里所说，'我们彼此似乎不很相互记得'，只能'用文艺来沟通'。在我看来，这正是小林多喜二的《蟹工船》的作用和意义所在：它把不同国家，至少是中、日两民族、国家里，同样生活在'地狱'里的被压迫者的心灵沟通。"（《"撄人心"的文学》）之所以能够用文艺来沟通，是因为文艺具有直抵心灵的共通性，以及文艺在思维方式上的特殊性。也正因为如此，钱理群特别看重陈映真的一段自白：

　　　　陈映真在《我的文学创作与思想》（载《上海文学》2004年1月号）一文里有一段自白很有助于我们理解陈映真的选择："从文学出发的'左'倾，从艺术出发的'左'倾，恐怕会是比较柔软，而且比较丰润……"鲁迅大概也是属于"比较柔软，而且比较丰润"的左派吧。

----

　　① 钱理群：《中国现代文学编年史——以文学广告为中心》（总序），载《中国现代文学编年史——以文学广告为中心（1928—1937）》，北京大学出版社2013年版，第4—5页。

从"柔软"和"丰润"的意义上理解作为左翼文学领袖的鲁迅，应该说是相当别致而精彩的，这就是对鲁迅的文学性的理解，同时理解的方式本身也是具有文学性的。而真正构成陈映真理解鲁迅的精神底蕴的，也恰是一颗"柔软"而"丰润"的文学性的"心灵"。

钱理群也正是通过文学性抵达了某种"人"的本体论，这就是从鲁迅那里继承而来的以"立人"为核心的文学史观。我尤其看重钱理群在不同场合所阐发的"有缺憾的价值"的命题，这也同样是一种重要的思想方法，意味着价值的困境也成为某种历史中的本体。而通过阅读钱理群的这部新著，我更倾向于把这种"有缺憾的价值"的思想方法，理解为鲁迅式的以"人"为本体论的文学的方法。

四、揭示两难的困境

或许可以说，正是从"人"的本体论出发，钱理群对陈映真的观点给予了高度的认同：

> 陈映真的回答是明确的："文学与艺术，比什么都要以人作为中心和焦点"。"放眼世界伟大的文学中，最基本的精神，是使人从物质的、身体的、心灵的奴隶状态中解放出来的精神。不论那奴役的力量是罪、是欲望、是黑暗、沉沦的心灵、是社会、经济、政治的力量，还是帝国主义这个组织性的暴力，对于使人奴隶化的诸力量的抵抗，才是伟大的文学之所以吸引了几千年来千万人心的光明的火炬。因为抵抗不但使奴隶成为人，也使奴役别人而沦为野兽的成为人"。（《陈映真和"鲁迅左翼"传统》）

以人作为中心和焦点的文学与艺术，真正可贵的精神是使人从奴隶状态中解放出来，是"对于使人奴隶化的诸力量的抵抗"。钱理群的鲁迅观与陈映真的"抵抗"的文学精神产生了深刻的共鸣。也正是在"抵抗"的意义上，"钱氏鲁迅"与"竹内鲁迅"也形成了内在的对话关系。

　　"竹内鲁迅"之所以成为今天中国学界理解鲁迅的一种资源，在很大程度上是因为竹内好通过把鲁迅定义为"抵抗的文学"，重新提供了一种对"文学的态度"或者说"文学性"问题的理解，也因此赋予了鲁迅的文学以某种独有的意义。正像洪子诚先生在一次对话录中所指出的，人们最感兴趣的是竹内好谈鲁迅时的"文学自觉"和"回心"说。而"竹内好所谓文学的态度"，是一种"在自我挣扎自我否定中建立自己的真正历史中的主体"的态度，也就是"赎罪"的、"回心"的态度。洪子诚进而指出："自然，不应将回心和赎罪意识当作鲁迅的'唯一原点'，但这却是其他的'原点'（如果有的话）所不能并列，更不能取代的。强调这一点，不会导致一种'整一的模式化'的追求。这也是鲁迅超越某种政治理念、立场的最重要的思想精神遗产，也是中国知识界、文学界最欠缺的态度。"①

　　鲁迅的态度之所以是中国知识界、文学界最欠缺的态度，是因为这是一种"在自我挣扎自我否定中建立自己的真正历史中的主体"的态度。在竹内好看来，鲁迅文学的自觉的态度正是与自我否定和挣扎的概念联系在一起的。这也正是钱理群所强调的，鲁迅身上所表现出来的深刻的自我质疑与否定。在这个意义上，钱理群与竹内好一样，给我们提供的是一个在自我挣扎自我否定中建构主体的鲁迅形象。多年来，钱理群的鲁迅研究的一个贯穿始终线索，就是对这种自我否定精神的强调。这在鲁迅身上也可以视为一个原理性的基点。这个基点决定了鲁迅对一切事物的认识都在多重质疑和否定中进行，从而避免本质化的理解。

　　尾崎文昭在《竹内鲁迅和丸山鲁迅》一文中曾经指出："竹内氏在鲁迅身上发现的'文学'，不是情念与实感，而是在这一词语深处的伦理。或者说，是在那种意义上作为机制的思想。这一点，也只有这一点，才向竹内氏保证了对于'政治'的'批判原理'。"这也可以印证钱理群所阐发的鲁迅对文学理解。竹内好理解的文学，是"通过与政治的对决而获得的文学的自觉"，文学与政治的关系由此构成了竹内好所说的"绝对矛盾的自我同一"。同时，竹内好理解的鲁迅式的"文学"是诉诸伦理实践的，

---

　　① 洪子诚、吴晓东：《关于文学性与文学批评的对话》，《现代中文学刊》2013年第 2 期。

是一种作为机制的思想。这种认知既使我们对鲁迅文学的独特性的体认复杂化了，也丰富了我们对文学性本身的理解。

而作为机制的思想，决定了鲁迅的思想不是体系化的，也难以从"主义"的意义上概括，或许说鲁迅是拒斥体系与主义的。从这个意义上说，鲁迅思想的最具独特性之处，正是钱理群所揭示的，既从内面对自我进行质疑与否定，也由此避免了对一切外部事物的本质化理解：

> 不难看出，我们所讨论的"启蒙主义""科学""民主""革命""平等""社会主义""自由"等等，实际上都是"中国现代文化"的主要概念，构成了它的主体。而我们的讨论表明，鲁迅对这些概念，即中国现代文化的主流观念的态度，是复杂的：他既有吸取，以至坚持，又不断质疑，揭示其负面，及时发出警戒。这样的既肯定又否定，在认同与质疑的往返、旋进中将自己的思考逐渐推向深入，将自己的价值判断充分地复杂化、相对化，可以说是鲁迅所独有的思维方式（其他思想家大都陷入"要么肯定，要么否定"的二元对立模式中），就使得鲁迅与中国现代文化的关系，呈现出极其复杂、也极其独特的状态。可以说，他既是中国现代文化的建构者，又是中国现代文化的解构者，因而，他的思想与文学，实际上是溢出中国现代文化的范围，或者说，是中国现代文化所无法概括，具有特殊的丰富性与超前性的，是真正向未来开放的。

> 正是这样的无以概括性，决定了我们与其将鲁迅思想纳入某一既定思想体系，不如还原为他自己，简单而直接地称作"鲁迅思想"，但也没有"鲁迅主义"。（《鲁迅与中国现代文化》）

简单而直接地称作"鲁迅思想"，正是力求对鲁迅思想的原初形态进行还原。还原其最初的生机与驳杂，既避开了层叠的鲁迅研究史所赋予鲁迅的各种各样的意识形态性，又从功能意义上的思想本身出发，重新阐释和理解了鲁迅，进而就有可能超越"要么肯定，要么否定"的二元对立模式，揭示出鲁迅直面两难和揭示困境的思维方式与思维模式。

在致严家炎先生的一封信中，钱理群谈到对鲁迅的两个提法有不太理解的地方，一是鲁迅在《关于知识阶级》里说，"知识和强有力是冲突的，不能并立的；强有力的人不许人民有自由思想，因为这能使能力分散"。"因为各个人思想发达了，各人的思想不一，民族的思想就不能统一，于是命令不行，团体的力量减小，而渐趋灭亡"。"总之，思想一自由，能力要减少，民族就站不住，他的自身也站不住了！现在思想自由和生存还有冲突。这是知识阶级自身的缺点"。

二是鲁迅在翻译的鹤见佑辅的《思想·山水·人物》里的一段话："我自己，倒以为瞿提所说，自由和平等不能并求，也不能并得的话，更有见地，所以人们只得先取其一的。"钱理群表述了自己的困惑：

> 和我们这里讨论的问题有关的是，鲁迅既持有这样的观点，可如果用"民族生存""统一""平等"等理由限制、压抑知识分子的"自由"时，鲁迅的反应又会如何呢？至少他不会一开始就反抗吧？或者会在矛盾中采取沉默、静观的态度？事实上，当时的许多知识分子，不仅是左翼知识分子，还包括一些自由主义知识分子，都是在维护民族统一与发展，追求社会平等的理由下，接受了对自由的限制的。当然，我深信，鲁迅最终是会奋起反抗的，但也绝不会像人们想象的那样简单。也不能简单地把鲁迅有这些想法视为鲁迅的"局限性"，事实上，"自由"与"平等"，"个人自由"与"集体（国家，民族）的统一与强大"之间的关系，是极为复杂的。而且是中国革命和现代化发展中所遇到的理论与实践问题。用过去的"左"的观念来看待这些问题固然不可，而简单地用自由主义的理念来作判断，恐怕也不行。究竟如何看，我也没有想清楚。（《关于鲁迅的两封通信》）

钱理群认为，这里表现出的是统一与自由的两难，而这两难，当年就成为鲁迅式的矛盾和困惑。这种自由和统一的命题之所以是两难的，就是因为仅仅在原理意义上是无法获得答案的，这是一种历史进程中的真正的困局，近乎康德意义上的二律背反，背后也有伦理和价值的两难。

五、体制内的批判如何可能

钱理群先生的《鲁迅与当代中国》，可以说依旧坚守了一以贯之的边缘知识分子的立场和身份意识。在今天的体制化的时代，在左、右思想阵营分野对峙的历史格局中，这种边缘化的知识分子只占极少数，因此尤其有醒世作用。钱理群之所以强调"有缺憾的价值"的命题，看重的正是其中表达的思想和价值的非本质化。而左、右阵营的各执一词，在某种意义上都是把各自的思想意识形态化。而钱理群强调的是，价值往往是有缺憾的，认为有完美无缺的价值，是一种不切实际的理想主义。这种"有缺憾的价值"的认知，对今天的思想界无疑有纠偏之作用。

读《鲁迅与当代中国》，也使我思考一个独异的无法归类的鲁迅何以可能的问题。一个坚持"党派外，体制外的独立性"和"永远不满足现状，永远的批判立场"的鲁迅，内心隐藏着怎样的命运感？归宿又指向哪里？钱理群指出："这里要追问的是，这样的独立的，全面而彻底的批判立场的立足点，其背后的价值观念、终极性的理想与追求。"或许只有把鲁迅的独立性的批判立场理解为终极价值和理想，才能真正体认到鲁迅的"无以归类"的可贵之处。而这种终极性的价值形态，可能是任何一个时代的体制内的知识分子所最为匮缺的素质。在讨论李零著作的文章中，钱理群提出了一个有现实意义的问题：

> 这其中还有一个重要问题："从乌托邦到意识形态"，是不是知识分子必定的"宿命"，我是怀疑的。因此，提出过一个"思想的实现，即思想和思想者的毁灭"的命题，并提出要"还思想予思想者"。李零说："我读《论语》，主要是拿它当思想史。"这是李零读《论语》的一个最重要的特点，也可以说是他的追求，就是要去掉意识形态的孔子，还一个思想史上的孔子，将孔子还原为一个"思想者"，或者再加上一个以传播思想为己任的"教师"。在李零看来，为社会提供思想——价值理想和批判性资源，

这才是"知识分子"（李零理解和认同的萨义德定义的"知识分子"）的本职，也是孔子的真正价值所在。（《如何对待从孔子到鲁迅的传统——读李零〈丧家狗：我读《论语》〉》）

钱理群逼迫我们思考，是否只有萨义德意义上的体制外的"知识分子"，才真正具有为社会提供思想——价值理想——和批判性资源的能力？

而今天占据主流的，毫无疑问是体制内的知识分子。即使是所谓的自由职业写作者，也往往无法逃离体制化的政治奴役及资本的强大逻辑。所以，如何在体制内生成群体性的，同时又是可持续发展的批判力量，是今天最值得思考的问题之一。当钱理群先生自觉置身于边缘知识分子群体中时，大多数的知识分子其实已经身处体制内。

独立的边缘知识分子的可贵之处在于：他们尽可能地与利益和利害无涉，其独立的立场就有了保证。而体制内的知识分子则无法选择边缘姿态，因为他们往往与利益关系、权力集团结合在一起。

但在似乎只有边缘知识分子才可能生成有批判性的体认的同时，我们需要思考的问题是：体制内如何具有生成批判力量的可能性？这是读了钱理群先生的新著《鲁迅与当代中国》之后，依旧使我困惑的问题。

何谓"同时代人"的"学术共同体"

　　钱理群老师的《有承担的学术》新书分享会的主题——"有承担的学人，有承担的学术"——比较完整地概括出了这本书的内容和主题。我觉得新书的书名其实叫"有承担的学人"可能更准确一些，就像本书封底摘引的钱老师的那句话："在一定意义上，'学人'的影响比'学问'的传授更重要，更根本，更带基础性。"大家都知道一句话："从夫子游。""从游"的典故出自《论语》，指的就是跟在孔夫子左右，耳濡目染，感受孔夫子的言传身教的力量。陈平原先生在《即将消逝的风景》这篇文章里，也谈到了"从游"：

> 《史记·仲尼弟子列传》有这么一句："子路喜从游"。读过《论语》的，很少不向往那时候的师徒关系。私心以为，"读书"不如"受业"，"受业"不如"从游"。后者讲求耳濡目染，且以修养而不是学识为中心，用后世教育史家的说法，叫"完全人格教育"。

　　在我的成长过程中，最初的也可能是最重要的经历，正是从读本科二年级开始，就经常跑到钱理群老师在北大21号楼的教师宿舍里聊天，而且通常是在晚自习结束后。我的一位师兄写过一篇文章，题目叫《老钱的灯》，指的就是钱老师房间映出的灯光。我们从教室回宿舍，通常都会从21号楼经过，见到钱老师的窗子上亮着灯，就可以随时敲门进去。钱老师的宿舍不大，也就十平方米，但经常是高朋满座。我见过的就有黄子平、陈平原等非常知名的学者，他们是当时的本科生的学术偶像。更多的时候是挤满了学生，与钱老师一聊就聊到深夜。跟钱老师读了研究生之后，更是定期去聊天，有那么几次聊到天都放亮了。有一次聊到后半夜，我特别饿，钱老师就说我们吃点心吧。记得那一次是我平生第一次吃一种名叫起酥的甜点，当时觉得真是天底下最好吃的点心。

从当年跟随钱老师读硕士生，到后来留校成为钱老师的同事，这三十多年中，我感受到的最大的幸运，就是与钱老师所谓的第三代学人，也就是他的同辈学者，有过很多近距离接触的机会。在这个过程中，我逐渐体认到为什么说"'学人'的影响比'学问'的传授更重要，更根本，更带基础性"。通过近距离的接触，更能深切感受到每个学者身上的个性、人格和精神，感受到所谓的精神的魅力。比如王富仁先生，钱理群老师在这本新书中把王富仁看成是他的"知我者"，强调王富仁是一位精神界的思想战士。我第一次见到王富仁先生，就深刻地感受到了他的思想的魅力，觉得他是一个具有典范意义的思想型学者。从思想型学者的意义上说，王富仁先生堪称是现代文学研究界的黑格尔和别林斯基。我当年第一次在北大听他的讲座，就是在钱老师主持的一门新方法论的讲座课上。王富仁先生当时刚刚获得博士学位，而且是我们现代文学专业的第一个博士。在那次讲座中，我就被王先生的思想力、雄辩力、磅礴的话语所震撼。只读他的书，也能感受到王先生的雄辩力，但当场听他讲话，感受到的是一种震撼。那一次讲座也奠定了我对王富仁先生在学界基本形象的认知：一个雄辩的思想者的形象。后来我也经常借助王富仁先生的启发思考什么是"思想型"。所谓的"思想型"，就是能够为思想赋型，或者说给思想以形式，所以王富仁先生的学术研究给我们带来的是思想的形式，从而思想也是有形式的思想，不仅仅是作为内容的思想。而王富仁先生同时也超越了鲁迅研究乃至现代文学研究的具体领域，是为现代学术思想赋型。关于王富仁先生是思想型学者的判断，就是当年当面领略王先生的风采所得出的。王富仁先生也从此在我的学术道路上，树立了一座虽不能至但心向往之的灯塔。

我有一个师弟叫谢保杰，他也是钱理群老师门下的硕士研究生，后来博士研究生阶段跟随的是王富仁。他有过一篇回忆王富仁先生的文章，其中有一句话："'从夫子游'，所收获的不只是学业的进步，更多的是精神境界的提升。"这种精神境界的提升，只读文章也许是不够的。

钱理群、陈平原等老师经常跟我们谈及他们的导师王瑶先生是怎样带学生的。也是在《即将消逝的风景》这篇文章里，陈平原先生称："寓居燕园十五载，对我来说，最值得怀念的，莫过于曾有幸'从夫子游'。"他这样描述王瑶先生是如何"传道授业解惑"的：

> 先生习惯于夜里工作，我一般是下午三四点钟前往请教。很少预先规定题目，先生随手抓过一个话题，就能海阔天空侃侃而谈，得意处自己也哈哈大笑起来。像放风筝一样，话题漫天游荡，可线始终掌握在手中，随时可以收回来。似乎是离题万里的闲话，可谈锋一转又成了题中应有之义。听先生聊天无所谓学问非学问的区别，有心人随时随地皆是学问，又何必板起面孔正襟危坐？暮色苍茫中，庭院里静悄悄的，先生讲讲停停，烟斗上的红光一闪一闪，升腾的烟雾越来越浓——几年过去了，我也就算被"熏陶"出来了。

我当年跟随钱理群老师读书，或许也经历了这样的熏陶。钱老师与其导师王瑶先生相比，最大的一个不同是不抽烟斗。而我对王瑶先生最深刻的印象也正是烟斗不离口。

第一次与王瑶先生近距离接触，是在中国现代文学馆举办的一次学术创新会上，钱理群老师让我们几个硕士研究生去旁听。王瑶先生在会上做了长篇讲话，他的山西平遥口音真的是很难听懂，我大约只听懂了百分之十。但在中午休息的时候，我们一帮人围着先生，见识了他一边抽着烟斗，一边谈笑风生，由于只有半米左右的距离，王瑶先生的侃侃而谈十之八九都听清楚了，我也第一次感受到了什么是"大人物"的气场。这种近距离接触的感觉，是永生难忘的。

接下来，我想简单谈谈钱理群老师对第四代和第五代学人的意义。

我本人应该属于钱老师所谓的第四代学人，也就是钱老师的学生这一代人，而我自己的学生这一代，则被钱老师命名为第五代。钱老师说，他关于第四、第五代学人也有一本书，将来会单独出版，我就特别期待这本书早日面世。因为在这本书中，我们将直接看到钱老师对我所属的这一代及我的学生这一代的评价、言说和期许。

　　而我特别感动的是，钱老师不仅对我这一代直系弟子，有严父兼慈父般的关爱，而且对我的学生一辈也特别关心和爱护。钱老师几乎参加了我的所有博士生的博士论文答辩会，他也多次参加北大中文系现代文学教研室其他老师的博士生的答辩，而且每次都在认真阅读论文的基础上精心准备发言，事先写了好多页的发言稿。他的发言，也总是不吝赞美之词，每次都带给博士生们最大的鼓舞和激励。大家都知道一个说法叫"传灯"，可以说，钱老师的身上也突出地体现了薪火相传的传统。从钱老师这本书所写的三代学者身上，就能感受到血脉相传的学术传承，或者说体会到一种学统，从王瑶、李何林等先生所代表的第一代那里传到乐黛云、严家炎先生所代表的第二代身上，再传递到钱理群老师所属的第三代学者这里。我唯一的担心是，不知道我们这第四代学人是否真正继承了这种学统，又是否能够传递到我们的学生一辈。我曾经跟我的学生们表达过这种担忧，他们劝慰我说："老师您不必担心，我们可以直接从钱老师那里继承这种学术传统。"

　　可以说，《有承担的学术》这本书对后辈学人最大的意义，就是体会几代人之间薪火相传的学术传统，尤其是体会钱理群、王富仁、吴福辉等第三代学者所起的承上启下的作用。我印象最深刻的是这本书的第四辑，钱老师给这一辑题名"同时代人"，写的都是第三代学者，也就是钱老师的同辈学人，有他的朋友、同门，还有他的同事，比如王富仁、赵园、吴福辉、杨义、商金林、黄子平、陈平原等先生，其中寄予了钱老师深刻的理解，还有深厚的感情。

　　我今天特别想谈谈钱理群老师关于"同时代人"的体认。《有承担的学术》中收录了钱老师的《关于"同时代人"的两点随想——在"同时代人的文学与批评"对话会上的发言》这篇文章。这次对话会讨论的是黄子平先生的一本新书《文本及其不满》，在对话会上，黄子平和钱理群的发言都集中思考了什么是"同时代人"，尤其是追溯了第三代学人在20世纪80年代所共同依托的，同时也共同形塑的"同时代人"的共同体语境。钱老师回顾了80年代的"同时代人"的关系，赞赏李陀曾经用"友情"与"交谈"概括他们共同亲历的80年代：

　　李陀把当时的友情和交谈概括为四条：第一，可以直言不讳；第二，可以誓死捍卫自己的观点，跟人家吵得面红耳赤；第三，相信朋友不会为这个介意；第四，觉得这争论有意义。我还想补充一句：什么都可以谈，政治、经济、文化、文学、哲学……各种问题都随便聊，没有任何顾忌……

　　接下来，钱老师这样概括和总结由第三代人构成的"学术共同体"的精神特征：

　　　　这个同时代人群，在我看来，有四大特点。一是思想、精神、学术上都有自己的理想、追求；二是思想、性格、学术个性都十分鲜明，各有不可替代的特色；三是在彼此交往中都深知对方的弱点，保留不同意见，但又求同存异，彼此宽容，不是党同伐异，也不亲密无间，相互合作但又保持一定距离，最大限度地维护各自的独立性；四是彼此欣赏，形成良性互补。我万幸生活在这样的朋友圈里，没有任何内斗、内耗和干扰，可以心无旁骛地做自己心爱的学术，还可以时刻感受到朋友的理解与支持。

　　钱理群老师的发言也启发我们思考，什么是一个时代的理想"共同体"。这是一个学术共同体、知识共同体，同时也是思想共同体、友情共同体，构成的是一种宝贵的学术生态。

　　被收入《有承担的学术》中的最晚近的文章《谈谈赵园和我们"这四家人"》中，钱老师对所谓的"同时代人群"提出了一种新的理解，他认为，这样的"群"是以"独"为前提和基础的。

　　这就是所谓的"学术共同体"的精义，它是建立在每个学人的独立性、独异的个体性、强大的精神力量，以及彼此有距离的默契的基础上的。"群"与"独"由此生成了理解"学术共同体"的辩证维度，就像钱理群引用的赵园的那句话所概括的："曾被归为一'代'者，渐由'世代'中抽身而出，重新成为单个的人。"从某种意义上说，有独立个性的"单个的人"正是构建"学术共同体"的前提与条件。

在《关于"同时代人"的两点随想——在"同时代人的文学与批评"对话会上的发言》一文中，钱理群老师提及了黄子平对"同时代人"的回顾，即 20 世纪 80 年代这批"同时代人"，是因为"新启蒙"的"态度同一性"走到一起的。而"同时代人"和时代的关系，是既"如此密切地镶嵌在时代之中，另一面又不合时宜地格格不入"。"我们'属于这个时代，但又不断地要背叛这个时代，批判这个时代'"，"我们'紧密联系时代，同时又与时代保持距离'"，"我们'紧紧凝视自己的时代，又最能感知时代的黑暗'"。正像钱理群认为的那样：同时代人与时代之间，是一种"在"与"不在"的关系，而这种与时代"属于又批判"的关系，真正构成了"学术共同体"的思想基础。

今天看来，"学术共同体"的这种态度的统一性，是非常重要的精神维度。同时，这种对时代的背叛的姿态，或者说批判的姿态，可能是今天的新一代学人所缺乏的。

最后，我想从钱理群老师的言说中引发一个话题。钱老师在《谈谈赵园和我们"这四家人"》这篇文章的最后，有这样的话：

> 但我们也只是开了一条路，留下了众多的遗憾，也自然把希望寄托在今天的中、青年，以及他们的后代身上。我们当然清楚，之后的几代人面临的问题远要比我们这一代复杂、曲折得多。

我们期待在钱理群老师的下一本关于第四代和第五代学人的书中，更深入地了解之后几代人（包括我及我的学生们）面临的是怎样复杂、曲折的问题。

直面合法性危机，重塑学科之魂

温儒敏先生的新著《为精神界之战士者安在：现代文学研究自选集》[①]，全面和整体地体现了其在现代文学领域的贡献，是集大成性之作。对于曾经担任中国现代文学研究会会长及《中国现代文学研究丛刊》主编的温儒敏先生来说，其中一系列思考现代文学研究传统、现状的文章，论述和阐发了诸如现代文学研究边界、价值尺度及学科之魂等重大议题，提示了学科建设所应该持守的价值标准，从而事关现代文学的学科建设、发展方向和未来远景，也充分体现出其对现代文学学科的使命感和责任感。

其一，直面学科的合法性危机，重拾"现实性"原则。

进入 21 世纪之后，中国现代文学研究遭遇合法性问题的巨大挑战。从小处说，这是每个研究者都要面临的学术生命和学术品质问题，从大处着眼，则是现当代学术与当代文化本身需要直面的历史性危机。而温儒敏先生对这些问题有着清醒认识和自觉反思，同时也是提出了具有方向性、前瞻性和总体性的思考的关键学者之一。

温儒敏观察到：

> 现在的文学史研究出现一种趋向：通俗文学等"非新文学"越来越登堂入室，占取要津，而原本处于核心位置的新文学却日渐降格退位。通俗文学乃至"旧文学"在现代文学研究领域容易取得新颁发的"合法证"，而原本的"主角"新文学——特别是

---

① 温儒敏：《为精神界之战士者安在：现代文学研究自选集》，人民文学出版社2021年版。

作为其核心动力的激进的批判性的文化改造立场、逻辑——越来越被挤到一个角落，有些"身份"危机了。①

新文学传统的精髓是"五四"开创的以启蒙主义和民族图存为核心的现代精神，而这一新文学传统被削弱、遮蔽甚至取代，直接威胁文化立场和现代价值的确立，背后也是现代文学学科的合法性危机。因此，直面这种危机，维护"五四"和新文学传统的合法性，事关学科的合法性和现代价值的重建，甚至学科的生死，乃学科发展的重大战略议题。温儒敏尤其富于洞见的是，把新文学的核心动力界定为源自"五四"的批判性的文化改造立场和逻辑，进而强调在反思中重建学科的价值立场，体现了温儒敏先生对学科发展的责任与担当意识。

同时，温儒敏把"现实性"原则看作是现代文学研究的"生命"，也为体制化、学院化时代的现代文学研究重新赋予了价值性内涵。温儒敏认为：现代文学学科具有"和现实对话，参与当代价值重建"的基本诉求。现代文学不仅仅是学院内的纯粹学术研究，而更与历史和现实密切相关，与当代中国的价值取向、文化转型、未来愿景密切相关。因此，温儒敏在强调学科的学术性的同时，仍然把现实性放在头等重要的位置，而这种现实性的传统，也规约了学科的一些基本面向，甚至是学科发展的未来性和可能性。现代文学研究的大方向，在温儒敏这里体现为既回归学术，又不脱离现实关怀，积极回应社会的需求，参与当代文化建设。在温儒敏看来，现代文学研究天然地与现实保持着血肉关联。一旦这种现实感被削弱，学问的尊严、使命感和批判精神也就会被日渐抽空。而当今的现代文学研究面临的是双重困局，一方面，"现代文学研究很难说真的已经'回归学术'"，另一方面，研究者却同时"对社会反应的敏感度弱了，发出的声音少了"。"更让人忧虑的，还有学科碰到的一些必须解决而又难于解决的难题"。这些难题包括：

---

① 温儒敏：《现代文学研究的"边界"及"价值尺度"问题》，载《为精神界之战士者安在：现代文学研究自选集》，人民文学出版社 2021 年版，第 587 页。

如何评价中国近百年来曲折多难的历史，如何看待这期间形成的"新传统"，数次革命的利弊如何衡定，"五四"新文化运动是否"割裂了传统"，新文化运动是否成为"激进主义"的渊薮，新文学到底有多大的文学价值，鲁迅的思想是否过于"偏狭"，等等。①

这些问题既有历史性，也具有当下性，都事关学科传统和价值体系的重估。现代文学研究者面对的迫切的使命，即直面这些困局甚至危局，进而给出有效的解决方案。

也正是在这个意义上，温儒敏重新强调现代文学研究的"当代责任"，认为"思考如何通过历史研究参与价值重建，是必要而紧迫的"。而所谓的"回归学术"不等于规避现实，"这个学科本来就是很'现实'的，它的生命就在于不断回应或参与社会现实"。温儒敏认为，"现在"和"历史"总是构成不断的"对话"关系，这种对话关系，正是现代文学的"本性"要求。也正是在与现实和历史持续对话的过程中，传统才能够得到持续更新，"也使得本学科研究具有'合法性'和持续的发展动力"。

因此，面对文化转型的困扰，面对颠覆"五四"与新文学的挑战，温儒敏认为："我们有必要重新思考现代文学研究的传统，以及这个研究领域如何保持活力的问题。就是说，现代文学学科自身发展离不开对当下的'发言'，也离不开通过对传统资源的发掘、认识与阐释。"因此，坚守传统与直面当下，是学科所面对的同等重要的历史课题。现代文学研究界的历史性也正是现实性，而现实性关怀和诉求，也同样需要在学科历史传统的重塑过程中去寻求解答。

其二，体认、坚守和传承学科之魂，在守正中出新。

温儒敏先生一以贯之地强调对学科传统的体认与坚守，始终致力于正本清源，重塑学科之魂。

从现代文学学科发展的历史阶段性来看，温儒敏这一代研究者正身处

---

① 温儒敏：《现代文学研究的"边界"及"价值尺度"问题》，载《为精神界之战士者安在：现代文学研究自选集》，人民文学出版社 2021 年版，第 580 页。

承前启后、继往开来的历史阶段，一方面要把学科的老一辈奠基人所奠定的传统发扬光大，另一方面也要顺应当代学术发展的历史趋势，在守正的同时力求出新。温儒敏所承担的正是这种在学科领域守正创新的历史使命。

在温儒敏看来，维护现代文学学科的合法性，首先要守住学科的传统。作为奠基于"五四"，以鲁迅精神"为其大宗"的现代传统，已经成为现代文学学科的精神支柱。而作为学科传统的奠基人，无论是李何林、唐弢，还是王瑶、钱谷融，都为现代文学学科赋予了重要的精神资源和学科之魂。温儒敏在《现代文学传统及其当代阐释》《"五四"辩证：传统的颠覆与赓续》《论〈中国新文学大系〉的学科史价值》及《王瑶的〈中国新文学史稿〉与现代文学学科的建立》等文章中对学科传统的思考，延续的正是前辈学人大半个世纪以来的学统和血脉。作为王瑶的弟子，温儒敏的治学品格也正可以放在王瑶的传统和谱系中考察。王瑶先生之所以是一代宗师，反映在他的大格局、大智慧，以及总体性和战略性眼光，同时他也展现了堪为学科之魂的基本风范。在前辈学人对王瑶先生风范的总结中，有几点可以说已经成为传统。例如，樊骏对王瑶的治学就概括出"历史感"和"现实感"双重准则；夏中义在文章中对王瑶的学术政治也有两点概括，一是"学在人生"，一是"政学分途"；而钱理群则强调王瑶身上的鲁迅传统，强调学者与战士的统一性；陈平原则倾向于用"学者的人间情怀"来分析王瑶的学术与社会、历史、政治的关系……这些品格和原则，在温儒敏身上也有充分而自觉的传承，同时也成为整个现代文学学科需要坚守和继承的传统。

而在守正的同时，温儒敏也强调创新。守正与创新之间，是相辅相成的辩证关系。唯有守正，也才能更好地创新，而不是趋时逐势；而创新，也正是守正之鹄的。守正创新，是温儒敏先生担任北京大学中文系主任期间所持守的系训，这四个字看似平易，却正是立系之本，甚至可以进一步生发为立邦之本，同时也是温儒敏力图重塑现代文学学科之魂的过程中所同样坚持的标准。

其三，对"新传统"的阐释与形塑。

所谓"新传统"，"是指新文学传统或者现代文学传统，近百年来它逐步积淀下来，成为有别于古代文学的那些常识或普遍性的思维与审美方式"。①

新传统在温儒敏先生这里，首先是一个在百年的历史发展时段中不断形塑的总体性过程。在《中国现代文学的阐释链与"新传统"的生成》《为何要强调"新传统"》等文章中，温儒敏首先把新传统视为有别于古典的传统，是熔铸在 20 世纪乃至 21 世纪中国历史进程中的结构性因素。因此现代文学研究如何阐释与形塑"新传统"，至少是与对古代传统的继承与发扬光大同等重要的具有文化战略意义的设想。基于这种大关怀，温儒敏指出：

> 特别是近些年许多关于文化转型与困扰的讨论，包括那些试图颠覆"五四"与新文学的挑战，都迫使人们重新思考现代文学传统的问题。这种研究既是学科自身发展的需要，也是对当下的"发言"，其重要性在于通过对传统资源的发掘、认识与阐释，参与价值重建。

新传统最重要的历史特征首先是介入当下现实的可能性，温儒敏强调"'新传统'更是活着的历史，它对我们的生活仍然发生着规范和支配作用"②，同时新传统也具有未来性："在当代中国面临价值、文化转型的大背景下，重新梳理、反思、选择、整合各种不同的传统资源，以构造一个面向未来的新传统，必将成为这一转折期最迫切的文化问题。"也正是在这个意义上，新传统与当下中国的文化导向、价值重建及未来远景都有密切的关联性。

但是温儒敏对新传统没有进行本质化的理解，而是侧重强调新传统自身的丰富性与复杂性，"'新传统'不是完整的、固定的、同质性的，而

---

① 温儒敏：《中国现代文学的阐释链与"新传统"的生成》，载《为精神界之战士者安在：现代文学研究自选集》，人民文学出版社 2021 年版，第 404 页。

② 温儒敏：《为何要强调"新传统"》，载《为精神界之战士者安在：现代文学研究自选集》，人民文学出版社 2021 年版，第 448 页。

是包含着多元、复杂和矛盾的因子的，要看到它延传过程中可能存在的变异、断裂和非连续性。只有从历史变迁的角度来观察现代文学传统，才能理解这种传统。要力图寻找它的'变体链'，包括它的形成、生长、传播，以及不同时期的各种选择、阐释、提炼、释放、发挥、塑造，等等"①。也正是这种内含在"新传统"中的多元、复杂和矛盾的因子，使得"新传统"兼容了价值观、文明观、社会观和历史观多重维度，恰恰对现当代中国的历史选择提供着多重可能性。而在当代中国面临价值、文化转型的大背景下，一种合理的具有未来性的民族文化，也正需要"重新梳理、反思、选择、整合各种不同的传统资源，以构造一个面向未来的新传统"。温儒敏把这种对不同的传统资源的整合而不是单向度的排斥看成中国历史转折期"最迫切的文化问题"。

因此，这一思路也具有战略性和未来性眼光，一方面看到的是新传统的异质性和多元性，是兼容了多重历史和文化因素的综合体，另一方面把新传统视为一个动态和建构的过程。换句话说，新传统具有其生产性，也因此具有未来性。因为一个有远景的民族文化，首先应该具备包容性和兼容性的视野。"五四"被胡适理解为中国的文艺复兴，也是看重了"五四"文化作为现代的起源的意义，以及指向未来的历史动能的丰富性。对新传统的体认和构建，也决定了中国的当下现实和未来远景。而每个现代文学研究者因此也肩负着阐释传统，进而构建传统的历史使命。

也正是在这个意义上，鲁迅的历史意义得到了彰显。从这本书的正标题"为精神界之战士者安在"中，就可以看出温儒敏对鲁迅精神的召唤。而自选集第一辑"鲁迅研究"中收入的《鲁迅对文化转型的探求与焦虑》《顺着"忧愤深广"的格调理解鲁迅的世界》《鲁迅早年对科学僭越的"时代病"之预感》《如何理解鲁迅精神的当代价值》等一系列文章，也同样表现出对鲁迅身上所内含的丰富的精神价值的探求，对"历史感"和"现实感"的并重。温儒敏尤其强调鲁迅反专制、反精英、反庸众的精神特质，认为这种批判性仍然有巨大的现实意义。鲁迅作为新传统的最重要的奠基

---

① 温儒敏：《为何要强调"新传统"》，载《为精神界之战士者安在：现代文学研究自选集》，人民文学出版社 2021 年版，第 448 页。

者，也为新传统赋予了自我批判和反思的可能性。

由此，新传统在温儒敏的视野中被赋予了一种集结多重历史向度、综合多维思想资源的丰富的历史动能，是历史合力综合作用的结果。同时是一种进行时的未完成形态，依旧在 20 世纪乃至当今历史进程中不断发挥结构性的力量，也是生成未来历史文化远景的可能性资源。其中，温儒敏先生对源于"五四"的启蒙运动，对左翼直至延安文学的革命资源，对战国策派所代表的反思现代历史与重建民族国家方略的考量，都可以视为重塑新传统的具有大局观和总体性的思考。而温儒敏借助对冯雪峰的思想的打捞，为左翼革命文学赋予了难能可贵的自我批判精神，具有弥足珍贵的历史感和现实性。在温儒敏看来，新传统是在批判和反思中建立起来的：

> 我们对那些肯定和张扬"新传统"的声音听得比较多也比较熟悉，而对批判质疑的声音可能比较不在意。其实角度和立场不同，对"新传统"的理解和阐说也就相异。批判质疑也可能有益于传统的建构。诸多不同可能相生相克，构成某种塑造"新传统"的合力。①

其四，反思虚无主义，强化学科主体性自觉。

进入 21 世纪以来，现代文学学科内部的纷争与聚讼也导致了错杂混乱、歧见迭出的局面。而"文化与社会转型所带来的价值危机、信仰危机以及历史虚无主义，直接造成了现代文学定位、'边界'及评价系统等方面的困扰"。温儒敏敏锐地观察到学科内部涌现出来的虚无主义和相对主义的倾向，以及存在的自我解构的危险：

> 而矛盾的根源并不限于现代文学研究本身，而是更大范围内的价值危机问题。要想使得"多元共生"不流于相对主义，批判

---

① 温儒敏：《中国现代文学的阐释链与"新传统"的生成》，载《为精神界之战士者安在：现代文学研究自选集》，人民文学出版社 2021 年版，第 422—423 页。

精神不堕落为虚无，就有待在更大范围内重建价值立场。[1]

这种价值立场的重建，也关系到现代文学研究者的主体自觉的生成。温儒敏在讨论学科所受到的日本鲁迅研究界诸如竹内好等学者的影响时指出："竹内好等人面对的'鲁迅'，是这些日本学人整理、反思自身思想的媒介，把握他们的鲁迅观的前提，是对他们所面临的时代问题和思想困境先有了解。直接将日本学人的观点、材料拿来为我所用，只是一种取巧，真正的转化需要理解：日本学人的借鉴反思，不过是他们重塑主体的思想方式。""这也启示我们，基于对价值尺度迷失的担忧，除去吸纳外来理论，更多的还是要'重塑主体的思想方式'，要从现代文学研究过程中摸索新的命题、方法。"[2] 这段论述可以说从根本上厘清了转化域外思想和理论资源，真正化为自身的命题和方法，进而"重塑主体的思想方式"。只有实现"真正的转化"，才可能"重塑主体"，使价值形态内化，从而重建学科的价值立场。

---

① 温儒敏：《现代文学研究的"边界"及"价值尺度"问题》，载《为精神界之战士者安在：现代文学研究自选集》，人民文学出版社 2021 年版，第 587 页。

② 温儒敏：《现代文学研究的"边界"及"价值尺度"问题》，载《为精神界之战士者安在：现代文学研究自选集》，人民文学出版社 2021 年版，第 593—594 页。

当代文学的结构性"他者"

从 19 世纪后半叶晚清开眼看世界开始，直到 21 世纪的今天，世界文学一直是中国文学历史进程中结构性的存在。但是从新中国成立后的"十七年"到"文革"时期，当代文学中的世界文学与此前及此后的历史阶段相比，更显出差异性，或许可以看成是当代文学的结构性"他者"。对研究 1949 年到 1976 年的当代文学而言，世界文学也由此呈现出更为特殊的意义。这种特殊性在洪子诚先生的新著《当代文学中的世界文学》中得到了深入、系统的阐释，同时也得到了真正历史化的呈现。

一

首先，世界文学是中国当代文学的一种结构性的存在。所谓"结构性的存在"，是指世界文学始终构成的是当代文学发展历史的内在组成部分，作为结构性因素从未缺席，而是始终在场的。而洪子诚先生的研究也正是从当代文学的内部来处理世界文学：

> 对于当代文学如何处理外国文学的观察、讨论，不能只在外部展开。从方法的层面，如何从静态、外部描述，进到内部的结构性分析，以呈现民族化过程的复杂状况，是要重点关注、考虑的问题。这样我们就可以发现，当代文学民族化建构和"世界化"的实践，是携带不同文化成分、具有不同文化观念和想象的作家、

理论家，特别是文学"主政者"在当代博弈、冲突的过程。[①]

这番表述也透露出本书的核心方法论，即"从静态、外部描述，进到内部的结构性分析"，同时从文化观念和文学想象的维度阐发世界文学对当代中国文学的影响，既关注外国作家的文学创作，也看重外国文学理论对中国本土的深刻影响。而源自西方文学的文学理论议题，更从根本性意义上成为中国当代文学迫切需要处理的重大的方向性议题。本书把当代文学的民族化建构和"世界化"的实践，看作是"文学'主政者'在当代博弈、冲突的过程"，从而洞察的是"主政者"之间的人事纠葛、政见冲突，以及"权力"博弈对当代文学与世界文学关系的制衡与规约，凸显了当代文学与国内及国际大势之间的复杂关系。

因此，本书所处理的当代文学与世界文学的关系，是基于比以往任何阶段都要复杂的国内和国际的政治环境和态势之上的。即使单就社会主义阵营而论，中国就需要在苏联与东欧之间斡旋与折冲。而冷战初期的东欧并非铁板一块，在《"透明的还是污浊的？"——当代中国与南斯拉夫的文学关系》一文中，就呈现了社会主义阵营内部错综复杂的历史情境：

> 但无论如何，南斯拉夫的文化政策在处理作家、艺术家与"当局"之间的矛盾上，与苏联和其他东欧社会主义国家相比，有更大的弹性和更多的妥协的空间。

此外，匈牙利、捷克斯洛伐克等社会主义国家的文化传统与文学实践，也都显示出与苏联之间的差异。文学思潮和具体创作都在不同的历史时段和重大节点上，表现出探索性、混杂性和异端性的特征：

> 萨特在关于"颓废"的讨论会上也说，"捷克斯洛伐克是各种优秀文化传统与马克思主义的交会点"。这样的文化特征，或

[①] 洪子诚：《当代文学中的世界文学》，北京大学出版社2022年版，第15—16页。以下引自该书的文字，不一一标注。

许能较易挣脱教条的束缚和禁锢：迷人的"不纯"、混杂，打破关于不尽追求"纯粹"的幻梦，也孕育、催生了偏离"正统"的创造活力。

南斯拉夫、捷克斯洛伐克的文学界，在某种意义上提供的是冷战时期苏联文学之外的另一种社会主义文学历史实践的可能性窗口，通过这个窗口，中国当代文学还可以或多或少地看到西方非社会主义阵营的文学思潮的面影。此外，一些欧美的当代文学作品，以内部发行的"黄皮书"的中国式出版方式，曲折地介入了当代中国文坛，参与构建了苏联、东欧、西方、中国彼此冲突与博弈的历史参照系，从而呈现出整个冷战时期，资本主义和社会主义阵营之间既对抗又互渗的历史态势，以及在社会主义阵营内部同样犬牙交错、诡谲变幻的复杂格局。

正是基于这种历史的复杂性，本书建构的是彼此参照与叠印的多重坐标，从而更丰富也更完整地呈现了中国文学与世界文学关系的历史原初面貌。本书的问世，不仅有助于理解冷战时期中国当代文学中的世界文学视野，也有助于理解中国当代历史所内含的世界性，理解冷战历史格局的复杂性。洪子诚先生的这部新著，也在总体上遵循了从外向内、动态还原的研究方法，真正实现了把世界文学内化到当代文学的结构性内部的初衷。

但世界文学既构成了中国当代文学的内部因素，同时又体现为结构性的"他者"。即使是苏联和东欧社会主义阵营的文学，也都呈现为一种他者的存在，更不用说西方资本主义世界的文学了。因此，在某种意义上，本书处理的不仅是当代文学中的他者，甚至是他者的他者。而作为"他者"，则意味着"非我"，意味着陌生，也意味着某种威胁。从本书中可以充分地体会到，对中国当代文学来说，世界文学也正表现出不无危险的他者性。"危险性""威胁"也是本书作者处理当代文学中的世界文学议题时，不断用到的"超级词汇"。这种危险性，不仅仅体现在西方20世纪现代主义文学思潮对中国本土的"威胁"上，也同样表现在西方古典文学领域。

这种西方古典文学既是中国当代文学资源，又是对它的威胁的悖论情境，这在中国文坛对司汤达的《红与黑》的讨论中有症候性的呈现。本书中《〈司汤达的教训〉："19世纪的幽灵"》一文，讨论的是苏联的"内部质疑者"——作家爱伦堡——发表于 1957 年的文章《司汤达的教训》。所谓"内部质疑",是指爱伦堡自 20 世纪 40 年代末开始,"对苏联实施的文化政策和社会主义现实主义教条,持续发出质疑、修正的声音,在苏联五六十年代的思想、文学'解冻'潮流中,扮演了重要角色"。其中"社会主义现实主义"问题,是苏联文坛和中国当代文学一度不能触碰的红线,但在西方左翼阵营中,却不乏对苏联式"现实主义"的批评。譬如法国作家阿拉贡在 1962 年的一次演说中,曾把现实主义比作一只"左右两舷都遭到斧劈的船。右面的海盗喊叫:消灭现实主义!左面的海盗喊叫:现实主义,就是我!"正如文中所说:

> 阿拉贡认为,当前的主要危险,是"来自左面的海盗"。这指的是 30 年代在苏联诞生,并扩大到社会主义阵营和西方左翼文学界的教条化的社会主义现实主义——它已演化为僵硬的绝对性戒律。阿拉贡说,"现实主义所面临的最大的损害信誉危险,在于把谄媚当作现实,在于使文学具有煽惑性",让现实主义"像装饰教堂一样用窗花来装饰生活";而他的现实主义,是"开明的",不花许多时间进行去皮、磨光、消化等程序的现实主义,这种现实主义的存在,不是为了使事件回复到既定的秩序,而是善于引导事物的发展,它是"一种不求使我们安心,但求使我们清醒的现实主义"。

爱伦堡正是苏联国内抵抗"左面"斧劈的作家。在这些作家看来,"现实主义的规律是一贯的,恒定的;以真实反映生活作为根本性特征的现实主义,'经过长期的文学上的连续的、相互的影响和经验的积累','已经成为美学上的具有客观规律性的一种传统'"。

或许正是与西方及苏联内部的这种反思和质疑的声音相关,在当时的中国文坛,胡风、冯雪峰、秦兆阳他们也表达了大致相似的立场,认为在现实主义的创作方法之上,不需加另外的要求、限制:"在科学的意义上说,犹如没有'无论怎样的'或'各种不同的'反映论一样,不能有'无论怎样的'或'各种不同的'现实主义","想从现实主义文学的内容特点上将新旧两个时代的文学划分出一条绝对的不同的界线来，是有困难的。"因此，东西方冷战刚刚成型的一段历史时期内，在两个阵营中，均出现过对现实主义的某种开放性的理解：

> 这种开放性，在西方左翼作家那里称为"无边"的现实主义（罗杰·加洛蒂），在中国这边是"广阔道路"的现实主义（秦兆阳）；加洛蒂的"无边"是向"现代主义"开放、对话，而胡风、秦兆阳们的"广阔道路"则是向19世纪"回归"；爱伦堡在《司汤达的教训》中的倾向，也属于后者。

但在当时的苏联及中国当代文坛，更具有压倒性的声音，却是对19世纪爱恨交加的悖论式态度。正如本书中所指出的那样：

> 19世纪欧洲文化、现实主义在"当代"中国是一把双刃剑。它既成为反帝、反封建革命话语的组成部分，以支持、证实社会主义制度的平等、公正，但也被看作可能动摇社会主义制度、思想的"武器"，因而对其爱恨交错。其中，也夹杂着在庞大的、拥有巨大影响力的19世纪欧洲文化面前难以明说的恐惧：这是可以借用的资源，也是一种威胁。

这种对威胁的"恐惧"，在中国文坛对《红与黑》的讨论中可见一斑。本书指出，爱伦堡和中国的批判者都认为，像司汤达这样的古典作家在当代有很大影响力，"但他们对影响力性质的理解，以及描画出的司汤达图像，却大相径庭"。国内批评界在总结反右派运动的时候，邵荃麟、冯至、周扬等人所撰写的多篇文章，都把一些青年知识分子"堕落"为右派的其中一个原因，归为受西方资产阶级作品宣扬的人道主义、个人主义的影响。但同属社会主义阵营作家，爱伦堡笔下的司汤达，却和中国批评家笔下的司汤达明显不同：

> 爱伦堡既没有谈及《红与黑》的历史、阶级局限，大概也没

有于连·索黑尔破坏当代青年集体主义个性的焦虑；相反，说"我们谈到它时，要比谈到我们同代人的作品觉得更有信心"；"《红与黑》是一篇关于我们今天的故事，司汤达是古典作家，也是我们的同时代人"。

与爱伦堡把司汤达视为"我们的同时代人"，以及"《红与黑》是一篇关于我们今天的故事"相比，中国的持批判态度的理论家们，显然是把司汤达的《红与黑》视为异质与"他者"而加以警惕、拒斥和批判的。

本书中《〈司汤达的教训〉："19世纪的幽灵"》一文之所以具有典范意义，正是因为作者以爱伦堡在苏联和中国都引发了热议的《司汤达的教训》一文为中介，勾连了苏联、中国及西方理论界，在对具体案例进行精彩"文本"分析的基础上，触及了横亘东西方两个阵营的，关于"现实主义"及"19世纪遗产"的世界文学中的重大议题，也为揭示中国反右派运动之后的理论语境和政治情势，提供了一个由微观抵达总体性判断的具体案例。

本书正是在对一个个案例进行解剖的过程中，通过大量的资料钩沉和梳理，生成了独特的学术判断，还原了当代文学与世界文学关系的复杂历史过程，也在当代文学恐惧和拒斥他者的一体化结构内部撬开一道缝隙，使这个貌似坚固的结构呈现出可裂解性。

由此，在本书描述的"十七年"文学的发展历程中，世界文学呈现出的是某种悖论样态。一方面，世界文学始终构成的是当代文学的内在组成部分，但另一方面，从"十七年"到"文革"，当代文学的历史也是一个排斥他者的自我纯洁化的进程，而这个自我纯洁、自我净化的过程，在某种意义上也被理解为"自我损害"：

　　"'革命文学'在当代的困境的形成，它的过程是一种在特定的社会环境中的'自我损害'"。这种"自我损害"，一方面是体制化而逐渐失去它的批判的活力，另一方面是排除它认为不纯的文化传统而对"纯粹""绝对"的不断的追求。这种设定越来越严格的"边界"和不断的排除运动，有可能让自身成为没有血肉的空壳，但是如果不做这种排除和隔离，又有可能被强大的"异质"文化因素所侵蚀，所吞没，而失去它的边界。"这大概是一种悲剧性的命运。"

这种"悲剧性的命运"或许是冷战背景下中国当代文学的宿命，而"世界文学"也不可避免地成为被不断排斥的"他者"。这与现代史上鲁迅所谓"从别国里窃得火来，本意却在煮自己的肉"①的"拿来主义"立场，以及20世纪80年代走向世界的开放性姿态都有所不同。在洪子诚先生所描述的当代文学一体化过程中，"自我纯洁"成为一种具有整体性的文化姿态，世界文学包括俄苏文学，都有可能被看作是他者而加以拒斥。这种对他者的拒斥及自我纯洁化在"文革"阶段达到了高峰，不仅仅体现在对世界文学的拒斥，也体现在拒斥中国自身的古代文化及"五四"以来的新文学传统。

二

吊诡的是，"文革"时期也恰是中国"世界化"理念臻于顶峰的阶段。正如本书所指出：

> 当代中国激进派的"世界化"理念和实践，虽然在一定时间内对亚洲等地的进步文学界也发生过某些影响，但大体而言，这个"大厦"是立于沙滩上，当时在国内显赫一时的声望，主要靠的是政治权力的庇护，在时势转易之后，所谓为世界提供的普遍经验的幻影就如肥皂泡一样，迅速飘散。

"文革"表现出的是一种激进的"世界化"理念和实践，一种对普遍性的狂热追寻，但却如同沙上建塔，也如一戳即破的肥皂泡。因为真正的

---

① 鲁迅：《"硬译"与"文学的阶级性"》，载《鲁迅全集》（第四卷），人民文学出版社1981年版，第209页。

普遍性是必须兼容他者的，而且只能建立在与他者进行对话，以及对他者的充分观照和吸纳的基础上的。正如柄谷行人在讨论康德关于"普遍性"的思想时所说："重要的是，康德在追求普遍性时一定要引入他者，而这个他者不是在共同主观性或共通感上可以与我同化的对象。"①这意味着，康德理解中的他者，正是无法同化的差异性本身，而这种差异性他者的存在，却恰恰构成了普遍性的前提——"如果我们不设定他者的存在，普遍性则无以成立"②。

而"文革"时期的自我纯洁化的排异，也意味着恰恰缺乏的是对差异性的真正内化，从而也匮乏和世界文学的真正对话。齐泽克在《视差之见》一书中说："在困难重重的年代，不存在妥协的空间，不存在'对话'，不存在对盟友的寻求。"③齐泽克所说的"对话"，让人联想到柄谷行人对"对话"的界定："所谓'对话'必须是没有共同规则可言的与他者之间的对话。"④"他者"构成的恰恰是对话的前提，而真正的对话，也正是对差异性的兼容，是对他者的兼收并蓄。而拒斥了他者，也就无法构建真正的自我和主体性。

在洪子诚先生的历史叙事中，"他者"也是一种历史意识，即在表达一种判断的同时，也建构出一个他者化的历史参照体系。本书处理的方式是让他者自己说话，而不同的他者之间构成的"视差之见"，也由此凝定为一种历史研究的方法论。也正是在这个意义上，必须充分评估洪子诚先生在《相关性问题：当代文学与俄苏文学》一文中，所体现出的具有整体性的方法论和观念视野：

① 〔日〕柄谷行人：《跨越性批判——康德与马克思》，赵京华译，中央编译出版社2011年版，第23页。

② 〔日〕柄谷行人：《跨越性批判——康德与马克思》，赵京华译，中央编译出版社2011年版，第15页。

③ 〔斯洛文尼亚〕斯拉沃热·齐泽克：《视差之见》，季广茂译，浙江大学出版社2014年版，第4页。

④ 〔日〕柄谷行人：《跨越性批判——康德与马克思》，赵京华译，中央编译出版社2011年版，第37页。

……这些知识、观点、学说，都是特定历史情境下的不同感受、视角形成的；它们之间的对比、冲突（包括作家自身的内在冲突）并非坏事。结构内部存在不稳定的平衡，让边缘性的主张不被强大的统制性思想碾碎，是避免俄苏和当代文学曾经发生的"专制主义"，而让文学探索葆有活力的保证。这应该是俄苏文学，也是中国当代文学提供的经验。[①]

这种历史研究方法，让人联想到的正是柄谷行人在《跨越性批判——康德与马克思》及齐泽克在《视差之见》中提出来的"视差之见"的理论范式。柄谷行人借助对康德和马克思的研究提出了自己的"视差"理论。所谓的"视差"，即"并非从自己的视角也不是从他人的视角来观察，而是直接面对因差异（视差）而暴露出来的'现实'"[②]。而齐泽克理解的视差，则被他进一步赋予了"内在分裂"的特质，也正是在这种"无法消除的视差分裂"[③]之中，内含着对结构的颠覆性力量，或者说没有两种或两种以上不同的立场和视野的参照，也就没有他者，同时也就无法建构自我。在视差结构之中，彼此互为他者。

洪子诚先生在《当代文学中的世界文学》中处理当代文学与世界文学诸多视野之间，既龃龉又互渗的复杂关系时，也让人联想到这种直面视差的方法，而本书或许更加善于从不同的立场、视野和角度观察历史对象，也就更善于处理差异性，为我们呈现的是复杂化的和非确定性的历史视野。

《"透明的还是污浊的？"——当代中国与南斯拉夫的文学关系》一文中指出，在 20 世纪 50 年代至 70 年代中国与社会主义阵营国家的文学

---

① 洪子诚：《相关性问题：当代文学与俄苏文学》，载《读作品记》，北京大学出版社 2017 年版，第 302 页。

② 〔日〕柄谷行人：《跨越性批判——康德与马克思》，赵京华译，中央编译出版社 2011 年版，第 3 页。

③ 〔斯洛文尼亚〕斯拉沃热·齐泽克：《视差之见》，季广茂译，浙江大学出版社 2014 年版，第 3 页。

关系中，虽然南斯拉夫的地位无法和苏联相比，在文化交流和作品译介方面，也远不及波兰、捷克斯洛伐克、罗马尼亚、匈牙利等社会主义国家，但南斯拉夫却有它的特殊性。在中南两国的文学关系中，也出现了几个关键性事件，譬如对南斯拉夫修正主义的批判，社会主义文化和西方现代文化与"没落"的"颓废派"文艺的关系所引发的激辩，对文学与政治关系的讨论等，都关涉社会主义文学如何对待西方文学和文化的根本性大问题。其间，刘白羽与维德马尔之间的批判与反批判具有一定的典型性。

举例来说，维德马尔当年在检讨现实主义存在的问题时，认为现实主义遇到危机，"文学艺术似乎被现实生活的真实图画所过分填塞"，"一直是沉重而不透明的"。他主张引入"一切奇想色彩"的"人格化"的因素；他提到神话、寓言、梦境和幻境，提到尼采说的"超物质化"的"物质"，提到"现代派"文艺。

这种"现实主义危机论"以及对尼采和"现代派"的张目，自然引起了中国文坛的批判。刘白羽对此责问道：

这到底是透明的还是污浊的呢？鼓吹走向反动的，崇拜"超人"的，极端个人主义的尼采道路，除了污秽不堪的神秘主义，除了反动的精神堕落之外，难道这里还有什么新鲜的事物吗？

二人针锋相对的言论，或许多少印证了齐泽克的洞见："无法消除的视差分裂（parallax gap）出现了，两个密切相连的视角之间的对抗形成了，而且在两个视角之间，无法存在共同的中立地带……因为两个层面之间并不存在共同语言和共享地带。"[1]但在两个视角之间真的无法存在共同的中立地带吗？齐泽克斩钉截铁的理论逻辑，是否会被复杂的历史情境中暗

---

[1]〔斯洛文尼亚〕斯拉沃热·齐泽克：《视差之见》，季广茂译，浙江大学出版社 2014 年版，第 3 页。

含的历史逻辑所超克与纠偏呢？面对这种看似无法消除的视差分裂的情境，文中提出的解决之道是：

> 那么，究竟是透明的还是污浊的？中国、南斯拉夫文学家的这些争论的意义，也许重要的不在于得出明确无误的结论，而是各自从不同处境、立场、视角出发的提问，发出的那种打开有意义问题的力量。

真实的历史情境的确比哲学理论要更加复杂，洪子诚先生的历史研究给我们呈现的，是自我和他者之间确乎存在一个中立地带，这是一个尽管有限但不乏丰富性的话语空间。而洪子诚先生在关于契诃夫的漫长的阅读生涯中，就不时地触及这种无法形诸黑白两种原色的、截然对照的灰色地带。他也借助对契诃夫的解读，把非确定性的地带给我们揭示了出来，从而也使"十七年"文学中的自我和他者的关系，显得并不那么泾渭分明：

> 别尔嘉耶夫在《俄罗斯思想》中说过，俄罗斯精神结构中具有两极化的对立倾向，一切事物均按照正统和异端来进行评价；俄罗斯人不是怀疑主义者，不大了解相对的东西。契诃夫对这一特性也有深切了解，他警惕、抵抗着这种极端性。
>
> "在'有神'与'无神'之间，隔着广大的空间。……俄罗斯人都知道这两个极端之中的一个，但对于这中间却毫无兴趣。"契诃夫在"有神"与"无神"，爱与恨，观念与行动、真实与美，犀利的揭发与体谅的同情……之间的"平衡"，从根本上说不是导向无原则的中庸、冷漠，而是尊重事物的复杂和多样，并最终为常识，为弱者，为普通人争取到存在的价值和尊严。[1]

---

[1] 洪子诚：《"有神"与"无神"之间，隔着广大的空间——新版《契诃夫手记》序言》，《读书》2022 年第 8 期。

这种对两极化思维的拒斥，对非确定性判断的偏好，避免极端化的立场，也是洪子诚先生在历史研究和文学批评中相当自觉的方法。比如，本书讨论孟京辉在 21 世纪对马雅可夫斯基的戏剧《臭虫》的改编时，有如下判断：

> 孟京辉在剧中有发言，有尖锐的评论。但他没有将问题推向极端，而是努力呈现问题的复杂性。他避免，也无意在不同视点和价值观上选边站。他的改编的主要动机和激情，是以眼花缭乱的舞台艺术创新来提出时代性思考的问题：如何面对我们身处的复杂现实，如何确立自身的生活基点，以及乌托邦未来想象的资源是否已经耗尽，"现实主义"是否只是我们唯一的选择。

这番话也可以看成是洪子诚先生的"夫子自道"，他的文学史研究也在"避免，也无意在不同视点和价值观上选边站"，而是直面差异化本身所暗含的模糊地带和灰色空间。本书中表现出的非确定性的姿态和立场，对差异化本身的关注，对令人眼花缭乱的研究对象的冷静辨识，也是在"努力呈现问题的复杂性"。《当代文学中的世界文学》一书正贯彻了这种历史叙事的基本态度，借助世界文学这一结构性的他者，犀利洞见了"十七年"文学及"文革"文学在发展过程中具有结构性的历史特征，也显示出一个文学史家令人钦敬的历史反思姿态。

三

从这个意义上说，《我的阅读史》中的《"怀疑"的智慧和文体——"我的阅读史"之契诃夫》一文，更为集中地浓缩了洪子诚先生的人生经验、思想方法及历史研究的基本态度：

> 在契诃夫留给我们的遗产中，值得关注的是一种适度的、温和的"怀疑的智慧"：怀疑他打算首肯、打算揭露、批判的对象，但也从对象那里受到启示，而怀疑这种"怀疑"和"怀疑者"自

身。这种"怀疑"并不是简单的对立、否定，因而不可能采取激烈的形态。它不是指向一种终结性的论述，给出明确答案，规定某种坚硬的情感、思维路线。他从不把问题引向一个确定的方向，他暴露事情的多面性，包括前景。也就是说，思想捕捉各种经验与对象，而未有意将它们融入或排斥于某种始终不变、无所不包的一元识见之中。[①]

这段文字内敛着一种智慧之光，启迪读者体味洪子诚先生的治学风格，甚至思想性格中所蕴含的一种同样适度的、温和的"怀疑的智慧"，这种"怀疑的智慧"也构成了他对待文学、对待生活和对待历史的态度。而其中最为珍贵的，或许是一种自我怀疑的精神，既内化为人生哲学的组成部分，也表现为一种文学史家的清明的理性精神和审视历史的一种不那么斩钉截铁的态度。比如在《当代文学中的世界文学》这部新著中，洪子诚先生就一再强调自己面对历史对象时的困惑、犹疑，常常可见"我不明白"的表述和字眼，表现出一种审慎的怀疑主义、温和的价值判断、自我质疑的精神、非确定性的甚或偶尔悖反的判断，背后则是对历史复杂性的充分尊重，表达着更为自觉的历史反思性。而这种反思性，也最终体现出文学史家的责任意识，体现为一个历史学者的伦理担当。

如果进一步分梳，本书蕴含了历史研究者的三重伦理面向：一是叙事伦理；二是职业伦理；三是责任伦理。叙事伦理表现为非确定的历史和价值判断；职业伦理表现为自我怀疑和自我审视的反思精神和思想立场；而责任伦理则表现为历史学者的职责与担当，这三种伦理在本书中是"三位一体"的。

其中，责任伦理的范畴采取的是马克斯·韦伯的《以政治为业》中的区分：

我们必须明白一个事实，一切有伦理取向的行为，都可以是

---

① 洪子诚：《"怀疑"的智慧和文体》，载《我的阅读史》（第二版），北京大学出版社2017年版，第48—49页。

受两种准则中的一个支配，这两种准则有着本质的不同，并且势不两立。指导行为的准则，可以是"信念伦理"（Gesinnungsethik），也可以是"责任伦理"（Verantwortungsethik）。这并不是说，信念伦理就等于不负责任，或责任伦理就等于毫无信念的机会主义。当然不存在这样的问题。……同遵循责任伦理的行为，即必须顾及自己行为的可能后果，这两者之间却有着极其深刻的对立。①

柄谷行人对马克斯·韦伯的责任伦理和信念伦理的区分，有如下解释："所谓信念伦理是这样一种态度，只要自己以为是正义的就够了，如果结果并不理想，可以将责任推委给别人或者状况。但另一方面的责任伦理，则是一种把结果作为自己的责任来承受的态度……康德正是在不将结果推委给他人和状况而自己来承受的地方，发现了道德性。"②洪子诚先生近些年来的阅读史书写及文学史研究，越来越渗透着一种责任伦理的承担意识。这种责任伦理尤其体现在《当代文学中的世界文学》之中。作为一种萨义德意义上的"晚期风格"，本书不时闪现出一些相对不那么温和的历史判断，有着内敛但犀利的锋芒，情感色彩趋于鲜明，叙述语调显得更为凝重；也不时做出一些透露价值立场的论断，显示出一种历史负荷者的伦理担当，进而使读者"在不将结果推委给他人和状况而自己来承受的地方，发现了道德性"。而从"自己来承受"的意义上说，本书堪称是一份"孤勇者言"。

一方面要直面历史的负载，另一方面也要像鲁迅那样，"在不将结果推委给他人和状况而自己来承受"的同时，"抉心自食"，反躬自身，勇于自谴。在《〈《娘子谷》及其他〉：当代政治诗的命运》一文中，洪子诚先生认为"叶夫图申科《娘子谷》的震撼力，既来自感同身受地对民族

---

①〔德〕马克斯·韦伯：《学术与政治》，冯克利译，生活·读书·新知三联书店1998年版，第107页。

②〔日〕柄谷行人：《跨越性批判——康德与马克思》，赵京华译，中央编译出版社2011年版，第76页。

毁灭性暴行的批判，也来自这种不逃避应承担责任的勇敢自谴"①。因此，对一个曾经灾难深重的民族的历史负荷者来说，责任伦理的承担是双向的，向外敢于批判，向内勇于自省。而难能可贵之处，恰是一个历史见证者同时把自己视为历史的某种担荷者的自觉。也正因如此，洪子诚先生对当代文坛一度盛行的所谓"幸存者"的写作和姿态，有足够的反思和警惕，或许在幸存者意识中，恰恰欠缺的是承担历史的勇气，而更乐于把自己视为历史的受害者。一旦每个人都视自己为受害者，最终仅存幸存者意识，也就意味着"每个人都曾经在劫难逃"的历史或许即将重演。

而践行责任伦理的一个重要面向，正是一种"自由而孤独的选择的责任"。本书中《内部的反思："完整的人"的问题》一文，讨论了法国理论家加洛蒂的《论无边的现实主义》一书对社会主义文化实践主体的性质和位置的思考：

> 加洛蒂的表述是，"自我"不应消失于社会主义文化要求之中，对社会主义文化的要求，既要"作为一种强制的必然来经受"，但也需要"由一种自由而孤独的选择的责任来承担"；这样，就能为实践个体的独立思考打开空间，他将不以某种综合的抽象来停止探索，而始终与"必然经受"之间形成具有张力的紧张关系。这意味着为实践主体的创造争取必需的空间——而这一空间在过去被极大地挤压。

只有对"自由而孤独的选择的责任"有所自觉，才能为"实践个体的独立思考打开空间"。也正因为这一独立思考空间被极大地挤压，洪子诚先生不无孤独的求索才显得更加弥足珍贵，同时也为当代文学研究界的"十七年"文学乃至"文革"文学研究树立了某种难以逾越的典范，也树立了一面具有反思性的旗帜。

---

① 洪子诚：《〈娘子谷〉及其他：政治诗的命运》，载《读作品记》，北京大学出版社 2017 年版，第 35 页。

　　洪子诚先生的外国文学研究，也包含着对"十七年"文学和"文革"文学的根本性的判断和反思。比如《〈司汤达的教训〉："19世纪的幽灵"》一文：

　　　　有点可惜的是，相对于从"外部"来质疑当代文学，当时从"内部"所做的反思被忽略。这里说的内部、外部，不是严谨的区分，区别只在是否承认当代"社会主义文学"观念和实践的某种有限合理性；从文学史的角度，也就是"十七年"文学经验、问题和内部争辩，是否仍可成为反思的基础的一部分。这种忽略，导致近年文学界有人试图发掘"社会主义文学"遗产的时候，很大程度离开了它的语境，离开了对当年已经存在的争论、冲突的认真总结这一前提。

　　而本书其实也正是试图辨析"十七年"文学的内部冲突和争论，从而为新一代研究者的反思性研究奠定学理基础，也为承认当代"社会主义文学"观念和实践的某种"有限合理性"奠定历史基础。不过这里的区别或许在于，相对于洪子诚先生所代表的老一辈学者，更年轻的学人也许偏重于"社会主义文学"观念和实践的"合理性"，而洪子诚先生更想强调的或许是有限性：

　　　　近年来，当代文学挖掘当代社会主义文学经验成为热点，涉及文学与现实、与大众、与传统文学的关系等重要问题，出现不少令人瞩目的成果。不过，当代社会主义文学的成绩、经验，与它存在的严重问题，以至困境纠缠在一起，难以分离；并且在它行进的当时，就不断有从"内部"进行反思、检讨的情况发生。回到社会主义文学展开的历史情境，设若回避、剥离这些已经一再被反思、检讨的问题，不是一种值得肯定的做法。

　　近些年，笔者也参与了一些和"十七年"文学相关的学术讨论会，同时也在思考关于社会主义文学、社会主义美学机制、社会主义风景、社会主义诗学等的一系列问题，感觉到当下研究的一个现象或趋势是，从"十七年"经典文本重释出发，把"十七年"文学的美学机制或者诗学机制再加以纯洁化。在某种意义上，这个研究思路也许就是非历史化的，或者说在"十七年"文学文本内部是很难找到他者性的。而洪子诚先生的研究，尤其是本书借助世界文学视野加以观照，正是为"十七年"文学重建他者的过程。如果忽略了这种世界视野，去除了结构性的他者，只局限于当代文学的制度内部及文本内部进行观照，他者就无法出现，从而就容易使十七年的文学历程蜕变为一个主体建构自我同一性的过程，或者说是一个自我同义反复的过程。而自我同一性恰恰是匮乏他者的：

> 犹如加洛蒂在回应对他的批评时说的，"这个世界和我对它的观念不是一成不变的，而是处于经常变革的过程中"。这里提出的问题是，在"后革命"时代，这种处理现实与文学的方式在某些作家那里仍可能承接，但作为整体要求的延续是否可能和有效？当我们试图将社会主义文学经验加以延续的时候，语境的变化无法被忽略不计。现在说到"大众""现实""工人作家""工人写作""深入生活""人民性"等概念和命题，其语义内涵和实践意义，其实已经发生重大改变。而且，在某些时候，这些词确实如加洛蒂担心的那样，缩减为只具有"学术"的意义。

这里透露着洪子诚先生的一丝隐忧：当代文学被学院研究"标本化"之后，或许就抽空了当初的历史语境，从而使相当一部分研究既是去语境化，也是去历史化。今天研究者们依然沿用的，诸如"大众""现实""深入生活""人民性"等概念和命题，或许早已成为空洞的能指，漂浮在学院体制的学术泡沫之上，甚或与其真正的所指咫尺千里。

"怀疑的智慧"与"阅读的科学"

　　洪子诚先生这些年连续问世的关于文学阅读的书籍颇令学界瞩目。如北京大学出版社出版的《我的阅读史》（第一版和第二版）、《读作品记》，台湾人间出版社出版的《阅读经验》，北京出版社出版的《文学的阅读》等，都对阅读有着集中的思考，"阅读"二字无疑构成了这些著述的关键词，值得从学理上进行各种深入的总结。这些著述不仅仅呈现了洪子诚的个人化的阅读历史，以及他所代表的一代学者的跨越半个多世纪的阅读经验，同时也提供了"阅读观"乃至"阅读本体论"，堪称是关于"阅读"本身的书。

　　李云雷曾经指出，洪子诚先生"对个人阅读经验的梳理、反思，具有多重意义"，"不仅将'自我'及其'美学'趣味相对化，而且在幽暗的历史森林中寻找昔日的足迹，试图在时代的巨大断裂中建立起'自我'的内在统一性"。但通过对洪子诚的阅读史的再阅读，可以感受到，这种"自我"的统一性不是一下子就建构起来的，而恰恰体现为一种过程性、持续性，或者说在不同历史时期的断续性，因此就具有一种历史性和未完成性。这种未完成性对于"阅读的科学"而言，具有某种本体性。文学阅读对于一个人的意义有时是在一生漫长的岁月中逐渐体现出来的。所以在卡尔维诺关于什么是经典的十四条定义中，第一条就是："经典是那些你经常听人家说'我正在重读……'而不是'我正在读……'的书。"文学阅读对一个人的塑造，在洪子诚那里就表现为一种对自我的持续的省思，而借助于对自身的阅读史的回溯，洪子诚也就塑造了一个"慢读者"的主体形象，同时也让读者领略到一个阅读的主体如何成为一个省思的主体及一个书写的主体。"主体"的建构，就留有"慢读者"对人生岁月的潜心思考所铭刻的一种长久的时间印痕。这就是文学阅读体现在一个人身上的历史性、持续性、过程性，以及一种未完成性。文学作品在阅读环节的未完成性，正是阅读过程本身所具有的本体性特征。

洪子诚的这些著述，一方面有助于我们考察中国学院知识分子在历史中积淀的世纪性的情感、记忆乃至精神遗产，另一方面为我们思考经典阅读和文学教育的问题，也提供了弥足珍贵的案例。提供的是他人无法重复也就无法替代的个体阅读的生命史，探索的是自己跨越多个历史阶段的阅读记忆，这种探索在洪子诚这里是非常自觉的，而且有其极具个人性的情感方式和观照视角。读者从中可以读出，真正个人化的阅读是如何在漫长的时光中，塑造对世界既有温情又保持审慎距离的阅读心灵及情感结构的。这几本专著中有相当一部分文章回溯的是逾越半个世纪的阅读生涯。譬如洪子诚描述自己从中学时代到 20 世纪 80 年代，一共读过三次《钢铁是怎样炼成的》，每次带来的都是"很不相同的体验"，"当初那种对理想世界的期待和向往，那种激情，逐渐被一种失落、苦涩的情绪所代替"；而 20 世纪 60 年代初期读契诃夫的作品，则带给他一种"新的感性"，带来"那种对细节关注，那种害怕夸张，拒绝说教，避免含混和矫揉造作，以真实、单纯、细致，但柔韧的描述来揭示生活、情感的复杂性的艺术"。因此，洪子诚很看重契诃夫的遗产。他的那篇值得重复阅读的文章《"怀疑"的智慧与文体：契诃夫》，其中对契诃夫留给人类的遗产的总结，就具有一种穿越世纪直抵未来的历史理性和智慧之光：

> 在契诃夫留给我们的遗产中，值得关注的是一种适度的、温和的"怀疑的智慧"：怀疑他打算首肯和打算揭露、批判的对象，但也从对象那里受到启示，而怀疑这种"怀疑"和"怀疑者"自身。

洪子诚的阅读经验，甚而推及他的文化性格，也同样有一种适度的、温和的"怀疑的智慧"。在洪子诚的"晚期风格"中，尤其呈现出一个"温和、适度而审慎的怀疑主义者"的形象，或者说与钱理群先生构成互补的消极浪漫主义者的形象。

凤凰网曾经组织过一场洪子诚和钱理群的对话，主持人——北京大学中文系教授高远东——在开场白中称，钱理群是一个积极浪漫主义者，而洪子诚则是一个消极浪漫主义者。洪子诚幽默地回应："我确实比较消极，可是一点也不浪漫。"如果说钱理群对文学的确有堂吉诃德一般的积极浪漫主义者一往无前的信仰，那么洪子诚则更像是哈姆雷特，或者说是以赛亚·柏林所谓的狐狸型的学者。不能说洪子诚对文学没有信仰意义上的皈依感，可能更多的是灌注了怀疑主义精神，而对文学的多重质询也是洪子诚自我怀疑和思索人生的内在组成部分。

在当代学界，恐怕没有谁比洪子诚更像哈姆雷特，他不提供人生思考的标准答案，但总在逼着自己思索，也逼着读者思索，思索关于文学的位置、关于经典的定义及关于阅读的意义等问题。在洪子诚与钱理群的这场对话中，洪子诚也比较了自己在关于"文学"的界定上与钱理群的不同：钱理群是不断扩大文学边界，扩大文学存在的"社会空间"；而"在许多人眼里，我好像在徒劳地维护'文学'的脆弱边界。对我来说，重要的是伟大文学，好的文学，和不大好、不好的文学"。"伟大文学"等提法或许标识了洪子诚阅读趣味中的些许"保守主义特征"，但对"'文学'的脆弱边界"的徒劳维护，则使洪子诚呈现出某种堂吉诃德般的品性。

其实，洪子诚关于文学阅读的认知结构本身也有脆弱的本性，就像比起强力意志，人类的情感结构也永远是脆弱的一样。而"脆弱边界说"（文学有边界，但它很脆弱）流露出的"文学观"，同样也具有一种洪子诚特有的"适度的、温和的、'怀疑的智慧'"。因此，读洪子诚的阅读史，同样可以感受到他对文学的脆弱的信心，以及不那么坚定的信仰。之所以不那么坚定，是因为洪子诚的信心首先来自个人的阅读经验及生活经验，他的文学阅读学也是相当个人化的，是以人类生命个体的脆弱性为基石的。但他对文学的认知是非常历史化的，或者说是历史境遇与个人经验的叠加。而最终无论是个人化的坐标，还是历史化的向度，都使洪子诚蜕变为一个反本质主义者。

而对本质主义的疏离也表现为，洪子诚对文学阅读进而对生活世界，始终保持一种"非确定性"的开放姿态，或者说对人类的精神生活，持有一种必要的尊重和审慎的怀疑并存的态度，而不是把斩钉截铁的判断和毋庸置疑的立场强加在阅读对象身上。这些对象既包括文学作品，也包括他所"阅读"的活生生的个人。而对作家、学人心灵的秘密，以及对文学作品固有的奥妙的审慎的尊重和深入的洞察，则构成了洪子诚阅读实践的精髓。比如他在那篇同样耐读的《一部小说的延伸阅读——"我的阅读史"之〈日瓦戈医生〉》一文中就认为，帕斯捷尔纳克首先把主人公的生命历程放在俄国革命的历史中，由此《日瓦戈医生》并不是一部去历史化和政治化的作品；但洪子诚又认为该小说并没有"让丰富的生存之谜，隐没、消失在'政治的确定性'之后"，"生活有很多的面向，有许多我们所不了解的谜"。

这句精彩的判断背后是对文学的基本特征的洞察，文学的本体可能正是对生活之谜的揭示，是对文学的陌生性的尊重和体认。"陌生性"成了界定文学本体论的重要因素。我在读耶鲁教授希利斯·米勒的《文学死了吗》一书时，对米勒强调的文学的"虚拟性""陌生性"和"隐藏秘密"深有感触。

> 我们称之为文学作品的这些虚拟现实，其主要特征是什么？
> 特征一：它们互相之间都是没有可比性的。每个都是特别的、自成一类的、陌生的、个体的、异质的。借用霍普金斯（Gerard Manley Hopkins）的一句话说，文学作品是"反的、崭新的、少的、奇特的"。这种陌生性也让它们彼此疏离。……相反，文学则保守着自己的秘密。……隐藏秘密，永不揭示它们，这是文学的一个基本特征。

"陌生性"和"保守着自己的秘密"在米勒那里上升到了文学的基本特征的高度，也就成了界定文学本体的重要因素。好的文学都是相互不同的，彼此保持着疏离与陌生感，也就"保守着自己的秘密"。布鲁姆在《西方正典》中也提出，"一部文学作品能够赢得经典地位的原创性标志是某种陌生性"，从这个意义上说，相当一部分"文学研究者"干的其实是南辕北辙的事情，从事的是使文学去陌生化，或者说"祛魅"的活动。因此对文学秘密和人类精神生活持有一种必要的尊重，追求某种非确定性把握和判断，应该构成文学研究者职业伦理的一部分。而这种职业伦理，我最早正是从洪子诚先生的课堂上和著作中体悟到的。

对教师和学者来说，持续而持久的阅读是最基本的要求，同时也是职业伦理，甚至是德性品质。张辉在其关于阅读的学术随笔集《如是我读》中说："如何阅读是知识问题，但更是读书人的德性问题。"而通过总结读书人的阅读经验，可以进一步讨论人文学者怎样审视自我、主体、历史等更具哲学意义的命题，同时还可能事关中国当代的一种温和、理性，同时不乏批判和反思精神的人文主义的生成。而今天的人文主义，可能继20世纪90年代人文精神大讨论之后，陷入了一个更加低谷的时代，可能还没有坠到谷底，但总会有伊于胡底的那一天。尤其在应对人工智能时代大潮即将到来的历史时刻，洪子诚的阅读实践背后的人文主义视野，就更具有启示录的意义。

由此我们似乎抵达的是更重要的议题：洪子诚先生这些年的著述不仅践行了属于他自己的"阅读观"，里面有阅读的方法论和"阅读的科学"值得总结，而且如果我们把"阅读的科学"再提升一步，可能就事关中国人文主义的重建。

萨义德在《人文主义与民主批评》一书中曾借用尼采的名言，讨论了"阅读的科学"对人文主义的重要性：

> 揭示出人类历史的真理是"一支隐喻和换喻的机动部队"，其中的含义有待于通过阅读和解释进行不断的解码，而这种阅读和解释的基础是作为现实———一种隐藏、误导、抗拒、艰难的现实———载体的言词。换言之，阅读的科学对于人文主义知识是极为重要的。

萨义德之所以对阅读特别看重，是因为"阅读的科学"对人文主义有特别的重要性。他在《文化与帝国主义》这本书中分析了简·奥斯丁的小说《曼斯菲尔德庄园》。他认为《曼斯菲尔德庄园》，其"美学的知识的复杂性要求一种长时间的、缓慢的分析过程"。之所以要"长时间的、缓慢的分析"，是因为在奥斯丁写作的年代，帝国主义意识形态已经在小说中化为复杂的美学问题。而"非美学化"的，今天人们所习见的手机上一目十行的读法，是无法揭示这种美学与历史间相互纠缠之关系的复杂性的。与此相似，洪子诚的"阅读的科学"中，重要的方面也是对文本的更加缓慢和漫长的分析。他在《谈谈慢读传统》一文中这样论述"慢读"：

> 慢读这个说法容易被理解为专指阅读速度，其实不是那么简单，甚至可以说速度只是个前提。速度之外，更重要的是阅读者的心态与方法。细心体会尼采安放在慢读之上的一连串界定，"缓慢地、深入地、有保留和小心地，带着各种敞开大门的隐秘思想，以灵敏的手指和眼睛……"也许会引申出这样的经验——不要过分执着于你事先设定的目标；开放你的情怀、心智以对待将要面对的世界；通过磋商、辩驳、思考和接纳获益，并将这一收获加入你阅读的记忆库中。

文本在洪子诚的记忆库中累积和叠加，有时会穿越半个世纪。而文学文本的复杂性正蕴含在这种阅读生涯的漫长的历史性之中。在如此漫长的阅读生涯中，所有的美学问题都会历史化，而所有的历史问题也都会美学化。

洪子诚的阅读，正是对文学审美、个体经验和社会历史进行不断解码的过程，其中所蕴藏的"阅读的科学"，事关21世纪人文主义的存续与再生，进而事关尼采所谓的认知"人类历史的真理"。"阅读的科学"之所以对人文主义至关重要，是因为只有"通过阅读和解释进行不断的解码"，人类历史的真理含义才得以显现出来。从这个意义上说，真理是蕴含在阅读中的。洪子诚先生跨越半个多世纪的"文学阅读和阐释"实践，就表现出对人文主义知识所具有的本体性意义。

游动与越界

在黄子平先生关于"批评"的文字中，发表于 2005 年的《鲁迅·萨义德·批评的位置与方法》一文，具有某种挈领性的意义：

> 社会批评，文化批评，或鲁迅所说的"文明批评"，或直截了当地简称为"批评"，乃是知识分子的一项重大使命。"批评必须把自己设想成为了提升生命，本质上就反对一切形式的暴政、宰制、虐待；批评的社会目标是为了促进人类自由而产生的非强制性的知识。"（萨义德《世界·文本·批评家》）本文将以鲁迅与萨义德的批评实践为例，"双焦点"地讨论知识分子在实行此一使命时所处的"位置"问题，以及与此相关的"方法"问题。①

文中试图思考的"位置"与"方法"，都堪称议题重大。而借助于鲁迅与萨义德的批评实践，"双焦点"地进行讨论，本身就蕴含了值得效仿的方法。笔者对黄子平先生的批评实践的解读，也试图以黄子平的方法为方法，再度透过鲁迅与萨义德，聚焦黄子平的批评理念。

一、"地理中间物"

在黄子平这里，何以鲁迅和萨义德能被整合在一起进行观照？"双焦

---

① 黄子平：《鲁迅·萨义德·批评的位置与方法》，《杭州师范学院学报》（社会科学版）2005 年第 1 期。

点"透视法聚焦到的是怎样的"刺点"？[①] 鲁迅和萨义德彼此跨越国界、文化与时空所共同分享的，究竟是何种批评的位置？

> 在我看来，批评的位置即由如下两方面划定：一是现实经验的历史积累，二是个人身份的复杂构成。而这位置当然是游动的，越界的，或者用萨义德回忆录的书名来说，是"无家可归"或"格格不入"（Out of Place）的。这就是知识分子真正的位置，不管你是不是具有离乡背井的现实经验。[②]

从"游动"与"越界"的意义上阐发批评的位置，继而印证于萨义德的"无家可归"或"格格不入"，可以看出黄子平的批评观与萨义德的投契。当黄子平从"现实经验的历史积累"及"个人身份的复杂构成"两方面划定批评的位置的时候，或许可以说是把萨义德的批评理念与自己在20世纪90年代之后的生命视界相互融合。黄子平所界定的批评位置，也可以看成是一种自我定位。

黄子平的人生经历在知青一代中具有一定的独异性和典型性：从海南岛的插队生涯到成为新时期第一届大学生；从任教燕园到90年代的去国，在北美体会告别革命及后冷战后殖民的文化政治氛围；再到迁居香港……他常常体验他乡与故乡之间的误置，更有文化意义上的漂泊不居之感。此间经历，想必时时令现实经验与历史记忆以错杂与吊诡的方式交叠互证，跨国度、跨文化、跨语际自然也伴生了身份、认同和归属的游动性与复杂性。当黄子平把批评的位置理解为"游动的，越界的"，进而诉诸萨义德的"无家可归"或"格格不入"，其内在的逻辑和心理的脉络当是容易被读者体会到的。

---

① "刺点"乃借用黄子平所援用的罗兰·巴特语。（参见黄子平：《鲁迅的文化研究》，载《现代中国》，北京大学出版社2008年版，第165页。）

② 黄子平：《鲁迅·萨义德·批评的位置与方法》，《杭州师范学院学报》（社会科学版）2005年第1期。

　　黄子平与萨义德的默契，其内在意涵或许还可以在"流亡"的视景下进一步阐发。萨义德的"游动"与"越界"，以及"无家可归"或"格格不入"，是与其对"流亡"情境的沉思关联在一起的。陆建德在为《世界·文本·批评家》一书所写的序中指出：萨义德所谓的"越界"行为，"是一种对秩序和固定疆界的可贵抵抗。'越界'后来成为他关于多元文化、流亡和后殖民主义批评里的关键词"①。这种"越界"与"游动"的生命状态，在萨义德那里可以用"流亡"的特定情境进行类比，或者可以说，正是流亡的遭遇和情境，催生了现实生活的"越界"和文化心理的"越界"，"越界"背后是对流亡境遇的切身体验和文化政治学意义上的反思。

　　萨义德是对20世纪人类的流亡主题有着深入思索的理论家。他理解流亡的向度之一，即把流亡描述为一种"隐喻的情境"②。或者说，作为隐喻的流亡可能会伴随批评者与写作者的一生，即使从未走出家园一步，也可能获得流亡体验和生命情境。"在萨义德教授的论述中，'流亡'从历史的黑洞中被还原为一种切肤的体验，它因此也就走出了狭窄的领域，面向我们每一个人。"③流亡体验因此具有了某种本体性、抽象性、隐喻性和普遍性，是每个人都可能直面的终极性情境。也正是在这个意义上，萨义德认为流亡"既是个真实的情境"，更是个"隐喻的情境"。④隐喻着生命形态的游动不定、格格不入，进而归属难寻、无家可归。

　　据此，萨义德提出了一个"地位置换"的概念，用来形容二战期间流亡在伊斯坦布尔的德国语文学家奥尔巴赫的流亡处境："一个像奥尔巴赫那样住在伊斯坦布尔的人，在地位置换时期会觉得自己格格不入，是被放

---

　　①〔美〕爱德华·W.萨义德：《世界·文本·批评家》（序言），李自修译，生活·读书·新知三联书店2009年版，第3页。

　　②〔美〕爱德华·W.萨义德：《知识分子论》，单德兴译，生活·读书·新知三联书店2002年版，第48页。

　　③宋明炜：《"流亡的沉思"：纪念萨义德教授》，《上海文学》2003年第12期。

　　④〔美〕爱德华·W.萨义德：《知识分子论》，单德兴译，生活·读书·新知三联书店2002年版，第48页。

逐了的，被疏离了的。"① 或许萨义德的"地位置换"概念转换成"地理置换"，也同样吻合于流亡者惯常体验的生命情境、社会境遇和历史处境。因此，"置换"是在双重层面发生的：一是空间地理维度的移动；二是随之而来的位置或者地位的转变。黄子平由此创造性地提出了"地理中间物"的概念，在本土研究者侧重强调鲁迅的"历史中间物"的身份位置的时候，把鲁迅也带入"游动"和"越界"的阐释视野中，彰显"鲁迅言说位置的'中间物'状态"：

> 单是集子的书名，也能突显鲁迅言说位置的"中间物"状态。"南腔北调"标示了国（族）语时代流离者方言乡音的驳杂不纯，"二心集"涉及的是萨义德所谓"多重忠诚"的问题……②

而正由于对这种言说位置的"中间物"状态的自觉，使得鲁迅"'代表'或'再现'的问题就显得非常审慎"。言说位置也决定了言说立场、言说姿态与言说方式。因此，对发声位置的自觉是一个批评者言说的前提。既是对自己言说的自觉，也借此观照他人的言说。譬如，在讨论西西与何福仁的《时间的话题：对话集》时，黄子平关注的是话题中"对话者身处的历史时空的渗入"，以及对话者"在社会文化脉络中的种种'发声位置'，然后是它们的种种'发声方式'"。③ 而一旦引入对"发声位置"和"发声方式"的观察，就不仅仅是审视和解读言说的具体内容。换句话说，关注的是在哪里说，代表哪些人在说及怎么说，而不仅仅是说了什么，话题空间就遽然复杂起来，进而要求批评者必须格外审慎。

这种审慎态度也同样是黄子平抱持的。笔者几乎从未在黄子平的写作中看到，作为书写和言说的主体在"代表"什么，或者"再现"什么，而

---

① 〔美〕爱德华·W. 萨义德：《世界·文本·批评家》，李自修译，生活·读书·新知三联书店 2009 年版，第 13 页。

② 黄子平：《鲁迅·萨义德·批评的位置与方法》，《杭州师范学院学报》（社会科学版）2005 年第 1 期。

③ 黄子平：《边缘阅读》，辽宁教育出版社 2000 年版，第 188 页。

更倾向于成为"多重参照的视觉"下的解读者和阐释者，在深味"刺痛人心的记忆之历史"[①]的同时，继而体验"地理中间物"的历史性，并在晚近的批评实践中，把鲁迅一代知识分子的"历史中间物"意识中蕴含的"时间的历史性"，挪移为"空间的共时性"。这就是黄子平与萨义德描述的流亡和越界的情境在"地理中间物"意义上的共振。流亡者通常在乌托邦和福柯意义上的"异托邦"之间循环往复，同时力求规避或对抗"恶托邦"。时间和历史已经形塑了一个人，但空间则意味着具有逃逸和越界的可能，在地理空间中的"游动"，提供了流亡者的基本生命形态，进而也孕育着一种批判与抵抗的力量。

二、"边缘"的策略

"批判"与"抵抗"也构成了萨义德所诠释的"流亡"与"越界"情境中的基本向度。宋明炜在《"流亡的沉思"：纪念萨义德教授》一文中，集中阐释了流亡中的"抵抗"含义：

> 萨义德所说的流亡，在抽象意义上，意味着永远失去对于"权威"和"理念"的信仰；流亡者不再能安然自信地亲近任何有形或无形的精神慰藉。以此，"流亡"中的知识分子形成能够抗拒任何"归属"的批判力量，不断瓦解外部世界和知识生活中的种种所谓"恒常"与"本质"。在流亡视野里，组成自我和世界的元素从话语的符咒中获得解放，仿佛古代先知在迁转流徙于荒漠途中看出神示的奇迹，当代的思想流亡者在剥落了"本质主义"话语符咒的历史中探索事物的真相。[②]

[①] 此处借用了黄子平在《边缘阅读》中的说法："历史是什么？历史即至今仍然刺痛人心的记忆。"（参见黄子平：《边缘阅读》，辽宁教育出版社2000年版，第197页）。

[②] 宋明炜：《"流亡的沉思"：纪念萨义德教授》，《上海文学》2003年第12期。

"流亡"生成的是一种抵抗,在抗拒归属的过程中瓦解形形色色的本质主义话语,同时也意味着精神的流放,进而体味彻底弃绝的悲壮感。恰如鲁迅那样拒斥一切精神慰藉和温情主义,才能获得格格不入的视角和抵抗的姿态,获得"抗拒任何'归属'的批判力量",获得一种观察历史和现实经验的超越眼光。

"流亡"由此成为在不断的越界途中一次次自我疏离和自我放逐的精神之旅,正如萨义德谈到奥尔巴赫在流亡情境中写出的那本惊世的《摹仿论》时所说:

> 该书之所以能够存在,是由于在东方的、非西方的放逐和无家可归的缘故。果然如此的话,《摹仿论》本身就不是人们频频以为的那样,只是大规模地重新肯定西方文化传统,也是一部建立在对于这种传统的重大疏离之上的著作,与其说是一部其存在的条件和境况并非直接源自——它以这么不同寻常的洞见和才华所描述的——那种文化的著作,毋宁说是一部基于同这种文化隔着痛苦距离之上的著作。[1]

流亡情境使流亡者体验到身份置换和空间置换带来的多重疏离感。对奥尔巴赫来说,其疏离也是一种与自身的传统和文化的间离,借此反而获得别样的观照视角。在《害怕写作》"代序"里引述了一段萨义德的《乡关何处》中的文字之后,黄子平写道:

> 离去、抵达、流亡、怀旧、思乡、归属及旅行本身之中出现的地理是萨义德这本回忆录的核心。害怕,害怕空间的位移,同时又视此为成就自我生命的绝对必要条件——"流亡与错置未尝没有裨益,其中很重要的一点便是这种疏离造成批判的距离,提供观看事物的另类视点:同时具备过去与现在、他方与此地的双

---

[1] 〔美〕爱德华·W. 萨义德:《世界·文本·批评家》(绪论),李自修译,生活·读书·新知三联书店 2009 年版,第 12 页。

重视角（double perspective）"。正是这段话令我怦然心动。[①]

令黄子平怦然心动的，是疏离感本身所蕴含的批判性的距离，同时也意味着观看事物的另类视点和双重视角，最终成为一种批评方法论，启示着黄子平的"对位阅读法"的生成。

流亡情境的另一重表征是身份位置和言说位置的"边缘化"。正如萨义德所说："对于受到迁就适应、唯唯诺诺、安然定居的奖赏所诱惑甚至围困、压制的知识分子而言，流亡是一种模式。即使不是真正的移民或放逐，仍可能具有移民或放逐者的思维方式，面对阻碍却依然去想象、探索，总是能离开中央集权的权威，走向边缘——在边缘你可以看到一些事物，而这些是足迹从未越过传统与舒适范围的心灵通常所失去的。"[②] 当绝大多数"从未越过传统与舒适范围的心灵"，自居为中心的充满优越感的学人"失去"了这种观察事物的边缘眼光的时候，真正的写作者却通过把流亡作为一种模式而获得"边缘"的位置。而萨义德对每个人都构成启示的是："即使不是真正的移民或放逐，仍可能具有移民或放逐者的思维方式"。这种思维方式即由一种对己身的边缘位置的自觉所塑造成型的。

在萨义德那里，"边缘"的位置还意味着一种心灵或者心智的解放：

> 对于知识分子来说，流离失所意味着从寻常生涯中解放出来；在寻常职业生涯中，"干得不错"（doing well）和跟随传统的步伐是主要的里程碑。流亡意味着将永远成为边缘人，而身为知识分子的所作所为必须是自创的，因为不能跟随别人规定的路线。如果在体验那个命运时，能不把它当成一种损失或要哀叹的事物，而是当成一种自由，一种依自己模式来做事的发现过程，随着吸引你注意的各种兴趣、随着自己决定的特定目标所指引，那就成

---

① 黄子平：《害怕写作》，江苏教育出版社 2006 年版，第 4 页。

② 〔美〕爱德华·W.萨义德：《知识分子论》，单德兴译，生活·读书·新知三联书店 2002 年版，第 57 页。

为独一无二的乐趣。①

　　作为"永远的边缘人"的流亡知识分子，在体验流亡情境的同时，所获得的是解放感、创造性和自由度，从中体会"独一无二的乐趣"。以此观察黄子平的批评实践，读者从中感受到的也正是一种"自创"的精神，一种"依自己模式来做事"的自由境界。而这种自由和愉悦，在大多数批评家这里可能是无从体会的，因为他们从未真正抵达边缘并甘于边缘，而总被自居中心的幻觉蒙蔽或欺瞒，进而循规蹈矩，自束手脚。

　　而在黄子平这里，"边缘"还同时意味着一种阅读、写作的方法和策略。黄子平在《边缘阅读》"后记"中说："如果'边缘'不是与中心僵硬对立的固定位置，如果'边缘'只是表明一种移动的阅读策略，一种读缝隙、读字里行间的阅读习惯，一种文本与意义的游击运动，我还是不揣冒昧，用收在这里的文字，表达'虽不能至，心向往之'的意愿。"②

　　而真正的边缘姿态在催生了移动的阅读策略的同时，也以游动和越界的行为破除了中心与边缘的二元对立，或者从边缘瞩望和瓦解中心，或者干脆使边缘和中心彼此相对化，在两者间自由地游走和穿越。洪子诚先生曾经对黄子平这种作为立场、位置、姿态的"边缘"，以及作为阅读的具体方法论的"边缘"，进行过更深入的阐发：

　　　　（黄子平）不将"边缘"当作一种标榜、姿态，当作与"中心"对立的固定位置，甚至不将它设定为一种社会位置和政治、文化立场。他只是愿意"低调"地理解为一种时刻移动的阅读、写作"策略"。从阅读、写作的范围内，"边缘"在他那里，就是抵抗一般化、规格化的阐释和表述；就是逃离包围着我们，有时且密不透风的陈词滥调；就是必要时冒犯、拆解政治、社会生活的"标准语"和支撑它的思维方式；就是"读缝隙"，"读字

---

　　① 〔美〕爱德华·W. 萨义德：《知识分子论》，单德兴译，生活·读书·新知三联书店2002年版，第56页。

　　② 黄子平：《边缘阅读》（后记），辽宁教育出版社2000年版，第282页。

里行间"；就是寻找某种"症候"性的语词、隐喻、叙述方式，开启有可能到达文本的"魂"的通道；就是在看起来平整、光滑的表层发现裂缝，发现"焊接"痕迹，发现有意无意遮蔽的矛盾。当然，也就是发现被遗漏、省略的"空白"。[1]

洪子诚先生连用七个"就是"，把黄子平的边缘位置具体阐释为一种阅读和写作策略、一种阐释和表达的手段、一种批评和解读技艺、一种创造性的思维方式、一种症候性的方法论，堪称是最有会心的理想读者。

三、"对位阅读法"

陆建德在《世界·文本·批评家》"序"中这样评价萨义德：

> 他的文字处处透出一种执拗的"对于困难事情的迷恋"（叶芝诗句），阅读起来心智犹如踏上远足：翻山越岭，远眺近观，终点遥不可期，但是一路上批评意识得到磨砺，于是乐就在其中了。

读黄子平的批评文字，也给我这种感觉，或许同样"处处透出一种执拗的'对于困难事情的迷恋'"。洪子诚先生称黄子平的写作有一种"慎重和矜持"，并由此转化为"'文体'态度。在他那里，'文体'与'人生'之间本难区分"[2]，传达的是类似的感受。这种"慎重和矜持"，或许与黄子平处理的多是"困难事情"有关。而"慎重和矜持"，或许不是刻意而为的姿态，更像是一个批评家的本分。因为萨义德及黄子平这样的批评家，不屑于言说众所周知的事情，而更倾向于直面人生、社会、历史的诸般困境，试图发掘文本内在的秘密，进而穿越文本，洞察文化传统的秘密、权力运作的秘密。由此，批评实践必然被视为一种困难的志业。或许黄子

---

[1] 洪子诚：《我的阅读史》（第二版），北京大学出版社 2011 年版，第 110 页。
[2] 洪子诚：《我的阅读史》（第二版），北京大学出版社 2011 年版，第 115 页。

平的"害怕写作",也正是因为对自己的写作和批评实践怀有更高的期许,尤其是在批评实践中力图挖掘文本的深层话语结构,以及形式深处所包含的历史无意识与政治无意识,洞察形式中的意识形态,揭示文学与权力之间的纠结关系。何况写作本身也难以去除与权力的缠杂,正如《害怕写作》"代序"中所说:"深刻的反思使我看到写作与权力的纠缠远为复杂(当然,阅读福柯也是重要的思想历程)。"①

这就得益于黄子平对福柯与萨义德理论的对位式阅读。萨义德在《世界·文本·批评家》中说:"福柯最引人入胜和最有争议的历史和哲学命题,就在于话语以及文本变成了无形的,就在于话语开始进行了掩饰,从而仅只表现为书写和文本,就在于话语不是在时间的某一点上,而是一般说来作为文化史的一个事件,个别说来作为知识的一个事件,隐藏了它的形成以及它与权力之隶属关系的系统法则。"② 黄子平也借此洞见"话语"及由话语构成的"文本"本身所具有的意识形态的掩饰功能,从而隐藏的是与权力之间的隶属关系。因此,对话语和文本的分析,就是要洞察这种内在的"权力之隶属关系"。萨义德在《东方学》《文化与帝国主义》等专著中也是力图穿透西方形形色色的经典文学文本或者历史文本,捕捉与揭示内在的权力关系。而在黄子平以鲁迅与萨义德的批评实践为例,"双焦点"地讨论知识分子的批评位置的时候,卓有成效地揭示了鲁迅批评之所以有强大的力量,正在于洞见的是"话语"作为"权力运作之掩饰"的内在奥秘:"鲁迅指出官方文本中的编码秘密,指出能指与所指的'不同一性',而隐瞒这种'不同一性'正是权力运作的奥妙之所在。"③

鲁迅的批评实践最有功力的地方,就在于揭示"麒麟皮下的马脚",揭示意识形态话语内在的悖谬,揭示表面文章和深层意图的背反,揭示话语"能指"与"所指"的不同一性。在《鲁迅·萨义德·批评的位置与方法》

---

① 黄子平:《害怕写作》(代序),江苏教育出版社 2006 年版,第 7 页。

② 〔美〕爱德华·W. 萨义德:《世界·文本·批评家》,李自修译,生活·读书·新知三联书店 2009 年版,第 384 页。

③ 黄子平:《鲁迅·萨义德·批评的位置与方法》,《杭州师范学院学报》(社会科学版)2005 年第 1 期。

一文中，黄子平把鲁迅阐发的"推背图"法作为最有本土功效和方法论特色的"对位阅读法"，尤其是适用于"阅读权势者叙事的方法"，而且认为这种"推背图"法要比"正面文章反看法"复杂得多：

> 为什么呢？因为"我们日日所见的文章，却不能这么简单。有明说要做，其实不做的；有明说不做，其实要做的；有明说做这样，其实做那样的；有其实自己要这么做，倒说别人要这么做的；有一声不响，而其实倒做了的。然而也有说这样，竟这样的。难就在这地方"。"说"与"做"，"明"与"暗"，"自己"与"别人"，"这样"与"那样"，排列组合，变幻莫测。这是做文章之难，也是读文章之难。①

黄子平借助鲁迅的洞察，揭示的是具有本土特色的"做文章之难"及"读文章之难"，套用萨义德的说法，这就是"文本的困境和悖论"②的具体表征。如果说对于萨义德而言，揭示文本的困境和悖论，或许不乏在挑战"困难事情"的过程中体验到智力的乐趣和快感（类似于罗兰·巴特所谓的"愉悦"和"绝爽"），而对本土的鲁迅来说，则更是冒着性命风险的抵抗的政治实践。

这也凸显了"对位阅读法"的有效性，对萨义德这样把流亡与越界体认为自己的批评位置的批评家来说更其如此。正如黄子平所引用的萨义德的《寒冬心灵》中的著名论述："大多数人主要知道一个文化、一个环境、一个家。流亡者至少知道两个。这个多重视野产生一种觉知：觉知同时并存的面向，而这种觉知——借用音乐的术语来说——是对位的（contrapuntal）。……流亡是过着习以为常的秩序之外的生活。它是游牧的、去中心的、对位的；但当一习惯了这种生活，它撼动的力量就再度爆

---

① 黄子平：《鲁迅·萨义德·批评的位置与方法》，《杭州师范学院学报》（社会科学版）2005 年第 1 期。

② 〔美〕爱德华·W. 萨义德：《世界·文本·批评家》，李自修译，生活·读书·新知三联书店 2009 年版，第 7 页。

发出来。"①而当黄子平以"对位阅读法"概括鲁迅与萨义德的"阅读"实践的时候，在我看来，也是在为自己的阅读方法论定位。尤其是黄子平自20世纪90年代迄今的批评，同样给人一种"多重视野"互为映衬、彼此参照所产生的"一种觉知"，涵容着游牧的、对位的，尤其是"去中心的"诸种特征。祖国记忆、北美经历、香港体验、台湾游历……都在游动与越界的同时，催生着批评者的"地理中间物"意识与"对位阅读法"，加上每个生命阶段所累积的阅读经验，尤其是对西方理论视野整体性的谙熟，使黄子平的批评实践生成了一种"撼动的力量"。这种力量也许并非如萨义德所说，是爆发式的火山气态喷发，更如流涌的液态岩浆，或者恰似鲁迅所谓的运行在地下的暗火。

这就是黄子平的文字的魅力，其是以内化为生命情境的"地理中间物"意识，以及"多重参照的视觉"下生成的审慎的"对位阅读法"为背景的。表达和言说方式的"慎重和矜持"，或许更可以看作是批评者伦理固有的要求，背后是批评主体变动不居的"地理中间物"意识的醒觉，也是对主体的非稳定性的体认。作为一个把写作当成宿命的批评主体，必然对写作抱有敬畏之心。因为"写作者无不身处主体被撕裂的状态之中，你使用了一种被时代诅咒的媒介来表达时代的启蒙要求。而'说话人和听话人的灵魂'也无可挽回地迷失了。除了发出嗫嚅的絮聒之文，到何处去寻觅文之愉悦和文之绝爽？"②只有体认到主体处于被撕裂的状态，才真正有可能使批评者破除"主体整一性"的幻觉，接纳主体游动、越界的非稳定性。这反而有助于揭示现代写作主体身处的本真情境，从而直面写作与批评的限度，有效地开拓批评的可能性空间。

四、批评修辞术

批评者应该如何因应"困难事情"，如何直面"文本的困境和悖论"，

---

① 黄子平：《鲁迅·萨义德·批评的位置与方法》，《杭州师范学院学报》（社会科学版）2005年第1期。

② 黄子平：《文本及其不满》（前言），译林出版社2019年版，第4页。

萨义德提供了可资借鉴的经验。他把"对于困难事情的迷恋"最终有效地转化为一种文本的批评修辞术。

在萨义德看来，"文本是由占统治地位的文化，以牺牲它的种种构成成分的某些人类因素为代价，体制化了的力量体系"[①]。其中渗透了历史无意识之恶及压制性的权力。正如萨义德援引福柯的话所做的进一步阐发："文本含纳了话语，但含纳过程有时却相当粗暴。""从表面上看，言语很可能无足轻重，然而，围绕着它的禁止事项，很快就会揭示出它同欲望和权力的联系……言语绝不只是将冲突和统治体系言语化（verbalization）……人类斗争的目标也正在于此。"[②] 正因如此，当代批评者也要兼具战略家和战术家的质素，才能在宏观战略和具体战役中均立于不败之地。在可以与《鲁迅·萨义德·批评的位置与方法》相提并论的另一篇纲领性批评文字《与"他人"共舞》中，黄子平强调"逃遁式"的或"游击型"的开拓话语空间的另类方式，借此观察"话语网络中无数的点与点之间对抗、协调、冲突、妥协、纵横捭阖形成的复杂战略情势"[③]。这种复杂的战略情势，在黄子平的著作《革命·历史·小说》第六章"小说与新闻：'真实'向话语的转换"中，有着精彩的论及：

　　更深刻的权力运作是同一种意识形态语言对论辩诸方的控制，甚至，这种控制并不能完全从消极方面去理解，正是它才使得"真实"成形、呈现并转换为可以交换的话语。如此种种都是"压抑机制"说所看不到的。"压抑机制"说将权力视为从一个"只会说'不'"的中心点向四面施加煌煌炎威，而不是汇自四面八方的极为复杂互相冲突的战略情势。它看不到对抗权力的那些阻力点也是权力战略的组成部分，看不到它们在同知识—文化范型

①〔美〕爱德华·W. 萨义德：《世界·文本·批评家》，李自修译，生活·读书·新知三联书店2009年版，第86页。

②〔美〕爱德华·W. 萨义德：《世界·文本·批评家》，李自修译，生活·读书·新知三联书店2009年版，第76—77页。

③黄子平：《边缘阅读》，辽宁教育出版社2000年版，第266—267页。

的统摄下使用或同或异的语言，看不到权力即由此种语言所产生。看到这些，身处每一局部网络的具体个人，还会将"压抑"全部推给那个独一无二的中心点，活的一身轻松么（尽管仍一面嚷嚷着沉重的压抑）？看到这些，我们还会天真地相信，一旦祛除压抑，大声说出（用何种语言？）"真实"的新时代就会降临么？[①]

权力、中心、真实、话语、压抑、意识形态、知识—文化范型……组成当代盘根错节的话语网络，也必然要求批评者在这种纵横阡陌中采取移动与越界的主体姿态。"游动"与"越界"的批评位置由此进一步表现为主动出击的游击战术，同时又要在话语网络中生成总体性的观察视野，如此才能洞悉"复杂的战略情势"。

这无疑是对"困难事情"的真正直面。一方面要求曾经越界到全球理论前沿——北美大陆——的黄子平大批量斩获批判的理论武器，另一方面也需要把各路理论资源转化为具体的批评方法论。黄子平吸纳的理论前所未有的驳杂，也意味着各路理论都在为他所用。不过黄子平更青睐的，或者说与他的批评理念更投契的，或许是萨义德、阿甘本，尤其是福柯和罗兰·巴特。而黄子平的强大的消化能力则表现在，所有的理论武器都在自己的兵工厂里重新锻造、加工和组合，最终铸成用起来得心应手的批评修辞术。同时，黄子平的修辞术又创造性地把福柯的"知识的考掘"、萨义德的"对位阅读法"与鲁迅的"学匪派考古学"融为一体，从而使自己的批评更有效地因应本土的现实和历史。

在黄子平的批评图谱中，鲁迅的结构性意义在于：只有引入鲁迅，知识考古学和对位阅读法才可能真正在本土生效，也才有可能化解本土化的"做文章之难"及"读文章之难"。或许这种有本土特色的"文章之难"要求诉诸更有难度的阅读法。于是就需要借助鲁迅的"推背图"法及"学匪派考古学"，去建构一种鲁迅式的洞若观火的批评修辞术，借此真正洞穿国人所擅长的"假面"与"演戏"，透视形形色色的"无物之阵"，揭示表与里、内与外、言与意、说与做……之间的非同一性。只有通过鲁迅

① 黄子平：《革命·历史·小说》，牛津大学出版社1996年版，第102页。

式的批评修辞术的批判，才能真正揭示文本中所内含的权力的压抑机制，以及历史的和政治的无意识，揭示文本与话语表层下面的深层结构、内在结构及关键结构。修辞术的重要性在于为文本和形式实践找到了真正的批评方法，如庖丁解牛，快刀斩乱麻。只有这样，才能痛快淋漓地剖析政治的深层肌理，使历史的丑陋真相得以显露，让隐微的权力关系无所遁形。而真正的权力关系和历史深处的压抑机制，是被隐藏和掩饰在文本话语深处的，批评者担负的是如鲁迅所做的"揭开麒麟皮，露出马脚"的工作，即所谓的穿越幻觉，直抵真相。而最难以超越的幻觉，或许是被形式和修辞掩盖的幻觉，因此批评者就需要锻造一种文本修辞术，借此形成一种形式的洞察力。

在这个意义上，黄子平所双重聚焦的萨义德和鲁迅，堪称是运用批评修辞术的大家，他们的批评文体本身呈现的修辞风格就构成了一种批判的武器。正如陆建德所说，萨义德"把马克思的写作风格认定为一种强有力的修辞武器，这和他崇尚机警、有力又带着不敬的嘲讽的风格是一致的"[①]。这与萨义德本人对流亡知识分子的修辞姿态的体认不谋而合，萨义德认为："流亡的知识分子必然是反讽的、怀疑的，甚至不大正经——但却非犬儒的（cynical）。"与此相类，读者从黄子平的批评文体中，也会轻而易举地辨识出反讽与机智的风格，一种不无狡黠的智慧，既有深刻的悲观，又给读者以"温婉的希望"。如洪子诚先生所说："在黄子平看来，'大声疾呼显得滑稽；智性而温婉的话语，才有可能具备持久的内在力量'。这也就可以看作是他对自己人生和文体形态的特征的概括。"[②]但恰是这种"智性而温婉的话语"，在黄子平这里却最具有杀伤力。这种杀伤性来自一种强大的内敛的功力，来自思想穿透力和形式洞察力，也来自反讽的修辞与怀疑的智慧。

反讽的修辞与怀疑的智慧既可以印证于萨义德对游动与越界的流亡情境的体验，更可以在鲁迅的"推背图"法中得以体现。这种同时聚焦萨

①〔美〕爱德华·W.萨义德：《世界·文本·批评家》，李自修译，生活·读书·新知三联书店 2009 年版，第 9 页。

②洪子诚：《我的阅读史》，北京大学出版社 2011 年版，第 116 页。

义德和鲁迅的"双焦点"透视，也体现在黄子平下面这段话中：

> 当"正人君子"们占据了"公理""正义"等"好看的名目"，鲁迅却认为必须揭示"麒麟皮下的马脚"。这令人联想到鲁迅早年心仪的尼采，以及萨义德引用尼采的这段总结性话语："什么是真理？真理是一支游动的军队，是一大群隐喻、转喻和拟人化方式；是经过诗化、修辞加工后被换位、被修饰得十分凝练的人类关系总和；这些关系在经过长时间的使用后对于某一个民族而言意味着不变、经典，且具有约束力。真理就是幻象，只不过我们忘了这一事实而已。真理是隐喻，但它们已经陈旧不堪，毫无感官力量，它们如同钱币失去了喻意而仅仅是金属。"

真理是"被修饰得十分凝练的人类关系总和"，"隐喻、转喻和拟人化方式"本身正是真理所借用的修辞。吊诡的是，假如批评者意图对被修饰了的陈旧不堪的真理重新抛光，同样需要借助修辞，诚可谓"以其人之道还治其人之身"。正如黄子平所进一步发挥的那样："真理是历史的产物，它借助社会、政治和语言机构而继续生存。知识分子的使命是对权势说真话，其中的一种方法是重新激活那些隐喻和转喻，使真理历史化，也就是说，使被污辱被损害的人的声音浮出地表。"[1] 如果说真理是修辞的产物，那么批评者也只有通过修辞的历练，同时经由修辞，才能洞穿真理的幻象，从而使真理真正历史化。

五、"文本之外无物"

黄子平的批评修辞术同时也是抵达复杂化文本的有效途径，甚至是唯一途径。在这个意义上，批评者也是文学者。黄子平必然要在批评实践中

---

[1] 黄子平：《鲁迅·萨义德·批评的位置与方法》，《杭州师范学院学报》（社会科学版）2005 年第 1 期。

经常面对文本性与文学性的问题，而他也的确对这两个文学理论界莫衷一是的关键性问题给出了自己的界说。①

在当代批评家这里，可能没有谁比黄子平更关注文本与形式问题。即使研究"鲁迅的文化研究"，精髓也许是对鲁迅文本形式的洞察："鲁迅的文化批判，极为关注文化观念的呈现形式。他讲到文章的时代风格，讲到照相的布景的非常有趣的细节，这些东西他都不会忽略，他会在细节里边发现秘密，这是我们做文学研究、文化研究的人最应该掌握的基本方法。你如果没有把握住这种形式和表达里面的细节，你这篇文章其实是没有做好。"② 对文本的解剖和对形式的追踪，在黄子平这里可以看成是批评实践的核心内容，持续追踪文本和形式的秘密也是黄子平批评实践的一大乐趣：

> 我自己对"文本解读"的理解是从罗兰·巴特那里学来的，是把社会、历史等对象不再看成我们有待努力去认识的现实、存在或实体，而是跟文学作品一样也是我们破译或诠释的众多"文本"。社会、历史、现实作为"文本"，它们的语法、语义和语篇的"组织生成"，跟文学文本一视同仁地成为破译的对象。这就不存在"走出"的问题了，只有文本与文本之间的关系了，"文

---

① 譬如黄子平在题为《文学批评和文学史》的访谈中对"文学"与"文学性"的精彩界定："在文学史的各个阶段，'文学性'（正如'纯文学''纯诗'）总是多元的政治角力的场域。在我自己，是不把文学视为无信仰时代的信仰，也不把文学看作是保存工具理性时代的感性、生命体验的逃逸薮。但我特别喜欢'作为方法的文学'，即面对任何文本，要是放弃了对它的语言、修辞、意象和虚构的感受和分析，就感到非常可惜。你会说文本层面的技巧分析，背后的感性和生命体验就不管了么？表面即深度。读出任何文本的语言、修辞、意象和虚构（以及视点、韵律、节奏等等），就是把它读成了某种'文学'，乐趣于焉而生。方法生成文学，生成之后'有用'与否，就是另一回事了。'作为方法的文学'，是文学对人文传统的最大贡献。"

② 黄子平：《鲁迅的文化研究》，载《现代中国》（第十辑），北京大学出版社2008 年版。

本之外无物"了。①

这段话中最醒目的一句或许是"文本之外无物",这种德里达式的言说或许印证了黄子平早期批评中一句充满智慧的表述:"深刻的片面。"其深刻之处当然在于只有视"文本之外无物",才能把大部分人类的实践文本化,批评者才能专注于对文本秘密的破译行为本身,也才能凸显修辞术的巨大力量。

在这个意义上,黄子平最倾心的理论家无疑是罗兰·巴特。罗兰·巴特曾经试图区分作品与文本:"作品是一个物质性的片段,占据着书本的部分空间(比如在一个图书馆里),而文本却是一个方法论的领域。""作品可以(在书店、书目、考试大纲里)被看到,而文本却是一个演示的过程,是按照(或违反)一定规则进行言说;作品可以被拿在手里,而文本则维系在语言之中,它只存在于言说活动中(更准确地说,唯其如此文本才成其为文本)。文本不是作品的分解,而作品是文本想象性的附庸;或再强调一次,文本只在生产活动中被体验到。可以得出的一个结论是,文本决不会停留(比如停留在图书馆的书架上);文本的构建活动就是'穿越'(尤其是穿越某个作品、几个作品)。"

这种文本的以"穿越"为特征的构建活动,类似于萨义德所定义的流亡者的越界实践。而罗兰·巴特所谓的"文本只在生产活动中被体验到",也同样类似于萨义德在《世界·文本·批评家》中对文本的界定:"文本,不是一个沉默理想(ideality)的事实,而是一个生产(production)的事实。"② 在另一本专著《开端:意图与方法》中,萨义德进一步声言:"文本必须一直被生产出来,连续不断。"③

这种生产性的特质,使文本在黄子平这里也成为一个开放的范畴,由

---

① 黄子平:《文本及其不满》,译林出版社 2019 年版,第 278 页。

② 〔美〕爱德华·W. 萨义德:《世界·文本·批评家》,李自修译,生活·读书·新知三联书店 2009 年版,第 81 页。

③ 〔美〕爱德华·W. 萨义德:《开端:意图与方法》,章乐天译,生活·读书·新知三联书店 2014 年版,第 303 页。

此从文本的形式诗学迈向一种开放的政治诗学。文本的形式之中已经渗透了权力和政治的维度，或者可以说，伊格尔顿的"形式意识形态"或"审美意识形态"理论，也成为我们准确理解黄子平的文本与形式观念的一个入口。

"文本之外无物"的说法堪称是罗兰·巴特意义上的一种"绝爽"的表达，一种过度修辞。批评的愉悦由此更是文本的愉悦、阐释的愉悦、破解密码的愉悦。而更深刻的愉悦还体现在批评者对文本与权力关系的揭示，以及对文本与历史的互动结构及秘密结盟关系的洞察，其间对文本形式本身所内在化了的审美意识形态及权力意志的发掘，更使愉悦升华为绝爽。

"文本之外无物"作为"深刻的片面"之片面性，则或许表现在对文本的历史性的忽略。当然黄子平激赏"文本之外无物"的时候，不会简单到无视文本的历史维度；而当笔者中庸而平庸地为"文本"范畴补足历史性视野的时候，或许就失去了黄子平的决绝，虽然历史性必然蕴含在文本性之中。譬如，萨义德的"地理中间物"视域被挪用到文本破译行为之中，在此之后，批评者主体的越界就既包括穿越文本形式的内外边界，也包括穿越结构与历史的边界，由此生成一种历史中的实践，"地理中间物"也就不可避免地被叠加上了"历史中间物"的影子，越界与游动本身就具有了历史性。

当黄子平揭示出"写作者无不身处主体被撕裂的状态之中"的时候，如何重建写作与批评主体就成为一个迫切的问题。"双焦点"的透视法在进行共时性的对比参证的同时，其实就已经允许了历史视野与未来远景的介入。就像马克思所说，"只能从未来汲取自己的诗情"，来慰藉现时态中分裂的主体。游动的历史性和政治性都与历史中的主体曾经撕裂的体验建立了关联性。

在《革命·历史·小说》的三段式命名中，"历史"具有居中的作用，作为中介平衡着"革命"和"小说"这两个维度，黄子平在该书的"前言"中说：

　　　　本书的主要部分即在于试图重新解读这批"革命历史小说"。

解读意味着不再把这些文本视为单纯信奉的"经典"，而是回到历史深处去揭示它们的生产机制和意义架构，去暴露现存文本中被遗忘、被遮掩、被涂饰的历史多元复杂性。如果历史不仅仅意味着已经消逝的"过去"，也意味着经由讲述而呈现眼前、仍然刺痛人心的"现在"，解读便具有释放我们对当前的关切、对未来的焦虑的功能。[①]

这段表述令人联想到帕斯捷尔纳克的一句诗："往事依然发狂，还装成不知内情。"而讲述行为既把往事带入当下，也缓解着对未来的焦虑，成为一种具有内在整一性的时间的绵延。因此，洪子诚在《"边缘"阅读和写作——"我的阅读史"之黄子平》一文中指出，黄子平所谓的"历史深处"，"不仅是实存的'历史'自身，也不仅指叙述历史的文本形态，而是它们之间的互动关系"。

黄子平比较看重阿甘本关于当代人的一个说法："当代人是紧紧地凝视自己时代的人，是感知时代的黑暗、感知时代的晦暗而不是光明的人。……所有那些经历过当代性的人，深知所有的时代都是晦暗的，都是黑暗的、暗淡的，所以当代人是那些知道如何观察这种暗淡的人。"[②] 当称"所有的时代都是晦暗的"之时，这种时代的晦暗就与历史（"所有的时代"）脱不了干系了。时代之恶，有时也是历史之恶。因此当黄子平说"批评的位置是由两方面划定的：一是现实经验的历史积累，二是个人身份的复杂构成"的时候，"个人身份的复杂构成"或许与"地理中间物"意识，以及身份的变换和游移的空间性有更直接的关联。而所谓的"现实经验的历史积累"，其实就是在言说批评位置的历史性或者说时间性向度。在黄子平晚近的写作和批评中，我们更多地看到了对现代史的回溯，鲁迅、沈从文、丁玲、张爱玲等作家的文本实践为黄子平提供了历史的纵深感，鲁迅更是作为方法而存在于黄子平的书写中，并直接渗透于文本修辞学和文化研究的内在肌理之中。文本的历史性，也就有助于黄子平的"文本诗

---

① 黄子平：《革命·历史·小说》（前言），牛津大学出版社1996年版，第2页。
② 黄子平：《文学批评和文学史》，《新文学评论》2017年第1期。

学"从历史诗学与新历史主义主张的文化诗学那里，进一步装备自己的武器吧。

　　本文试图从越界与游动的主体性范畴出发理解黄子平，或许也仅仅是隐喻性的策略，但即使作为一种隐喻，游动和越界也能突显黄子平的批评的内在特征。笔者称之为以破译文本秘密为中心的一种带有鲜明解构性的政治批评和文化批评，以及以政治批评和文化批评为底蕴的形式批评。本文试图总结黄子平创造性地提出的一些批评理念和方法论范畴，捕捉游动与越界的游击战术背后批评战略的隐约的整体性，进而归纳出独属于黄子平的兼容了理论和方法的文本修辞学。这种文本修辞学的力度、深度和广度，与黄子平先生自我体认的作为游动与越界的批评的位置之间，具有内在的甚或根本的关联性。

写作与批评主体的重建

2019年的深秋时节，我有幸参加了黄子平先生的新书《文本及其不满》的发布会，那场发布会的标题是"同时代人的文学与批评"，当时就感到黄子平老师阐述的"同时代人"的观点蕴含了非常丰富的话题空间。这次看关于此次座谈会的海报，仔细阅读了出自黄子平之手的内容简介，发现他关于"同时代人"的思想又有了新的拓展。

阿甘本关于"同时代人"的阐发，最令人欣赏的是黄子平引用的这句："同时代人深刻地感受时代的黑暗之光，像蘸着墨水一样蘸着时代晦暗写作。"关于"同时代人"的这个界定其实是很苛刻的，也意味着只有极少的一部分人才能称得上阿甘本意义上的"同时代人"。不能因为我与黄子平先生都生存在当下的历史时空中，我就有资格与他称为"同时代人"。因为真正的"同时代人"是要感受时代的黑暗之光，同时要蘸着时代的晦暗而写作的，而我们绝大多数的人更习惯于蘸着时代之光写作。而真正感受到时代的黑暗之光的人，或许才是真正能够揭示时代和历史的危机结构的人，也才能真正做到蘸着时代的晦暗而写作。在我心目中，这种蘸着时代的晦暗而写作的人，没有几个，而黄子平先生则是其中的佼佼者。

黄子平继续追问的是："如何携带我们各自的'古代'来进入当代？这关乎将过去、现在与未来相糅合的历史性装置，关乎记忆、期待和对当下的关注。"这意味着"同时代人"看似处理的是共时性的当下时间结构，但是同时蕴含了历史维度及未来远景，黄子平恰恰把历史及未来的时间向度带入了关于"同时代人"的思考中，也就发展了阿甘本的说法。我当初在阅读黄子平的《边缘阅读》这本书的，对里面的一句话印象非常深刻："历史是什么？历史即至今仍然刺痛人心的记忆。"黄子平在他的专著《革命·历史·小说》的"前言"中也表达了类似的说法："本书的主要部分即在于试图重新解读这批'革命历史小说'。解读意味着不再把这些文本视为单纯信奉的'经典',而是回到历史深处去揭示它们的生产机制和意义架构,去暴露现存文本中被遗忘、被遮掩、被涂饰的历史多元复杂性。如果历史不仅仅意味着已经消逝的'过去',也意味着经由讲述而呈现眼前、仍然刺痛人心的'现在',解读便具有释放我们对当前的关切、对未来的焦虑的功能。"这里触及的历史性装置,其实就蕴含着过去、现在与未来相糅合的三维时间坐标。正如洪子诚先生在《"边缘"阅读和写作——"我的阅读史"之黄子平》这篇文章中,关于"历史"的精彩判断:"'历史深处'不仅是实存的'历史'自身,也不仅指叙述历史的文本形态,而是它们之间的互动关系。"这也正是黄子平在这场座谈会的海报中所强调的:"这关乎人文学者的时间哲学。"

那么人文学者的时间哲学有什么特殊性?按照黄子平的理解,比起其他领域的学者,人文学者更需要面对如何携带自身的历史的问题,以及如何直面历史时间的问题,也就是更关乎将过去、现在与未来相糅合的历史性装置,这个装置对人文学者来说,更有一种及物性、及身性或反身性。所谓的"及身性",指的是人文学者所面对的历史,不是与当下及学者的生存境遇全然无关的客观对象,而是对当下的深刻介入,甚至是对个体生命及社会现实的深深刺痛。

接下来我更想参与讨论的,是这个历史性装置背后的所谓"同时代人"的主体性问题。除了历史性的时间维度,在黄子平对"同时代人"的阐释背后,也有一个主体性在其间移走的空间维度。

我曾经把黄子平与鲁迅相比较,如果说鲁迅是钱理群、汪晖等学者强调的"历史中间物",那么黄子平在关于"同时代人"的思考中也表现出一种"地理中间物"的特质,这个"地理中间物"是黄子平从"历史中间物"中衍生出来的一个有智慧的概念。我觉得如果黄子平写自传,那么他在梳理自己生命的时间坐标之外,当然还要梳理同样重要的空间坐标。这个坐标中一定有广东梅县(出生的地方)——海南(知青插队的地方)——燕园(求学和工作的地方)——北美(出国后旅居的地方)——香港(教授荣休的地方),其荣休之后又辗转于大陆(内地)、台湾、香港。这是非常丰富的越界体验，所以我们就可以理解，为什么黄子平在他的一篇文章中把批评的位置理解为"游动的、越界的"了：

> 而这位置当然是游动的，越界的，或者用萨义德回忆录的书名来说，是"无家可归"或"格格不入"（Out of Place）的。这就是知识分子真正的位置，不管你是不是具有离乡背井的现实经验。

从整体上来看，黄子平先生离开大陆之后的写作，笼罩着一种批评主体意义上的"地理中间物"意识，这个批评主体是游动的，越界的，是"无家可归"或"格格不入"的，这是一种对批评主体的非稳定性的体认。当然黄子平自己的表达更为精彩，如他在《文本及其不满》的"前言"中所说："写作者无不身处主体被撕裂的状态之中。"我认为这种对历史中的主体曾经撕裂性的体验的表达，在当今学界，可以说是尤其珍贵。

这就是黄子平对人文学者的某种主体姿态的反思。当他揭示出"写作者无不身处主体被撕裂的状态之中"的时候，如何重建写作与批评主体就成为一个迫切的问题。前边提到的几个关键词——"游动的""越界的""无家可归""格格不入"——都与历史中的主体曾经撕裂性的体验建立了关联。

我还想说说黄子平写于十几年前的一篇文章《早晨，北大！》，文中回顾了北大中文系文学专业七七级在 20 世纪 70 年代末编辑的一本校园文学刊物——《早晨》。作为"同时代人"，恐怕没有哪一届学子比七七级更辉煌了。不妨看看这本刊物的作者，也就是黄子平的同班同学：张鸣、夏晓虹、陈建功、黄蓓佳、查建英、郭小聪、梁左、岑献青、江锡铨……后来都成为文坛与学界的中坚力量。据黄子平回顾，《早晨》当时每期只印一百本，"印数如此少，您如今若是还有一册在手，那就是珍本了。多年以后我在美国国会图书馆查资料，纯粹好奇用电脑检索，竟然有一份完整《早晨》库藏，当场傻在那里没动"。可以想象身为《早晨》主编的黄子平，当时体验到的是一种载入史册般的自豪与荣耀感。

但我真正想说的是，读到这篇文章的结尾，却发现黄子平试图表达的是一种"挫败感"。他说作为七七级的大学生，"我们是同龄人中的幸运儿。无论之前有过多少磨难，似乎从接到录取通知的那天起，我们的名字就习惯了与成功之类的字眼连在一起。因此，我们常常是最缺乏自我反省的一群，常常忽略了挫败（尤其是历史性的失败）才是我们生命的组成部分，而且是那重要的部分。……多少年了，午夜梦回，如今时时袭来撞击久已沉寂的灵魂，岂不正是生命中那一次又一次的失败和挫败，那些未能实现的历史可能性，那些被错过的、擦肩而去的历史瞬间？"

我很为这种"挫败感"感到震撼。当然，我们不能认为黄子平的这种"挫败"就是个体生命的失败，我想起的倒是他的同班同学黄蓓佳当年创作的一部小说《这一瞬间如此辉煌》。我想，黄子平的这种"挫败感"或许应该理解为，经历过无数个辉煌的生命瞬间的一代人对历史可能性（或"不可能性"）的深刻领悟。

最后，我想用钱理群先生来印证一下。前几天去看望钱老师，钱老师为自己的一生开始总结，其中有一句自我评价是我以前没有听过的，钱老师形容自己的一生是"有意义的失败人生"。我一时间对"失败"的措辞有些困惑和不解。但是鉴于黄子平老师的相类似的体悟，我觉得我好像理解了自己的导师这一代人，也就似乎理解了他们对"同时代人"这一范畴的相似的体认。

乡土写真和另类心史

当初听闻漆永祥兄的回忆录风靡朋友圈，曾在片刻间闪过一个念头：这么早就开始追忆了？旋即想到中国现代史上作家学者们早早写回忆录已成一个传统。胡适写《四十自述》之时仅过"不惑"，而沈从文创作《从文自传》之际才刚"而立"。20世纪30年代初的"传记热"由此出现于中国现代文坛，1934年就被戏称为"传记年"。现代文学、现代学术史之所以给后人留下丰富的历史记忆遗产和传记文献资源，泰半原因在于现代作家和学者纷纷掇拾生命个体记忆，以及家族乃至族群的历史记忆，其中就蕴含着丰富的个体生命史、现代精神史乃至民族心灵史的意义与价值。

因此，阅读漆永祥兄的《五更盘道》，脑海里浮现的正是中国现代作家的乡土书写和记忆。把漆兄的这部回忆录置于现代中国人书写乡土记忆的延长线上，似乎能更好地寻求到历史定位，更能洞见本书的独异性，也有助于理解漆兄为故乡立传的冲动。就像沈从文从走出湘西的那天起，就深怀成为一个"地方风景的记录人"的愿望，并终以固执的"乡下人"姿态再现和创造了他人无法贡献的乡土景观。这才有了美国研究者金介甫的评价："不管将来发展成什么局面，湘西旧社会的面貌与声音，恐惧和希望，总算在沈从文的乡土文学作品中保存了下来。别的地区却很少有这种福气。"

如今，中国西北的一个偏僻的小山村也有了这种福气。从漆家山走出来的"文曲星"，以如椽巨笔为它保存了属于自己的"面貌与声音，恐惧和希望"，也为世人提供了一部弥足珍贵的乡土写真和另类心史。

读《五更盘道》，常常惊叹于作者记忆中明晰到纤毫毕现的乡土童年写实，也时时感怀于艰苦岁月在作者记忆深处留下的生命印迹。《五更盘道》至少包含两种基本面相：一方面可以纳入地方风物志、家族志、人物志的历史书写流脉之中，如《我的太爷老师》《我的火盆爷爷》《杀猪》《杀蜜》等篇；另一方面也可以看作是一个出身于中国社会底层的当代优秀学人究竟是如何炼成的自叙传，或是一部中国偏远农村的乡土教育简史，如《风雨载途的山路——我的紫石小学》《寒夜热炕与暴雪中的手——我的三驴班长》《"二进宫"与"渣子生"的传奇高中——我的漳县一中》等。当然，那篇《隐耀在旧文科楼里的母校恩泽——我的西北师大》也同样可以读成漆永祥版的"我的大学"，既展现了伴随着漆兄一起成长的20世纪80年代中国高等教育的西部风貌，也保存了我们这一代人大学生涯的真实记录。

《五更盘道》令人惊叹的正是个体生命记忆的真切与鲜活，回忆中的一切仿佛就发生在当下，历历在目。细节与情境刻画的逼真性，情感与心理描摹的具体性，每每使我拍案叫绝。通读全书，不禁为作者感到由衷的庆幸，庆幸的是漆兄正当壮年就写下了如此酣畅淋漓的回忆录，倘若到了耄耋之年，虽可能更有追忆的冲动，但记忆恐怕就难以如此明晰而具体了吧？

我还把这部回忆录当作生命个体的"成长小说"来读，捕捉到了一个在艰难困苦中挣扎打拼，却始终自尊自爱、自立自助的少年人的形象，其中很少看到一般的回忆录中所表现出来的临镜自恋的固有情结，这也使我联想到卢梭的《忏悔录》中的自嘲和自省精神。《五更盘道》所呈现的自我形象，印证并加深了这些年我对漆兄的了解，使我意识到漆兄身上的忠厚、蕴藉、坚忍而又不乏幽默感其来有自。这种把书中得到的印象与现实中的传主本人进行"对读"的阅读体验，也着实令人着迷。

不过漆兄书写回忆录的初衷可能是为自己的偏僻乡土立传，因此，我同时看重的还有书中乡土书写的史学价值。正像林耀华的《金翼》这类社会学著作，关于一个小乡村的田野研究却蕴含着民族性和人类学的典范意义。即使比附法国年鉴学派在诸如一个小山村、一座修道院等一隅空间所做的解剖麻雀式的史学研究，也毫不为过，同样可以从中生发出具有某种地域普遍性的长时段的历史含义。

当初读林耀华的《金翼》，让我印象深刻的是结尾书写的一个抗战年代的乡土细节：爷爷带着孙子在田里播种，头上有日本人的飞机呼啸而过。孙子看飞机，爷爷就教训他道："别仰头看天，把种子埋到土里去。"一个时代的内在历史意蕴可能就在这种意味深长的细节中"瞬间显现"，给人以惊鸿一瞥之感。读漆兄的回忆录也产生了类似的感受和体验。书中那些洪荒太初般的细节，既烙印着作者的个体生命轨迹，也积淀着乡土农人的集体无意识，具有丰富而生动的历史具体性。文学家和史学家都在寻求与此相类的历史细节。赵园先生曾经称："我痛感我们的历史叙述中细节的缺乏，物质生活细节，制度细节，当然更缺少对于细节的意义发现。"这种"细节的缺乏"的现状，愈发彰显出《五更盘道》中生命和乡土记忆的可贵。

作为漆永祥兄的同龄人，我从《五更盘道》中还看到了自己的影子。我们这一代学人，有相当一部分是从边陲小城或偏远农村走出来的，多多少少都可以在漆兄的回忆中获得情感的共振。从某种意义上说，《五更盘道》也映现着我们这一代人的另类心史。

前年由父母伴随，我回到了自己的出生地——一个与漆家山相仿的东北边陲的小乡村。自从 1978 年离开故乡之后，近四十年才重返童年时期成长的地方，本以为会心潮澎湃，如刘勇强兄在本书序中所言，但当时只是感到些微的怅惘。童年的老屋早在 20 世纪 80 年代初即已易主，据说前几年刚刚拆掉，翻盖了一个简易仓储大棚。周遭方圆数里都变了样，现实所见与无数次梦回的记忆中的场景完全对不上了，我仿佛来到了一个自己从未到过的地方。于是，"归乡"成了"失乡"，从此故乡就只存活在记忆里了。由此，我也更深切地理解了鲁迅在小说《故乡》中感叹的："阿！这不是我二十年来时时记得的故乡？"乡土的失落使 20 世纪的相当一部分中国文人失去了生命的出发地，同时也意味着失去了心灵的故园。诗人何其芳在 20 世纪 30 年代创作的一首题为《柏林》的诗中，也发出对昔日故乡乐土之失却的喟叹：

　　我昔自以为有一片乐土，

　　藏之记忆里最幽暗的角隅。
　　从此始感到成人的寂寞，
　　更喜欢梦中道路的迷离。

　　所谓"成人的寂寞"，即丧失了童年乐土的寂寞，从此，迷离的"梦中道路"替代了昔日的田园。而关于故土的记忆也正在漫漶中逐渐失去，终有一天将什么也不会留下。

　　在这个意义上，我特别看重漆兄在回忆录中所保存得如此完好的乡土记忆。那栩栩如生的故乡情景，似乎也对失却故乡的自己带来了莫大的安慰。

　　先期拜读了刘勇强兄为本书写的大序，感佩于勇强兄高屋建瓴而又体贴入微的解读。从"史统"衍生出的历史眼光，对文本肌理的揣摩及对漆兄叙述调子中所饱含的眷恋之情的洞察，使我顿生临渊之羡。而我的小序，虽欲退而结网，但最终只编织了一些零星感想，既是为了纪念在异国他乡"567"的缘分，也借此表达对六兄、七兄的敬意。这几年在专业研究以外，有两大赏心乐事，一是读七兄的回忆录，二是读六兄的新人文小品小说。在文人的书写越来越丧失个性和风采的当下，两位仁兄在学术著作之外的另一副笔墨就显得难能可贵，尤其是在文体领域各臻别致而独异的佳境，贡献了他人无以替代的创格之作。

堪用一生回味的文学瞬间

作为与文尖兄相识多年的老友，我对他的这本书已经期待很久了。

这一年来，倪文尖网络热度很高，被友人罗岗一半戏谑一半认真地封了个"倪大红"的雅号。文尖则幽默地称自己是把论文写在了网络上，找到了写作发表的另一种形态。而本书也适时问世，与"圈粉"无数的视频课互相背书，都是他践行文学研究理念和实现文学教育理想的最好方式，甚至可以说，这本《倪文尖语文课》所凝聚的几十年的默默耕耘，一朝化为网络上的华美乐章。而读者若想弄清楚"大红"老师何以独步网络，进而深入了解他关于文学阅读和语文教育的理念和方法，不妨与我一同翻开这本书。

一

倪文尖是少有的在文学研究和语文教育这两个领域都下过真功夫的学者，而且还是一个少有的理想主义者，而这本《倪文尖语文课》也最鲜明地反映了这一理想主义者的双重理想。文尖在文本细读方面一向最有心得，建构一种"阅读的诗学"一直是他念兹在兹的学术理想；而给学生们上好课，最大限度地尽一个教师的天职和本分，则始终是他自觉持守的生命理想。

这本书也印证了我多年来的一个感受：倪文尖的文本细读功夫和经典阐释能力，在现当代文学研究界少有人能出其右，而"阅读的诗学"的建构自然是以文本细读和阐释的具体实践为前提的。文尖长期致力于文学经典解读与教学，注重文本细读的方法论，在此基础上，建构一个以文本为中心，兼及阅读方法论和历史解释框架的"阅读的诗学"，既是学术野心和使命，也是顺流而下、水到渠成。

前几年文尖曾发我一个题为"文学文本的细读方法"的提纲，按他的写作习惯，估计目前还没有正式成文，我不妨独家披露一部分。在他给出的关于"什么是阅读"的诸种定义中，我看重的是如下几条：

> 1. 阅读是内隐的心理活动、认知行为；
>
> 2. 阅读几乎等于学习，阅读是发现，是发明，乃至近乎于创造性；
>
> 3. 阅读有不同的目标、取向、层级、维度；
>
> 4. 阅读的文本取向是作者取向、读者取向等各种阅读和研究活动的基础；
>
> 5. 文本取向的阅读，其基本宗旨是，在篇章层面实现对文本贯通性的理解，也就是，把阅读感受（文学文本很可能是最复杂的）合理化，"说出一句完整的话来"——而这句话又得罩住全篇，此所谓"读通"文本。

上述关于"阅读"的界定，既结合了认知心理学的内容，又立足文学性，将对"文本整一性"的把握作为大方向，将"读通"文本视为旨归，表明了文尖对阅读理论有自己的全面深入的思考，"阅读的诗学"的雏形大约就蕴含其中。文尖也发明了很多"倪氏"诗学概念和理论范畴，比如"阅读的文本取向"，"说出一句完整的话来"，读"通"文本与读"透"文本，读"入"文本与读"出"文本，"细读"之外还要"重（读去声）读"，"内容＝形式"的消极修辞观，以及"形式化地解读文本，就是在研究创造性"等，不一而足。当然文尖对这些概念和范畴也有自己特别的说明，比如何谓"形式化地解读文本"？就是把文本内容的解读落实在文本形式的探寻乃至发明之中，而这里的形式，既包括语言表达字词句层面的微观修辞，如核心意象、细节、肌理、语调等，也包括更为内隐的篇章层面的宏观修辞，如叙述方式、文本结构、文类体式及其变异等。这一系列具有方法论意义的范畴，既深入又浅出，也有可操作性，尤其适于课堂教学。这样就在创立诗学范畴的同时，也瞄准课堂教学，堪称是探索出了一条把学术创造与教学实践有效结合的途径。

有了这些"倪氏术语"，也就意味着倪文尖解读文本时形成了自己独特的理论视野。别人也讲文本细读，但有的人读文本是为了更大的理念或宏阔的论题，只是借助文本来举例。但文尖是真正意义上的以文本为中心和归宿，倾力于把文本读通、读透，从头到尾，从肌理到结构，从行文脉络到作家立场，从内部形式到外部语境……彻底地理清楚。这就是他主张的"以文本为本"，也构成了"倪氏"的"文本中心主义"。而"文本中心说""文本整一性"是其荦荦大者，是其"阅读的诗学"的核心视野。

每部文学作品其实都有一个土耳其作家帕慕克在《天真的和感伤的小说家》一书中所谓的"中心"。一个优秀的作家都是既呈现又隐藏这个中心，而把探究这个中心的任务留给读者，尤其是会心的读者。当然不同的读者可以从文本中读出不同的中心，一部作品可能也不只有一个中心，而且对中心的体认也随着时代在变化。但是能否在阅读过程中捕捉到这个中心？如何抵达文本意义世界的核心？如何建构整体性视角？怎样探知到文本的核心秘密？是否真正触碰到了文本的灵魂？阅读的诗学尤其要涵容对作家心灵及文本灵魂的体悟，在这个意义上，阅读的方法不仅仅是一种技艺和技术，更关涉如何体贴人心，沟通心灵，抵达灵魂。

而倪文尖追求的诗学目标就是阅读中的同情与共情效应，或者说在阅读过程中如何被文本"打动"：

> 无论是重读还是初次阅读，我相信，只要用心地读了，你都会被打动，而且多半会发自内心地赞叹：《合欢树》真是篇情真意切、言近旨远的好文章。有了这个基础，我就可以提出我关心的问题了：你、我以及大家，为什么会有如此共通的阅读感受？

当年读史铁生，最让我感动的是《合欢树》，至今依然能回忆起自己被触动的心情。但是何以被打动？读了文尖的分析，才有了一种通透的快感。他充分尊重了普通读者的共感机制和同理心，进而把阅读心理学加入审美体验中，对理解何为文学的情感力量也具有一种启示意义。

文尖所谓的"以文本为本",既是文本诗学,也是历史诗学,尤其表现在对文本的语境化阅读的思考。在"文学文本的细读方法"这份提纲中,有一则讨论的是"语境"议题:"文本的语境没有界限,但是,文本自身构成其第一语境。"本书中的《人同此心,心同此理——细读〈合欢树〉》一文,也从理解"语篇"的角度表达了同样的想法:

> 人类学家马林诺夫斯基曾经指出,语篇的理解离不开语境,语篇内的上下文语境之外,语篇发生的环境即所谓"情景语境"(context of situation)及其背后更大的"文化语境"(context of culture)都是至关重要的。语境并不设限,理解从而可以是无限的,一千个读者有一千个哈姆雷特。

因此,语境既是文本自身的内化情境,由上下文构成,同时也至大无外,勾连着"情景语境"及"文化语境"。在发表于《文学评论》的《文本、语境与社会史视野》一文中,文尖借助《哦,香雪》及其解读的再解读,把历史视野带入了文本语境中:

> 且以我较为熟悉的铁凝《哦,香雪》为例。这篇小说在1982年的历史情境中诞生时,文中那个"塑料铅笔盒"对于香雪的吸引力及其象征性,在作家和她所期待的读者心目中,都是毋庸多言的;而这也决定了当时对文本的基本理解。时过境迁,"塑料铅笔盒"象征的"现代化"意味,对于后来的读者不再不证自明,甚至在其象征的光环脱落之后,"塑料铅笔盒"还不得不面对跟凤娇们的"发卡"如何区隔、跟父亲手工做的"小木盒"孰轻孰重等方面的质疑;这样的重读,既以对改革开放初期社会史图景的总体把握为基础,又因文本关键性的驱动而促进史料"二度激活";事实上,这"二度激活"的"社会史视野",因其深刻嵌入在文本之中,所以才更具生产性。也因此才有可能看到,对以上重读的重读已经正在发生:小说里有个重要名词,"公社",对于今天的读者来说,这是比"塑料铅笔盒"更难吃透的,因为

这背后，有香雪们更深厚的生活世界和情感世界；而在小说文本里，"公社"引发了主人公踏上"火车"去拿鸡蛋换塑料铅笔盒的英雄主义行为，又同样决定了英雄主角最后的回归，尤其是作家对这回归的最高级赞美。总之，在这样的视野下，《哦，香雪》既讲出了一个"现代"主体诞生的启蒙故事，又讲"好"（？）了一个"社会主义新人"凯旋在新时期开启时刻的故事……

那么请问，这样的视野与方法，是"社会史视野"还是"以文本为本"？……显然我的建议是，不妨也来反问一句：这种二元对立的选择题，是从哪儿来的呢？

我之所以大段引用上面的文字，是因为其中凝聚的是倪文尖磨砺多年的文本细读功力。他尤其善于从小说的核心意象和关键情节中洞察文本的秘密，进而把文本语境与历史语境相叠，最终映射出文本的整体性和历史性。从他对《哦，香雪》的反复阅读中可以见出，历史语境（或者具体地说是"社会史视野"）与文本语境是内在统一于一个文本的整体性框架中的，既是历史情境的文本化，也是文本解读的历史化。正像他在同一篇文章中所说："'社会史视野'不是外在的，更不是外来的，而其实是，'以文本为本'必然内生的需求、也必然发生的行动。"这也启发读者把嵌入文本中的历史理解为一种历史的"行动"，由此文本内的历史就具有了未来性的视野，也才经得起一再被重读，而真正的经典正是在"重读的重读"中，才能体现其历史性和未来性。

二

这本书的下编"字里行间"部分，是关于文学经典作品的旁批，也是倪文尖对其阅读诗学的具体实践和检验。旁批，包括注解、评点和启发性提问等，在他这里也构成了文学阅读门径的书面化呈现，或许还是其最重要的方式。他曾经说道："要把旁批提升为重要的体式，起码是对我的重读来说——有时甚至比论文还要直观。"之所以比论文直观，是因为旁批要以具体而简明的批评语言直击文本的关节与枢纽，既是细读的基础，也是细读的归宿，更是细读本身。文尖所精心编著的《新课标语文学本》，则是以教科书般的热忱对旁批方法的更饱满的实践与体现，也对细读的功力有着非同一般的要求。我曾被他拉着参与了《新课标语文学本》几个单元的编选和旁批工作，发现这种编撰方式，按他的说法，的确比在核心期刊发表文章更难，因为这实在来不得虚的。而一旦认真做起来，便又发觉旁批式解读，确实是实践文本细读理念的极佳方案。

细读和精读的核心之一就是落实到对文本字里行间的体会，再在此基础上进行总体概括和提升。文学研究的初学者往往容易在文本解读过程中陷入过度阐释的陷阱，而在文尖看来，"过度阐释都是没有经过认真的细读，尤其没有经过对自己细读的反思"。细读和评点的关键，就是在关键的语句、细节这些"文本关键点"上做文章，继而深入肌理和结构内部，揭示文学文本的深层奥秘。倪文尖通过对文本症候性的捕捉，往往洞察到的是文本没有说出来的部分，隐藏在深处的秘密。譬如他对《哦，香雪》的持续多年的重读，无论是当年对"塑料铅笔盒"的洞见，还是近年对"公社"的洞见，揭示的都恰是一个时代的历史性症候。文学细节之中蕴含着可以照亮一个时代的灯盏。但是这种细节之灯有时是隐藏在文本故事的外壳背面的，仅从文本的缝隙中隐隐透出些微光亮，需要通过有洞察力的细读去捕获。"字里行间"的细读与旁批，就是在解"缝隙"、读症候，从而才能洞幽烛微，觉察到"隐藏在文本深处"的真精神或无意识。

这种庖丁式的技艺，早在文尖分析《围城》的文章《女人"围"的城与围女人的"城"：从小说到电视剧》中，就已经显露端倪。如果说从钱锺书高高在上的姿态中，体会到《围城》"清晰地生成了文本的男性中心性质"，是普通读者就可以觉识的小说命题，那么文尖在文本中捕捉到了对男权的一种"颠覆性阅读"（不管这种对男权的颠覆是否是钱锺书的自觉行为）的"缝隙"，更洞察到"'男权'意识形态太强大了，它不仅使自觉探究两性关系的小说成为一个女性'不在场'的文本，而且能在一个女性导演的'复制'品中仍然'固若金汤'，甚至更鲜明地曝光"，同时撬动的，是即使在女性作者（导演）那里依然不自觉的意识形态缝隙。

更重要的是，写文章尽可以避开文本中读不通的关节，但做旁批就无法绕过文本的难点和紧要处。文尖恰恰习惯于与文本的这些"关键点"正面对决，因此，很多文本的命门才能被他独到地揣摩出来，进而成为通达"细读""重读"的康庄大道。只有通过与文本正面对决，才能最终抵达这种整体性、文学性。文尖最让我佩服的正是这种直面文本、正面突击的气魄。

文尖与文本的正面对决有时也难免颇费周折，要付出许多艰辛，甚至也会殃及他的诸多友人。晚近一次"池鱼之殃"，来自他对读通《荷塘月色》的执着。从去年秋天长达半个月的时间里文尖发送给我的海量的微信聊天截图来看，他的诸多朋友都被他"摧残"过。文尖在网站上讲课发现了"煤屑路"的互文，进而为社会政治方面的读解给出了文本依据和史实线索，之后又再度反思、追问一些看似是常识的问题：《荷塘月色》开头的"颇不安静"在全文中起到怎样的结构性作用？朱自清写到后面，这种"不宁静"是否得到了缓解？《荷塘月色》的写景抒情之间是否有割裂感？这些问题在语文教学界看似老早就搞清楚了，但经文尖一刨根究底，似乎都重新变得无解。而他对文学经典的新一轮解读，也就这样开始，最终结晶为本书下编中对《荷塘月色》的精彩旁批。但我怀疑他未必会就此罢休。

文尖这轮重读的结论之一是，朱自清写了一篇形式大于内容的美文，而以往普遍对《荷塘月色》开头的"颇不宁静"过于看重，甚至包括他本人都曾探究过这"不宁静"的缘由，并进而有了"社会政治""家庭"及"爱欲"等假说，这些其实都是对文本内涵过度阐释的结果。文尖则认为"颇不宁静"是作者写作的一个缘由和引子，难以诠释出微言大义。至少朱自清为何"颇不宁静"，文本中并没有提供任何解答的依据。文尖利用微信广泛征求各路友人的看法，确也逼出了一些相当有创意的新解，譬如台湾东海大学的赵刚先生就提供了一种在我看来颇感意外的解读（可惜目前大概只能尘封在文尖的手机微信里），也因为他以前没有读过这篇散文，对《荷塘月色》的阅读体验里就有种人生初见的新鲜感。我本人一度力挺文尖的颠覆性重读，但拜读了赵刚的新解之后，朱自清的"颇不宁静"就使我无法彻底"宁静"了，又开始认为这种"不宁静"中依然蕴含着关联文本的某种整体性。而《荷塘月色》固有的抒情性因此也可能并非无所皈依，同样要归咎于作者乃至文本中的整体性心境。

文尖的执着，由此也激发我进一步思考对经典阅读而言具有本体论意义的一些问题。比如经典的重释是无止境的吗？新的阐释框架能否覆盖既往的模式？整体性视野是从每篇文本中都可以获得的吗？对经典的"超保护"原则是否也带来神话和迷信？我也相信这些问题都会包含在文尖"阅读的诗学"的未来视野之中。

三

发生在微信之中的关于《荷塘月色》的经典重读现场，我更愿意看成是表现倪文尖的人格感召力的秀场。

文尖在朋友中有极好的口碑，大家都认为他有一种特别的人格魅力，是那种容易让人肝胆相照，轻而易举就献出真心的朋友。在习惯保持交往距离的当今时代，这种人格渐趋稀少，或许近于唐德刚称他的老师胡适身上才有的那种"磁性人格"。也因此，文尖的周围有一批真心的朋友，我所了解的同代人中，就有罗岗、毛尖、张炼红、雷启立、孙晓忠、王为松、董丽敏、薛毅、倪伟、叶诚生等。文尖对学生一辈更是倾囊而出，也赢得了众多学子的爱戴。此外，他也是非分明，疾恶如仇，用一位友人的说法是"能为青白眼"，对他看得上的人总是倾盖如故、相待以诚、始终如一。倾夜长谈的情景曾出现在他与许多友人身上，你也可以从中大体联想到他在课堂上沉浸式讲授的样子。

文尖的课堂教学功夫也的确少有人匹敌。我有幸见习过他的文学课，也聆听和主持过他的讲座，他的激情澎湃，循循善诱，晓之以理，动之以情，设身处地，以身试"法"（这里当然是指"方法"）……都让我望尘莫及，也因此欣羡不已。他的上课方式与我不同，他是没有讲稿的，总是即兴发挥，有令他感觉精彩的桥段，课后回味起来也是眉飞色舞。但也会付出代价，每次即使讲与往年同样的内容也要重新认真准备，因此在备课上牺牲了大量的精力和时间。偶尔带来的负面效果是，在前一年课堂上曾经异彩纷呈的桥段，因为此一次的发挥不力，或新一轮听众反应得不够及时，难掩些许沮丧。我想说的是，他对上课极其重视。而这本书中最出彩的内容，大都是课堂的产物。因此，毛尖曾为本书贡献过"倪文尖上课"的书名。当然，"倪文尖语文课"这个名字也是恰如其分的，只要你像文尖一样看重语文，把语文理解得比天还大。

文尖曾经在微信朋友圈里引述过蔡翔先生的一段话，以示激赏：

> 文学研究，在其根本的意义上，仍是怎样面对文学文本，史料文献的征集，说到底，也是为了更好地打开文本，而不是本末倒置。因此，当我们强调学科向外部开放，向问题性学术开放，实际上，也正是努力让文本处于一种永远开放的状态，而文本的开放，才可能引申出无数值得讨论的话题。坦率说，由于大学的出现，经典的含义已经不再仅仅是"百读不厌"，更有可能的，或许是"百说不厌"了。解读的重要性，在今天已经成为文学研究的题中之义。

文尖对"百说不厌"应该有同气相求之感，他上课的激情也多半来自于此。而他在课堂上践行的"阅读的诗学"的原则之一，就是"让文本处于一种永远开放的状态"，"阅读的诗学"也正是一种开放的诗学、动态的诗学。文尖喜欢用"动态性还原"来描述其文本解读，既是还原，又是一个动态的和开放的过程。也正因为这种动态的和开放的理解，他对"阅读的诗学"的方法论和内含的限度都非常自觉。文学是感受性的、含混的、非确定的，阅读实践就须遵循这种文本的非确定性，但作为一名教师，却又无法以含混的语言去面对学生，在课堂上总要讲出个子丑寅卯。如何提炼那些可以讲授的，同时又不以条分缕析肢解文学文本的丰富性和整体性？文尖力图让学生们意识到解读的限度，同时在最低也是最高的限度上授之以渔，倾其所有地把自己领悟到的方法传授给学生，还有什么比毫无保留地倾囊相授更能体现一位教师的职业伦理呢？

上升到职业伦理的高度或许有些高蹈，尽管文尖对学生的责任心及对上课的重视的确是有口皆碑。而他在课堂上的倾情讲授和激情澎湃当然不仅仅是出自对职业伦理的自觉，我想他首先获得的当是一种自我实现的愉悦感。他是把教学作为一门艺术来体认的。在一次访谈中，文尖认为："真实课堂更有互动，更有魅力。"因此，"不惜花费几倍时间，不断变着法子进行各种类比和提问，乃至通过自己的表演，激发学生的求知欲和创造力，为的是，学生自己领悟出答案来"。而当学生"顺着倪文尖搭的梯子成功说出了"他心目中期待的答案时，那一刻也是他最有存在感的时刻：

> "那一刻真痛快极了！"倪文尖珍视这些瞬间，如同他告诉
> 学生的那样："仔细想想，这些都没什么大不了，又不能靠它评
> 教授，但是，这些瞬间又够一生来回味。"

可以说，倪文尖从自己的文学阅读和课堂教学中体味到的是那些循规蹈矩、按部就班的专家教授们所无法体验的生命瞬间，是那些激发了学生们文学感悟和哲理思考的瞬间，是那些在网站上得到更多的观众和粉丝的认同及激赏的时刻，是那些对文尖而言的高光时刻。的确，这些文学瞬间值得付出一生，也足够以一生的时光去回味。

做一个有创造力的自为学者

李松睿当年在复旦大学读完本科后选择负笈北上，回到故乡北京，到燕园攻读中国现代文学硕士，转眼间十多年过去了，松睿博士毕业也已经四年了。我有幸作为他的硕士和博士研究生导师，从某些方面见证了松睿的成长，欣喜地看到他在学术道路上开始走向成熟，尤其欣慰于松睿已经逐渐形成自己的治学风格与学术自觉，也多少预见到了松睿未来的研究中所蕴含的可能性。

一

能否成为一个有创造力的自为的学者，一个内在的衡量标准是，对学科规范、理路和研究方法论是否有独特的思考和自觉意识。作为现代文学出身的研究者，李松睿在专注于文学史学科的专业训练的同时，也一直对文学理论和文学研究方法论保有持久的兴趣，甚至直接影响到他对文学本身的理解和感悟。在松睿讨论姜涛的新著《公寓里的塔》的一篇题为《文学的位置》的文章中，就体现了松睿对文学学科自身现状和前景的思考与困扰：

> 文学研究究竟应该固守文学的"本分"，在自身学科的疆域内深耕细作，还是应该关注时代的重大问题，以跨学科的视野反思文学本身？如果选择前者，是否会使自己成为学术生产流水线上的专业工人，而如果选择后者，又是否会在向历史学、社会学以及人类学那里借鉴思想资源时，模糊了文学研究自身的边界，

使其成为相邻学科的附庸？文学，或者说文学性，又究竟在文学研究中处在什么样的位置？它是一种必须要予以解构的意识形态，一种美学上对研究者的禁锢与束缚，抑或是文学研究的安身立命之本？

松睿的这篇文章正是以一系列的追问与困惑告终的，并声称这样的困惑"变得越来越深，久久萦绕在心头"。对一个文学研究者来说，对文学性的位置的思考，对何为文学研究的安身立命之本的反思，是职业生涯中所要面对的几个根本性问题。而相当一部分文学研究者所面对的这类具有本体性的困惑，可能会相当长久地"萦绕在心头"。而保有这般困惑，往往是一个文学研究者永葆学术热情的原动力之一。松睿的困惑是可贵的，而更可贵之处是，松睿一直在通过自己的研究，对困扰着他的相关问题进行有问题意识的探索。而在这篇《文学的位置》中，我觉得松睿已经找到了一部分答案："真正有抱负、有思想的研究者永远都会将自己的生命体验带入到研究工作中去，聚焦那些最重要的核心问题。""生命体验"与"核心问题"，或许就是松睿在自己的研究实践中感悟与提炼到的关键命题。松睿在博士论文的写作过程中，逐渐形成的就是这样一种问题意识的自觉。以博士论文为基础修订而成的专著《书写"我乡我土"：地方性与20世纪40年代中国小说》，试图聚焦的就是现代文学史上有重大意义的"核心问题"，"即这一时期的作家、批评家无论身处何处、面对怎样不同的政治情势，他们在构想一种超越'五四'新文学弊病，适应战争环境的'理想'文学形式时，都特别强调以地域风光、地方风俗以及方言土语等形式出现的地方性特征的重要性，并纷纷选择以这一特征来塑造文学作品的感性外观"。松睿进一步追问的是：

　　为什么20世纪40年代的作家、批评家会对地方性问题如此念兹在兹，并在文学表达中将其放置在非常重要的位置上？他们在加强其作品的地方性特征时，究竟想要表达些什么？地方性特征在这一时期的文学作品中到底发挥着怎样的功能？

　　我把松睿研究中表现出的这种逼问核心问题的自觉意识的生成，看作是一个自为的研究者成长过程中最重要的表征。松睿的博士论文把宏观历史描述和整体理论探索与作家及文学作品的再解读融为一体，既深入探讨了以往文学史叙述尚未充分讨论的一些问题，也重新阐释了 20 世纪 40 年代老舍、赵树理、周立波、丁玲、师陀、梁山丁等不同地域的具有代表性的重要作家的小说创作。而这本书最值得学界重视的地方，或许正在于对上述作家的独特重释。这种重释有赖于一种具有洞察力的文学史观照视野。松睿启示我们，一种富有真正的历史洞察力的视野，是能够照亮不被我们充分察觉的文学史现象的，正像借助一个探照灯，松睿为我们烛照了以往研究视野中一些晦暗不明的角隅。

　　在松睿设计的研究图景中，"地方性"的问题视域把理论表述、批评实践，以及作家作品的重释结合在了一起。而衡量一个现代文学研究者的重要尺度之一，就是在历史、文本与理论之间的均衡性。这种均衡性也是一个研究者具有未来性潜力的表征。松睿在求学过程中，一直有研读理论的热情，也曾经与夫人共同翻译过西方理论著述。但他同时又能把理论视域与文学史描述及文本解读相结合，形成的是一种探寻"理论的历史性"的自觉意识。我之所以看重松睿的"理论的历史性"的自觉，是因为研究者只有把某种理论诉诸文学史研究的具体实践过程之中，才能真正使理论获得中国语境中的历史化、在地化和具体化。这在松睿的博士论文中，表现为理论与历史及作家创作之间的一种辩证的关联性。按照松睿的阐释，20 世纪 40 年代中国文学的一大特征是，"小说家的确受到文艺理论家们的巨大影响，但其作品对地方性特征的呈现却并没有完全按照理论家的指导进行，而是呈现出异常复杂的面貌"。"正是这些作家的小说创作实践，才真正激活了地域风光、地方风俗以及方言土语等地方性事物在文学创作中所具有的潜力，并使得小说形式因大量吸收地方性因素而发生了改变"。松睿意识到，对地方性问题的探讨，只局限在文艺理论层面是不够的。"引入对小说创作的分析，特别是探究小说形式因地方性特征的纳入而发生变化，借以全面展示地方性特征对于 20 世纪 40 年代中国文学的意义，成为作者所必然选择的研究路径"。《书写"我乡我土"：地方性与 20 世纪40 年代中国小说》问世后，张旭东先生倡议北京大学批评理论中心围绕松睿的这本书召开一个小型讨论会。会议由北京大学比较文学所的蒋洪生先生主持，很多在京的青年学者和博士生都参加了这次会议。与会者比较集中讨论和肯定的，正是松睿在本书中表现出的这种出于历史又落实于作品形式的研究路径。

这就涉及松睿的文学研究中另外一个值得一谈的特点，即对文学形式尤其是小说形式的情有独钟。在松睿看来，小说或许是最具魅力也最具可能性的文学体裁，既是他在博士论文中讨论地方性问题的最有效的形式，也是松睿试图通过文学切入社会历史的最值得研读的形式。因为在小说这一更为复杂的文学形式中，层积着理论、历史及作家创作之间更为内在化的关联。《书写"我乡我土"：地方性与20世纪40年代中国小说》中对这种内在的历史关联性的考察，在对研究界已经研究得较为充分的赵树理、丁玲、周立波等作家的小说所进行的重释中，焕发出了新的生机。

二

通过形式进入历史，进而讨论形式中积淀的丰厚历史内涵和政治无意识，这种研究路径也贯穿于李松睿的全部研究之中。松睿已经面世的第二本专著《文学的时代印痕：中国现代文学论集》，是他在北大中文系求学时期及工作以来写作的关于中国现代文学的研究论文的结集，在学界已经有了一定的反响。我很欣喜地读到丁帆先生在《中华读书报》上发表的，给松睿的这本新著写的书评，题为《做一个为文学留下印痕的人》。在书评中，丁帆先生在肯定了松睿对待史料的认真态度，对史料的搜集中所见出的文献整理的功底，以及文学史的视野和文学史意识之后，尤其赞赏松睿在文本细读方面的个性风格：

> 一个文学史家和批评家必须具备一种文学悟性的素养，不具有这样的能力，你永远就是在文学的门外谈文学，其文学史家只能做史料的梳理和综述工作，其批评家和评论家也就只能做思想、语录、箴言的"搬运工"和"组装工"。而从《文学的时代印痕》这部书籍的大部分文本细读文章中，我们能够明显体悟到一个青

年学者对作家作品独特的自我解读能力。

也正是这种"对作家作品独特的自我解读能力",构成了松睿关注形式分析的一个基本前提。松睿收入《文学的时代印痕:中国现代文学论集》中的文章,总体上体现的正是文本形式研究的历史性视野,试图在物质与话语之间构建一种具有内在具体关联性的阐释图景。正如松睿在"后记"中总结的那样:

> 文学研究显然不应该完全脱离文学文本,纯粹对外围问题进行分析,相关讨论必须建立在细致的形式分析的基础之上。而时代背景、社会生活等问题带给艺术家的种种压力,最终也会在文学形式上留下深深的印痕。因此,文学的形式特征一边联系着作品的美学特质,一边则与作品所属的时代相连,是文学研究必须详细考察的中介物。

我有幸为他的这部专著写了一篇短序,在序中我想强调的,也同样是松睿这本著作以文学形式思考为中心的问题意识。在我看来,收在这本论集中的文章更集中地体现了松睿对文学形式的着迷,思考的是时代、社会对中国现代作家的影响和压力如何刻印在作品的形式上。松睿对叙事模式的关注和对文本形式的着迷,其实是建立在对"形式"意涵进行多元化和复杂化理解的基础之上的,同时他所力图探究的文本中的"时代印痕",也具化为物质力量和文化心理因素在作品的形式特征上的积聚和具体生成。所谓的"文学的时代印痕",恰恰是文本形式所积淀和凝聚的"意味"。而在我看来,形式所积聚的"意味"往往更加内在,形式中所隐含的内容也往往更加深刻,形式最终暴露的东西往往也更彻底,形式更根本地反映了一个作家的思维形态和他认知世界、传达世界的方式。

松睿或许更擅长捕捉"形式最终暴露的东西"。松睿的文本分析,常常在看似不经意的细节和叙事的隐秘关节处体现作为研究者的洞察力,往往直击文学形式所潜藏着的关键点,并一击致命,由此真正揭示出文本的深层秘密。如《文学的时代印痕:中国现代文学论集》中所收入的《"渡船"与"商船"——论〈边城〉牧歌形象的裂隙》一文，提供了新的阐释视野。通过对文本中两个他人或许不会特别留意的意象——"渡船"与"商船"——的分析，把"渡船"与"商船"描述为《边城》中多重意义的交汇点，既是湘西社会不可或缺的交通工具，又是小说主人公翠翠、天保与傩送的欲望对象的替代物，也是这些主人公各自所处的社会地位的象征物。由此，两个意象构成了小说文本内部的结构性因素，是连通小说内部幻景与小说外部社会现实的一条隐秘通道，最终直抵《边城》中"牧歌形象"所内含的裂隙。

《误认与都市现代性体验——论〈上海的狐步舞〉（一个片段）》则从穆时英的名篇《上海的狐步舞》中捕捉到小说叙事的"错格"修辞，以及"误认"的情节模式，借此把"错格"与"误认"作为叙事裂隙的显影，最终力图揭开笼罩在穆时英的小说深层内景上面的面纱，也正是借助微观诗学的分析模式，洞察到同样内含在文本中的裂隙。我尤其欣赏松睿把穆时英的"误认"模式与卡夫卡的作品做比较：

> 如果仔细考察卡夫卡的作品序列我们会发现，他最有名的作品，如《饥饿艺术家》《在流放地》以及《中国长城修建时》等，都可以说是关于误认的故事。如果误认真像齐泽克所言是真实境遇显现的时刻，那么卡夫卡正是通过对误认的书写，暴露了现代人在现代社会所经历的悖论、痛苦以及无奈等境遇。这也让卡夫卡最终成为现代主义大师。而误认或许就是卡夫卡小说艺术的秘密之所在。由此来反观穆时英……他似乎没有勇气直面那充满了悖论、尴尬以及难堪的现代体验本身。就像其笔下的"我"一样，他总是在现代体验面前蒙上双眼，逃之夭夭。

据此松睿指出，虽然"穆时英是中国现代文学史上条件最好、天分最高的作家之一"，但"穆时英有成为卡夫卡的机遇和天分，但却最终只成了穆时英而已"。这种借助叙事模式所进行的比较研究，使松睿的判断超越了对文本的细枝末节的条分缕析，最终提升为对现代作家人生困境和历史局限的考察，寻找到的是把文本形式和现代性体验融为一体的视野与方法。

这也是令我格外倾心的研究视野和方法，背后有我所看重的文学研究者的职业伦理。相信松睿会认同罗兰·巴尔特的《写作的零度》中的一句话："写作在本质上是形式的道德。"而一个文学研究者对形式的执着，也许同样是职业伦理的表达形式。

松睿在读硕士和博士期间，曾经对新历史主义的理论有过兴趣，一度激赏新历史主义对文本的历史性的注重。这种"文本的历史性"不仅仅意味着一切的文学文本都生成于特定的历史语境之中，还意味着把更为微观化的文化历史语境和社会物质层面的因素引入对文本的具体观察和透视之中。由此，文本世界便不再是一个封闭自足的存在，而与外部历史和社会现实之间建立了互为生发的阐释空间，从而也意味着文本世界始终处于诸种合力编织而成的紧张关系之中。正如新历史主义代表人物之一葛林伯雷在《通向一种文化诗学》中所说：

> 避开稳定的艺术模仿论，试图重建一种能够更好地说明物质
> 与话语间不稳定的阐释范式，而这种交流，正是现代审美实践的
> 中心。

这也意味着，文本中的话语空间不再具有稳定性，它需要在复杂的历史与文化语境中寻求一种动态的解释。而文学形式也同样成为需要与其生成语境进行互动阐释的历史性的范畴。

三

说完松睿的现代文学专业研究，我想谈一点关于松睿的轻松一点的话题，说说松睿广泛而驳杂的阅读视野。松睿的兴趣从来没有囿于现代文学领域，外国文学、当代文化、影视、美术都一度进入松睿的阅读及研究视野。因此，松睿工作之初在艺术研究院的《艺术评论》杂志做编辑就显得顺理成章。松睿在北大中文系读书的时候就喜欢电影及电影理论与批评，一方面因为仰慕戴锦华老师，他一直参与戴老师主持的读书会，其间在影

视领域或许比现代文学有更深的钻研，也在读书期间写了一些影视评论；另一方面可能与后来成为松睿夫人的赵柔柔女士有直接的关联，柔柔是戴锦华老师的博士生，两人珠联璧合，后来我见到戴锦华老师就很高兴地戏称"亲家"。

松睿和柔柔对西方新潮影视作品如数家珍。记得两人喜结良缘不久，曾来我家聊天。我说起自己喜欢韩剧，结果新婚伉俪说我正处在追剧一族鄙视链的底端。我当即请松睿夫妇推荐几部处在鄙视链高端的英剧、美剧看看。记得他们推荐的英剧有《冰与火之歌》和《黑镜子》等。我有如获得了独门秘籍、观剧宝典，当晚就在网络上找到了《冰与火之歌》，打算一睹为快，但惭愧的是竟然看不进去。硬着头皮看了十多分钟，便当机立断地放弃了，找来正在追的韩剧，有滋有味地继续看了下去。

不过我依然经常让松睿和柔柔推荐热映的影视作品，以及学界和读书界流行的理论著作和畅销书，也由此深深意识到什么是所谓的"后喻时代"。在当今的"后喻时代"，老师一辈每每感叹自己的落伍，读书界、影视界的最新动态，我常常是从自己的学生那里了解的。也正是松睿最早向我推介了刘慈欣的《三体》，我就买来了"三部曲"，看到一部比一部厚，就有些望而生畏，让松睿推荐其中最好看的一部先了解一下，松睿说那还是先看第三部吧。结果我如醉如痴地读了《死神永生》后便一发不可收拾，不仅补看了前两部，还把能买到的刘慈欣的所有科幻作品都看过一轮。与松睿交流心得的时候，发现除了《三体》之外，我们都觉得从小说叙事的意义上说，《球状闪电》是刘慈欣最优秀的作品。此后，我又陆陆续续重读了《三体》和《球状闪电》，至今已经读了三四遍。如果说文化反哺是"后喻时代"的最基本特征，那么我其实一直受惠于自己的那些走在时代潮流最前端的新潮学生。

或许也是受其夫人的影响，松睿的"潮"还表现在对伊朗和波斯及其他西亚文学和艺术的浓厚兴趣上。他曾与夫人携手在伊朗大地上漫游，感受对国人而言更为新奇和浓郁的异域情调，甚至认为比起欧风美雨，中国学人了解西亚和非洲文化更为重要。土耳其作家帕慕克的《天真与感伤的小说家》、伊朗作家纳菲西的《在德黑兰读〈洛丽塔〉》及以色列作家奥兹的《爱与黑暗的故事》等作品，我都是在松睿的建议下找来读的，而且都是一读就放不下了。

松睿与我共同的一个阅读兴趣指向，正是外国文学领域。大约一年前，我问他最近翻译过来的外国文学作品有什么好看的吗？他当即推荐了石黑一雄的长篇小说《被掩埋的巨人》。前些天石黑一雄获得诺贝尔文学奖的消息刚刚传来，就有朋友把石黑一雄的十四部作品的中译本书单发到群里，松睿跟帖："都看过，觉得看《长日留痕》和《远山淡影》就好。"友人夸赞松睿的阅读"前沿的很"，松睿回复说："石黑一雄不前沿啊，成名多年了。"群里马上就有同仁转发松睿为《被掩埋的巨人》所写的评论。在对《被掩埋的巨人》的小说叙述模式和文体修辞加以分析之后，松睿抒发的是更大的关怀：

> 因此，阅读《被掩埋的巨人》，会渐渐对石黑一雄心生敬意。虽然他生于日本长崎，后随家人来到英国生活，是一位典型的移民作家，并与拉什迪、奈保尔一起并称为"英国文坛移民三雄"。不过这位小说家似乎很少顺理成章地描绘来自亚洲的少数族裔如何面对欧洲异域文化的冲击，而总是在作品中关心这个时代的重大问题。就像这部《被掩埋的巨人》，尽管有着奇幻文学的外壳，但这并不妨碍作家在其中思考非常严肃的话题，直指今日全球日益严重的恐怖主义仇杀。对比之下，我们中国的当代作家就显得少了几分"野心"。什么时候中国小说家能够不再描绘个人内心世界里的小小悲欢，不再执着地构建种种东方主义式的奇观，而是以更为宏阔的视野思考这个时代的变化，直面世界对全人类提出的挑战，那才是中国文化崛起，获得文化自信的标志。

这是松睿在对小说形式保持始终如一的敏感的同时所生成的更为超越的观照视野。这也是我更乐于见到的研究视野，预示着松睿学术思考的渐趋丰富。而松睿对影视的关注，对当代文化的兴趣，对艺术批评的涉猎，对外国文学的阅读，都标志着他的兴趣视野和研究前景的丰富性与可能性。

松睿做了《艺术评论》及《文艺研究》的编辑之后，对文字的敏感度也增强了许多。据他自己说，他几乎要修改所有的来稿，无论作者是成名人物，还是初学写作者，他甚至称得上有文字的洁癖。我给他的文章，也都经过他的精心打磨，有时是大段删减，返回来的修改稿几乎满篇标红，这都是他在文字和表述方面字斟句酌的结果，至少比我当年做导师时改他的文章下了更大的功夫。如果说一个编辑有所谓的职业伦理的话，那么松睿也当是正在践行的过程中。在我看来，当今的学界不缺好的学者，缺的是学者身份的好编辑。

在给松睿的第一本专著《书写"我乡我土"：地方性与 20 世纪 40 年代中国小说》所写的"序言"中，我对松睿有过期许，本文也愿以此作结："松睿有比较丰沛的文学感受力，擅长对文本的精细的分析。因此，在对相关的文学历史进行整体性描述的同时，本书同样引人注目的正是对作家的体贴，对文本的感悟，对小说形式堪称精到的分析。这些特点与松睿的理论视野有效地结合，使我们看到一个文学素养全面而均衡的青年学者已然崭露头角。我也很欣喜地看到，松睿通过这部博士论文的写作，开始成为自觉的学者，并显示出自己的渐成风格的研究品性。近来，他所涉猎的研究领域也开始丰富多彩，影视批评、艺术评论、外国文学研究，都正在成为他关注的领域。而这部中国现代文学研究专著，奠定的是松睿进入历史，同时进入作家的心灵和文本世界的坚实的基础。作为他硕士生和博士生阶段长达七年的导师，我衷心祝愿松睿在成为一个有创造力的自为的学者的路途中越走越远。"

"总体性"视野的重建

2010 年秋天，路杨被保送到北京大学中文系的现代文学专业攻读硕士，三年后又连续攻读了博士和博士后，在燕园度过了九年的时光。九年中我阅读了她所发表的大部分论文，如今这些论文即将结集付梓，我深为路杨感到高兴。

收入本书的论文记录了路杨的成长历程，也显示了路杨研究领域的更迭和拓展。本书中的研究对象时间跨度接近百年，从"五四"新文学伊始的鲁迅到 20 世纪的李娟，从中可以大体上捕捉到某种总体性的世纪视野。我想着重强调的是，这种总体性视野，在路杨所属的新一代学人身上，是一种具有共通性的研究素质。

这种总体性，在路杨选择以"20 世纪 20 年代中后期新文坛的爱欲小说风尚"为题作硕士论文时，或许还称不上有所自觉，但在她的博士论文《"劳动"的诗学：解放区的文艺生产与形式实践》中，就尽显端倪。这部获得了北京大学优秀博士论文奖的专著，处理的是解放区的文艺实践，力求整合诗学和历史，寻找一种能够打通各种艺术门类，具有整合性、实践性与群众性的"文艺"概念及其生产机制；生成的是以解放区文学为中介，上溯左翼革命文学，下及由延安开启的共和国文学的总体性视野，也蕴含了为社会主义文艺实践和体制化研究开辟新路的可能性。路杨在博士后阶段，向"十七年"文学和当代文学与文化批评转向，也就显得水到渠成和顺理成章了。而我最看重的，或许是这种具有百年跨度的研究视野中所暗含的某种总体性。

这种总体性的获得，当然不仅仅因为路杨的求学生涯横跨了现代和当代文学，其实在很多中国高校中，现当代文学本来就是一个学科。而我在这几年中形成了一个粗略印象，即在路杨这一代青年研究者的学科意识和历史认知中，先天就蕴含了某种后设的总体性视野。这种总体性可能是这一代学人所禀赋的具有代际特征的特质。集中阅读了近几年崭露头角的一批青年学人的著述之后，发现他们轻而易举地就打通了 20 世纪直至 21 世纪，更善于从全局出发去研究"五四"以降的中国现当代文学。在新一代那里，这种总体性的认知有某种范式的意义，既含括现代性的总体性，也兼容革命世纪的总体性，还有一代人在求学阶段所打通的学科建制的总体性。这一代人也更习惯立足于当下的中国现实而采取一种囊括革命与现代的整体立场，把革命与现代理解为一个具有整合性的机制。"短二十世纪"与"长二十世纪"在他们的观照中，也并非相互冲突的阐释框架，而现代文学与当代文学也在他们的研究图谱中交织互动，融会贯通。一代人从而有可能真正建构一种把握 20 世纪中国的长时段视野，把前一两代学者的 20 世纪整体观从理念落到实处。

这种总体性在路杨的研究中同样具有一种自觉性，也构成了本书的某种结构性视景，至少在结集的过程中，总体性是了然于胸的。这种总体性还表现在，尽管当初写作和发表每篇论文时，都有特定的不乏偶然性的动因和机缘，但就我的了解，路杨在读书阶段也不是什么约稿都答允的，她选择的议题，都隐隐瞄向纵贯 20 世纪的一些重要主题和话题领域。粗略扫描一下本书的目录，就会发现她所处理的范畴，如抒情与史诗、"反浪漫"、新文坛风尚、"新的综合"、"事功"、"革命"、"有情"、都市及其景观、现代性叙事、城乡、声景、听觉实践、传统及其形变、英雄的位置、"革命中国"……都是 20 世纪中国文学中的一些重要范畴，她的研究也以自己的方式与 20 世纪文学历史进程中的宏大叙事紧密关联。譬如第一编中的《"积习"及其反讽：鲁迅的言说方式之一种》《"小说之名"与"后来所谓小说者"》《"硬译"：语言的自新与翻译的政治》诸篇，在汗牛充栋的鲁迅研究领域，也努力另辟一条"新路"。《"积习"及其反讽：鲁迅的言说方式之一种》一文，对鲁迅话语中"积习"的考辨及对反讽模式的探究，也象征着路杨后来话语研究模式的开端。而对鲁迅的小说观及翻译观的考察，则触及了鲁迅研究中一些前沿性的议题。从某种意义上说，路杨以鲁迅为起点，同时以鲁迅为方法，为自己的现代文学研究奠立了一个较高的起点。

收入本书的文章中，我读得最细的恐怕是路杨写于博士阶段的《"新的综合"：沈从文战时写作的形式理想与实践》。前年在北大中文系开设的一门研究生讨论课《近十年学术论文选读》中，我也把这篇长达三万字的论文选入，在课上和研究生们一起讨论。北大的学生通常在读别人文章的时候都目光如炬，百般挑剔，但对路杨的这篇论文大体上是信服的，认为路杨所谓的"新的综合"，不仅仅是对沈从文战时写作的形式理想与实践的概括，而且也显示了路杨自己的"综合"意识和学术视野。而对沈从文的形式理想的讨论，也表明了路杨此后更加自觉的治学路数和方法，或许正是从这篇文章开始，路杨逐渐找到了治学道路上属于自己的方式。

依据我的阅读感受，路杨这种"自己的方式"，就是从形式洞见现实，以及从形式重建历史，这是一种勾连和打通历史与形式的诗学追求，从而尽可能有效地在研究中使历史形式化，也使形式历史化。在博士论文的写作过程中，路杨更是自觉构建了一种将形式批评方法与社会史视野相结合的研究路径，在拓展"文学""艺术"等概念的理论边界与历史内涵的同时，提出了"生产性的文艺"这一具有原创性的概念，对解放区及共和国文艺的阐释具有一种理论反思和范式重建的意义。此外，这种打通形式和历史的思路，也对近年来在现当代文学研究界颇具影响的"社会史视野"展开了理论反思，而引入文本细读与形式批评的方法，对解放区文艺研究范式的转换与更新尤具启发意义，也为重审内化于20世纪历史进程中的文学与政治这一经典难题，提供了属于路杨的研究路径。

路杨也关注"话语分析"，在坚持文本细读与形式批评方法的同时，通过文本中的形式与"话语"探究文学史的深层构造，表现出把研究对象"重新语境化与问题化"的努力。正如她在本书"后记"中所说：

　　　本书的核心议题正在于将这些"构造"重新语境化与问题化，通过一系列个案研究，对新文学的历史构造及其文学重造展开话语分析与形式批评。在历史化的视野下，本书将辨析与探询贯穿新文学的诸多具体构造如何内在于现代性命题本身，又如何构成了现当代文学研究的一系列基本结构，并尤其关注新文学家及其

后来者如何在话语、观念与形式的"重造"中，重新为新文学开
辟出自我批判的位置，激活新的历史能量。

这种"激活新的历史能量"也可以看作是路杨这一代年轻学者具有代
际性的群体诉求，是一代人历史意识的彰显。也正是这种历史意识的获得，
使路杨的学术研究追求一种"有足够包容力的历史视野"："重要的是对
于不同历史经验的当下性的尊重与重新挖掘，同时重视它们所各自包含的
历史容量与活力；不是简单地任它们在彼此之间相互拆解或抵消，而是重
视它们共同面对的结构性难题。"也是在本书的"后记"中，路杨强调她
"特别看重的是如何重新激活危机时代的文学经验，不只是将其作为某种
形式或话语的元素去取用，而是形成一种机制性的汲取。构建这个历史视
野的过程，也将显现出一种具有融通感、综合力、指向未来的历史构想"。
从历史中汲取活力，经过现实的创造性转化，最终生成的是一种指向未来
的历史构想。我从一代正在进入学术舞台中心的青年学人身上，看到了他
们有望超越前几代学者的地方。他们对危机时代的文学经验情有独钟，因
为他们既是生存在内卷时代的一代学人，也在疫情和后疫情时代积累了前
所未有的历史经验。他们的学术研究，也就有望更具有危机感、现实感和
介入性；他们的学术视野，也就更蕴含未来性。就像路杨所说："毕竟我
们关心历史，终究是因为我们关心未来。"因为对这一代人来说，人生的
未来其实刚刚向他们敞开，而这个未来也许意味着与前几代人迥异的不确
定性和更多新的可能性，也要求他们的学术研究要涵容这种可能性和远
景性。

这一代人也把现实性与未来性，更多地体认为自身生命和学术的内在
视景，更具有己身性和切近性。因此，与变幻的时代相关的，是恰如路杨
所说的，新一代学人的"自我的重造则永远亟待开启"。这种自我的重造，
既是一代人生命力的所在，也是学术的生机和活力的体现。这些年来，学
术界也面临内卷，在卷来卷去的过程中，耗尽的正是学术的创造力、现实
感和远景透视的能力。

读了路杨的著作，我感受到的是希望。对这一代青年学人来说，也许
远景如影随形，或者说，他们的学术生命就体现在人类的远景中。当然，

远景对于每个人都是以一种可能性而不是现实性的方式存在的，如何体悟、想象远景，如何建构新的远景叙事，却依然要在现实中去洞察，在历史中去求证。而在这本《构造与重造：新文学的话语与形式》中，作为关键词的"构造"，是路杨对新文学历史的内在结构和深层建构的揭示；而"重造"则透露出新一代学人既再造学术，也重建与前几代学者不同的独属于自身学术格局的愿景。

这部著作也显示出路杨的学术研究逐渐成熟的态势。她的文字精微、细腻、有情、严谨、缜密，同时又具有内敛的反思性，力图把思考化入历史和文本的肌理中。她的研究既有大的关怀，又避免了凭空蹈虚的泛泛而论，把关怀内化于一个个具有典型性的个案，以及细致入微的文本分析之中。假以时日，她的学术志趣和治学风格有望自成一体，成为研究界与众不同的具有独特个人性的存在。

路杨博士后出站后，有幸被她本科就读的母校接纳，在中央民族大学历练了三载，也拓展了研究视野，比如"战争与文学"、当代中国的情感政治、社会主义文化实践与文艺运动等，这也预示着未来研究的新的可能性空间。如今，路杨重新回到北大中文系，也希望她由此开启一个自我和学术的新的重造过程。

上升的想象

　　在"五四"以降的中国文学史中，如果说关于城市的故事是相对贫瘠的土地，那么关于乡土的叙述则是一方沃土。从鲁迅的《故乡》开始，文学家们就似乎更善于讲述乡村故事。新文学值得大书一笔的最初成就就是乡土小说，新时期以来最早被经典化的创作是寻根文学。而与此相应，20世纪中国文学研究的乡土领域也一向为学者们精耕细作，在老一辈文学研究者那里，关于乡土的著述也更容易取得实绩。在这一学术领域，想获致新的研究角度、视野和方法，似乎已经不那么容易了。

　　因此，罗雅琳的新著《上升的大地：中国乡土的现代性想象》选择以乡土为研究对象，多少有些出乎我的意料。也因此，在"90后"青年学人雅琳的眼中，乡土中国会呈现出何种与前辈不同的图像、视域甚至可能性远景，就令我陡升一种阅读期待，同时也不免有一丝狐疑，担心的是其乡土经验是否足够丰厚，是否会令自己的乡土研究成为无本之木。

　　当我拿到《上升的大地：中国乡土的现代性想象》这部书稿之后，首先翻阅的是注释和参考书目。当我看到雅琳在与相关前研究进行着充分对话的时候，开始感到放心。进而感到欣慰，雅琳的研究并非无源之水，而是在汲取前辈们提供的丰沛的营养的基础上起步的。正如她在书中所交代的那样："我突然意识到，'中国乡土的现代性想象'这一命题其实暗藏着与我十分敬重的三位前辈学者提出的著名命题进行对话的可能，或者也可以说，这是从他们提出的著名命题中延伸出来的一点心得。"前辈们的研究中，已经先期预设了一些为雅琳引路的"'中国乡土的现代性想象'之理论指向"。而雅琳所谓的这三位前辈的几种著述，也因此超乎一般意义上的参考书目，而呈现出与她自身的研究更为相关的关键性视野。其中，费孝通的《乡土中国》构成的就是雅琳与前研究进行对话的基础范式之一，也意味着费孝通先生早在 20 世纪 40 年代呈现的乡土研究图景，至今仍有统摄性意义。

如果用一两句话概括百年中国文学，不妨说乡土和都市的故事构成的是 20 世纪具有总体性的大叙事。在整个 20 世纪中国社会与文化格局中，乡土和都市的对峙构成了极其重要的图景。20 世纪中国的历史进程在很大程度上呈现为乡土与都市的冲突与互动，这种互动性与 20 世纪社会历史的总体特征有关。20 世纪是中国历史从古老的传统农业文明向现代工业文明和都市文明转型的时期，正是这种转型构成了文学创作的一个贯穿性的母题，甚至延续到了 21 世纪的今天。而在两极的互动格局中，更具有主导性的是乡土世界。乡土性不仅仅体现在广大农村中，更重要的是，中国的许多内陆城市也曾经一度生存在乡土文化的延长线上，从而导致了中国的文化传统是一种乡土文化的主导模式。当 20 世纪 30 年代的上海已经成为"东方的巴黎"时，北京却仍被看作是传统农业文明的故乡，一座"扩大了的乡土城"。正因如此，费孝通在社会学经典著作《乡土中国》中开宗明义地说："从基层上看去，中国社会是乡土性的。"这不仅仅指中国是一个具有广袤的乡土面积的国度，也不仅仅指中国的农业人口占据国民总人口的绝大多数，更意指乡土生活形态的广延性和覆盖性。乡土性对中国的社会生活，以及中国人的生存方式的影响，是基本的乃至全局性的，甚或影响到了中国作家和艺术家的审美认知模式。譬如第五代导演张艺谋的《摇啊摇，摇到外婆桥》，就是一部内含乡村和都市对比格局的电影，也是一部美感分裂的电影。之所以分裂，正是因为影片中描述上海都市情境的前半部分相对逊色，而后半部分把外景地移到一个荒凉的海岛上，电影叙事便一下子流畅了起来，也造成了电影前后两个部分风格的不统一，暴露出张艺谋与大都会的隔膜。而同为第五代导演的陈凯歌，拍得最好的电影是表现西北黄土高原的《黄土地》及展现知青插队生涯的《孩子王》。你会发现是乡土情结构成了这些影片的灵魂与底蕴，而乡村对第五代电影人，也正意味着支撑其艺术感受力和美感经验的深厚的故土。

理解了中国的这种乡土性，也就多少理解了为什么在 20 世纪的文学研究中，乡土研究一直是显学。但也因此，一些约定俗成的进而僵化机械的研究模式渐渐生成。雅琳的新著中所表现出来的学术自觉，首先就体现在对乡土研究领域既有范式的反思：

> 在讨论乡村与城市时，我发现自己总遭遇一个难解的问题。有几种常见的思路是需要批判的：一种是"城市高于乡村"的文化等级观念，以及随之延伸出来的、认定乡村的问题只有靠现代化和城市化才能解决的发展主义思路，另一种则是将乡村视为神秘和原始的浪漫主义思路。但除此之外，我们应该如何面对乡村之于城市在发展程度上的不同？我们固然需要将乡村与城市的不同理解为一种多元化的"差别"，而非以城市为单一标准的"差距"，但过分强调乡村的特殊性和自足性，以至希望它停留于某种理想中的样态（无论这种"理想"是充满人伦之美的"乡土中国"，还是风景如画的原始边地），是否让我们陷入了雷蒙·威廉斯所说的在城乡问题上的"欺诈"？

在城乡问题上的所谓"欺诈"说并非危言耸听，雅琳援引的是雷蒙·威廉斯在《乡村与城市》一书中的说法：如果认为"社会的发展进程应当停留在现在这个相对的优势和劣势状态、不再变化，那就是一种欺诈"。而中国乡土经验在整个20世纪直至21世纪的持续嬗变，其实早已提供了进行差别化描述的可能性，而研究者引入一种变量的动态叙事格局，则是还原乡土中国既有图景的丰富性的必由之路。雅琳的新著首先考量的正是突破已有的相对稳定的研究模式，在此基础上尝试贡献新的视野，其中一个核心的论述线索是，在乡土与都市之间建构一种新的整体性。以往的研究总有一种将乡土与都市、乡土与世界进行二元化区隔的倾向，而雅琳的研究试图揭示的是，从现代伊始，中国的乡村就已经与都市和世界胶结在一起，它们的边缘以及分界线从来就不是那么明晰的。尤其是在21世纪的今天，都市和乡土其实更是不可分割的：你在都市里吃的东西，大都是从乡村运来的；你在都市打拼，你的父母可能都还在乡村生活。每年春节至为壮观的被称为地球上规模最大的候鸟般迁徙的流动人口，也大都是在城市和乡村之间往返奔波。中国的乡土和都市因此呈现出的是一种彼此参照，一种交互嵌入或者互相依存的关系。

罗雅琳新著的另一个线索是，把乡土与现代性的维度更具新意地连接起来，因而真正展示出乡土视域的开放性及未来性。其中雅琳念兹在兹的一个核心向度，即"乡土中国"与"现代中国"的对接：

> 在我们意识到作为一种独立的文化形态的"乡土中国"之后，接下来的问题应该是：如何让"乡土中国"与"现代中国"连接起来？一种既是"乡土"的又是"现代"的想象如何成为可能？一个不得不面对的问题是：我们应该如何理解农村人对于定居城市、成为"城市人"的渴望——一种发自"乡土"，却向往着"现代"的渴望？这是否只是农村人失去了"主体性"的体现？要知道，正是这种渴望使路遥的小说《平凡的世界》成为畅销多年的经典励志书籍。

当路遥的《平凡的世界》被学院派文学史家普遍忽视甚至漠视的时候，雅琳独具慧眼地发掘到的，恰是在《平凡的世界》中寄寓着农村人在都市化的渴望中所蕴含的一种集体政治无意识，一种历史"主体性"，一种对于现代性的世纪向往。雅琳的新著由此就揭示出中国的乡土世界始终内含一种结构性的力量，这种力量即"现代性"。如果说以往的研究者更为关注的是在现代性的冲击之下，乡土固有的传统生活形态、价值体系、古旧的文化美感正无可挽回地在一点点丧失，以及伴随着丧失而来的怅惘的挽歌情怀，那么雅琳对我们习见的挽歌意绪和怀旧心态的恰如其分的警惕，更透露出属于她自己的独有的研究志向。

这就谈到了雅琳借助尼采的经典论述所捕捉到的"崇高"的范畴，而借助对"崇高"的阐释，本书生成的是堪称别致的美学意味，也展现了雅琳的乡土叙事中的一些独异的面向。与以往研究界所热衷的那些相对稳定的乡土研究对象不同，雅琳别出心裁地选择了具有边缘性的对象。正是在诸如斯诺、冼星海、光未然、路遥及刘慈欣所链接成的这个似乎有些另类的人物线索中，雅琳挖掘了通向崇高美学的可能性："他们都试图讲述人即使在极度落后的环境中也有通往崇高的可能。这是一种另辟蹊径的叙述。"而本书标题——"上升的大地",这个带有崇高感的意象也是对尼采的创造性挪用,雅琳重视的是来自尼采的《扎拉图斯特拉如是说》中的名言:"超人是大地的意义。"无论是对超人的激赏,还是对崇高的诉求,都使雅琳的研究显得别有怀抱。

但我更欣赏的,是雅琳对这个"上升的大地"的范畴持有的更繁复的反思性态度:"我又突然想起另一种'上升的大地'——《格列佛游记》中的飞岛'勒皮他'。飞岛是斯威夫特对于那些不接地气的知识人的反讽,我如此关注中国乡土的现代性想象中那些最令人振奋的形象,是否也是一种飞岛上的视角?因此,'上升的大地'既是我对'乡土中国'的奇情狂想,又会成为我对自己的一次反讽、一种警醒。"对于一个有着反思的自觉性的学人来说,这种自我反讽和警醒的姿态是更值得读者欣赏的。反讽和警醒也把一种非确定判断加诸雅琳自己的研究论域之中,使乡土视界更具复杂性和可能性。崇高也因此不仅仅是一种美学判断,更是一种蕴含了自我反思性的价值立场和经验预设。

雅琳的新著也赋予了"经验"范畴以新的内涵,并试图尝试一种"经验史"的写作形态。在雅琳的理解中,经验史既是方法论,也进一步化为自己的写作形态:

> "经验史"意味着,我们所关注的种种貌似宏大的问题,其实应当去日常的零碎经验中寻求答案。"经验"的范围既包括文学经验与音乐经验,又包括情感经验与生活经验。"经验"之所以能成为"史",是因为"经验"并非只与一时一地相关,若我们将目光放得更为长远,将会发现不同时期、不同地区的"经验"或许关怀着类似的问题。借助"经验史"的视野,我们希望可以从看似独立的文学、艺术、情感、生活案例中找到一种解释问题的可能方法,展望一种充满希望的历史远景。如果说流行的"后现代"学术是以"经验"解构大叙事、大框架的话,那么"经验史"的态度是"建构",是对以片段通往整全的可能性探寻。

所谓的"经验史",意味着间接的经验和审美化的体验,也足以为研究者可能并没有亲身经历的乡土世界提供感性学和认识论层面的双重积累。由此，雅琳发掘了"想象"在重构乡土叙事过程中的重要性，也可以说是发掘了"文学性"的重要性："这本小册子的核心是想象。"这本书的每一章，都可以说是以"形象"为关键词，因此最后的落脚点居然是刘慈欣的科幻作品，就可以理解了："在这个时代最流行的幻想作品中，最重要的主题不是卡尔·施米特笔下象征着现代力量的海洋，也不是'天空时代'占据主导地位的'火'与'气'，而是'大地'和有着'大地性'的中国形象。"刘慈欣的科幻并非"星辰大海"的科幻，而是"落地"的科幻，是属于"大地"的科幻。中国传统的乡土主题就这样飞升到了想象力的世界，或者反过来说也同样成立：幻想的世界终于落地生根。

在一般人眼中，乡土世界是与诸如"脚踏实地""泥土现实主义""面朝黄土背朝天"等名词、俗语联系在一起的。"面朝黄土背朝天"，即把天空的形象摒弃在想象之外。乡土似乎容不得想象和虚构，这也许恰恰预示了既有乡土研究可能最欠缺的维度，就是"想象"。雅琳却把想象视为自己的乡土研究的核心图景和视野。当雅琳的研究最后触及的是刘慈欣的科幻作品时，或许把想象的维度提升到一个极致的高度。至少刘慈欣的科幻小说，在某种意义上为乡土中国赋予了新的幻想性的维度。譬如在《乡村教师》中，刘慈欣把贫瘠的西北农村与宇宙中神级的文明扭结在一起，科幻的想象力为乡土视景增添的是新的文明论视野。而想象和科幻的空间也借此为我们熟悉的乡土赋予了陌生的维度，生发了新的文明生机，这就是雅琳建构的属于未来的乡土视野。

而雅琳新著的题目"上升的大地"这一具有本质直观特征的概括，本身就是对新的乡土图景和乡土研究的未来性的塑形，是形象化和想象化的提炼。雅琳的新著由此告诉我们，在 21 世纪的今天，对中国百年乡土经验的重塑，正是挖掘乡土新的活力和可能性，以及展示乡土世界的未来性的卓绝历程。

文学、1980 年代与重建感性学

——吴晓东专访

采访人：李国华（北京大学中文系副教授）

　　　　刘　东（北京大学中文系现代文学专业博士研究生）

时　间：2020 年 10 月 29 日

地　点：北京大学人文学苑

一、人文主义时代的文学

李国华（以下简称"李"）：老师好，首先非常感谢您接受我们的采访！以前听您说过，来中文系学习和您父亲对北大中文系的理解有关。我比较关心的是，这样一个私人的契机，和您真正来到北大中文系之后的体认有哪些关联面？这里面会不会包含着某种初心，或者说当时比较原始的、有新鲜感的东西？

吴晓东（以下简称"吴"）：应该说，我们那个时代到北大中文系读书的本科生，其实都是对文学有初心的。我之所谓"初心"，最早的确来自父亲的影响。他是中学语文教师，也曾经是一个文学青年，向往北大。1978 年恢复高考，当时我还在上小学五年级。记得那是一个大雪天，父亲对我说，你将来要读北大中文系。他也帮我从小就树立了一个具体的努力目标。我从小就在父亲的书架里翻书，记得书架上有 1958 年版的《鲁迅全集》和十卷鲁迅译文集，还有不少现代文学作品。

而我对文学的更切实的感受，其实是来自 20 世纪 80 年代。我们通常把它概括为"新启蒙"的时代，但以如今的眼光回头看，也许可以把 20

世纪 80 年代概括为"人文主义的时代"。整个时代的人文主义气氛是相当浓厚的，既延承了"五四"启蒙主义，又有新的西方人文主义因素的渗透，其渗入整个人文学科乃至社会科学领域，对各个学科都构成一种文化的、知识结构的甚至是某种精神性的支撑，因而是一种总体性氛围。80 年代这种总体性人文主义气氛，对我们每一个正在读大学的学子都有感召力。

当然如果做细的分梳，80 年代也称得上是"文学的时代"。所谓的"文学"，仍然可以按照柄谷行人在《日本现代文学的起源》中讨论的话题来概括，即文学具有重大意义的时代仍然没有过去，或者说文学在 70 年代末到 80 年代中后期，仍然起着重大的社会历史作用。这个"文学的时代"，在某种意义上是从新中国成立后的红色经典时代一直延续下来的。新中国成立后，红色经典的历史地位首先表明了文学时代的来临，红色经典对包括我们在内的几代人都产生了非常重大的影响。我们通过文学理解中国革命和社会主义是怎样到来的，进而在改革开放的新时期最早通过文学认识世界，文学的方式蕴含着理解人生的方式，甚至蕴含着理解一个时代的思想和世界观的方式。

这个"文学的时代"，可以说是在新时期达到峰值的，而我们这一代人恰恰是跟着"新时期"文学成长起来的。也许你们这代人难以想象，当年最早的伤痕文学，比如卢新华的《伤痕》、刘心武的《班主任》，包括后来的《乔厂长上任记》《新星》这样的所谓改革小说，对我们这代人产生的影响。可以说，文学真的构建了一个时代的社会认知、历史认知，甚至是精神结构，而对个别人来说，影响的还有情感结构。比如我在高中时读《晚霞消失的时候》，就特别迷惑于小说中提供的，我以往的历史认知中从未接触到的一种新的历史观，当时我真的困惑了好久，一直无法从小说的文学世界所展示的历史情境中走出来。这在某种意义上对我构成的就不光是文学启蒙，而且是思想启蒙，因为它迷惑了我的思想，也就触发我进一步思考思想和时代的关系，重新梳理自己的历史观和世界观。所以，这样的一些文学作品对我们这代人真是构成了切实的、切身的影响。也就是说，文学和我们的生命，和我们对世界的认知、对人生的理解都密切相关，那个时代的文学在社会和人文体系中起到的结构性作用，也许是当今这个时代不可想象的。

李：这样一种文学和时代或者说文学和个人的紧密关联，现在回望过去，如果要做某种剥离或分析的话，那么 20 世纪 80 年代或者是 50 年代到 80 年代，甚至是更早的 30 年代到 80 年代，对于这样一种文学的荣宠和个人的初心之间的关系，您有没有可能重新做出某种描述或理解？

吴：这个问题涉及的是时代的普遍氛围，比如我们那一代人，可以说都处在文学的时代的大气候中，但是具体到个人，可能每个人走向文学的路径，或者是接触到的经典阅读，都有所差异。

就我个人来说，我在高一的时候认真读了《红楼梦》，这对我来说可能是具有个体因素的关键环节。这部文学经典带给我的认知，可能决定了我最后选择中文系，甚至选择学术研究的人生道路。当然，《红楼梦》可能影响了每一代人，但对我来说有特殊的意义。我在初中的时候读《红楼梦》根本读不下去，但到了高一，我读了端木蕻良的传记小说《曹雪芹》，读完之后觉得一定要去认真读《红楼梦》，是《曹雪芹》激发了我重读《红楼梦》的热情，结果一发不可收拾。我在高一上半学期，包括寒假，基本上都在精读《红楼梦》。我买了蔡义江的《红楼梦诗词曲赋评注》，还准备了一个小本子，把《红楼梦》里的诗词全都抄在上面，包括篇幅最长的《芙蓉女儿诔》，上学的路上就揣在兜里，随时拿出来背诵一首，我当初背下来不少《红楼梦》里的诗词。

当时也顺带喜欢上了读《红楼梦学刊》，继而有了学术对话的冲动，写了一篇评论文章，叫《警幻仙姑论》，给了我的高中语文老师，向他请教。这就要说到高中语文老师对我不可估量的启蒙作用了。我的语文老师是郭锡良老师当年的大学同学，叫鲁克都，这位老师对我很喜爱，而我也特别崇拜他。虽然我的故乡地处边陲，但是有好几位老教师是很好的高校的本科毕业生，如果没有这批老师，我想考上北大几乎是不可能的。

比如语文老师鲁克都的古文素养就非常高，他看完我写《红楼梦》的习作之后找我聊，说可以进一步把它拓展成一篇学术论文，我也真的在他的指导下几易其稿，拓展成了上万字的文章。现在看来当然特别幼稚，但鲁老师竟然把它推荐给了《北方论丛》。后来自然是没有下文，但是在高中阶段，这篇文章的写作对我来说称得上是某种学术训练，或者说借助《红楼梦》的阅读和写作，我对文学研究也许稍稍有了感觉，对学术也许窥到了一点门径。所以我进入北大中文系之后，听系主任说中文系不培养作家时，我没有我的同学们那么失望。我觉得自己不见得能走写作这条路，不妨先试试治学。所以我后来的学术发展，现在看来，跟高中语文老师和我对《红楼梦》的认真细读，可能都有一定的关联。所以经典阅读带来的某种个人生命过程中的契机，有时是很偶然的，但有的时候又是必然的。

李：听老师讲，您高中的时候比较早地触摸到了经典，而且对学术产生了兴趣，我就产生了一个新的疑问，这样的由个人因缘带来的与文学的关联，对您而言，是不是与时代带给文学的那种荣宠相比，有更长久的滋养，包括带来了"文学性"话题在您的研究中位置的凸显？

吴：我觉得高中时对《红楼梦》长达一年的带点研究性的阅读，包括订阅《红楼梦学刊》，和我后来走上研究道路，或者是理解文学、理解文学性，应该是有关系的。我进入大学之后，我的同班同学都在写文学作品，还办了个班刊，把全班同学的小说、散文、诗歌习作编成了一本刊物油印出版。他们要我提供作品的时候，我说我写不出来，我就写评论吧，结果我就给同学们的作品写了一点评论，附在了刊物的后面。所以想走学术研究这条路，在当时构成的是我的某种朦胧的自我意识，也的确最后决定了我的人生方向。

李：在中文系的学习过程中，据我了解，您在大学四年更集中的阅读对象是西方 20 世纪的文学作品。这和《红楼梦》之间还是有一些跨度的，这个跨度是以时代的方式完成的，还是以个人的方式完成的？或者是不是有某种个人的因素，某种细读文学的能力，让您进入了一个现代主义的世界里面？

吴：进入大学之后，阅读西方现代主义作品是整个读书界的大气候，更有前沿性，也更容易让我们这些新进的本科生产生兴趣。20 世纪 80 年代中期正是存在主义影响达到鼎盛的阶段。像卡夫卡、加缪、萨特这些存在主义者，对我们之前那代学子都产生过重大影响。这种影响不仅渗透到了精神体系、知识素养和对世界的认知结构中，也渗透到了当时中国的整个文化思想脉络中。这点洪子诚老师在他的《我的阅读史》一书里谈得很好，他说我们对加缪《鼠疫》的阅读，可能事关我们对"文革"的反思，而并不是以一种"纯文学"的方式来接受。其实我们对西方现代派的热情，从根本上说是从现实处境中生成的，也事关我们对现实和历史的认知和理解。现代派文学也许在某种意义上催生了文学界对"纯文学"的理解，但所谓的"纯文学"也并不真正纯粹，它是被剥离和抽象之后一个简化的概括，学术政治和文学政治早已潜移默化地渗透其中。所以我们这一代人，其实并不完全是被所谓的"纯文学"这样一种学术思潮熏陶出来的，而存在主义所蕴含及指涉的多重面相，都构成了我们对西方文学的认知视野。

但是和恢复高考后最早的那批大学生相比，我们这代人经历的是从存在主义到结构主义的阶段。我进大学的时候，结构主义已经开始影响学界，过了短短几年，又变成了所谓的后结构主义，也就是解构主义开始成为某种占据主导地位的理论思潮，继而形成学术思潮，后来嬗变成某种文化思潮。所以我的求学生涯，经历的是从存在主义到结构主义再到解构主义这样一个思潮转向的历史阶段。

我还记得大一的时候旁听钱理群老师主持的学术前沿讲座课，请的一批老教授中有王瑶先生和林庚先生，他们好像都是最后一次登上北大的讲台，用钱老师的说法，是"天鹅的绝唱"；请的另一批人是学术新锐，他们讲新的方法论、新的研究视角。我记得当时请了现代文学的第一位博士王富仁先生讲他的博士论文，那是我最早感受到他的雄辩力。黄子平老师带来的是结构主义的研究思路，用"结构—功能"理论解读当代作品，那是我最初所接受的结构主义的影响。可以看出，1985年这个"方法年"，其实也渗透到了整个高校的人文研究领域。让我印象深刻的还有大二的时候，中文系请了李欧梵先生，讲了四讲关于鲁迅的《野草》，以及20世纪30年代中国现代文学中的现代主义的话题，那是我第一次领略海外汉学视野。我们对新方法、新思潮的接受真的是如饥似渴，这种求知欲其实从七七级和七八级的学长那里开始，也延续到了我们这一代人。

李：在我的了解中，在您的本科生活中有一个很关键的人，就是黄修己老师。在您的成长过程中，您会把他放到什么样的位置？

吴：黄修己老师的特殊性在于，他是我进入北大之后第一堂文学课"现代文学史"的老师，可以说黄修己老师带给我的是文学的启蒙。黄老师当时在课堂上的两个举措，对我都有影响。一是让学生自己在课堂上讲，让我们自己登上讲台解读文学作品。二是他在我们这个班上创办了一个现代文学兴趣小组，我记得这个小组里有我和王风老师等五六位学生，高我们两级的吴敏学姐，以及当时黄老师的访问学者田建民老师（他们二位如今都已经是现代文学研究界的著名学者），也参与了我们的讨论，黄老师会带领我们讨论作品，偶尔还请外面的人来对话。有一次，黄老师让我们讨论的是当时引起不大不小的风波的《青海湖》杂志上的一篇文章——《论鲁迅的创作生涯》。这篇文章认为，鲁迅写完《彷徨》之后就走下坡路了，以后的鲁迅就只会写杂文了，而当时按照"纯文学"的理论，杂文根本不算文学，所以作者认为鲁迅迎来的是创作的衰退期。我们对这篇文章的讨论稿，及我单独写的一篇短文《鲁迅存在创作衰退期吗？》随后在《青海湖》杂志上发表。这是我们这些初生牛犊最早介入文学界的一场讨论。

刘东（以下简称"刘"）：您刚刚说到 20 世纪现代主义文学对您影响很大，但这跟当时偏研究导向的课程之间是不是存在一种张力关系？

李：当时的外国文学老师有对您带来影响吗？比如，袁可嘉编的《外国现代派作品选》……

吴：在阅读领域，现代主义文学对我们影响最大的的确是《外国现代派作品选》这套书。但是我们上的课程恰恰相反，和西方现代派、现代主义的关联几乎没有。当时的中文系有两门和西方文学有关的必修课，一是"俄苏文学"，由俄语系的两位老先生来给我们上；一是"欧洲文学史"。但两门课都没有讲到 20 世纪西方现代派文学，所以当时对西方现代派的阅读，更多的是一代人自己的课外阅读取向，也是整个文学大环境使然。学院课程的设置从这个意义上来看稍有滞后，真正从课程体制的意义上引入现代主义文学很晚，也许最近这些年比较文学方向的车槿山、秦立彦老师，才开始在专业课中讲授 20 世纪现代主义。也正是基于这个原因，我毕业留校后决定自己开一门选修课，讲稿后来由三联书店出版，责编郑勇先生将其命名为《从卡夫卡到昆德拉》。

李：关于现代主义的话题，我比较关心的是，您为什么会以细读的方式去读这些作品，而不是以提取某种抽象观念的方式？包括我们作为后辈所见到的您的学术形象，可能最核心的部分是细读的能力和风貌。所以我还是想关心这样一个问题，就是为什么要去细读？现代主义的小说背后是不是有某种意识，让您觉得只有以细读的方式才能够把这些作品打开，是因为它有难度吗？

吴：你说的难度可能是其中一个最重要的原因，当时对大学生而言，想真正进入晦涩的西方现代派文学世界，可能还需要某些中介环节，这些中介环节就包括研究者和教师的文本解读。而作为一门课，从经典细读的角度一本一本地讲下来，更容易操作，所以第二个原因跟课程设计和讲授方法有关。第三个原因也许就像你刚才提到的，细读文本对接近文学性、触摸文学性甚至打开文学性，是一个特别重要的环节。这一点在当时可能没有那么鲜明的意识，是在后来关于文学性的理解和研究过程中，才发现文本是联通历史和理论的一个中介。因为如果不是纯粹研究历史和理论，像我们这种文学研究者，必须以文本为中介，才能够把理论和历史勾连在一起，建立一个所谓的"文本—理论—历史三位一体"的范式和框架。从这几个角度来看，当时选择对现代派作品进行细读和精读，是诸种因素影响和制约的结果。不过通过细读西方现代派作品，打开的面向还是很丰富的。关于我选择的那些文本，西方的研究已经很深刻、很透彻了，那么我的解读就应该同时立足于对西方研究界的了解，不仅要读文本，还要读西方的阐释史。在这个过程中，也是对整个西方的理论脉络和文化思潮、历史赓续的了解，这使我多多少少具有了这种大的综合性的视野，再重新进入文本，就有助于打开文本的多重空间，也丰富了对文学性的理解。西方对现代派作品的研究背后既有历史，也有理论解读、文学感悟，在理解新的形式探索及背后的认知结构和审美方式的同时，也会为文本解读带入一个相对完整的阐释史和细读史，而这些解读史因作品而异，面向也各有不同。所以只有借助文本细读的基础工作，才能把西方笼罩在文本之上的各种理论、思潮和解读方式、阐释视野相对完整地呈现出来，也有助于我们回过头来解读自己的现代文学和当代文学的文本。

李：我觉得您的细读可能不是从《从卡夫卡到昆德拉》开始的，而是从1999年出版的《阳光与苦难》开始的，至少我自己当年是从读那本书的时候开始注意到您作为一个读者和学者的形象的，那代表着您本科阶段和现代主义的关系，以及在现代主义意义上和中国现代文学的关联。在这种关联里边，您是如何把中国现代的历史和20世纪80年代的具体历史语境勾连起来的？为什么加缪会成为您表达时的一个核心的中介或要素？

吴：就我自己的本科生和硕士生阶段的阅读来说，加缪的确特别重要。加缪对我们这一代人，甚至对洪子诚老师那一代人都构成了特别大的影响，这一点你从洪老师的那篇精彩的文章《"幸存者"的证言——"我的阅读史"之〈鼠疫〉》中就可以看到。这可能是因为加缪既有存在主义的哲学背景，又能把自己的哲学相对完美地艺术化为文学创作。不像萨特，在萨特的文学作品中，也许理念、哲学的味道过于强烈了些，但加缪真的是兼具哲思和文学感性，创造了真正的文学世界，由此呈现背后的时代和哲学思想。在这个意义上，加缪可能与我们文学系出身的学生的阅读趣味更吻合，对我们也形成了更大的影响。而使加缪对我有格外影响的，是杜小真翻译的《置身于阳光与苦难之间》，那里面呈现的关于人生苦难和激情的表达，好像更能吻合我们那一代读书人当时的心理情感的某种结构，或者说打开了某种结构。总的来说，我觉得加缪的代表性在于，他是把一种哲学的、精神性的质素和文学性的先锋探索结合得比较均衡的作家，所以他对我们那一代人的影响也是综合性的、精神性的、情感性的。他那种理解生命激情的方式，当时真的是很魅惑人的，包括他的文学形态，也对我们理解西方的现代派文学，有直接的触动。

李：当时有"萨特热"，但没有"加缪热"。"萨特热"在中文系或者说在当时北大文史哲的氛围中，是怎么涨潮的，后来又怎么落潮的？为什么在您这里，萨特好像被区隔开了？

吴：应该说从对存在主义哲学体系的贡献来说，萨特是更重要的，萨特提供的是关于存在主义哲学的一些最基本的，或者说最哲学性的理解。从存在主义的意义上来说，或者从存在主义这个时代的意义上来说，当然萨特的位置是更为重要的，甚至是远为重要的。

李：这里边会不会有某种文体的时代感，比如 20 世纪 80 年代可能是一个小说和诗歌的时代，而戏剧不怎么受重视。就我个人的阅读经验而言，萨特的戏剧剧本的力量可能是要超过加缪的小说的。他的剧本在表达文学介入存在和虚无的关联时的力度，我个人觉得可能是强过加缪的，对于 20 世纪 80 年代这样的一种文体的政治学，您有什么样的记忆？

吴：其实萨特对我们文学系的影响，可能也不止于他的《存在与虚无》这样的哲学著作，也同样包括文学的影响，他当时的文学作品《墙》《恶心》

其实也是被广泛阅读的。而且从文学作品体现哲学思想的意义上来说，萨特文学作品中的哲学意味当然更为鲜明，影响也就更为直接。即使是从文学这个角度来看，萨特的文学对存在主义的贡献可能也仍然要超过加缪。所以当时形成"萨特热"，而不是"加缪热"。这在某种意义上也是必然，因为萨特真的代表了一个时代的思潮。但当时是不是有所谓的文体的政治学、文体的选择问题，我感觉好像没那么鲜明，或者说"萨特热"在文学意义上的生成，不是因为戏剧或者小说的文体选择的因素，不是因为在当时的中国文坛戏剧形式更有政治反抗的动能。虽然当时或者随后，整个中国的话剧也成为先锋文学的重要表达领域，尤其是西方的荒诞派、表现主义的话剧，以及高行健的话剧实验，所掀起的关于先锋文学的理解热潮或者说波澜是不亚于其他体式的，或者说是不亚于小说的。

李：您刚才提到对西方现代派的阅读，包括后来的研究，和学院之间似乎是有距离的。这背后其实有一个非常大的话题，就是您在北大中文系问学的过程中，到底什么对您而言更有影响力或冲击性，是学校里边还是院墙外面？

吴：虽然中国的大学校园一般都有围墙，这也是与西方大学的一个重要的区别，但在我们问学的时代，其实围墙内外有一个良性互动，就是我们可以超越院墙，学院空间和整个社会思潮的互动性比较强，学院里的思想可以溢出围墙直接影响社会，社会思潮、文化思潮也同样影响了高校的学者及学生，所以我们当时受整个时代思潮包括文学界思潮的影响应该是很大的。在这些影响中，现在回顾起来最重要的是讲座。我们当年听讲座完全不是只限于中文领域，像经济系的经济预测、国政系的国际政治分析、社会学系的关于中国农村问题的讨论，包括李泽厚来讲美学，我们都是趋之若鹜，所以讲座真的是对我们开阔视野有特别大的影响。当然接下来就是阅读，包括对经典的阅读、对西方现代派的阅读。然后就是上课，老师们带来的东西当然很多都是有前沿性的。虽然基础课的设置稍有滞后，但北大最大的好处就是永远有老师开新的选修课，也就会带来新的理论、新的方法。而且北大老师也会请国内外的知名学者把最新的研究带进来，所以我们永远不缺新潮的刺激。

当然这跟课程之间可能会有一些错位，课程的影响力取决于你遇到的是哪位老师。比如我大二上学期的"当代文学史"是洪子诚老师讲的，我一下子就被洪老师迷住了，当时我也特别喜欢当代文学，因为正在创生中的当代文学对学文学的人永远是有直接的影响力的，这是必然的。如果一个时代选择读当代文学的研究生少了，那这个时代的文学甚至时代本身肯定是没有生机、死气沉沉的。当年我们读本科的时候，也正是文坛刚刚形成寻根文学热和朦胧诗热的时候，而洪子诚老师在课堂上对寻根文学和朦胧诗的精彩分析直接激发了我的文学感受力，于是就立下壮志，将来要跟洪老师读当代文学的研究生。这就涉及了基础课的重要性，无论是"现代文学史""当代文学史"还是"文学理论"，都很重要，因为从课程的意义上说，其对本科生的影响是很大的。比如，我从黄修己老师的"现代文学史"和洪老师的"当代文学史"那里所获得的文学启蒙，是任何选修课都代替不了的，因为它们提供的是更完整、更具基础性的理解文学的视野。

二、"文学性"的边缘

李：谢谢老师回应这么多。在这个部分我还想接着问一个问题，是从李泽厚那里生发的。在 20 世纪 80 年代那样一个大的历史语境中，是不是有某种"泛文学性"的存在？

吴：我刚才所谓的文学的时代，是从文学的角度来概括的，但也许哲学系的学生会说那是一个哲学的时代，或者说是一个美学的时代。我昨天上课的时候还说，我 80 年代买的书，除了外国文学作品之外，清一色的是哲学和美学书籍。而到了 90 年代，史学著作开始在我的藏书中占据更大比重。所以就 80 年代而言，我刚才试图在总体上概括出一个人文主义的范畴，这个范畴也许就会把哲学、美学、历史、文学诸种思潮整合在一起，形成一种整体性的人文思潮，而李泽厚正是这样一种人文思潮的代表。他对我们文学专业影响最大的是《美的历程》，包括后来的《华夏美学》。我记得王风老师本科一年级时带了一本《美的历程》到北大来，我们争相传看，轮到我时差不多是整本抄录，《美的历程》对我们一代人的影响可能是后人很难想象的。我个人认为，当时建构出来的是中国知识界的共同体，这些人文话语实际上是打成一片的，而且彼此之间是互相声援的，这可能是当时的一种总体性的思潮。所以在我们看来，李泽厚贡献的是真正有深度的哲学思想和美学思想，提供了怀疑主义的认知视野和理论解释。

李：那是一个大家对哲学、美学特别感兴趣的时代，但同时那个时代的比较有影响的学者，他们的文学兴趣都特别浓厚，或者说通过文学文本去表达问题的兴趣特别浓厚。所以我想在这个意义上来问，在80年代，在您的问学过程中，是否存在着某种"泛文学性"的状态？在这个意义上，进入专业领域之后，对于文学性的理解，是否会有一个不断锤炼、精确或者重新开放它的可能性的过程？

吴："泛文学性"的说法有一定的道理，也就是说对当时整体的人文主义思潮，包括对纯粹的哲学和美学思潮进行理解，其中理解的中介也许仍然是文学，即通过文学来认知一个时代的思潮的转向、历史的转向，或者一代人的心理结构、精神诉求。而时代精神结构中的感性的那一部分，的确可以在当时的文学中找到。这个文学当然不光是指正在创生的从伤痕到反思再到寻根文学的脉络，翻译过来的西方文学也同时构成了一个参照。在这个意义上，文学的位置的确很重要，而文学的位置的重要性，也在某种程度上依托于哲学和美学提供的解释框架。就是说理解文学也许还是要建构在一个哲学和美学的思潮背景中，所以当时的文学依然可以定义为"大文学"，就像你所说的"泛文学"，这个概括对描述当时的文学的位置是有合理之处的。

而进入具体的专业研究，就涉及我怎样理解和界定文学性，因为毕竟自己的专业领域是文学。而文学研究界对文学性的理解，其实既与整个时代对文学的位置的感受相关，也与文学的先锋性相关。我个人至今仍然高度评价整个现代主义文学思潮对我们那一代人的影响。虽然从整个学术发展脉络来看，这些年有一种反思现代主义的倾向，认为我们当年对现代主义思潮的影响估计得有些过度，或者说有失偏颇，或者只看到了现代主义的某些面向。现在看来，20世纪80年代对现代主义的吸收当然不是唯一的面向，不能抹杀80年代同样影响我们的西方各种各样的文学资源。其实一起被重新译介过来的，还有欧美现实主义，包括俄苏文学，也包括19世纪的浪漫主义，如果我们只持一个现代主义的理解脉络，肯定会抹杀其他文学思潮的影响。而这些年来，我们对 19 世纪以前的西方文学也重新重视起来，这有助于我们重新建构一个整体性的西方文学视野。但即使如此，我还是高度评价现代主义的文学，因为它提供的既是对时代思潮的某种具有总体性的知识结构的理解，对 20 世纪本身的理解，也可以具体化生成为对文学本身的理解，也就是 20 世纪现代主义创生之后，文学性的概念才真正得到了拓展。当然这也是因为 20 世纪创生了一些用以往的文学概念难以解释的艺术形式和文学图景，只有建构新的关于文学的理解或者关于文学性的理解，才能为 20 世纪的文学提供真正的阐释。

就我个人的学术脉络而言，我觉得博士论文的选题还是很重要的。我当初跟随孙玉石老师读博士，最后选择的是"象征主义与中国现代文学"的题目。现在看来，象征主义给我带来的更深刻的影响，其实是在诗学层面。象征主义是一个诗学性比较强的文学思潮，它建构了新的诗学范式，意味着对它的解释也要落实在诗学层面。所以后来我的研究思路基本上是沿着诗学展开，并试图从形式诗学出发向文化诗学拓展，这个诗学视野在某种意义上也影响着我对文学文本的关注，对文学性的重新认知。当然，在 20 世纪 90 年代后来的文学发展或文学史脉络中，对文学性的理解一定要打破它的边界。我们一直在拓展文学性的外延，一直在把它的边界向远处拓展，能够拓展多远，可能取决于每个时代对文学的不同的认知和理解，但整个学界都经历了一个对文学性研究的转向。而文化诗学就是我试图为文学研究提供的某种文化视野，以及打通文学与外部社会历史之间的关联性、边界性的桥梁。

李：文学性的话题，可能也是洪老师当年跟您做访谈的时候处理的一个非常关键的话题。在那次访谈的基础上，我还想问一个问题，为什么是"文学性"这样一个概念、符号，或者说它所关联的方法和视野，构成了某种中枢性的存在？另外，您刚才的说法中也包括如何打开文学性或者拓展文学性的边界，我自己更关心的问题是，为什么要这么做，这是为了回应什么？是回应自我的焦虑、问题，回应自我的某种学术生产和生长的需要，还是想重建人文知识者和时代的关联？

吴："文学性"概念的运用可能首先是一个策略性的考虑，因为 20 世纪 80 年代的"纯文学"和"先锋文学"的范畴在 90 年代已经耗尽了历史能量，需要寻求新的描述方式。而你说的最后一点可能是终极落脚点，即在回应自我的焦虑、问题，回应自我的学术生长需要的同时，也多多少少隐含着重建人文知识者和时代的关联的内在心理驱动。

李：我还想问到整个 80 年代以来，是不是存在着某种重建感性学的愿景？

吴：对。比如在李泽厚那里，他在新时期对学界和思想界最初的影响是对康德的整体性研究，横亘康德的哲学和美学，但最后的指向可能还是立足于美学的，背后就是感性学的重建。或者说李泽厚试图借此重新激发一个感性时代，重新建构中国人的情感生活或者是美学视野，这个美学当然就和"感性学"概念的重新还原和激发密切相关，当然也就跟文学视野建立了密切的联系。

但是就文学的学科化进程而言，我们总要为文学研究寻找自己的范畴和概念，也许"文学性"就是这样一个策略性的范畴。但是"文学性"概念也内含着一眼就能看出来的危险性，即一旦说"文学性"，就很容易导致对它的本质化的理解。而我觉得 20 世纪 90 年代有一个良性的学术发展脉络，这个脉络就是反本质主义，或者说力图建构一种相对主义。当然今天也许要重新反思某种过度相对主义的诉求，但 90 年代的确是一个解构本质主义的时代，而"文学性"同样是一个容易被本质化的概念。之所以选择"文学性"作为策略性的范畴，是因为我们不知道怎样来界定文学，或者说是不知道怎样为文学赋予关于它的本质性的理解。

李：也就是说，您是在解构主义的脉络上使用"文学性"概念的。

吴："文学性"概念只能在解构主义的意义上来理解。只有在解构主义的意义上来理解，我们才能够为"文学性"概念赋予我们希望赋予的内涵。这些内涵其实都是被文学发展历程，比如西方现代主义文学的发展历程、西方现代理论的发展历程，包括 20 世纪 90 年代以后的中国文学历史进程，所赋予及所打开的，所以背后仍然是一个历史的维度，只不过需要把这个历史维度真正带入"文学性"的理解框架之中。不管怎么说，想固守某片文学的疆域，肯定是不可能的，而且固守的姿态也是一种作茧自缚。我们只有既扩展关于"文学性"的理解，又坚守文学的某些所谓的本质——这又构成了一个悖论，"文学性"概念永远是个悖论式的概念——才是一种可取的姿态，或者才可能生成某种可操作性。为什么要拓展"文学性"概念呢？可能还是想建构一个可以操作的范畴。否则，从本质上理解，"文学性"最后肯定就变成了同义反复——"文学性"就是使文学成为文学的东西。但我们只有从历史的维度，或者说从扩展它的外延和边界的意义上，才能够为它赋予内涵。在某种意义上，这的确是解构主义策略才能实现的目标和理想。

李：从理论上来说，您刚才的说法，其实是结构主义和解构主义相互缠绕的对于文学性的理解。在布拉格学派那里，文学性就是使文学成为文学的东西，但解构主义恰恰要把这个东西打破，把它变成一个拓扑学式的概念。拓扑学式的概念意味着内部似乎有东西，但其实是空虚的，以这样的方式去因应 20 世纪 90 年代以来的社会状况，这个社会状况不仅是中国的，也是国际性的。我想知道在这样一种状况中，您可不可以对您个人的应对方式中，想出击的、激进的面向和想守住的、固守的面向各自做一些描述？

吴：这个话题很好，有助于拓展我们对"文学性"的理解。首先，还是从结构和解构的辩证或者是悖论形态的角度来看。解构主义试图解构掉一切，但我觉得结构主义的合理性不能被抹杀，结构和解构的互动或者说彼此参照的视野可能更为全面和完整。当然它也是策略性的，但相对来说是可操作的。因为所谓的"结构"是建构某种东西，但是建构了之后未免自我封闭，一个封闭的范式经过若干历史阶段后，它的生命力肯定要耗尽和枯竭，这时就需要解构来打破。但是也不能把所有的结构都打成一盘散沙，变成一地碎片。所以我个人是在一个结构、解构互动的动态格局中来理解文学、文学研究和文学性的，至少这是我的策略。

这样带来的好处就是，结构的视野意味着我们会坚守一些东西，就是文学最基本的一些范畴，比如我们刚才提到的感性、审美、心灵世界、人类生活的境遇和细节，这些东西也许是其他学科领域不会特别关注的。虽然社会学、历史学都会触及我刚才提到的问题领域，但是它们没有这样专门地、精微地处理我们生活世界的感性和细节，对感性和细节的关注恰恰是文学的优势。文学最后坚守的是形式和审美，因为如果没有形式，没有形式背后的审美，那么文学就什么也不是，这是我们必须坚守的东西。但通过解构，我们又会在文学中带入很多更有历史感的、更有哲学深度的新的观照视野，从而真正把历史、社会的面向带进来，其后果不是冲垮了文学，而恰恰是丰富了文学，或者说形式背后无法去除的正是社会和历史。最近若干年值得学界关注的社会史视野下的文学研究思潮，也正是试图把社会史带入文学。但在我的理解中，我们带入的东西不是外在于文学的，如果带入的社会史视野和历史学视野，仅仅提供了一个外在于文学的历史解释，这当然不是我们所理解的历史和文学的关系。我要看到的恰恰是形式化的历史，或者说是内化于文本世界中的、真正决定了文本的形式和文本内文学图景的具体生成的历史形式，也就是内化于文本中的或者文学形式中的历史，这种内化的图景对我们来说可能才是真正有意义的。不然的话，我们的文学研究可能仍然会成为历史学、社会学的附庸，而难以确立文学学科的自律性和自主性。

李：这样一种思路，我觉得可能带有某种理想的成分，认为文学研究把政治、历史或社会视野带进来之后，会生成一种内化的、形式化的图景，事实上，它们之间应该是会有矛盾的，这个矛盾怎么处理？那种把文学性解放之后，重新带入更加宽阔的视野的研究，比如说您近十多年的研究，从《〈长河〉中的传媒符码》到郁达夫的审美主体问题、风景问题，再到对张爱玲小说中阳台空间的解读，在这样一种研究思路的变化过程中，会不会有一些比较大的焦虑或矛盾需要处理？

吴：你所提及的我的上述研究，这个过程一开始可能是一个被动的过程。20 世纪 90 年代所谓的"学术转型"，具体来说是历史学转向，对我们这一代人都有影响，我一度也想做点历史学的研究。这种历史学转向有很多正面的影响，不光是文学研究的史学化，而且像心态史、文化史等视野，的确带来了从历史的维度重新理解文学的某些向度。这些向度其实是有魅力的，所以我对史学转向的思潮也曾经一度很着迷，有些自己的研究，所谓的被动转向就是受到了这些方面的影响。但对我产生直接影响的是新历史主义，是文化诗学，文化诗学也试图把历史的因素带入文学研究中，它会和所谓的形式诗学相结合，它不是去文本中心的，而是能够把历史和文本整合在一起，进而重新建构一些文学内部图景，重新在历史中安置文本，或者从历史中钩沉文本。比如达恩顿的《屠猫记》这样的新文化史研究，它所带来的一系列文本和个案的解读，令我耳目一新。我对沈从文小说《长河》中传媒符码的关注，也正是借助现代传媒研究的新视野，不借助这一视野来观照，可能就不会发现《长河》中存在如《申报》《大公报》等这样一些传媒符码。既然我们用新的视野来观照文本，我们就可能带出一些新的讨论空间，同时这些讨论空间又和文本研读并行不悖。所以我有一段时间试图尝试的就是这样一些解读方式，但是借鉴的痕迹或者是受新历史主义影响的痕迹也比较明显。比如像《中国现代审美主体的创生——郁达夫小说再解读》一文，就受到了伊格尔顿的《审美意识形态》及福柯的知识谱系学的影响。但我个人还是试图从正面的意义上来评价这样的影响，正是借助这样的一些影响，我们才能够发现郁达夫、沈从文等作家的创作中某些以往我们不是特别关注的面向，有助于重新理解一些经典的作家和文本。

后来我的研究路数略有调整，比如近年来写的两篇文章，一是解读骆宾基的《北望园的春天》，一是解读钱锺书的《围城》。我试图使一些研究思路更内化于文本和文学研究的脉络之中，比如讨论《北望园的春天》中的反讽问题，我就觉得我所讨论的反讽是内化于文本中的，而反讽又是需要我们去辨识的，只有把外在的语境引入文本，才能辨识小说中的反讽。在这个意义上，文本仍然不是自足的，它仍然内化于20世纪40年代的语境，不理解战争年代的文化政治语境，我们就很难辨识小说中反讽因素的存在；但这个反讽又毕竟是通过小说内部的研究，包括对叙事者的关注，对小说中所生成的各种距离的观照，才能辨识出来的。总的来说，对文学性边界的拓展其实是解放了文学研究者的研究思路，否则就容易被束缚住手脚。但这个解放又不是无边的，仍然还想再坚守一点文学的东西，这些文学的东西在我这里也许是关注文本、关注文本细读。我试图建构一个以文本为中心的，兼及理论和历史的解释框架，这个解释框架其实也很平常，大家也都在实践，只不过我还是想强调文本的中介性和文本的细致解读的重要性，因为只有把文本真正打开，才能够为理论和历史安置它们的"肉身"。在某种意义上，我也还是想笼统地强调一下所谓的"文学研究"，即使不谈"文学性"研究，但至少可以回归某种经典意义上的文学研究。因为这些年来的文学研究的历史化现象蔚为大观，在某种意义上，文学本身的确是被忽略或者被放逐的。不过近几年来，重新回到文学的声音也越来越响亮了。

刘：我记得您之前也跟我们分享过华东师范大学的倪文尖老师对文本细读的重视，说倪老师希望在阅读文本的过程中寻找到一种读"透"、打通的感觉。我觉得两位老师对文本细读的重视大方向是一致的，但可能还是存在微妙的不同。拿您常用的比方来说，您往往会用"照亮"了文本的说法，就是说文本本身是黑的，光打到了这里，有一个"符码"会因此浮现出来。但倪老师认为研究者要直面文本，遇到政治我们要谈政治，遇到人情我们要谈人情，最后要把一个东西抓到手里。文本在这里不是黑的，而似乎是可以穷尽的东西。所以我会觉得这里面还是存在着微妙的差异的。

吴：在学术取向上，我们俩应该说是比较相似的，都关注文本细读。但文本细读也有一个怎么读的问题，有个阅读的方法论的问题，文尖在这方面思考得比较多。他形成了很多术语，比如他讲要读"通"文本、读"透"文本，还讲求读"入"文本与读"出"文本，细读文本之外，还要"重读"文本，不是重复的"重"，而是轻重的"重"。这样他就总结出了一些深入浅出的范畴，也有可操作性。这样一些属于他自己的独特的语词，其实意味着他解读文本时形成了自己独特的视野。别人也讲文本细读，但有的人读文本是为了更大的理念或宏阔的论题，只是借助文本做例子。倪文尖首先关注的是要把文本读通、读透，这就是以文本为中心归宿，把某一篇文本从头到尾、从肌理到结构、从行文的脉络到作家的立场彻底地理清楚，我们可以命名为"文本中心主义"，这当然是正面的评价。但文本细读也不是一味地固守文本，文尖也还是要借助一些外部的东西来进行观照，所以他的思路跟我有相似的地方。但我的研究有时候可能是从某种理念出发，再去细读文本，但文尖不是。所以我说文尖老师是有正面突击的气魄的，或者说他的解读方式真的是直面文本，正面遭遇，这是最难的。好在他对文本的选择也是非常挑剔的，经得起他正面突击的文本也并不多，主要是那种有症候性的潜台词丰富的文本。他也由此催生了若干文本，比如丁玲的《夜》、铁凝的《哦，香雪》等，现在都已经有了很多研究文章，在某种意义上都是从他那里开始的。这是他的独到之处，他往往能看到别人没有看到的地方。

实际上我们都是在读"缝隙"，有时候也像庖丁解牛一样，是在解"缝隙"，在读症候，这就需要技巧。他的读法里还是有比较明显的解构主义知识谱系的，我们这代人多多少少都有些解构的意识。

李：我仍然特别关心的是，20世纪90年代以来，学术界的科层制越来越明显，有很多学者如汪晖、陈平原这些前辈，以及您的同辈学者如罗岗，包括跟我这一辈有关联的社会史视野下的现当代文学研究，都有一个跨界或穿梭到不同的知识领域，试图打破科层制限制的过程，背后包含着对科层制划分之后知识研究的不信任。而您的研究基本上还是在一个相对稳定的范围内进行的，对您而言，这样的选择除了刚才陈述的原因之外，会不会还有其他的考量？

吴：这个话题触及的是20世纪90年代以来整个当代学术的具有总体性的大问题，即所谓的跨界，所谓的边缘研究，在某种意义上这和我们现代学术的总体特征有关。大家都说现代性是一种整体性的方案，它触及的是历史和社会的方方面面，那么我们的研究在某种意义上也应该是整体性的、统合性的。但是整个现代学术发展的历程却很吊诡，一方面是现代社会和现代性本身具有总体性和整合性，另一方面是，20世纪最大的学术发展特征就是分工越来越精细，学科壁垒越来越鲜明。所以进入20世纪90年代后，学界鼓励交叉研究、跨界研究或者整合性的研究，这个思路是合理的，或者说是有某种历史必然性的，当然它也很难。总的来说，这是一个学术转型的大方向。

我个人的选择可能一方面是出于对自己学术个性和限度的认知，另一方面也是出于某种个人的兴趣。我觉得即使是跨学科研究，也得首先形成自己的疆域，然后去和其他学科的边缘接触和对话。也就是说，你首先得有自己的专门的研究视野，有自己研究的某些自足性，才能够跟其他的学科相融合，彼此才能真正构成互补和激发关系。所以我个人坚持一些文学性的研究，一方面可能出于个性选择、个人限度，因为我的研究可能不像学界公认的几位顶尖学者的那样有更大的格局，可以引领学术发展的方向，另一方面可能我个人的特长也不在于此，而在于某种文学研究自身的东西。这就变成了双重选择，一是个人兴趣，一是也想坚守某些东西，然后才能够构成自己的个性和优势。

三、重建感性学

李：我想继续从您在中央民族大学会议上的一个说法开始。您讲了社会主义的阳光和现代性的阴影，当然其实是社会主义的阳光和社会主义的阴影的问题，对应的或者构成参照的是一个现代性的话题，您也做了相关的描述，就是现代性是一个具有总体性的方案。那么我想要问的是，现代性是谁的总体性和谁的现代性？为什么当社会主义试图去建立一种物质生活及相应的文化和人类情感经验时，它被现代性方案判定为是一个需要克服的对象？

吴：这个问题特别有历史感，20世纪80年代之后尤其是90年代的学界之所以生成了一个非常前沿的概念，即"现代性"，在某种意义上恰恰是出于反思中国社会主义的现代化实践，或者说也和走向世界之后的全盘西化，和告别革命的文化思潮有密切的关联。这个时候我们就发现，"现代性"这个概念是有反思性的。而在西方学界，现代性也蕴含着对现代本身的一种自反性的思考，它和"现代化"这一纯然的历史乐观主义的正面范畴是不同的。而社会主义也内含着现代化的历史愿景，但我们当年不知道现代性，"现代性"概念其实是整个人类自我反省的体现。所以从正面的意义上来看，20世纪80年代我们对社会主义革命和社会主义历史的反省与西方现代性的自我反省，实际上汇成一体了。

当然你刚才的问题很有历史感。我觉得这个问题在今天有它的合理性，当我们今天重新思考中国革命和社会主义的历史实践的正义性及正当性的时候，这些东西仍然应该作为珍贵的遗产被打捞。但我在这方面体现出来的也许是一种中间主义的姿态，我认为社会主义作为一种历史实践，它有难题性和悖论性，阳光和阴影就像打碎的鸡蛋，蛋清和蛋黄混在一起，难以彻底厘清。所以我刚才的思路，在某种意义上也是想把社会主义遗产的合理性打捞回来，但是也还想说现代性经验不光对世界是有意义的，对中国反省自己的世纪历程也同样有意义。

你问是"谁的现代性"，你的判断背后肯定有某种质疑，因为一旦问到"谁的现代性"，就是要分清对立双方，这是一个立场问题，就像我们说"谁的世界"，之类的表述一样。现代性源自西方，所以 20 世纪 90 年代以来我们用现代性概念来反思我们自己的历史实践时，是不是也有点被西方的现代历史叙述带跑了？当然我们需要把它进一步语境化，跟我们自己的社会主义难题和实践中的悖论性真正结合起来。在这个意义上，对现代性视野的使用也的确存在着一个需要加以反思的前提。

李：在您前面的回答中，我觉得有一个非常重要的话题，就是 70 年代末以来在重建感性经验的过程中，背后会同时存在一些反命题。比如认为前面二三十年是一个缺乏感性经验的时代，或者是一个感性经验不正常的时代。而正面的命题可能就是重新发现内面的人，重新发现我们的心理深度，重新确立日常生活的价值。我想问的是，当现代性作为一个反思性概念出现的时候，是不是只有指向日常生活，指向一种日常的感性经验，才能呼唤或者建构出某种新的审美、感性学，或者是重建"人"？

吴：这个话题可以从西方现代性、现代历史进程和中国 20 世纪 70 年代以后的历史进程这几个角度来讨论。首先，中国的 20 世纪 70 年代末可以说是从"文革"时代走过来的，所以强调新感性，强调新的美学经验，当时主要发现的是日常生活的价值和日常生活中的美学。但这个脉络其实也是西方在反思自己的现代性设计的过程中生成的，比如马尔库塞的《单向度的人》和其他一些感性重建的理论。两者在一定意义上是吻合的，西方是从反思现代性的意义上来思考这个话题的，我们是从反思社会主义经验、社会主义实践的意义上来建构这个话题的，两者的源头可能略有差异，但旨归有相同的地方。那时候我们的世界主义经验全然是正面的，从 20 世纪 80 年代的"走向世界"和"走向未来"这两套丛书的名字上就能看出来。但这个理想只在 20 世纪 80 年代短短地存在了一段时间，直到 2020 年，在某种意义上暂时彻底幻灭了。所以你从感性或者新感性的意义上讨论这个话题，可能揭示出了 20 世纪 80 年代的某些历史面向，包括整个世界的格局。

但也许我们在强调新感性的时候，又对某种日常生活的价值、中产阶级的价值或者小资的文化的崇尚方面，表现得有些过度，可能到了物极必反的阶段，这个阶段同样也是西方马克思主义力图批判的。我们一再强调日常生活的时候，当然重建了所谓的"人"，重建了人的感性，重建了人的丰富性，但这样的"人"是不是我们需要的"人"，或者我们设想的人的全面发展，是不是真正实现了一种关于"人"的远景和理想？这种"人"的理想和"现代的人"就有关联了，比如柄谷行人发现的"内面的人"其实正是现代性装置生成的结果，这样一种"人"的确就像一种理论设计，是在温室中用某种生长素和人造基因培植出来的，这是不是马克思主义意义上真正解放和自由发展的"人"？这个问题可能确实值得进一步讨论。20 世纪 80 年代，"人"的主体的确得到了张扬，但当时张扬的关于"人"的主体和理想，是不是后来我们发现的 90 年代以后进入了日常生活、消费主义时代的那个"人"？ 20 世纪 90 年代的"人"是当年倡导的"人"的理想的真正实现，还是走向了它的反面？这个话题也是可以进一步讨论的。

李：这就来到了第三个问题，对于文学或者文学性的理解，为什么会侧重于内面的、感性的、日常经验的等这样的字符串所描述的文学？这些概念和现代性是有关联的，您怎么判断这样一种理解文学的方式的合理性和历史正当性？在这个意义上，是否存在和这样的理解完全不同的文学判断，或者是能够兼容这样一种文学的判断？

吴：这就可以进一步打开关于文学性的话题和范畴。在有些研究者的视野中，文学性会具体化为内面的、感性的、日常生活的面向，包括 20 世纪 90 年代以后生成的当代文学，处理的都是这样的经验世界，包括人的琐碎的日常生活。

但是这样理解文学性可能只是其中一个层面。我当年跟薛毅在关于文学性的访谈和对话中，其实把文学性理解成了一个境遇化的范畴。如果把日常生活转化为生活世界，那么"生活世界"的概念更应该是文学性所关注的视野和维度。生活世界也许比日常生活更广大，人的境遇会不会由此和人类的整个历史、命运、未来都建立起了一种更宏大的联系，进而超克所谓的消费主义时代、琐碎的人、日常生活的人的格局？当然，我们也不能排斥日常生活的价值，我们今天不是说要告别 20 世纪 90 年代以来的消费主义时代的日常生活，这种日常生活的确使中国的老百姓获得了满足感。但我们作为文学研究者和文学创作者，如果缺乏对更宏大的人类历史远景和整个人类命运的关切，就会陷入无法发声的境地。当我们只关心日常生活的时候，人类重大的历史转折一旦来临，也许我们就不知道怎么来应对或者怎么来言说了，因为我们离开重大的历史时刻已经越来越久远，冷不丁来了一个，就让我们大多数人变得语无伦次。所以文学性也应该涵容这样的宏阔视野，不然我们对文学性的理解就会越来越狭窄，或者越来越琐碎。20世纪90年代以后，有一个历史面向曾经是正面的，就是所谓的琐碎历史时代的来临，告别大叙事、大历史。但我觉得到今天为止，我们需要重新抵达大叙事，或者重建某些大叙事，没有大叙事，就无法因应人类历史突如其来的大的格局变动。

李：那么和现代性有关的第四个问题是，为什么这些年您的整个研究领域和视野是诗学的？我会觉得您的研究，包括整个学术界和从事文学生产的人，都有一个典型的状况，就是我们关注的是一个常人的或者低于常人的世界，以及对它们的研究。这种诗学在某种程度上来说，是一种矮化的诗学，对于这样的问题，您会有什么样的考量？比如说我们会把《尤利西斯》中写得极其粗俗的日常生活的意识流，当成奥德修斯式的东西，那么在什么意义上它是有合法性的？

吴：应该说《尤利西斯》是正面肯定和负面反讽并存的，这就涉及现代生活的悖论性。悖论性就在于：一方面现代人只有乔伊斯笔下这样的尤利西斯，另一方面这样的尤利西斯被呈现出来，也许就隐含着乔伊斯的某种反讽，我觉得小说里面总体的文化反讽、美学反讽还是存在的，他揭示的也许是20世纪人类生存的某种常态。但问题是，我们要不要接受这种常态？我们在接受这种常态的同时，还能不能有所作为，我们的有所作为应该体现在什么地方？你提到的诗学的矮化倾向，也许有，就像以前英美新批评达到琐碎的地步后，就越来越失去有效性和合理性，目光会越来越短浅。诗学研究如果做得特别琐碎精细，虽然也很精致，但的确也会流于矮化，所以你的提问是有针对性的。但这不是诗学本身的问题，因为当我们试图引入新历史主义的文化诗学的时候，他们的追求实际上是很宏大的，恰恰是关注诗学和历史如何整合的问题。

李：但新历史主义的历史观本身是一种矮化的历史观。

吴：新历史主义是有这个问题，满足于所谓的日常生活的价值和琐碎历史细节的钩沉，重建的是一种精细的历史解读。但我觉得文化诗学也能建构出宏阔的格局来，在这个意义上，如果要对文化诗学有所发展，我们就需要赋予它更宏阔的观照和历史构架，赋予它更宏阔的文化史格局，以及真正的文化视野、长时段视野，这个长时段视野也是年鉴学派本身所具有的。所以文化诗学包括文化史研究、心态史研究，还是可以打捞出一些正面的或者说有所突破的东西的。也就是去除琐碎诗学或者是形式诗学中一些特别琐碎的面向，重建某种宏大的格局，这种重建和刚才我们讨论的历史的宏大主题、宏大命题的重新钩沉，也是一致的。在诗学研究领域，我们同样需要这种宏观的历史面相，但这些都是说起来容易，真正做起来很难，需要研究主体具有某种宏大的眼光和意志。这个话题其实为文化诗学本身也提供了一个可能的前景，包括达恩顿的《屠猫记》这样的研究，一方面它的视野还是有可取之处的，另一方面它也的确有琐碎化的倾向。虽然研究的话题是很大的，但它其实是大处着眼，小处着手，在这个过程中，大小之间进退失据的情况也难以避免。

刘：之前您聊到，20世纪80年代接触的文学教育和社会氛围对您来说可能要比课堂更重要，我们今天其实也面临类似的问题，就是中文系要先培养研究还是先培养感性。在您的经历里面，似乎您是无缝地进入了研究的理想状态，但这其实不是每个人都能做到的，我觉得这也是惊险的一跃。

吴：这个话题很好，因为文学感性和学术研究的关系问题是很多本科生初学者都会产生的困惑，他们往往觉得自己只有感性，进入不了研究，或者是担心进入了研究，自己的感性又被磨平了。我觉得好的研究不会把感性磨平，这两者应该是互补和齐头并进的，不是谁超克了谁，或者谁把谁抹杀了的问题，真正好的研究，就是两者的互动和互补。但现在我们要么两者都缺，要么就是缺其中一个，都不是理想的。真正理想的研究境界就是让两者在整个学术过程中如影随形，所谓的"随行"不是两条道上跑车，而是并肩一起走，缺一不可，这可能是理想的文学教育，也是理想的专业教育。那么这背后就涉及"人"的发展问题，也就是说，文学教育最后的落脚点是"人"还是专业研究者。我们这些年大讲通识，通识教育想塑造的是一个"人"，一个完整的"人"、理想的"人"，然后才是专业人。通识教育把"人"放在专业之前，因为"人"是基础，这是正确的，但我们毕竟是专业研究者，大学里并不完全是培养"人"的。虽然终极理想永远是"人"，但大学里面培养的还是专业研究者或者专业人士。所以我个人觉得，通识教育对本科来说是一个很好的理想，但是对研究生而言，通识教育这个提法就有点太基础了。但是它本身也正是立足于某种基础的，因为通识是本科教育中的一个根基。但现在很多人好像把它完全变成了目的，而对研究者来说，尤其是对研究生阶段来说，事实上远不止这样一个基础，它不去除通识教育阶段那种感性的培植，同时还要经过所谓的专业磨砺。按照陈平原老师的说法，学术史也是个精神磨砺的过程，精神磨砺的视野是应该被带进来的。

李：我最后其实还想问一个问题，在您对 20 世纪 80 年代的描述中，有一个理想的学术共同体存在，这样的学术共同体意识，在今天似乎难以复现。您怎么看待这一现象？

吴：我觉得这个话题相当重要，对所谓学术共同体的感知，我有三段相关的经历。一个是进入 1990 年之后，我和周围的硕士同学形成了一种连床夜话式的谈学术、谈阅读的交流模式，这是我今天才使用的正面的描述方式，而当年的实际情形就是大家一起喝酒熬夜。但是很多话题都是这样聊出来的。我们每个硕士同学的方向都不一样，因此称得上是优势互补，每个人都带入自己的学术背景。那个时段对我研究能力的拓展是很重要的，我从周围同学带来的学术视野中，感受到的是自己的知识结构逐渐丰满和完善的过程。第二个学术共同体就是读书时钱理群老师的小屋内所汇集的各色人等，既有钱老师自己的学生，也有校外一些慕名而来的无法分辨职业的读书人，也有当时刚刚留校的青年老师。我在读本科和研究生的时候，在那里就遇见过陈平原、黄子平、李书磊、韩毓海这些老师，他们讨论的话题让我们这些学生非常长见识。那也算一个流动的学术共同体。第三个是 1997 年钱理群老师组织我们青年学者去桂林讨论诗化小说，整整讨论了半个月之久，有点像拉练。那次与会者除了钱老师自己的几个学生，还有出身华师大和上师大的几位，我跟几位上海学者一下子变成了好朋友，后来也一直保持交流。这也是钱老师当年希望的，他觉得他的导师王瑶先生和上海的钱谷融先生的弟子之间保持了非常好的学术交往，自己的弟子和上海的王晓明等老师的弟子之间也应该保持这样的学术交往。结果我和倪文尖、罗岗、薛毅、刘洪涛等，在此后也继续保持了密切的交流，这也是某种意义上的学术共同体。

我觉得将学术视为天下公器的说法永远有效，所谓"圈子化"的确是现在的大问题，不光是高校，整个学界都是如此。但是在高校里，我们曾经有过好的传统，就是钱理群老师说的，他们的师兄弟那一代人，每个人都有个性，每个人都不一样，但又互相欣赏和尊重，而他们的学生则可以选择自己感兴趣的老师、方向和学术理路。其实我觉得今天我们现代文学教研室的老师们也都有个性，钱老师言及的这个传统大体上还没有丧失。所以重建学术共同体也是今天的要务，哪怕三五成群的读书会，也可以看作是小的共同体，大家既有相似的学术取向，同时又允许不同的声音、不同的立场并存，这样才能真正对学术有利。

李：天下为公，多么古老而新鲜的愿景！谢谢老师，今天受益匪浅，访谈先到这里吧。

读书人的德性与职业伦理

——答李浴洋、李静

（编者按：文学研究者怎样减轻职业的倦怠感，不去怀疑文学研究与文学批评本身的价值和意义呢？ 2018 年出了四本书的吴晓东教授说，可以"漫读"经典。"阅读"是一门学问，事关读书人的德性，更事关教师学者的职业伦理。围绕上述话题，《文汇报·文汇学人》特约李浴洋、李静对吴晓东教授进行了访谈。）

一、作为"生活方式"的"漫读"

文汇报： 2018 年您有四部著作——《梦中的彩笔：中国现代文学漫读》《废墟的忧伤：西方现代文学漫读》《如此愉悦，如此忧伤：20 世纪文学经典漫读》与《1930 年代的沪上文学风景》——出版。其中，前三部犹如一个系列，皆以"漫读"为题，而您在书中讨论的对象，大都可以计入"文学经典"的行列。我们今天的访谈，便主要围绕这三部作品进行。

我们注意到，其实您的第一部个人著作《阳光与苦难》便是一部典型的"中西现代文学漫读"之书。此后的《文学的诗性之灯》同样也可以置于这一序列当中。收录在这些著作中的文章，大多并非严格意义上的学术论文，而是介于"文学研究"与"文学批评"之间的具有美文性质的学术随笔。大概是从《漫读经典》（《如此愉悦，如此忧伤：20 世纪文学经典漫读》即该书增订版）开始，您有意使用"漫读"这一概念指称自己的此类写作。在我们看来，您的这一选择——包括对"漫读"这一概念的使用——是十分自觉的。

您在《漫读经典》的"后记"中说："漫无目的地阅读中外文学经典，偶有所悟，就草成文字。"这是我们能够找到的您对"漫读"所做的为数不多的定义。那么，能否首先请您解释一下，究竟何为"漫读"？"漫读"与我们通常理解的"文学研究"及"文学批评"之间的关系是怎样的？在您的学术生涯中，"漫读"何以成为您最为重要的工作领域甚至生活方式之一？

吴晓东：如果可以把"漫读"理解为一种阅读习惯甚至生活方式的话，我想追溯到本科阶段的阅读，一方面的确是漫无目的，另一方面则是完全出于兴趣和热爱，没有什么功利性的考虑，就像王国维视艺术为"超然于利害之外，而忘物我之关系"一样。尤其是经典作品，更需要那种尽可能"超然"的、去除了功利心的"漫读"，也许反倒贴近今天所谓的"通识教育"的精髓，起的是为毕生的素质打底子的功用，有助于培养真正的文学趣味。

后来，文学研究与文学批评成了我的职业，"漫读"的纯粹性就大打折扣，但仍然想与专业学术研究拉开点距离，想强调对文学经典的阅读可以不那么正襟危坐、如临大敌。也只有这样，"漫读"才可能成为相对恒常的"生活方式"。而作为"生活方式"的经典漫读，不应缺少的是审美的愉悦感。对经典的批评阐释也同样可以如此。比如伊格尔顿在《文学阅读指南》中强调的就是：看似深奥的文学分析也"可以是快乐的"。约翰·凯里在《阅读的至乐》中也称自己选择图书的标准"就是纯粹的阅读愉悦"。也许，"快乐""愉悦"最终构成了"阅读"的最低但也同时是最高的标准。

当然，漫读经典的过程中不仅仅有快乐和愉悦，真正的中外经典带给你的更多的是忧伤的阅读体验。而忧伤可能不仅与愉悦感没有矛盾，在某种意义上，阅读的忧伤体验是更高级的愉悦。

而我喜欢的那种文学研究及文学批评，从某种意义上说是建立在"漫读"的基础上的，否则硬着头皮去做的文学研究和文学批评，是缺乏愉悦感的，偶一为之尚可，长此以往，会让人徒增职业的倦怠感，甚至会因此怀疑文学研究与文学批评本身的价值和意义。

文汇报：《梦中的彩笔：中国现代文学漫读》与《废墟的忧伤：西方

现代文学漫读》作为您的"漫读"系列的两部新作，分享了同一篇"代序"——《"阅读的德性"》。而您在文中不仅引用了学者张辉的观点——"如何阅读是知识问题，但更是读书人的德性问题"，还勾勒了一条文学"阅读学"/"阅读史"的线索：其中既有特里·伊格尔顿、托马斯·福斯特、翁贝托·埃科与哈罗德·布鲁姆等人关于"文学阅读"的著作，也包括洪子诚的《阅读经验》（洪老师在这一·领域值得关注的著作还有《我的阅读史》与《读作品记》）。您似乎是在有意接续这一文学"阅读学"/"阅读史"的传统，是这样吗？如果是的话，您的"漫读"理论与实践，在这一谱系中占有怎样的位置？更进一步来说，"漫读"之于"文学阅读"的主要经验又是什么？

吴晓东：概括得不错，"阅读"的确既是一门学问，也事关读书人的德性。你勾勒的从伊格尔顿到哈罗德·布鲁姆，再到洪子诚先生的"阅读学"谱系，的确是我渴望跻身其中的，他们抵达的阅读境界也是我心向往之的，既有典范化的具体阅读实践，也可以生成一些值得进一步阐发的关于阅读的理论。比如你提到的洪子诚老师近年出的几本书，"阅读"都是其中的关键词。这几本书不仅呈现了个人化的阅读历史和洪老师所代表的那一辈教师型学者的阅读经验，在我看来还提供了值得总结的"阅读观"，也就是说，它们是关于"阅读"本身的书。对教师和学者来说，阅读是最基本的要求，同时也构成了职业伦理。但是对文学阅读有着像洪老师这种自觉的学者，在中国还是较为稀缺的。所以通过总结像洪老师这种专业读者的文学阅读经验，可以讨论人文学者怎样审视自我、主体，以及人文学者如何通过阅读与历史建立关联性等更具哲学意义的命题。而洪子诚的"阅读史"，一方面有助于我们考察中国学院知识分子在共和国历史中积淀的世纪性的情感、记忆乃至"精神遗产"，另一方面也有助于我们思考经典阅读和文学教育的问题。我最看重的是，文学阅读在洪老师那里表现为一种对自我的持续的省思，自我的建构在洪老师那里，就有对人生岁月的"阅读"所留下的一种长久性的时间刻痕。这就是文学经典体现在一个人身上的历史性、持续性或者说过程性，以及某种未完成性。文学作品在阅读环节的未完成性，是阅读过程本身具有本体性的特征。

我本人所谓的"漫读"当然还称不上理论，但我所景仰的，正是洪子诚老师的这种阅读姿态。

二、"普通读者"的范畴启示我们关注大众中的"读经典者"

文汇报: 您"漫读"的对象大都是"文学经典"。这让我们想到关于"经典阅读"的问题。我们发现,伴随着"通识教育"日渐成为一种时尚,"阅读经典"也日益成为一句响亮的口号。"阅读经典"自是无可厚非,但在具体的教育实践中,应当如何建立起"经典"之于"读经典者"的切身感与及物性,同样是一个不容回避的问题。这是因为"经典"中通常更多蕴藉的是某种永恒价值与普遍意义,而对任何一部"经典"的阅读与接受,则是在十分具体的境遇与进程中展开的,有时"读经典者"的知识状态与精神状态还会起到一定程度的"决定"作用。倘若对此没有足够的自觉的话,那么"经典阅读"是非常容易导向知识上的"傲慢与偏见",以及与现实世界的隔膜的。以"经典"为"经"的现象,在学界与文坛屡见不鲜。我们想知道的是,您在阅读与教学中,是如何处理"经典"的超越性与"读经典者"的现实经验的具体性之间的关系的?

吴晓东: 有研究者重拾弗吉尼亚·伍尔夫的"普通读者"的概念,可能对回应这个问题具有一定的启示性。关于什么是经典,我一度喜欢博尔赫斯的定义:"经典是一个民族或几个民族长期以来决定阅读的书籍,是世世代代的人们出于不同的理由,以先期的热情和神秘的忠诚阅读的书。"这段话正是从阅读的角度来定义经典的。但对这段话也"细读"一下,会发现博尔赫斯用的"决定"这一措辞还是意味深长的,比如谁来决定?谁有权力决定?怎样决定?背后是一个人们熟知的经典被建构的历史过程。而这个"决定"的过程,既是普通读者的历史性作用日渐减弱的过程,也是我们这些学人和文学研究者的专业阅读与阐释得到制度性保护的过程。所以对学者所建构的"文学正典"的纯正性的维护,成为学院制度不可或缺的组成部分。20世纪现代主义的兴起,更为专业研究者或者说专业读者提供了制度保障。因为普通大众离开专家的普及性的阐释环节,想读懂《芬尼根守灵夜》或者《荒原》这类现代主义经典几乎是不可能的。因此,随着现代主义的兴起,"普通读者"的概念必然逐渐萎缩。

纵观中外文学史，普通读者其实充当过重要的角色。从传统的普通读者的角度来看，不止一位史家把 19 世纪看成是阅读的黄金时代。一大家子人饭后围着一根蜡烛或者一盏煤油灯，听有文化的长者或者正在上学的少年读一本长篇小说，是 19 世纪特有的非常温馨的场景。这一大家子人都是 19 世纪小说的忠实读者，同时也是最普通的读者。而至少在伍尔夫的文学时代，普通读者依然是最大量的"读经典者"，他们对经典的塑造和形成起到了至今无法比拟的作用。所以，今天重读伍尔夫的《普通读者》一文，或许可以为文学阅读问题提供一点启示。这篇文章一开始就引用了英国文人约翰逊的一句话："能与普通读者的意见不谋而合，在我是高兴的事；因为，在决定诗歌荣誉的权利时，尽管高雅的敏感和学术的教条也起着作用，但一般来说应该根据那未受文学偏见污损的普通读者的常识。"伍尔夫评论说："约翰逊博士心目中的普通读者，不同于批评家和学者。他没有那么高的教养，造物主也没有赏给他那么大的才能。他读书，是为了自己高兴，而不是为了向别人传授知识，也不是为了纠正别人的看法。""所以，作为批评家来看，他的缺陷是太明显了，无须指出了。但是，既然约翰逊博士认为，在诗歌荣誉的最终分配方面，普通读者有一定的发言权。"

"普通读者"的概念运用到今天，它的有效性首先需要被辨析。比如在今天的阅读历史情境中，何谓"普通读者"？有没有一个阅读群体可以作为一个平均数或者最大公约数来分享"普通读者"的概念？普通读者是怎样阅读经典的？这些都是需要讨论的。不过尽管如此，"普通读者"的概念还是具有一定的启示意义。文学研究者唐伟说："如果说趣味问题不仅是一个艺术问题，也是一个社会政治问题的话，那么以艺术为追求的专业读者俯身探究普通读者的阅读趣味，这本身不就是社会复杂性的一种呈现吗？""文学阅读是否先天内在地注定了其大众性和平民性的趣味属性？而即使是作为专业读者，首先不也是一个普通读者吗？"

唐伟的这番话点到了我的软肋，看穿了我的文学理念背后的学院精英立场。或许从我当年本科读书时喜欢上西方现代主义文学起，就从未考虑过文学的大众化和平民性，也从来没有产生过普通读者的意识。近来偶尔关心一下普通读者的阅读境况，发现我们所谓的"文学经典"都不在他们的阅读之列，他们读的都是在我看来与经典一点关联都没有的流行读物。有的文学研究者就难免产生心痛之感。这是不是也与专业研究者的失位及专业研究者与普通读者的疏离有关？因此，唐伟的批评使我开始反省自己的文学阅读，以及关于文学经典的判断。而"普通读者"的范畴启示我们关注大众中的"读经典者"。而落实到经典文学的阐释环节，则需要与貌似高深的专业学术研究有所区隔，文章应该尽量写得有可读性和感受性，尤其应该注意在经典阐释的过程中带入当下的生存境遇的参照性。所谓"参照性"，不是说一定要把现实关怀直接带入经典解读，而是尽可能地挖掘经典作品中与当代人的心理感觉、情感结构、现实境况、未来远景更有相关性的视野。而在教学实践中带入现实经验的具体性，相对会更容易一些。

文汇报：在您的论述中，"阅读"不仅是一种"技艺"与"修养"，更是一个读书人特别是文学研究者的"德性"与"职业伦理"。具体到"文学教育"的范畴，您曾经指出，当下"文学教育的后果是学生学到了一套套的话语和理论，而艺术感受力、对经典的判断力以及纯正的文学趣味却丧失掉了"。而在《梦中的彩笔：中国现代文学漫读》与《废墟的忧伤：西方现代文学漫读》中，您也多次直言不讳地批评目前"文学教育"存在的问题。这些问题归根结底，大概都与"阅读"在"文学教育"中的缺席有关。根据您在其他一些访谈中的论述，您是相信"经典阅读"可以改变，或者至少部分改变这一状况的。那么，能否请您结合自己的阅读与教学经验，谈一下"经典阅读"的有效性何在，还有在当下的"文学教育"中重建"经典阅读"的可能性有多大，以及这一努力遇到的主要困难是什么？

吴晓东：我想通过延续前面的"通识教育"的话题来回应你这个问题。我理解的"通识教育"首先是经典作品的教学，把对经典的阅读落实到每个学生必修课的实践之中，并且用讨论班的方式让学生对经典直接发言。我开设的通识课程《中国现代文学经典选讲》，即试图从经典作品中所体现的思想、语言、审美等方面来综合设计，引导学生感受一些更为纯正的文学理念和审美观念。"通识教育"所强调的素质教育，重要的面向就是人文素质，而文学素养在其中又占有非常重要的位置。因此，文学教育担负着养成更为纯粹的文学鉴赏力和文学趣味的使命。从这个意义上说，经典文学有不可替代的重要性。我个人觉得，在经典文学里有一些更纯正的、更不可替代的、更永恒的因素。而缺乏经典阅读的读者可能会存在审美缺失的问题，比如对什么是好的文学、什么是好的电影就缺少一点认知和判断的能力。蔡元培先生曾经试图用美育代宗教，他对于美育的重视，就可以看成是使人文素质得以落实的一种途径，背后是一种作为文化精神甚至人文信仰的审美范畴。而"通识教育"通过文学经典来熏陶审美精神，可能是一个可以在制度层面践行的维度。换句话说，就是可以通过高校相关部门比如教务部制定规章制度来具体落实。

我这两年间关于"通识教育"所得出来的核心感受，可以概括为两个词，一个是"读"，一个是"悟"。所谓的"读"，想强调的是读经典的方式，应该细读、慢读，还有重读。重读在某种意义上也是阅读经典的一条必经之路，就像卡尔维诺所说："经典是那些你经常听人说'我正在重读……'而不是'我正在读……'的书。"真正的经典是必须要重读的。比如《红楼梦》的粉丝可能会在一生中把《红楼梦》读上几十遍，仅浮光掠影地读上一遍，是很难领悟《红楼梦》的博大精深的。再就是细读和慢读，经典一定不能读快了，只有通过细读和慢读，才能真正地去感受、去琢磨、去思索，这就是"悟"的过程，从而才能把对经典的感受化为自己悟性的一部分，化成自己的审美感知的一部分，或者说最后积淀为自己的审美结构和情感结构，使一部经典真正融入自己的血肉。

而经典阅读所遇到的真正的困难是，越来越多的国人甚至职业读书人，从中小学生到大学生，甚至各级教师，都不再花时间读经典，因此就更谈不上"悟"了。

三、我们依旧生存在 20 世纪的后果里

文汇报：您的《漫读经典》一书曾以《我们曾被外国文学经典哺育》一文作为代序。而今，您又将此文收录到《废墟的忧伤：西方现代文学漫读》中。对此，我们理解为，您意在凸显"外国文学经典"在您的文学趣味与文学视野的养成过程中发挥的重要作用。您在文中提及："想要了解 20 世纪人类的生存世界，认识 20 世纪人类的心灵境况，读 20 世纪

的现代主义文学经典是最为可行的途径。"这让我们不由得想到您的《从卡夫卡到昆德拉：20 世纪的小说和小说家》一书。我们发现，您在该书中集中讨论的卡夫卡、普鲁斯特、乔伊斯、海明威、福克纳、博尔赫斯、罗伯·格里耶、马尔克斯与昆德拉，也是《废墟的忧伤：西方现代文学漫谈》中的"主角"（当然，您在新著中还讨论了其他外国作家，但基本也都在 20 世纪西方现代主义作家之列）。在某种程度上，您可谓是"吾道一以贯之"。

　　不过我们注意到，您在《我们曾被外国文学经典哺育》一文中曾经说到，您对于现代主义文学的接受是与中国 20 世纪 90 年代初期独特的时代背景和历史境遇直接相关的。但这一原本带有某种事件性的阅读经验，在您身上却最终成为一种相对稳定的（文学 / 历史）感觉结构。您曾说，出版《从卡夫卡到昆德拉：20 世纪的小说和小说家》一书是"我个人对'80 年代'的一种'告别'"。可是我们觉得，您此后非但没有"告别"，反而再三回首与致意。如果将您的阅读行为本身也进行一种历史化的分析，能否请您谈一下您是如何看待自己在过去三十年间不断阅读西方现代主义文学作品的历程的？在不同时期（例如 20 世纪 90 年代初期、2000 年前后与当下）是否会有不同的侧重？您"吾道一以贯之"的根本原因又是什么？

　　吴晓东：我一直认为我们今天依旧生存在 20 世纪的后果里，20 世纪的阳光和阴影依旧笼罩着我们，而且可能还会笼罩很久。所以对 20 世纪的现代主义文学的持续的兴趣，其实更与我们对今天的世界认知的渴求有直接的关联。

　　以卡夫卡为例。对卡夫卡的持续关注，正是因为卡夫卡描述和洞察的世界就是我们现代人的世界，甚至也是今天的世界。我们其实很多时候是借助卡夫卡的眼睛在认知这个世界，这也必然会使得卡夫卡与 21 世纪的读者之间的联系是一种源于人类对自身命运的体认和表达的维系。如果说像马尔克斯这样的魔幻现实主义作家，更多的是影响其他作家的想象力和技巧，那么卡夫卡影响的则是看待世界的方式，是观察力和思想力。卡夫卡的思想是有魔力的，是具有渗透性及超越性的。20 世纪的不少现代主义作家都有这种品质。

中国人一开始接触《变形记》这样的小说，读到开头所写的，主人公格里高尔·萨姆沙一天早晨醒来后，发现自己躺在床上，变成了一只大甲虫，惊诧之余，会倾向于从西方文化的异化的角度，以及从西方人的异化的视野来理解这一描写的预言性。但随着《变形记》在20世纪日渐成为世纪文学经典乃至世界文学经典，人们对其预言的普遍性就慢慢形成共识，譬如《变形记》状写的是人的某种可能性。格里高尔变成大甲虫，就是卡夫卡对人的可能性的一种悬想。在现实中人当然是不会变成甲虫的，但是变成甲虫却是人的存在的某种终极可能性的象征。昆德拉就是从人的可能性的角度去评价卡夫卡的，他说："卡夫卡的世界与任何人所经历的世界都不像，它是人的世界的一个极端的未实现的可能。"卡夫卡小说中虚构的世界，传达的是20世纪人类想象在可能性限度上的极致。如果说20世纪80年代中国文学界接受《变形记》，主要关注的是其中反映出的人的异化及物化的图景，那么今天我再读《变形记》，可能更关切的是小说究竟是如何以写实的方式凸显荒诞的，关注的是卡夫卡的写实主义文学技巧。

当然到了今天，我对自己当年的态度也有所反省。也许20世纪的西方现代主义更深刻，但是18世纪和19世纪的现实主义和浪漫主义文学更博大。进入21世纪，我又补读或者重读了一些西方18世纪和19世纪的现实主义小说，也同样着迷于奥斯丁的《傲慢与偏见》、狄更斯的《双城记》、托尔斯泰的《安娜·卡列尼娜》及契诃夫的《带楼阁的房子》。文学是积聚的，并不是替代的。在今天来看，文化遗产是一个历史性的积累过程，每个历史阶段的文学都有经典性。

文汇报：您的专业方向是中国现代文学研究。您认为由20世纪西方现代主义文学经典养成的文学视野与文学趣味，对于从事中国现代文学研究具有怎样的启示？

吴晓东：读西方现代主义文学经典，或许有助于使自己的文学视野和文学趣味复杂化和多元化，这对一个中国现代文学研究者试图呈现一个同样复杂的文学史原初图景，是很有益的。还是以卡夫卡为例，卡夫卡的创作有一个很重大的特点，即追求某种"非成熟性"，或者说他笔下的文学内景具有某种未完成性，是文化和价值的悬疑和断裂，因此也是历史的未完成性。卡夫卡的"未完成"已经成为一种模式，构成了现代主义文学的重要特征。就像我们在现代小说中往往看到的是开放性的结尾一样，卡夫卡的未完成也是对生活世界保持开放性的一种形式，不仅仅指卡夫卡的《城堡》等重要小说没有结尾，更是指它最终无法获得总体意义图景和统一性的世界图式。当卡夫卡在自己的时代无法洞见历史的远景的时候，他就拒绝给出一个虚假的乌托邦愿景，在小说的叙事层面就表现为一种"未完成"的形式。

当然，如果我们站在今天的历史位势去审视卡夫卡对 20 世纪西方文化的贡献，随着卡夫卡的经典化，你也可以说他贡献了另一种"成熟"的经典尺度。这就是 20 世纪的现代主义文学所表现出的一种"怀疑的深刻"的成熟。近来有研究者开始反思和质疑 20 世纪的现代主义思潮，我认为有其历史的合理性，但是总担心在倒掉洗澡水的同时，把浴盆中的孩子也扔出去了。20 世纪的现代主义的主流，现在看来，并非全部充斥着荒诞和虚无主义的美学和世界观，而恰是以反思荒诞和虚无为旨归的。当然作家们在状写荒诞和虚无的同时，思维背景和文学情绪中难免具有荒诞和虚无的底色。但是更重要的是，20 世纪的文学为我们提供了思考和认知这个复杂的世纪的感性直观，也不乏本质直观。而卡夫卡的作品，就是我们洞察 20 世纪的本质的最富有力度和深度的部分。

从卡夫卡那里，我们可以了解到一种认知现实及既往历史的犹疑态度，研究者不再把历史打磨为一种光滑的叙事，而是揭示出其复杂的褶皱。历史可能是匆匆忙忙的，有些历史阶段可能进行得极为仓促，即使那些看似经过精心准备和设计的历史阶段，也都暗藏着无数的岔路，提供着历史的别种可能性，这也为我们提供了多重思考的可能性空间。

四、文化诗学可以建构一种关于文学性的总体性视野

文汇报：您在《如此愉悦，如此忧伤：20 世纪文学经典漫读》的"后记"中，提及美国国会图书馆主办的第十二届国家图书节，其主题是"塑造美国的书籍"，同时也展览了"塑造美国的八十八本书"。您引用了理查德·罗蒂在《筑就我们的国家：20 世纪美国左派思想》一书中的观点，

认为美国历史上的经典"深刻影响了美国人的自我定位和自我塑造"。具体到 20 世纪的中国，您认为现代文学与当代文学是否承担起了这样的使命？而与之相关的是，现代文学与当代文学的经典性应当如何定义？

吴晓东：在理查德·罗蒂看来，美国历史上的经典是那些从各个层面影响了美国人的自我想象与认同的经典书籍。其中那些文学类经典"并不旨在准确地再现现实，而是企图塑造一种精神认同"，讲述美国人应该是什么样子，或者应该成为什么样的人。理查德·罗蒂还认为，文学经典不仅关系到每个人关于现实的具体认知，甚至也关系到整个人类的未来。这些文学经典的标准"规定了一生的阅读的范围"，而制定标准的主要目的是告诉年轻人去哪里寻求激情和希望，因此他所理解的文学经典与永恒、知识和稳定毫无关系，却"与未来和希望有着千丝万缕的联系，它与世界抗争，并坚信此生有超乎想象的意义"。对当今的青年学生而言，罗蒂关于文学经典的界定和阐释，他所强调的激情、希望、抗争等字眼，尤其具有弥足珍贵的现实意义。

这就涉及对现代文学经典的界定。西方的通识课程中讲授了更多古代的经典，或者是那些经过长时间的历史检验的经典文本。比如亚里士多德、柏拉图、荷马或者是莎士比亚。但是我的研究领域主要是现代文学，时间段是从 1919 年到 1949 年，处理的是 20 世纪上半段的经典文学的范围，所以需要一个对中国现代经典的界定。为什么要学习现代文学经典？因为现代文学经典有着古代经典不可替代的特质。我总觉得其实 20 世纪还未过去，"20 世纪的现代性"规定了我们如何成为一个现代人。现代传统对我们的塑造作用都可以在现代文学中得到求证。所以要理解作为现代人的我们是怎样走到今天的，通过现代经典来认知是一个重要的途径。无论是今天的中国还是世界，都走在现代性的延长线上。选择现代经典的重要意义就在于，它跟我们今天的生存依旧息息相关。因此，对我们理解中国现代历史、理解中国现代社会究竟是怎样的，这些经典有着不可替代的作用。像鲁迅、老舍、沈从文、钱锺书、张爱玲这些人所提供的对人、对世界的感悟，对理解我们怎样成为现代中国人、我们中国人是怎样生存的有很大作用。所以现代经典具有一种切身性，讲授现代经典就是要让学生意识到，现代还没有走远，现代作家的心灵、情感、对世界的认知与呈现都跟我们有密切的相关性。譬如鲁迅当年的许多论断，似乎可以在每个时代及今天的社会现实中找到可以与之互证的关联性，今天的中国人很多是通过理解鲁迅对现代中国的认知来理解我们今天的现实生存的。在这个意义上，至少鲁迅没有离我们远去，现代经典也没有离我们远去。

但是理查德·罗蒂似乎更强调的是文学经典"并不旨在准确地再现现实，而是企图塑造一种精神认同"，并强调"与未来和希望"的关联性。而中国现当代文学似乎受到文学反映和揭露现实的观念的过度制约。这虽有助于我们认知历史与现实，但在塑造中国人的"精神认同"及展现"与未来和希望"的关联性方面，却似乎一向有所不足。当然，也许是历史和现实并未许诺给作家们以未来性，因此即使刻意在作品中呈现远景和愿景，也是虚假与肤浅的乌托邦。但是我们仍然愿意相信诺贝尔文学奖获得者、前南斯拉夫作家安德里奇的一句话："非常可能，在将来，只有那些能够描绘出自己时代，自己的同时代人及其观点的最美好图景的人，才能真正成为作家。"我不知道他所谓的这个"将来"是否已经来临，还是永远不会来临。

文汇报：谈到"经典性"，自然会说到"文学性"的话题。而您正是当代学者中为数不多的始终坚持为"文学性"辩护的一位。关于这一话题，您先后与洪子诚、薛毅展开对话。您的《文学性的命运》一书收录了这两篇对话。您说，"文学性"是一个大于"艺术性"的概念，"文学性概念的可生长性就在于它其实和它外部的视野，包括现代性的视野是纠缠在一起的"，"把文学性问题作为一种视野，向历史情境以及文学性周边保持某种开放"，"这样构成的视野，可能会使问题更为复杂，使文学性面临的语境也更复杂，从而才能成为一个更有效的视野"。您当时说，"现在我只是有这么一个念头，至于如何深入下去展开这个问题，还是以后的事情。"如今，伴随着您的两部新著的出版，不知您在文学研究与文学批评中"深入下去展开"文学性的视野方面，是否又有新的思考与见解？

吴晓东：关于"文学是什么"的定义有很多种，但我认为"文学性"是定义文学的唯一的简练和有效的范畴，即"文学性是使文学之所以成为文学的本体规定性"，不过它显然也是一种不失深刻的同义反复。而我后来的研究转向了所谓的诗学研究视野，正是试图为文学性研究寻找更可行的路径。具体的研究方向从形式诗学——即专门研究文本内部的形式要素，如语言、结构、修辞——扩展到所谓的文化诗学，去研究文本和历史及外部社会的关系，借此希望把文学的内外打通，这个思路到今天基本上是一以贯之的。在这个过程中，我发现诗学研究所具有的内在潜力，或者说可能性，到今天也没有穷尽。

与诗学研究相关，我认为文本的细读和文学的审美研究也仍然有较大的空间。因为这些年，虽然文学好像寻找到了历史化的研究途径，但是有些过于偏重文学的外部研究，比如文学和历史、文学和出版、文学和传媒、文学和接受、文学和学术的关系。对文本的细读和文学的审美研究反而有些削弱，文学审美解读的透彻性在今天越来越欠缺。而文本解读、审美研究，在某种意义上正需要诗学视角的引入。形式诗学研究恰恰倾向于关注文本的内部构成、文本的感染力的生成，试图解答为什么某些作品能够成为经典，而另一些作品却只能沦为三流四流。但诗学研究又必须把形式研究和外部的历史研究相结合，这就是所谓的文化诗学的视野。

文本的感染力、文本的审美及形式要素，看上去好像是一个作家依靠文本内部自足的形式性因素来完成的，但是形式中永远积淀着历史，积淀着文化。而这些社会、文化、历史因素在文本中是可以被捕捉与挖掘的。从某种意义上说，作品的审美动力或者文化动力，恰恰是文本的外部历史、文化因素渗透到文本内部的结果。这就是文化诗学想要解决的问题。文化诗学最有魅力之处就是，追求打通内外，既可以扎扎实实地做文本的内部研究，同时也能够跳出来，走进一个更大的历史文化视野，再回过头来考察文本内在的审美性是如何生成的。

为什么一代写作者会选择这种文本形式，另一代写作者又会选择另一种流行风格？从某种意义上说，诗学研究能够将所谓的本质论和历史论结合在一起，这反而可能是接近文学性的最有效的途径。笼统地说，"文化诗学"倾向于认为：文学文本并不是一个作家闭门造车就可以创造出来的孤立的产物，而是作家经由自己所处的时代、历史语境，濡染了时代的审美风尚，同时也受到了一个时代的审美机制的制约的产物，甚至要兼及出版、消费、读者阅读等一系列因素。从这个意义上说，文化诗学可以建构一种关于文学性的总体性的视野。

五、文学史书写的"生命性"与北大现当代文学研究

文汇报：您最近几年最主要的学术工作之一，大概是参与了钱理群主编的三卷本《中国现代文学编年史——以文学广告为中心》的写作。您的新著《1930 年代的沪上文学风景》就是这一过程中的产物。该书与《梦中的彩笔：中国现代文学漫读》《废墟的忧伤：西方现代文学漫读》既有联系，也有区别。在《1930 年代的沪上文学风景》中，您有意从诗学研究突围到对文学的"外部世界"的观照中去。这是否也是您自觉实践"文学性概念的可生长性"的一种尝试？

吴晓东：我参与的这部副标题为"以文学广告为中心"的编年史，追求的是"接近文学原生形态的文学史结构方式"。所谓的"文学原生形态"，当然只是一种拟想和理想的历史图景，但是编年史的体例显然更有助于接近这一文学史家孜孜以求的文学历史样貌的原生性，背后还承载着编著者某种"大文学史"的观念和眼光——不仅关注文学本身，也关注现代文学与现代教育、现代出版市场、现代学术……之间的关系，关注文学创作与文学翻译、研究之间的关系，关注文学与艺术（音乐、美术、电影……）之间的关系。可以说，这部编年史是对这些年来文学界一直呼吁和倡导的综合性的"大文学史"写作的一次有益尝试。

而我更为看重的是钱理群老师在《编年史》"总序"中所阐释的"生命史学"。在我看来，这种对文学史书写的"生命性"的强调，为文学性概念也注入了"生命"。就像钱老师概括的那样：一旦文学史集中关注于带有个人生命体温的故事，关注于"文学场域里人的思想情感、生命感受与体验，具有个体生命的特殊性、偶然性甚至神秘性"，也就触及了"文学性的根本"，"这就意味着，我们要用文学的方式去书写文学史，写有着浓郁的生命气息、活生生的文学故事，而与当下盛行的知识化与技术化、理论先行的文学史区别开来"。或许正是这一试图"写有着浓郁的生命气息、活生生的文学故事"的设计初衷，让我对这部编年史顿生兴趣，并在参与写作的过程中全情投入，也似乎多多少少感受到了文学史上先行者们的"个人生命体温"，也丰富了对文学性的体认。其成果就是《1930

年代的沪上文学风景》一书，这也为我激活了一些新的问题意识和研究领域，最终令我感觉到文学史现象的驳杂之中自有魅力。而真正意义上的文学史，永远会以一种让你感到新鲜的面目出现在眼前，只要你能找到新的观照角度。而新的角度仿若一盏探照灯，可以重新照亮历史中的某些以往不大引人注目的角隅，进而发现以往不会有意识地去寻找的新材料。在这个意义上，对文学性的理解，是与不断回到文学史的具体实践相互映发的过程。

文汇报：在《梦中的彩笔：中国现代文学漫读》中，有一组文章令我们印象深刻，即您对师长的学术经验的总结。其实，关于孙玉石、钱理群、洪子诚与陈平原几位老师，您都分别写过不止一篇文章来讨论他们的研究特色。而在您的著作中，您更是经常引用这几位老师的观点。我们从中看到了一种学术传统的"代有传人"。那么，最后能否请您谈一下您对北京大学中国现当代文学研究传统的理解？

吴晓东：这既是需要专门的文章来探讨的话题，也是我以往仅有具体感受而没有专门研究的话题。不过在前辈学人对王瑶先生的治学风范的梳理和总结的过程中，已经呼之欲出。比如樊骏对王瑶治学的"历史感"和"现实感"的双重性的概括，对王瑶历史研究中"知人论世"原则的注重；又如夏中义所阐释的陈平原对王瑶的两点"接着说"，一是"学在人生"，一是"政学分途"；再如钱理群强调王瑶身上的鲁迅传统，强调学者与战士的统一性；还有陈平原更倾向于用"学者的人间情怀"来整理王瑶的学术与社会、历史、政治的关系……这些既有的总结，都可能是北京大学中文系现代文学专业的学者们力图从王瑶先生那里濡染和承继的精神传统。我个人属于王瑶的第三代弟子，只在大二阶段听过王瑶先生的最后一次讲座，由于王瑶先生的浓重的平遥口音，我基本上听不懂，但后来跟随钱理群先生和孙玉石先生攻读硕士和博士，从自己的授业恩师及其他前辈身上还是耳濡目染地体悟到一些学脉。先辈学者奠定和沿承的学统都有春风化雨之功，也为我们这辈学人乃至后来更年轻的研究者们提供了多重选择的可能性。

通向一种具有开放性的"文学性"
——答罗雅琳问

一、重新思考审美主义

罗雅琳：吴老师，在您的著作《文本的内外：现代主体与审美形式》中，第一章修改自您 1999 年发表的文章《中国现代文学中的审美主义与现代性问题》。这也是您在 2003 年获得首届唐弢青年文学研究奖一等奖的论文。您在这篇文章中指出，审美领域具有难以被一元化的现代性理念所整合的异质性、复杂性乃至颠覆性。事实上，在这篇文章发表后的二十年里，哪怕"纯文学"观念已经遭遇挑战，您也一直对审美与文学性的力量怀有坚定的信念。您这次将这篇文章置于本书的第一章，也显示出这篇文章对您或许具有某种思想原点或者研究纲领般的意义。可否请您先回顾一下《中国现代文学中的审美主义与现代性问题》一文的写作背景？为何您在二十多年后选择以这篇文章作为著作的开头？

吴晓东：这篇文章其实是给王晓明先生主编的一部论文集《批评空间的开创：二十世纪中国文学研究》写的书评。这部书当时影响很大，汇集了海内外著名学者关于 20 世纪中国文学的最具前沿性的研究，也大都有方法论的启示。而我试图借助书评的写作，重读这些 20 世纪 80 年代以来最具有开拓性的文章，试图为自己的研究提供一点借鉴，以期在学界前辈既有的学术积累和创新的基础上，寻找和确立自己的研究个性、领域和方法。

在我写这个书评的 1999 年，20 世纪 80 年代借助西方现代主义所建构的关于"纯文学"和先锋文学的理念带来的历史能量有被耗尽的迹象，并开始显现出所谓的内在问题，仅靠西方的现代性和现代主义范式无法真正解决我们自己所遭遇的问题。因此，学界想寻求一些新的问题视野和阐释框架，这也是学术转型的必然。而我则隐约感受到，如果寻求与现代性文学方案和图式进行对话，审美主义问题可能是一个大有可为的研究领域。如何打捞 20 世纪中国文学史中的审美性向度所内含的历史动能，可能依旧是值得学界关注的大问题。而我个人的兴趣焦点也更集中在诗学、审美和文学性方面，所以想就审美主义问题集中思考一下。这篇书评的写作也有确立自己学术起点的意味，就我后来的研究思路而言，是有一点你所谓"原点"的意味。而《文本的内外：现代主体与审美形式》一书，其实是我的自选集，编选的时候就把《中国现代文学中的审美主义与现代性问题》放在了第一篇。

罗雅琳：此前，我一直认为，您偏爱审美主义的立场，与您的个人气质或者大学时代所熏染的 20 世纪 80 年代"纯文学"思想谱系有关。但这次重读《中国现代文学中的审美主义与现代性问题》，我发现您在其中引用了不少当时最前沿的文学研究成果，如汪晖先生的《韦伯与中国的现代性问题》、王德威先生的《从头说起》、杰姆逊的《晚期资本主义的文化逻辑》等。请问您对审美主义的关注是否与当时的这种学术热潮有关？有哪些著作对您的审美主义文学观念产生过重要的影响？

吴晓东：你的概括和观察很有历史感。世纪之交的确重新兴起了反思现代性的潮流，而在文学领域则是重审"审美现代性"，试图重建审美与历史的关系，也引入了一个具有开放性的"文学性"范畴。之所以说具有开放性，是因为当时对"文学性"的强调，不再像 20 世纪 80 年代的"纯文学"理念对所谓"纯"的执迷，而是把重点落在文学性所内含的繁复性和包容性上，这就是你所谓的新一波审美主义的核心关切。也因为当时学界关于现代性的研究十分火热，现代性的范式具有覆盖一切的意味，也会影响我们借鉴西学的其他维度，如果不能完全挣脱现代性范式的束缚，我们就难以生成自己的范式。而审美性和文学性维度，或许可以多多少少打破以现代性理念为支撑的一元化历史图景，有助于我们认知 20 世纪本土文化实践中的异质性和差异性。

你刚才提及的若干学术著作当时还没有出版，对我影响更大的是后结构主义、福柯及新历史主义。比如张京媛主编的《新历史主义与文学批评》，1993年由北京大学出版社出版，我的几位同届同学，如陈跃红、黄学军、程巍、孔书玉，当时正在跟随乐黛云老师读硕士，也都参与了这本书的翻译，也使新历史主义对我产生了比较大的影响。比如书中收入的格林布拉特的《通向一种文化诗学》、海登·怀特的《评新历史主义》、杰姆逊的《处于跨国资本主义时代的第三世界文学》等文章，就最早引发了我对文化诗学的关注和兴趣，也启发我如何把审美与文学性问题置于历史语境中去思考。

二、从"纯文学"到"文学性"

罗雅琳： 这本书的副标题是"现代主体与审美形式"。"主体"和"形式"，都是20世纪80年代"纯文学"思潮的核心概念。不过，您在书中多个地方提出，主体位置无法逃脱意识形态的裹挟，并且不是将对"形式"的研究划入"内部研究"的范畴，而是强调形式中凝结着主体状态和社会历史语境两个层面的内容。这体现出您在使用这两个概念时，与80年代的"纯文学"拉开了距离。您似乎更倾向于将文学视为一种内部和外部之间的中介，而非一种自足的本体。事实上，我发现您更常使用的概念是"文学性"而不是"纯文学"，请问这两个概念之间有什么区别？

吴晓东： 概念的选择和转化背后，渗透的是历史视野。比如从"纯文学"到"文学性"，其实就是想破除"纯文学"概念之中对文学的某种封闭式的理解，重新激发文学的活力和开放性。其实，"纯文学"在20世纪80年代初也是一个具有政治动能的激进范畴，而不能只从"纯粹"的意义上进行考量；"纯文学"的概念所内含的反叛力量在80年代初与新启蒙主义互为表里，也在重新启发学界认知西方20世纪的现代主义和后现代主义，有助于带入完整的西方文学史视野。但是，一个概念的历史能量终有耗尽的一天，"纯文学"的概念就是这样。而引入"文学性"的概念尽管也是一种权宜之计，但毕竟可以重新为文学赋予一种更具开放性的活力。

　　而真正为"文学性"赋型的，其实是 20 世纪 90 年代的历史语境。进入 90 年代之后，学界开始了所谓的史学转向，既使我们对文学及文学研究的理解更为历史化，也打破了 80 年代具有统摄力的新批评的内部研究视野，这有助于把文学进一步理解为主体与形式在历史语境中的互动。与一般意义上的历史材料和社会学材料不同，文学是主体行为，也是形式的呈现。但是与 80 年代对文学主体性的过度张扬不同，经过了 80 年代末的文化转型，90 年代的人们看到的是主体的被裹挟，或者是被裹挟在历史的浪潮中，或者是被福柯和阿尔都塞的意识形态所裹挟。主体终于意识到自己是要戴着镣铐跳舞，而加缪所阐释的西西弗周而复始地推石头上山的命运，也被体认为现代人在历史中的真正的宿命。但也正像加缪赋予西西弗的神话以激情一样，我们在意识到主体的限度的同时，也真正能够洞察自己的自由，从而破除 80 年代知识分子被大写的主体意识所欺瞒的历史幻觉。

　　罗雅琳：近年来，"历史化"和"社会史视野"逐渐成为现代文学领域一股重要的研究思潮。请问您如何理解这一研究思潮与"文学性"之间的关系？在研究一部文学作品时，过度的"历史化"是否会影响对其文学品质的感知？

　　吴晓东：如果说学界把"历史化"和"社会史视野"看作是研究思潮的话，那我就更倾向于把两者视为研究文学的内在的图式和方法，也免不了被文学性的视野所渗透。因此，文学与历史、社会的关系是一种结构性的互动关系。文学生成于社会和历史语境之中，文学文本也免不了要映射社会与历史，因此从本体的意义上说，讨论内化于文学文本中的历史与社会史，是文本研究的应有之义。但是我更想强调的是"内化于文本中的社会和历史"，因为文本中的社会和历史，其实是与文学形式胶结为一体的，是要透过形式的滤镜进行折射的。如果充分顾及这种内化，那么所谓的"历史化"就是解读文本的正能量，而不存在所谓的过度的"历史化"问题。但是如果抽离了文本的形式的中介，而去直接讨论社会和历史，那我们又何必做文学研究，直接去处理社会学和历史学材料好了。或许有历史研究者会说："我们看重的是文学中的感性、情感力量和生活细节，这是文学之所长。"但是文学中的感性和细节是被审美化和形式化了的，如果意识不到这一点，依旧难以厘清文学中的情感和细节的特殊性与独异性。

罗雅琳：您在最近参与的关于"社会史视野"的笔谈中提出，优秀的文学作品"至少应该无意识地反映规约了政治生活的主流意识形态背后的某种历史褶皱，这就是文学文本中可能蕴含的历史无意识、政治无意识或者社会无意识"。这段话中使用了"反映"一词，表示您一方面并未否定传统的现实主义"反映论"，另一方面您所强调的"无意识地反映"，也与反映论中的"有意识塑造"拉开了距离。在您眼中，优秀的文学作品至少应该对历史褶皱做无意识的反映。那么，一个可能有些刁钻的问题是，在"至少"之上，更进一步的评价标准是什么？可否请您举出相关的例子（中外、古今作品皆可）？

吴晓东：传统的现实主义"反映论"永远是有效的，但经典意义上的"镜子论"对理解文学也永远是初级的、基础的。我欣赏一个西方研究者D.C.米克对"反讽"概念的理解，他说：反讽的运用，用席勒的话说，是"从非反思向反思的过渡；原来持镜反映自然的艺术，现在也能够持镜反映艺术之镜本身了"。这种所谓"持镜反映艺术之镜本身"，正是对形式本身的自觉反思。这种反思当然不是"无意识的"。再高超的文学家所打造的再精致的透镜，也无法全部折射出历史和社会的总体，总有一些晦暗之处是作家难以照亮的，总有一些历史褶皱是作家难以打开的。但是，优秀的文学甚至不那么优秀的文学总会不期然地反映出这些历史褶皱，而其中的"无意识的反映"似乎更值得文学研究者琢磨。当然，你的问题中有对文学更高蹈的要求，而证诸古今中外的经典作品，就是用更宏大的文学想象力去穿越历史与现实，与现代的总体性正面对决，去揭示出隐形的现实背后的内在逻辑等。

在这方面，我乐于以刘慈欣的小说《三体》为例进行讨论。在刘慈欣的小说中，现实不仅是多元的，也是多维的，《三体》中所设想的宇宙竟然有十个维度。其中有的维度和另外一些维度之间是永远碰不了面的，或者说对有些人来说现实是隐形的。而刘慈欣借助科幻形式，获得的是在不同的现实维度中自由穿行的能力，是一种总括力，揭示某种总体现实的能力。这种能力只有在他的小说的形式世界中才能真正获得，这就是文学的力量。

罗雅琳： 您对于左翼文学所持的理解态度，在坚守"文学性"标准的研究者中是比较少见的。您曾批评卞之琳在 20 世纪 40 年代创作的小说《山山水水》，认为其中战争语境下的某些诗意话语失之矫情，但似乎未见到您对更为典型的左翼文学作品的评价。请问您如何理解左翼文学的"文学性"问题？

吴晓东： 我们对诗意和诗性的理解可能有个误区，即认为诗性话语就是对世界的诗意的呈现，这个诗意与矫情无缘。但诗意的传达其实一直有个"度"和分寸感的问题，否则会被矫情的诗意所伤，诗意和抒情也是会伤人的，诗意话语如果失之矫情，就接近了昆德拉所警惕的"媚俗"。

而 20 世纪 80 年代重写文学史热潮中的另一个误区，就是认为左翼文学是匮乏诗意和"文学性"的。80 年代学界对左翼文学评价不高，艺术性的考量也是一个原因。但是我们今天重新高扬左翼文学的旗帜，似乎也有一种研究倾向，即超越文本的形式中介，直接打起思想性和倾向性的大旗。如果我们纠正了这种左翼文学缺乏艺术性的审美偏见，就会看到有不少左翼文学作品恰恰是通过文学性的力量真正打动读者的，从而进一步调动形式中蕴含的政治的潜能，最终化为历史的动能。

比如我开设过一门研究生讨论课《现代中国小说经典研读》，每节课讨论一部现代小说，其中一节课我选择了茅盾的短篇小说《春蚕》。但要不要选择这篇小说让同学们讨论，我一度很犹豫，主要是担心小说中的政治倾向性压倒了文学艺术性，学生们的讨论面向会比较单一。结果恰恰相反，同学们在这篇比较典型的左翼小说中，打开的问题空间更为丰富。比如担任主讲的硕士生林锦情同学就从叙事的角度提出了一个问题，即《春蚕》中蕴含革命话语和宏大叙事，却以老通宝这样一个叙事学意义上的"无知的人物"为叙述焦点，而且小说的主要篇幅聚焦的是养蚕的农事活动，虽然展现了人性尊严和历史裂隙，但这种表达方式能够有效向大众传递出茅盾的社会分析和宏伟判断吗？而评议人张晋业同学则认为茅盾对传统农俗的书写兴致盎然、生气淋漓，能够赋予农村劳动一种能够引起读者共情的美学形式。"而当茅盾带领读者深入地透视了人物的内心世界，与老通宝一同经历纠结焦灼、忽有希望转而落空的心理过程，就让我们意识到：帝国主义、殖民战争、资本主义冲击的不仅仅是农村或乡镇的传统经济体，不仅是传统社会的宗法伦理结构和封建等级阶序，不仅掠夺物产资源、剥削农民的劳动力，它更剥削着／消磨着农民对于劳动生产的真挚热爱、对于土地生灵的真情实感，消解着他们对天地的敬畏之心、与自然的血肉联结，也瓦解着乡民之前淳朴的共同体情感；比起劳动力的剥削，这种对于'情感结构'的剥削、压榨、改造，或许更为深刻、残酷。"因此，"茅盾用文学所揭示出的这一点，恰恰是政治经济学分析所做不到的。而这就体现了文学或者小说的一种'本分'所在，也对于我们理解何谓文学性、小说性打开了更为纵深的视野。"这两位同学都深刻而且独到地触及了左翼文学的"文学性"问题，也令我大开眼界。

三、现代文学研究的历史与未来

罗雅琳：这本书中的很多研究对象都与中国传统有着潜在联系，如郁达夫和废名等人小说中的传统情调、20 世纪 30 年代现代派诗歌中的古典意象、鲁迅关于中国传统的态度等。您似乎格外偏爱这类作品，但在具体评价上，您往往更倾向于强调现代文学与古典文学的相似性止于表面，认为二者在本质上存在着深刻的差异。例如，您提出 20 世纪 30 年代现代派诗歌既化古又化欧，但以对西方诗艺的汲取为主导；还提出郁达夫小说中"东方的颓废美"不仅来自传统的士大夫情绪，更是"西方现代性的装置所生成的结果"。将您的观点与王瑶先生的两篇著名文章《论鲁迅作品与中国古典文学的历史联系》和《论现代文学与中国古典文学的历史联系》进行对比，我们会发现其中对现代文学性质的判断有着很大的差异。请问，您如何看待中国现代文学与古典文学的关系？

吴晓东：中国现代文学是直接吸收西方文学思潮起步的，比如新文学的几种体裁，尤其是诗歌、小说和话剧，都是直接借鉴西方文学体式的，即使是与传统文学关联性最大的散文，"五四"时期也直接接受了西方的小品文概念的影响。但如果离开了古典文学的滋养，现代文学也无法达到现有的成就与高度。这都是老生常谈了。而真正具有问题意识的，是我试图关注内化到现代文学形式及现代诗学中的古典维度，想具体观察古典因素是怎样具体影响了现代作家对文体的选择、对诗性的传达，以及对诗学的塑造的，又是怎样与西方的因素交汇到一起的。以废名为例，废名与中国古典文学的关系非常密切，他的小说如《桥》《莫须有先生坐飞机以后》等都内含了古典美学因子。但是《桥》所蕴含的真正的原创性，恰恰是用古典文学传统无法解释的，也是用废名所受到的西方文学比如象征主义难以说明的。我最欣赏的是朱光潜对《桥》的评价，他把《桥》称为"破天荒"的作品，"它表面似有旧文章的气息，而中国以前实未曾有过这种文章。它丢开一切浮面的事态与粗浅的逻辑而直没入心灵深处，颇类似普鲁斯特与伍尔夫夫人，而实在这些近代小说家对于废名先生到现在都还是陌生的。《桥》有所脱化却无所依傍，它的体裁和风格都不愧为废名先生的特创"。这才是我们激赏的现代文学与古典文学的关系，即在吸纳传统的过程中，真正创作出"中国以前实未曾有过"的文章。

罗雅琳：不同于您研究的其他作家如张爱玲、沈从文、废名、卞之琳等，郁达夫好像在现代文学研究界的热度一直比较低。但您似乎十分看重郁达夫，不仅写作过多篇以郁达夫为研究对象的论文，更以之为例论述中国现代"审美主体的创生"。请问您为什么选择郁达夫？为什么关于郁达夫的研究热度一直不高？

吴晓东：其实郁达夫是现代文学史上不可多得的"标本"。在新时期伊始中国学界的研究成果中，除鲁迅之外，郁达夫的研究成绩也有目共睹，如许子东的《郁达夫新论》，这使他在青年一代学者中较早成名。当时学界关于"现代抒情小说"的范畴，也主要是基于郁达夫的创作而提出的。尽管如此，郁达夫仍有可以进一步阐释的空间。比如当柄谷行人的《日本现代文学的起源》一书带来风景研究热的时候，我们就发现郁达夫正处于中国现代"风景的发现"的"现场"，他在小说和散文中塑造的风景，具有中国现代自己的独异性。"五四"时期的小说，也是除鲁迅之外，郁达夫的成就最高。而我认为从现代主体生成的角度考察，郁达夫可以说塑造了典型的现代审美主体，考察他的小说中现代主体与审美形式的关系，有助于我们辨识现代文学的"现代性"和"文学性"究竟是什么。此外，论述中国现代"审美主体的创生"，鲁迅和郭沫若这两位同样留学日本的作家也很关键。

罗雅琳：您似乎偏爱"远景"一词。本书中，"远景"出现了二十六次。

此外，根据我的粗略统计，您曾在三十多篇文章中使用了"远景"一词。其中涉及对于一些思想资源的借鉴，比如里尔克的《预感》中"我像一面旗帜为远景所包围"的诗句，再如阿多诺关于资本主义时代使小说丧失了"内在远景"的观点。您从现代派诗歌中发掘出"辽远的国土"这一核心意象，似乎也与您对"远景"的持续关注有关。能否书写和展望"远景"与现实之间的关系，构成了您对一部文学作品的判断标准。请问您对这一词语的使用是否有自觉的层面？"远景"为何对您而言如此重要？

吴晓东：你的观察很敏锐。关于"远景"的范畴，真正影响我的是中译本《卢卡契文学论文集》中的两篇文章，一篇是《历史小说中新人道主义发展的远景》，一篇是《关于文学中的远景问题》。在后一篇文章中，卢卡契称他在托尔斯泰的《战争与和平》中"看到了一个具有深刻历史性和惊人的艺术性的对远景所创造出来的形式"。卢卡契的意思是，如果一部文学作品缺乏远景，也就匮乏了乌托邦的维度。而文学在本质上就是乌托邦，我觉得关于文学没有比"文学是乌托邦"更理想的概括了。我之所以看重"文学性"，也正因为它所内含的乌托邦的属性，一种未来性。纪德就说过一句警句："艺术品像一个果子，它蕴藏着整个未来。"曾任英国大英博物馆东方绘画馆馆长的诗人比尼恩在《亚洲艺术中人的精神》中说："人类的经验告诉我们，最宝贵、最持久的艺术品并不是某些人称之为最纯粹的东西，而是最充分地体现出人的精神中的种种愿望、喜悦以及烦恼的艺术品。"这种最宝贵、最持久的艺术品，就与人类未来的远景有关。因此，远景问题既事关人类的未来愿景，也与文学视景，或者说与我对文学性的理解有比较直接的关联。

罗雅琳：早些年间，您的研究兴趣集中于20世纪30年代文学，但近年来您渐渐将研究重心转向40年代。您认为40年代文学的核心魅力何在？相关的学术生长点又在哪里？

吴晓东：对40年代文学的关注，其实最早与钱理群先生的影响有关。他在1996年开设了一门研究生讨论课《40年代小说研究》，后来讨论稿被整理成很有影响的一本书——《对话与漫游：四十年代小说研读》。当时我已经留校，但也全程跟随钱老师上了这门课。后来我带领研究生们以读书会的方式集中讨论的，也是40年代的小说，前后坚持了十多年，同学们都感到 40 年代中国作家在小说观念和形式方面进行了全方位的新探索。其实早在 80 年代初，赵园先生就曾关注过 40 年代小说的新突破："把文学真正作为文学来研究，你会发现，现代文学正是在四十年代，出现了自我突破的契机。这契机自然首先是由创作着的个体显示的。相当一批作家，在小说艺术上实现了对于自己的超越。""比如钱锺书的《围城》、萧红的《呼兰河传》、路翎的《财主底儿女们》，以及评价更歧异的徐订的《风萧萧》，张爱玲写于沦陷区的那一批短篇。作为特殊的风格现象，我还想到了师陀的《结婚》《马兰》。上述作品即使不能称'奇书'，也足称'精品'。至少在创作者个人的文学生涯中，像是一种奇迹。"赵园所谓的"奇迹"，还在钱锺书的《人·兽·鬼》，冯至的《伍子胥》，萧红的《马伯乐》，师陀的《果园城记》，沈从文的《长河》《雪晴》，丁玲的《在医院中》，汪曾祺的《复仇》《鸡鸭名家》，骆宾基的《混沌》《北望园的春天》等小说中体现出来。一方面，这些小说家创造了各异的文体形式、结构样态，以及彼此不同的美感风格；另一方面，小说家们在战争年代也普遍获得了新的历史经验、文学体验，以及审美认知，进而表现为小说叙事模式上的某些共通性。无论是"同"还是"异"，都在一定意义上标志着现代文学达到了某种高峰，其中蕴含的问题意识也极为丰富。

诗心、文心的寻求者与守望者

——吴晓东教授访谈录

（编者按：受《汉语言文学研究》季刊的委托，华侨大学的苏文健和南昌大学的高天义，对吴晓东教授进行了书面访谈。访谈整理如下，三人的姓名分别简称为吴、苏、高。）

一、文学性的命运：不断重临的起点

苏：吴老师您好，在《记忆的神话》这本论文集中，我注意到，您把自己早先的研究分为"记忆的神话""诗学的视域""鲁迅的原点"和"文学史的寻踪"。从这以后，您对"文学性的命运"持续关注，"文学性"在某种程度上成为您文学研究的方法论，统摄具体的文学研究活动，能否就您的学术研究历程谈一谈这一学术思想的缘起和发展过程，以及在您学术研究中的地位与意义？

吴：我想先从我的博士论文选题说起。我是跟随孙玉石老师做博士论文的，新时期伊始孙老师最初开辟的学术研究领域之一，是"五四"初期象征派诗歌研究，同时期孙老师写作的《〈野草〉研究》，也运用了象征主义的方法去观照鲁迅。而我攻读博士的 20 世纪 90 年代初期，正是学界影响研究模式大行其道的历史阶段，所以就打算沿着孙老师的学术工作，把象征主义作为一个影响了中国现代文学的整体性思潮继续做下去，这个题目也得到了孙老师的支持。而在博士论文的具体写作过程中，我发现象征主义是一种具有鲜明的诗学性的文学思潮，从中可以提炼出一些比较有效的诗学方法，有助于我们深入理解中国现代作家的艺术思维，进而以微观诗学视野观照中国现代作品。记得陈平原先生说过博士论文可以"管十年"，指的是一个学人写博士论文过程中关注的对象领域、问题视野，以及对方法论的选择，对自己未来十年的学术道路和研究方向都有决定性意义。博士论文对我的意义之一可能在于让我对诗学领域更感兴趣，加上当时受到了新历史主义的文化诗学及巴赫金的文本诗学和历史诗学的影响，我接下来的研究也更关注诗学研究，关注文本解读，关注审美形式。而"文学性"的范畴，也正是在这种关注中顺理成章地生成。

最早直接讨论"文学性"话题，是应上海师范大学的薛毅先生之邀，我们二人进行过一次对话，后来以《文学性的命运》为题发表在 2003 年的《上海文学》上，所以关于"文学性"的话题也受到薛毅先生的激发。此后在与洪子诚先生的对话中，也集中地触及过这个话题，并以《关于文学性与文学批评的对话》为题，发表在 2013 年的《现代中文学刊》上。

高：您始终坚守"文学性"，实际上是对当下文学研究领域忽视"文学性"这一现状的努力反拨。但是文学本来就是一个复杂的"容器"，包含众多复杂因素，坚守"文学性"是否对您的研究也会造成一定程度的遮蔽？

吴：很赞同你的说法，"文学"是很难用某一本质性的判断进行定义的。虽然在各类词典中都少不了"文学"的词条，但是很难在学术研究中引用，正是因为"文学"本身大约是拒斥定义的，它的内涵和外延在历史中都处于浮动的状态。所以有的研究者就更倾向于把文学性问题作为一种视野，而且赋予它开放性，将文学性置于历史语境中，成为一个具有功能性而并非本质性的范畴，只有这样，才可能真正具有解释的活力。我也试图这样理解文学性，不知道是否可以使我的研究避免一种狭隘和遮蔽。

苏：我注意到，您第一篇诗歌评论《走向冬天——北岛的心灵历程》就是受洪子诚老师的课堂影响写就的。后来又随孙玉石、谢冕等老师系统研习现代诗歌的文本解读。能否请您详细谈谈以上三位老师在中国新诗研究领域的特色？或者说，就新诗领域而言，您从他们的研究中得到哪些启示？

吴：三位老师的确是北大中文系研究新诗的大家，而且各有千秋。谢冕先生的研究大开大合，气象万千，而且往往引领风气，在新诗潮的"崛起"和经典化过程中，他具有不可磨灭的历史之功，当时的影响力已经从学术界抵达思想界。孙玉石和洪子诚先生也分别是为现代诗歌和当代诗歌研究奠立规范的人。孙老师的初级象征派诗歌研究为诗歌研究的学术化奠基，而他的《中国现代主义诗潮史论》堪称集大成式研究。此外，他发扬光大了从朱自清那里起步的解诗学，也有承前启后之功。在方法论方面，孙老师坚守历史实证主义，又倡导审美、文化、理论的维度，使现代诗歌的研究的成绩足以与现代文学的其他研究领域媲美。洪老师在当代诗歌研究中的意义可以类比于孙老师在现代诗歌研究领域，如果说当代诗歌研究中多为批评，那么洪老师使当代诗歌进入了学术和历史的范畴，同时又保有批评家的敏锐度、洞察力和超越性。他的非确定性的学术立场，既是方法，也是审美，更是史观，这些都深刻影响了后辈的研究者。对三位前辈所达到的境界，我一直是心向往之。

二、比较视野下诗学的新视域

苏：您的《临水的纳蕤思——中国现代派诗歌的艺术母题》从母题出发，通过理论阐述和文本细读的辩证，深入分析中国现代派诗歌的美学特质，成为中国现代派诗歌研究的重要收获。能否为我们介绍一下，您在这方面的研究缘起、问题与方法？

吴：当初写作这本小书，是想与前辈们的既有诗歌研究有点区隔，试图寻找新的方法和视野。读书阶段一度对宇文所安的《追忆：中国古典文学中的往事再现》很着迷，觉得宇文所安的叙述方式有一种梦幻般的气质，文本分析又深入肌理，就想写一部有相似美学风格的关于我所喜爱的现代派诗歌的小书。但是理论框架无法从宇文所安那里照搬，也学不到，就在具体操作过程中借鉴了原型批评的方法。这个方法也许与研究对象更吻合，因为我在现代派诗歌中捕捉到了一些经常复现的典型意象、思绪、心态，背后是诗人共同体的集体型审美无意识和心理无意识，已经具有了艺术母题的特质，于是我就想从中生发出一些具有原型意味的艺术模式。

而相对恒定的艺术模式背后肯定有心灵体验和文化内涵的支持，所以我的研究也似乎可以深入到诗人的创作主体和心灵世界之中。这个研究最后的指向是想揭示诗人如何把他们所体验到的社会历史内容，以及所构想的乌托邦远景，通过审美的视角和形式的中介投射到诗歌文本语境中，从而使现代派诗人的历史主体性获得文本审美性的支撑。我接下来的具体工作就是对现代派诗人笔下经常出现的"辽远的国土""镜花水月""异乡""古城""荒园""梦""楼""窗""桥"等母题性的意象进行文本分析。而通过这一研究，我感觉自己找到了一个所谓的形式"中介物"，建构的是审美心理与诗歌形式的统一。

高： 西方现代派诗歌自先驱波德莱尔开始，从魏尔伦到艾略特、庞德等人，经过了一个不短的发展过程。中国现代派却在 20 世纪 20 年代和 30 年代迅速地发生、壮大，并取得不俗的成绩。这其中固然有直接取法西方较为成熟的现代派诗艺的原因，除此之外，是否还有其他因素？

吴： 老生常谈的说法是，现代派诗人除了对西方诗学的直接借鉴之外，同时也吸纳了中国古典诗学，因此才获得了中外诗学因素的平衡。就像孙玉石老师的著名文章《新诗：现代与传统的对话——兼释 20 世纪 30 代的"晚唐诗热"》中所指出的那样，没有传统维度的汇入，现代派无法获得带有总体意义的诗艺成就。不过我还想强调的是多元力量的渗透，比如带有学院派背景的诗人们对诗艺的沉凝和痴迷的探索；都市现代性带来的文化和审美的先锋意识对诗人的刺激；南方诗人群（不限于"海派"）和北方诗人群（不限于"京派"）的对话、互渗和彼此同气相求的影响；还有各种各样小型的诗歌群体的生成，比如《现代》杂志诗人群、"汉园三诗人"，以及废名、林庚周边汇聚的一批更年轻的诗人群体，还有如南京的"土星笔会"诗歌团体（创办有刊物《诗帆》）等。没有这样一些诗歌共同体的内部互动及彼此之间的交流，也就没有路易士所谓的作为诗歌的"黄金时代"的 30 年代。

高： "临水的纳蕤思"让我想起中国最早的浪漫主义诗人——屈原，屈子被放逐至汨罗江畔，苦闷彷徨的他临水自视，以香草美人自比。回顾中国古典诗歌，有不少诗人向内转反观内心，以象征、暗示等技法书写个人的生命体验，比如张若虚、李商隐、晏殊、蒋捷等。中国古典诗歌中的这种关注内心的现象与现代意识中对个人精神世界的关注有何不同？

吴：虽然"古来圣贤皆寂寞"，在寥廓的孤寂中反观内心也是千古皆然的，但是在古代诗人的孤独写像之中，往往渗透的是与天地万物同化的宇宙苍茫感和时间永恒感。他们的时空感觉似乎更为阔大，有一种亘古的悲凉。而现代诗人的回到内心，虽然也不乏宇宙历史的大关怀，但总体上有营造自我内部心理空间的欲求，借以抵御外部社会历史的侵扰。在这个过程中，现代派诗人容易沉湎于狭小的感伤的一己世界，难以升华为"一个思索和自我体察的生命"，也难以从中获致一个马拉美式的"内滋性的生命的空间"。只有借助这种"生命的空间"，现代诗人才有可能实现对观念、思想，对身外的大宇宙的更深广的关怀。

而这种现代性带来的单子式的个人的冥想，其实在瓦雷里那里还不么明显。瓦雷里诗中塑造的纳蕤思，虽然也是自恋的化身，但也关乎个人的"小我"与大千世界的交融，以及与宇宙间的感应。这一点类似于屈原，虽也苦闷彷徨，临水自鉴，但仍然写出了思接千载、神飘万里的《离骚》。换句话说，从古代的屈子，到西方的瓦雷里，他们身上的异化还不那么彻底。

三、经典的重释与阅读的德性

苏：您接连出版了《梦中的彩笔：中国现代文学漫读》《废墟的忧伤：西方现代文学漫读》等几本专题性的论文集，构成了您对中外文学经典作家作品的重读与对话。20世纪80年代和90年代以来，中国现代文学研究领域掀起了对经典文学（尤其是"十七年"文学）的再解读热潮。您强调"与文学经典对话"，注意"阅读的德性"，有自身的发展逻辑。结合"经典""再解读"等现象，能否请您谈一谈您的经典文学重读的理论、方法与问题？

吴：这个问题涉及了经典解读的历史性。即使是西方经典，也是常读常新，需要在不同的历史阶段重新探寻打开经典阐释空间的途径。因为经典不是风干在历史风尘中的木乃伊，而是与我们认知东西方传统密切相关，更与我们对当下的现实处境的体悟息息相关。即使是共和国时期的红色经典，在 20 世纪 90 年代也重新介入所谓的后革命和后社会主义时代。譬如你所谓的"再解读"热潮，就是在后革命和后殖民的视野中，寻求对左翼革命文学的重新阐释，也证明了红色经典是一种介入当下现实的症候性力量。

我这些年也在大学课堂上开设过若干次中国现代文学经典的解读课程。作为课程的经典解读，则需要认真设计文本细读和阐释的方向和方法论。我的设计是以文本为中心或者中介，然后带入历史维度，把历史语境也视为文本生成的内部空间的结构性组成部分，尤其看重文本中所渗入的历史无意识。当然，同学们在解读文本的过程中，还会根据不同的文本去涉猎不同的理论。因此，如果说想要给学生们提示一些经典重读的方法，那就是"文本、历史、理论"的"三位一体"。

苏：您在 20 世纪外国文学研究领域成就突出。能否请您谈一谈当初您走进这个领域的情形？对中西方经典小说的对照研读，与您所从事的中西文学研究之间有何相互影响？

吴：我们这些 20 世纪 80 年代中期进入中文系的学子，当时大都热衷于阅读西方现代派文学作品。袁可嘉选编的四卷八册《外国现代派作品选》是我们很多人的文学"圣经"。到了研究生阶段，虽然选择的是中国现代文学专业，但大部分时间也都在阅读外国小说。我比较喜欢卡夫卡、毛姆、格林、加缪、纪德、海明威、乔伊斯、昆德拉、博尔赫斯、卡尔维诺等人的作品，而当时最喜欢的是卡夫卡和加缪，我在《从卡夫卡到昆德拉》的"后记"中有这样一段话："从卡夫卡那里领悟世纪先知的深邃和隐秘的思想、孤独的预见力和寓言化的传达，从少年加缪那里感受什么是激情方式，感受加缪对苦难的难以理解的依恋，就像他所说过的那样：'我很难把我对光明、对生活的爱与我对我要描述的绝望经历的依恋分离开来。''没有生活之绝望就没有对生活的爱。'同时从加缪那里学习什么是反叛，怎样'留下时代和它青春的狂怒'。"所以当初对西方现代经典的阅读，首先是与自己认知自我和人生密切相关的，顺带着也就多少了解了什么是现代主义文学。也因此多了一种西方的视野，有助于从更多的维度重新审视本土文学。而到了我研究象征主义与中国现代文学的关系时，发现其实西方现代主义作家，比如卡夫卡、纪德、伍尔夫等，当年就曾经深刻地影响过中国现代作家的创作，比如在卞之琳、汪曾祺、穆旦、冯至等作家那里，西方现代主义的影响因素是难以剥离的。

高：您在《从卡夫卡到昆德拉》中提到关于"经典"标准的问题，认为现代小说经典"一方面是那些最能反映 20 世纪人类生存的普遍境遇和重大精神命题的小说，是那些最能反映 20 世纪人类的困扰与忧虑、焦虑与梦想的小说……另一方面现代小说经典则是那些在形式上最具创新性和实验性的小说，是那些保持了对小说形式可能性的开放性和探索性的小说"。这样看来，关于中国现当代文学中的"经典"作品的标准是否有些不够"严格"？

吴：一方面我们应该有自己的关于中国式经典的定义，另一方面即使使用我所定义的西方"经典"的标准，我们的现代文学作品中也有不少是毫不逊色的。在鲁迅、沈从文、曹禺、穆旦、钱锺书、张爱玲的作品中，我们当然可以捕捉到对 20 世纪中国人乃至人类生存的普遍境遇和重大精神命题的书写，同样反映了 20 世纪中国人的困扰与忧虑、焦虑与梦想；而且中国现代文学经典中也不乏形式的创新性、实验性、探索性。就小说而言，到了 20 世纪 40 年代，我们在一批已经成名的及新生代作家的作品，比如巴金的《憩园》、沈从文的《雪晴》、冯至的《伍子胥》、茅盾的《霜叶红似二月花》、废名的《莫须有先生坐飞机以后》、张爱玲的《封锁》、萧红的《马伯乐》《呼兰河传》、路翎的《饥饿的郭素娥》、骆宾基的《北望园的春天》、丁玲的《太阳照在桑干河上》等作品中，都发现了这种探索性和实验性。作家们在战乱年代既思考大问题，也沉潜到了形式和美学层面，有的作品已经非常成熟。

高：您曾谈到"80 年代的先锋小说不能说是文学史意义上的现代主义小说，因为产生现代主义的历史条件已经过去"。那么，是否可由此推断，马原、余华、格非等人在先锋试验后相继转型，是由于对西方现代主义一时的模仿，无社会历史土壤的滋润而难以维系下去？进一步推断，中国现代主义并不是在深厚的社会历史土壤中孕育出来的，因而是"中国化"的现代主义。那么，能否请您谈谈"中国化"的现代主义与西方现代主义的区别？

吴：西方文学史意义上的现代主义根源于西方现代性和两次世界大战的文化土壤，处理的是西方本土语境中的现实问题，在精神层面和美学形式层面所生成的影响力可以说具有历史的穿透性和空间的辐射性，直接影响到中国 20 世纪 80 年代的先锋小说，这当然也是 80 年代中国的先锋派创生的重要因素。但是中国当时的思想启蒙、改革开放、疗治心灵创伤的历史语境，也决定了先锋派的一些诉求内生于中国本土的社会历史土壤，不完全是对西方现代主义一时的模仿。如果说 20 世纪的现代主义是一种全球性的文学思潮，而不仅仅诞生于西方的沃土，那么我们完全有资格创造本土的现代主义。而中国现代文学也的确生成了具有中国特色的现代主义。譬如我们刚才提及的孙玉石老师的《中国现代主义诗潮史论》，处理的就是本土式的现代主义诗歌与诗潮。这方面我特别看重汪曾祺的作品。他在 20 世纪 40 年代的小说堪称是本土的，或者说"中国化"的现代主义的典范。既吸纳了现代主义的艺术和思维的精髓，又完全创化为自己的文体。即使是意识流特征比较鲜明的几部小说，比如《复仇》《小学校的钟声》等，也堪称是中国化的意识流，里面有足够鲜明的晚明散文的痕迹和滋养。至于《戴车匠》和《鸡鸭名家》，就更为本土化了，但依旧深得现代主义美学的精髓。这或许就是所谓的"中国化"的现代主义吧。

四、重探废名的踪迹

苏：您对废名怀有独特的"偏爱"，是国内外研究废名的重要学者。废名的小说受到周作人等人的影响，深含"禅悟与理趣"，且具有较为浓厚的抒情化或诗化特质。您能否结合近些年来引起学界较大论争的"抒情传统"及其相关论述，谈一谈废名在这一脉络中的意义，勾画另外一番"废名的踪迹"？

吴：废名的独异性在于，我们很难为其定性，或者说很难为其创作归类。比如废名的大部分短篇小说，以及长篇小说《桥》，从散文化和诗化的角度都可以进行有效的研究，都可以写出长篇大论。而如果有人从抒情性小说的角度进行分析，也能自圆其说。这意味着废名小说的兼容性，提供了从多重视角进行探索的可能性。但废名的独异性，也意味着我们从某种大的框架和"论述"视野出发进行研究，很难具体捕捉到其内在的精髓。在我看来，无论是诗化、散文化角度，还是"抒情传统"论述，都需要在废名这里"试错"，最后才能发现废名是无法用任何一种既有范式进行卓有成效的描述的。借助废名的独异性，我们反而可以发明某些描述的模式。我曾经试图从"心象"的范畴入手，分析废名小说思维的意念化和"拟喻"的技巧，不知道是否可以算作你所谓的另外一番"废名的踪迹"。但是我对废名的《桥》最后试图用"心象小说"概括，现在想来或许也需要自省，一旦以某种范畴为废名的创作定义或者定性，就难免会陷入本质化的思维。也许把"心象"止于一种动态的描述方式而不急于上升到"心象小说"的范畴可能更好。

苏：废名重新解读古典诗歌，使传统诗歌中的意味、意绪在现代语境中得以再生。废名、沈启无、何其芳、冯至、林庚、卞之琳、朱英诞等现代诗人不约而同地重返古典，对古典诗歌传统的"再发现"，引起一股"晚唐诗风"热潮。能否请您再具体深入地谈一谈废名在这一论述中的情况和地位，以及他与其他诗人的重复与差异？

吴：当我们泛泛而论中国作家对古典资源的借鉴与吸纳的时候，废名却提醒我们现代诗人对古典的选择性，也就是说，每个诗人看到和吸收的"古典"可能都是不同的。比如废名从六朝那里观照到的，可能更是一种书写方式的创造性和别致性。废名在随笔《中国文章》中提及喜欢庾信的一句诗"霜随柳白，月逐坟圆"，称"中国难得有第二人这么写"。在《三竿两竿》中，废名记载周作人评论庾信的《行雨山铭》中的四句"树入床头，花来镜里，草绿衫同，花红面似"："可见他们写文章是乱写的，四句里头两个花字。"废名则大加赞赏："真的，真的六朝文是乱写的，所谓生香真色人难学也。"一个"乱"字，被废名赋予了诗学的独特性，也道出了六朝散文的"生香真色"。因此，废名看重的是古代文章特有的乘兴与随意中的大自由，却也从心所欲不逾矩，在自由中自有法度与规则。而废名对晚唐诗句更有充满个人情趣的领悟。如长篇小说《桥》中，小林有句话："李义山咏牡丹诗有两句我很喜欢，'我是梦中传彩笔，欲书花叶寄朝云'。你想，红花绿叶其实在夜里都布置好了，朝云一刹那见。"废名在《桥》中还这样品评"黄莺弄不足，含入未央宫"这句诗："一座大建筑，写这么一个花瓣，很称他的意。"废名当年的友人鹤西甚至称"黄莺弄不足"中的一个"弄"字可以概括整部《桥》，因为"弄"字表现了废名对语言文字表现力的个人化的玩味与打磨。因此可以看出，废名把古典诗学的精义具体落实到自己的小说中对语言本身的具有某种本体性的思考中了。

苏：废名对新诗的研究别具一格，其20世纪30年代在北大中文系的讲义《谈新诗》，作为现代作家讨论新诗的唯一的专著，具有较高的学术价值。废名对同时代诗人诗作做出的判断，就在今天看来也不过时，在很大意义上可以说是阿甘本所谓的"同时人的批评家"。能否请您谈谈《谈新诗》在新诗研究、新诗批评、新诗史书写等方面的当代启示？

吴：你概括得不错，《谈新诗》的确在新诗研究、新诗批评和新诗史书写等方面都能构成某种启示，其意义可能不亚于朱自清的《新诗杂话》。但是朱自清虽然"五四"时期也写过新诗，但成绩很一般，而废名则是风格独异的诗人，对诗歌也有自己独特的认知。废名《谈新诗》的价值，既体现在对同代诗人别致的、他人无法替代的品评，也在于其有新诗史的发展的眼光和理论的自觉。比如他所谓新诗要内容是诗的，形式是散文的，既是对现代诗歌史发展脉络的准确描述，也是一种诗学的理想。而你所谓的废名作为"同时人的批评家"，也更能彰显《谈新诗》中诗评及诗人论的特色，即体贴与共情。虽然不乏一些言过其实的赞誉，比如称周作人的《小河》是"新诗第一首杰作"，就不免有阿谀之嫌。但是他对卞之琳、林庚、朱英诞、冯至等人的品评都特别贴心，既感同身受，又道出了他人所不能道，相信这些诗人朋友当时读了废名的评论之后，都会觉得熨帖甚至感动。

五、文学史寻踪的再出发

苏：您先后参编过《彩色插图本：中国文学史》《中国现代文学编年史——以文学广告为中心（1928—1937）》《中国现代文学史》（合著，第二版）《中国现代文学史》（第三版，第三作者）等。北大中文系在中外文学史的编写方面硕果累累，您身处其间，体会和感受自然与别人有所不同，您能否给我们做一个分享？

吴：文学史写作是与文学教育的学院化和体制化分不开的，因此文学史写作在有必要性的同时，也很难写出个人性的独特的文学史。据统计，中国现代文学史一共有五百部左右，但基本上大同小异，以至于陈平原先生写过一本书《假如没有文学史》。我对这本书的阅读体验是，没有文学史的世界就像一个文学教育的乌托邦，是难以实现的。

在这个意义上，我参与的《彩色插图本：中国文学史》和《中国现代文学编年史——以文学广告为中心（1928—1937）》算是比较有特色的了。这两部书都是与钱理群老师合作的。前一种的特色，一是文字少，插图多；二是这本文学史是中国文学通史，20世纪只占其中一小部分，总字数也才几万字，因此对选择性和概括性有较高的要求。海外学者王宏志这样评价这种"重写文学史"的努力："在《彩色插图本：中国文学史》的'新世纪的文学'部分里，除鲁迅享有独特的位置，占去两页的篇幅外，给予了'更高的评价和更为重要的文学史地位'的还有六位作家：老舍、沈从文、曹禺、张爱玲、冯至、穆旦。""毋庸置疑，它在中国文学史书写史上必然会占上重要的位置。"当然，这部文学史主要贯彻的是钱老师的文学史构想。而参与同样由钱理群老师担任总主编的《中国现代文学编年史——以文学广告为中心》则是我最愉快的文学史写作经历，让我对文学史写作树立了一点信心。这也是一部有新意的文学史，我个人把新意概括为以下几点：一是有新的文学史观念（一种"大文学史观"）和书写文体（主要是有可读性的书话体）；二是开拓了一些新的文学史研究视野；三是借此重新进入现代文学史的原初语境，发掘和运用了一些第一手材料。我本人参与并担任副主编的是其中的"1928—1937年"这一卷，负责翻阅的也主要是20世纪30年代的上海期刊及若干报纸，《现代》《人间世》《论语》《真美善》《文学》《新月》《金屋月刊》《申报》上的文学广告，负责写作了三十个条目。最后我把我写的这些词条重新整理，独立出了本书，大体上呈现出的是20世纪30年代上海文坛的集锦式断片景观，故此结集就以《1930年代的沪上文学风景》为名。

高：近代上海在中国文学史中是一个独特的场域，您的近作《1930年代的沪上文学风景》以文学广告为切入点，再现30年代上海斑斓的文学景观。您将作家作品、文学现象放置在原生态的社会文学场域中，呈现出文本之外更为丰富的个人经验感受和社会审美心理。文学广告之类的"泛文学"文本作为一种材料进入文学研究中，为当下的文学研究与文学史书写带来了何种可能性？

吴：钱理群老师曾经说："选择狭义和广义的文学广告，作为文学史叙述的基本材料，是因为文学广告本身就是历史的原始资料，它的汇集具有史料长编的意义。……也为这些年我们设想的'接近文学原生形态的文学史结构方式'提供了一种可能性。"所谓"文学原生形态"当然只是一种理想化的历史图景，但是让文学广告之类的"泛文学"文本作为一种材料进入文学研究中，背后隐含着某种"大文学史"的观念和眼光。因为文学广告涉及方方面面，触及的是现代文学与现代教育、现代出版市场、现代学术……之间的关系，甚至是文学与艺术（音乐、美术、电影……）之间的关系，对这些年来文学界倡导的综合性的"大文学史"写作来说，是一次有益的尝试。

虽然文学广告是你所谓的"泛文学"文本，不过在文学史写作过程中，却有可能借助文学广告，直接触摸文学场域。用钱理群老师的说法，这种文学场域"也是生命场域，是作者、译者和读者、编辑、出版者、批评家……之间生命的互动，正是这些参与者个体生命的互动，构成了文学生命以至时代生命的流动。这里强调的几个要素——生命场域、细节、个体性，都是文学性的根本；这就意味着，我们要用文学的方式去书写文学史，写有着浓郁的生命气息、活生生的文学故事，而与当下盛行的知识化与技术化、理论先行的文学史区别开来"。

苏：近些年来，援用西方的风景理论来分析中国现当代文学成为学界研究热点。您较早写就了《郁达夫与中国现代"风景的发现"》《郁达夫与现代风景的发现问题》等论著，引起了学界的高度关注。能否请您再具体谈一谈，在理论、方法与问题等方面引入风景学理论资源，对中国现当代文学研究、文学史书写等带来的启示意义？

吴：2014年译林出版社出版了由美国学者米切尔编著的《风景与权力》一书。在这本关于风景学的论文集的"导论"中，米切尔回顾了20世纪西方风景学的历程，指出风景研究在20世纪经历了两次大的转变：第一次与现代主义密切相关，主要以风景绘画的历史为基础阅读风景的历史，并把风景的历史描述成"一次走向视觉领域净化的循序渐进的运动"；第二次转变则与后现代主义有关，"倾向于把绘画和纯粹的'形式视觉性'的作用去中心化，转向一种符号学和阐释学的办法，把风景看成是心理或者意识形态主题的一个寓言"。米切尔认为第一种方法是"沉思性的"，第二种方法则是"阐释性的"。我认为引入西方风景学资源，对我们深入理解中国现代作家创造出来的风景，也有启示意义。因为我们自己缺乏风景学方面的理论，而通过西方风景理论的透镜，使我们进一步意识到，风景问题涉及的是人们如何观照自然、山水甚至人造景观的问题，以及这些被观照的风景如何反作用于人类自身的情感、审美、心灵甚至主体结构，最终则涉及人类如何认知和感受自己的生活世界问题。当然，我们不能满足于只是借鉴风景学理论，也要在借鉴的同时生成我们自己的观照风景的方式。比如当深入追究郁达夫笔下的风景背后的意识和主体层面时就会发现，郁达夫的风景意识呈现出一种特有的复杂性甚至悖论性，我们似乎可以在"沉思性的""阐释性的"之外，借助郁达夫的风景这个中介，生成风景意识中一个新的维度，即"反思性的"维度。通过风景问题，我们不是单纯认同某种风景意识，重要的是风景背后有主体，既是个人性的审美主体，也是文化甚至国族主体，同时也有认知模式，或者说认知机制，通过对认知主体和机制的考察，可以建立比较风景学的反思视野。

六、当前文学的研究与批评——新的现实与可能

高：中国当下的文学批评与研究始终下意识地采用西方的理论和逻辑方法，本土理论匮乏制约了民族文学的发展和研究，我们该如何发展本土理论或者实现理论"本土化"，进而重建"当代文学的话语与秩序"？

吴：本土理论不是凭空产生的，而是需要既基于本土的文学实践，同时又因应中国社会和历史而内生的有效的话语，既有解释力，又有发明性，甚至可以进一步指导文学创作与实践。这当然是不容易的，也是我无法胜任的话题。不过在我研读废名小说的过程中，多多少少感知到一种诗学理论的生成，可能需要真正解析到文学作品的肌理，进而深入到审美形式的

肌理，最后触摸到文化传统的肌理，在此基础上才可能逐渐生成一些属于我们自己的理论话语，才能够避免只有空泛的框架和苍白的概念。从这个意义上说，我们所熟知的一些论断，比如传统文论的现代化、西方理论的中国化等，都是正确却不免失于笼统的表述。只有扎扎实实地做好具体而有效的研究，才有希望奠定"本土化"理论的生成基础。

高：诗歌是一种语言艺术实践，但它所创造的想象空间是语言所不能阐释尽的，个人觉得在这方面，中国古典文论所呈现出"体悟"的姿态有效地缝合了语言与想象之间的缝隙。但这种体悟式的解读与今天注重学理逻辑、崇尚科学方法的研究似乎并不一致。您也说"印象性的、感悟性的批评在文学中必须占有一席之地"，那么在您的研究中，是否自觉地引入了中国古典文论的批评方法？您又是怎样处理这种"体悟"与"推理"之间的矛盾的？

吴：诗歌是所谓在翻译过程中所失去的东西。因此，在各种体裁中，诗歌是最能反映本土的语言形式和艺术美感的。中国新诗虽然也借鉴了西方诗歌，但仍然最能体现以现代汉语作为载体的中国文学所独有的特质。而中国古典文论中的一些诗学范畴，尤其是从古代诗歌文论中生发出来的，诸如"意象""妙悟""境界"等范畴，都没有失却有效性。比如"体悟"，既是你所说的一种姿态，一种解读方式，同时也渗透进了诗人的创作环节，具有某种综合性，这也是中国古典文论的特点，因此也决定了"印象性的、感悟性的批评"的有效性。我在研究废名的小说《桥》的时候发现，如果无法进入中国古典文论的世界，就无法解读废名的艺术思维，对"心象"的概括，就是对古典文论中所涉及的大量与"象"相关的范畴进行抽绎的结果。但是，我对"心象"的抽绎的过程应该是"推理"的和分析性的，因为古典文论中并没有"心象"的概念，倒是一些现代诗人和研究者运用过这个范畴。因此，我们做现代学术，完全采用传统诗学的"体悟"法，恐怕也是不现实的。

高：您常常经受不住外国文学的"诱惑"，西方现代派文学成为您重要的研究领域。然而，同属世界文学重要一支的俄苏文学却并未成为您的研究对象，我很好奇这其中的原因。俄苏文学具有伟大的人道主义精神和批判现实主义传统，它自觉地关注心灵困境，承担社会苦难，这是否符合您研究中所提倡的"文学性"？新世纪语境下，经过疏离和反思之后，如李建军等学者开始重新关注俄苏文学的价值与意义。在您看来，重估的过程中又当注意哪些问题？

吴：《钢铁是怎样炼成的》和高尔基的自传体三部曲——《童年》《在人间》《我的大学》——在我们这一代的阅读史和成长史中具有重要意义。我读本科的时候，北京大学中文系有一门必修课是关于"俄苏文学"的，因此，俄苏文学在我对文学性的感知过程中有特殊的作用。我的一门课的讲稿《从卡夫卡到昆德拉》讲了九部西方小说，如果再添上一部，有可能就是《日瓦戈医生》。我在《从卡夫卡到昆德拉》的"后记"中曾经说："帕斯捷尔纳克的《日瓦戈医生》则使我体认到在历史理性和强权面前，所谓的爱'是孱弱的'，它的价值只是在于它是一种精神力量的象征，代表着人彼此热爱、怜悯的精神需求，代表着人类对自我完善和升华的渴望，也代表着对苦难的一种坚忍的承受。正是在这个意义上，帕斯捷尔纳克代表了俄罗斯知识分子所固有的一种内在的精神：对苦难的坚忍承受，对精神生活的关注，对灵魂净化的向往，对人的尊严的捍卫，对完美人性的追求。帕斯捷尔纳克是俄罗斯内在的民族精神在 20 世纪上半叶的代表。他的创作表现了一个知识分子虽然饱经痛楚、放逐、罪孽、牺牲，却依然保持着美好的信念与精神的良知的心灵历程。"这与你的认知是有吻合度的。的确，如今的学界有重新关注俄苏文学的迹象。而在重估的过程中，我觉得不应该把帕斯捷尔纳克的源自普希金、契诃夫的传统与果戈理、托尔斯泰和陀思妥耶夫斯基所代表的传统相对立。普希金和契诃夫的气质是否真的与托尔斯泰的精神传统相异质？我曾一再引用学者薛毅的说法："托尔斯泰有更加伟大的人格和灵魂，这个灵魂和人格保障了托尔斯泰的文学是为人类的幸福而服务。俄罗斯作家布洛克说托尔斯泰的伟大一方面是勇猛的反抗，拒绝屈膝，另一方面，和人格力量同时增长的是对自己周围的责任感，感到自己是与周围紧密连在一起的。"如果说帕斯捷尔纳克"从一个独立的、自由的，但又对时代充满关注的知识分子的角度来写历史"具有值得珍视的历史价值的话，托尔斯泰这种融入人类共同体的感同身受的体验，或许也是今天的历史时代中不可缺失的。

苏：马克斯·韦伯在《学术与政治》一书的开头就曾告诫学生："众

多平庸之辈无疑在大学扮演重要角色。"以学术为志业的外在困难，在今天看来，远远大于韦伯所处的时代。在当下量化的科层管理制度下，面对投入产出的经济效益，人文学科遭遇了前所未有的尴尬。我们应该如何有效地"重建反思性的学术立场"？您怎样评价当前的学术环境与学术风气？对年轻一代"以学术为志业"的从业者有什么好的建议？

吴：如果始终被量化的科层制度进行规训和管理，更多的时间被用于填表与申报课题，绞尽脑汁地向核心期刊投稿，应付每年一度的年终考核，那么如何有时间"重建反思性的学术立场"？在我看来，高校近些年选拔出来的青年教师中少有所谓的"平庸之辈"，我们更应该关切的是如何不把他们的锐气和棱角磨平。我作为高校教师中的某种意义上的"既得利益者"，恐怕没有勇气劝诫后辈学人无视利益，一味"反思"，至多建议他们在保有生存和发展的权利的前提下，做一点真正具有创新型的学术，使其真正有助于中国学术的累积与层递。而所谓"重建反思性的学术立场"，对于文学研究的从业者来说，可能还要立足于对文学性的"重申"的前提之下。我当初阅读罗岗先生的著作《面具背后》时，意识到"文学"之所以依旧是一种历史中不可或缺的批判和反抗力量，正是因为它虽然不可避免地成为"现代建制"的组成部分，但是有价值的文学也"往往以批判、置疑和反抗'现代'的姿态出现"，这就是文学的悖论。从某种意义上说，学术也应该坚持这种悖论式的立场，建立一种自我反思的视角，把对自身的批判、置疑，以及对扼杀原创力的体制的反抗，生发为一种学术与知识所固有的力量。

最后谢谢二位精心的准备和精彩的问答。